DAVID & LEIGH EDDINGS

David Eddings, né en 1931 dans l'État de Washington, a publié son premier roman en 1973. D'abord employé chez Boeing, il démissionna, fit un petit détour par l'enseignement, puis se retrouva... directeur d'un supermarché à Denver. Refroidi par un hold-up suivi d'une fusillade, il abandonna son poste, revint chez lui, à Spokane, et décida de se consacrer à la littérature.

Leigh Eddings, son épouse, qui avait commencé une carrière dans l'armée de l'air, collaborait depuis toujours à ses romans. Elle s'occupait plus particulièrement des personnages féminins et de la fin des romans ! Et cela fonctionnait à merveille puisque David Eddings est vite devenu un auteur de best-sellers aux États-Unis et a également déclenché une véritable passion à l'étranger, notamment en France avec ses deux cycles cultes : *La Belgariade* et *La Mallorée*. Le célèbre couple-roi de la fantasy a de nouveau figuré sur les listes des best-sellers avec *Le Réveil des anciens dieux*, premier volume de la tétralogie *Les Rêveurs*.

Leigh Eddings s'est éteinte en février 2007 à 69 ans, suivie en 2009 par son époux âgé de 77 ans.

LE PION BLANC DES PRÉSAGES

DU MÊME AUTEUR
CHEZ POCKET

LA GRANDE GUERRE DES DIEUX

LA BELGARIADE

1. LE PION BLANC DES PRÉSAGES
2. LA REINE DES SORTILÈGES
3. LE GAMBIT DU MAGICIEN
(réunis également en un seul volume)
4. LA TOUR DES MALÉFICES
5. LA FIN DE PARTIE DE L'ENCHANTEUR

LA MALLORÉE

1. LES GARDIENS DU PONANT
2. LE ROI DES MURGOS
3. LE DÉMON MAJEUR DE KARANDA
4. LA SORCIÈRE DE DARSHIVA
5. LA SIBYLLE DE KELL

LA RÉDEMPTION D'ALTHALUS
(EN COLLABORATION AVEC LEIGH EDDINGS)

1. LES YEUX D'ÉMERAUDE
2. LES TROIS GRIMOIRES

LES RÊVEURS
(EN COLLABORATION AVEC LEIGH EDDINGS)

1. LE RÉVEIL DES ANCIENS DIEUX
2. LA DAME D'ATOUT
3. LES GORGES DE CRISTAL
4. LA FOLIE DES DIEUX

LA PIERRE SACRÉE PERDUE

LA TRILOGIE DES PÉRILS
1. LES DÔMES DE FEU
2. CEUX-QUI-BRILLENT
3. LA CITÉ OCCULTE

IMAGINAIRE
Collection dirigée par Stéphane Desa

DAVID EDDINGS

CHANT I DE LA BELGARIADE

LE PION BLANC DES PRÉSAGES

*Traduit de l'anglais (États-Unis)
par Dominique Haas*

POCKET

Titre original :
PAWN OF PROPHECY

Pocket, une marque d'Univers Poche,
est un éditeur qui s'engage pour la préservation
de son environnement et qui utilise du papier fabriqué
à partir de bois provenant de forêts gérées
de manière responsable.

© 1982, by David Eddings.
© Éditeur original Ballantines Books, département de Random House inc.
La carte « Les royaumes du Ponant et des peuples angaraks » est de Shelly Shapiro, les autres sont de Chris Barbieri.
© 1990, Pocket, Département d'Univers Poche, pour la traduction française.
ISBN : 978-2-266-17465-7

A Toi,
   qui m'as raconté tant d'histoires et n'as pu attendre
   la mienne
et à Arthur,
   qui m'a montré comment devenir un homme — et
   qui me le montre encore.

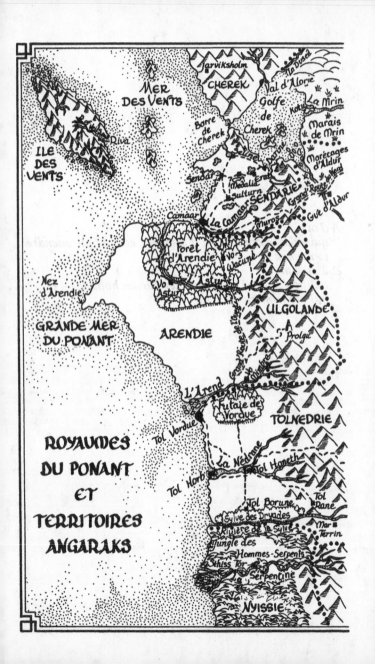

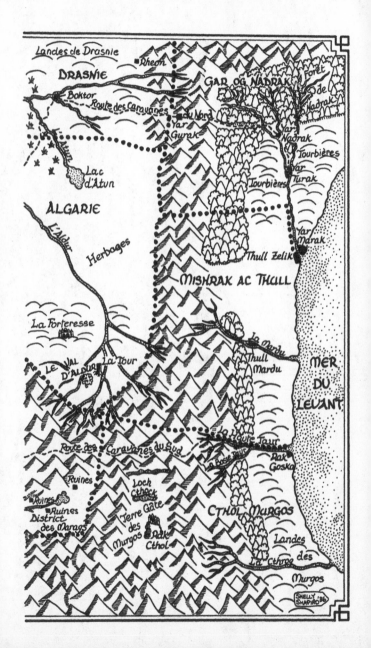

PROLOGUE

Où se trouvent relatées l'Histoire de la Guerre des Dieux et la Geste de Belgarath le Sorcier.

D'après *Le Livre d'Alorie*

Le monde était jeune alors. Les sept Dieux vivaient en harmonie, et les races de l'homme étaient comme un seul peuple. Belar, le plus jeune des Dieux, était aimé des Aloriens. Il demeurait près d'eux et les chérissait, et ils prospéraient sous sa protection. Les autres Dieux vivaient eux aussi parmi les peuples, et chaque Dieu affectionnait les siens.

Mais le frère aîné de Belar, Aldur, n'était le Dieu d'aucun peuple. Il vivait à l'écart des hommes comme de ses pareils. Le moment vint pourtant où un enfant perdu alla le quérir dans sa retraite. Aldur en fit son disciple et lui donna le nom de Belgarath. Belgarath apprit le secret du Vouloir et du Verbe et devint sorcier. Des années passèrent, et d'autres hommes se présentèrent devant le Dieu solitaire. Tous étaient fraternellement unis dans l'enseignement d'Aldur, et le temps n'avait pas de prise sur eux.

Or il advint qu'un jour Aldur prit dans sa main une pierre en forme de globe, pas plus grosse que le cœur d'un enfant, et la façonna jusqu'à ce qu'elle palpite d'une âme propre. Le pouvoir du joyau vivant, que les hommes appelèrent l'Orbe d'Aldur, était immense, et son créateur l'employait à faire des miracles.

De tous les Dieux, Torak était le plus beau. Son

peuple, qui était celui des Angaraks, procédait en son honneur à des sacrifices par le feu et lui donnait le nom de Dieu des Dieux. Torak trouva doux le parfum des holocaustes et les serments d'adoration tant qu'il ignora l'existence de l'Orbe d'Aldur. Car du moment où il l'apprit, il ne connut plus le repos.

Alors, sous un masque trompeur, il vint trouver Aldur.

— Il ne sied point, mon frère, lui dit-il, que tu te soustraies à notre compagnie et à nos conseils. Détourne-toi de ce joyau qui a distrait ton âme de notre fraternité.

Mais Aldur sonda la conscience de son frère et le rabroua.

— Pourquoi, Torak, vouloir à tout prix le pouvoir et la domination ? Le royaume angarak ne te suffit donc point ? Ne cherche pas, par orgueil, à t'assurer la possession de l'Orbe, car elle te détruirait.

Grande fut la honte de Torak à ces paroles, et il leva la main sur son frère. Puis, s'emparant du joyau, il prit la fuite.

Les autres Dieux adjurèrent Torak de restituer l'Orbe, mais il ne voulut rien entendre. Alors les races humaines se soulevèrent et prirent les armes contre les milices angaraks et leur livrèrent un combat sans merci. Les guerres des Dieux et des hommes mirent la terre à feu et à sang jusqu'à ce que, non loin des hauts plateaux de Korim, Torak brandisse l'Orbe et la ploie sous sa volonté afin de lui faire déchirer la terre. Les montagnes s'écroulèrent et la mer aurait établi son empire sur toute chose si, unissant leur force mentale, Belar et Aldur n'avaient limité l'avance des flots mugissants. Les races humaines, pourtant, vécurent désormais séparées les unes des autres, et ainsi en fut-il des Dieux.

C'est qu'en dressant l'Orbe palpitante de vie contre la terre dont elle était issue, Torak avait éveillé le joyau qui s'était mis à luire d'une flamme sacrée. Un éclair de lumière bleue lui incendia le visage, et de douleur, il abattit les montagnes ; fou d'angoisse, il fendit la terre en deux ; dans son agonie, il laissa l'océan s'engouffrer dans l'abîme. Sa main gauche s'embrasa et fut réduite en cendres, la chair de son visage, du côté senestre, fondit comme la cire d'une chandelle, et son œil gauche se mit à bouillir dans son orbite. Avec un cri atroce, il se jeta dans les flots pour éteindre le brasier, mais son tourment ne devait pas connaître de fin.

Lorsque Torak émergea des ondes, il était toujours aussi beau du côté droit, mais il avait le flanc gauche complètement calciné et le feu de l'Orbe y avait imprimé de hideuses cicatrices. En proie à une douleur inextinguible, il mena les hommes de son peuple vers l'est, au cœur des plaines de Mallorie, où ils édifièrent une immense cité qu'ils appelèrent *Cthol Mishrak*, la Cité de la Nuit, car Torak dissimulait son visage défiguré dans les ténèbres. Les Angaraks érigèrent une tour de fer à leur Dieu et placèrent l'Orbe dans sa plus haute chambre, dans un foudre d'acier. Maintes et maintes fois, Torak vint se camper devant le fût d'acier avant de s'enfuir en pleurs, redoutant de succomber à son désir ardent de plonger le regard à l'intérieur et de périr à tout jamais.

Le fleuve des siècles s'écoula sur les territoires angaraks, et les peuples de l'Est en vinrent à donner à leur Dieu mutilé le nom de Kal-Torak, qui signifiait à la foi Dieu et roi.

Belar avait mené les Aloriens vers le nord. De tous les hommes, ils étaient les plus hardis et les plus martiaux, et Belar leur avait gravé dans le cœur une haine éternelle des Angaraks. Armés d'épées et de haches cruelles, ils battirent les routes du Nord, aux confins mêmes des glaces éternelles, cherchant la voie qu'avaient suivie leurs ennemis de toujours.

Il en fut ainsi jusqu'au jour où Cherek Garrot-d'Ours, le plus grand roi des Aloriens, prit la route du Val d'Aldur pour aller chercher Belgarath le Sorcier.

— La route du Nord est ouverte, dit-il. Les signes et les présages sont propices. L'heure est venue pour nous de reconnaître la voie qui mène à la Cité de la Nuit et de reprendre l'Orbe à Celui qui n'a qu'un œil.

Poledra, la femme de Belgarath, était grosse de leur enfant, et il était peu disposé à la quitter. Mais Cherek eut raison de ses réticences. C'est ainsi qu'une nuit ils

13

s'esquivèrent pour rejoindre les fils de Cherek, Dras Cou-d'Aurochs, Algar Pied-léger et Riva Poing-de-fer.

Le froid âpre de l'hiver régnait sur les marches du Nord, et les landes tapissées de givre luisaient d'un glacis gris acier sous les étoiles. Pour déterminer la route à suivre, Belgarath prit, grâce à un enchantement, la forme d'un grand loup. Sans bruit, il se glissa furtivement dans les forêts au sol enneigé où les arbres craquaient et frémissaient dans l'air glacial. Les épaules et le poitrail du loup étaient blancs de givre, et, de ce jour, Belgarath garda la barbe et les cheveux argentés.

Dans la neige et le brouillard, ils entrèrent en Mallorie et arrivèrent enfin à *Cthol Mishrak*. Après avoir découvert une issue secrète, ils pénétrèrent dans la ville et Belgarath les mena au pied de la tour de fer. Ils gravirent en silence les marches rouillées que nul pied humain n'avait effleurées depuis vingt ans. Tremblants d'effroi, ils traversèrent la chambre où Torak s'agitait dans un sommeil hanté par la souffrance, dissimulant son visage mutilé derrière un masque d'acier. A pas de loup, ils se glissèrent à côté du Dieu endormi dans les ténèbres épaisses, et ils parvinrent finalement à la chambre renfermant le foudre de fer où reposait l'Orbe palpitante de vie.

Cherek fit signe à Belgarath de prendre l'Orbe, mais Belgarath refusa.

— Je ne puis la toucher, dit-il, car elle me détruirait. Jadis, elle accueillait volontiers le contact de l'homme et des Dieux, mais sa volonté s'est durcie lorsque Torak l'a dressée contre la terre qui l'a enfantée. On n'en usera plus jamais de cette façon. Elle lit dans les âmes. Seul peut désormais la toucher un être totalement dénué de mauvaises intentions, assez pur pour la prendre dans ses mains au péril de sa vie, et la déplacer sans la moindre volonté de pouvoir ou de possession.

— Quel est l'homme qui n'a jamais songé à mal dans le secret de son âme ? demanda Cherek.

Mais Riva Poing-de-Fer ouvrit le fût et prit l'Orbe. Et son feu brilla entre ses doigts, et ne le brûla point.

— Ainsi soit-il, Cherek, dit Belgarath. Pur est le cœur de ton plus jeune fils. Il sera donc investi, et après lui tous ceux qui lui succéderont, de la mission de porter l'Orbe et de la protéger.

Et Belgarath poussa un soupir, car il savait de quel fardeau il venait de charger les épaules de Riva.

— Alors nous subviendrons à tous ses besoins, ses frères et moi, dit Cherek, aussi longtemps que tel sera son destin.

Riva enroula l'Orbe dans les plis de son manteau et la cacha sous sa tunique. Ils traversèrent en sens inverse les appartements du Dieu défiguré, descendirent les marches rouillées, reprirent le passage secret qui menait aux portes de la ville, puis s'enfoncèrent dans les terres désolées qui entouraient les murailles de la cité.

Peu après, Torak s'éveilla et se rendit, selon son habitude, dans la salle de l'Orbe. Mais le foudre était ouvert, et l'Orbe l'avait déserté. Terrible fut la colère de Kal-Torak. Il dévala l'escalier aux marches rouillées, se retourna, et asséna, de son immense épée, un formidable coup sur la tour de fer qui s'écroula. Et c'est d'une voix grondante comme le tonnerre qu'il cria aux Angaraks :

— Puisque vous avez relâché votre vigilance et sombré dans l'indolence au point de laisser un voleur s'emparer de ce que j'ai payé si cher, je vais détruire votre ville et vous ne serez plus chez vous nulle part. Les Angaraks erreront sur terre jusqu'à ce que *Cthrag Yaska*, la pierre qui brûle, me soit restituée.

Puis il réduisit la Cité de la Nuit à l'état de ruines et chassa le peuple angarak dans la solitude des landes incultes. *Cthol Mishrak* avait cessé d'être.

En entendant les lamentations qui s'élevaient de la cité, à trois lieues au nord, Belgarath sut que Torak s'était éveillé.

— Maintenant, il va se lancer à notre poursuite, dit-il, et seul le pouvoir de l'Orbe peut nous sauver. Lorsque les armées ennemies seront sur nous, prends l'Orbe, Poing-de-fer, et brandis-la de sorte que tous puissent la voir.

Les légions d'Angarak s'avancèrent, menées par Torak en personne, mais Riva éleva l'Orbe au-dessus de sa tête afin que le Dieu défiguré et ses hordes la contemplent, et l'Orbe reconnut ses ennemis. Dans une résurgence de haine, elle se mit à brûler de tous ses feux, illuminant les cieux de sa colère. Torak se détourna dans un terrible hurlement, mais les premières lignes des troupes angaraks furent réduites en cendres par les flammes, tandis que les survivants prenaient la fuite, en proie à une terreur sans nom.

C'est ainsi que Belgarath et ses compagnons parvinrent à quitter la Mallorie et à regagner les marches du Nord, ramenant l'Orbe d'Aldur dans les Royaumes du Ponant.

Alors les Dieux, au fait de tous ces événements, tinrent conseil, et Aldur les mit en garde.

— Si nous prenons à nouveau les armes contre notre frère Torak, la conflagration détruira la terre. Il faut donc nous retirer de ce monde de sorte que notre frère ne puisse nous retrouver. Nous ne pourrons plus rester parmi nos peuples en chair et en os, mais seulement en esprit, pour les guider et les protéger. Dans l'intérêt de l'univers, il doit en être ainsi. Car du jour où nous livrerons combat à nouveau, le monde cessera d'exister.

Les Dieux versèrent des pleurs à l'idée de partir. Mais Chaldan, le Dieu-Taureau des Arendais, demanda :

— Pendant notre absence, Torak n'établira-t-il pas son empire sur la terre ?

— Non point, répondit Aldur. Aussi longtemps que l'Orbe restera sous la garde de Riva Poing-de-Fer et de sa descendance, Torak n'aura pas la suprématie sur le monde.

C'est ainsi que les Dieux quittèrent cette terre, où seul demeura Torak. Mais l'idée que l'Orbe était en possession de Riva et que le pouvoir lui était dénié lui consumait l'âme.

Alors Belgarath s'adressa à Cherek et à ses fils.

— Nous devons nous séparer pour préserver l'Orbe et nous prémunir contre la venue de Torak. Que chacun s'en aille de son côté, comme je l'ai ordonné, et s'apprête au combat.

— Ainsi ferons-nous, Belgarath, jura Cherek Garrot-d'Ours. De ce jour, l'Alorie cesse d'exister, mais les Aloriens refuseront la domination de Torak aussi longtemps que le sang coulera dans leurs veines.

Belgarath leva son visage vers les cieux.

— Ecoute ma voix, Torak à l'Œil Mort, hurla-t-il. L'Orbe où palpite la vie est en sûreté, hors de portée de tes atteintes, et ton combat contre elle est perdu d'avance. Le jour où tu te dresseras contre nous, c'est moi qui te déclarerai la guerre. Dans les ténèbres de la nuit comme dans la lumière de midi, toujours je monterai la garde, veillant sur tes agissements, et jusqu'à la fin des temps je ferai obstacle à ton avènement.

Kal-Torak entendit la voix de Belgarath par-delà les étendues sauvages et désolées de Mallorie, et dans sa colère, il fendit l'air de son épée, car il savait que l'Orbe en qui palpitait la vie lui était à jamais inaccessible.

Puis Cherek donna l'accolade à ses fils et se détourna pour ne plus jamais les revoir. Dras partit vers le nord et fit souche dans le bassin de la Mrin. A ses terres, il donna le nom de Drasnie, et il édifia une cité en un lieu appelé Boktor. Il s'offrit en rempart le long des marches du Nord, et, comme ses enfants après lui, en interdit l'accès à l'ennemi. Algar s'engagea sur les routes du Sud avec son peuple, et, dans les vastes plaines irriguées par les eaux de l'Aldur, ces hommes trouvèrent des chevaux. Ils les dressèrent et apprirent à les monter, et, pour la première fois dans l'Histoire, on vit des guerriers à cheval. Ils vécurent en nomades, menant leurs troupeaux devant eux, dans leur pays qu'ils appelèrent Algarie. Le cœur empli de tristesse, Cherek regagna le Val d'Alorie, et rebaptisa son royaume Cherek, car il était seul, désormais, et sans enfants. Dans son affliction, il construisit de grands navires de guerre afin de patrouiller sur les mers et de les interdire à l'ennemi.

L'épreuve du plus long voyage incomba à celui qui devait préserver l'Orbe. Suivi de son peuple, Riva emprunta la route qui menait à la côte occidentale de Sendarie. Là, dans de vastes nefs, ses enfants et lui-même traversèrent les mers. Arrivés à l'Ile des Vents, ils brûlèrent leurs bâtiments et édifièrent une forteresse et une cité entourée de murailles. A la cité, ils donnèrent le nom de Riva, et à la forteresse, celui de Cour du Roi de Riva. Puis Gelar, le Dieu des Aloriens, fit tomber des cieux deux étoiles de fer que Riva recueillit. Avec la première, il forgea une lame ; avec la seconde, il fondit une garde sur le pommeau de laquelle il enchâssa l'Orbe. Et telle était la taille de l'épée que seul Riva pouvait la brandir. Dans les étendues solitaires et désolées de Mallorie, Kal-Torak eut conscience en son âme de la genèse de l'épée, et pour la première fois de sa vie, il fut en proie à la peur.

L'épée surmontée de l'Orbe était fichée dans la muraille de roche noire, derrière le trône de Riva, qui, seul, pouvait l'arracher au roc. L'Orbe brûlait d'une flamme froide quand Riva prenait place sur le trône. Et lorsqu'il brandissait son épée, cela devenait une grande langue de feu glacé.

Par un prodige plus merveilleux encore, l'héritier de Riva arborait toujours une marque. A chaque génération, l'un de ses descendants portait le signe de l'Orbe inscrit dans la paume de sa main droite. L'enfant ainsi élu était emmené dans la salle du trône où on lui plaçait la main sur l'Orbe, en sorte qu'elle le reconnaisse. Chaque fois que l'un de ces enfants l'effleurait, l'Orbe brillait d'une lueur plus vive, et le lien qui unissait le joyau palpitant de vie à la lignée de Riva se renforçait.

Après avoir pris congé de ses compagnons, Belgarath se hâta de regagner le Val d'Aldur. Ce fut pour découvrir que Poledra, sa compagne, avait donné le jour à deux jumelles avant de quitter ce monde. Désespéré, il donna à l'aînée, qui avait les cheveux aile-de-corbeau, le nom de Polgara. Il étendit la main et la posa sur le front de l'enfant, pour la bénir à la façon des sorciers, mais, à son contact, l'une des mèches de ses cheveux devint d'un blanc de neige. Il en conçut un grand trouble, car la mèche blanche était la marque des sorciers, et que c'était la première fois qu'un enfant du sexe féminin portait cette marque.

Sa seconde fille, qui avait la peau laiteuse et des cheveux d'or, ne portait pas la marque des sorciers. Il l'appela Beldaran. Et sa sœur aux cheveux d'ébène et lui-même l'aimaient par-dessus tout et se disputaient son affection.

Mais alors que Polgara et Beldaran avaient atteint leur

seizième année, l'Esprit d'Aldur vint à Belgarath en rêve et lui dit :

— Je voudrais, ô mon disciple bien-aimé, unir ta maison à celle du gardien de l'Orbe. Choisis donc, de tes deux filles, celle dont tu accorderas la main au Roi de Riva, celle qui sera son épouse et la mère de ses enfants, car cette descendance, contre laquelle les ténébreux pouvoirs de Torak resteront sans effet, est celle où réside l'espoir du monde.

Dans le profond silence de son âme, Belgarath fut tenté de choisir Polgara. Mais, sachant le fardeau qui reposait sur les épaules du Roi de Riva, c'est Beldaran qu'il envoya. Et lorsqu'elle fut partie, longtemps il la pleura. Polgara se répandit aussi en larmes amères, car elle savait que sa sœur se fanerait et mourrait inexorablement. Mais avec le temps, ils se consolèrent mutuellement et en arrivèrent enfin à se connaître.

Unissant leurs pouvoirs, ils soumirent Torak à une surveillance constante. Et d'aucuns disent qu'ils veillent encore, montant immuablement la garde dans l'infini des siècles.

Première partie

SENDARIE

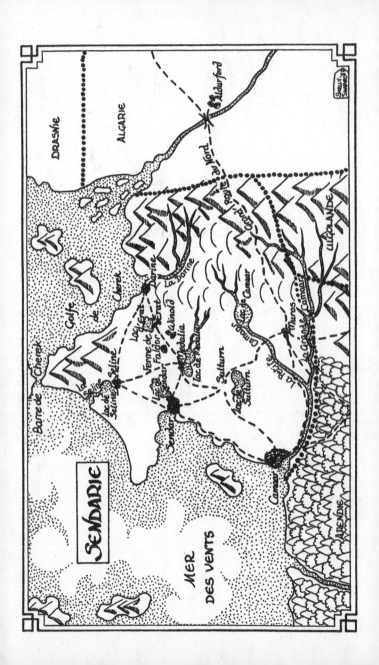

CHAPITRE PREMIER

Les premières images qui devaient rester gravées dans la mémoire du petit Garion étaient celles de la cuisine de la ferme de Faldor. Toute sa vie, il lui en resterait une affection spéciale pour les cuisines, pour leurs odeurs et pour tous ces bruits particuliers dont l'association, en une agitation empreinte de gravité, évoquerait à jamais pour lui l'amour, la nourriture, le confort et la sécurité, mais surtout *la maison*. Et quel que fut le destin de Garion, aussi haut qu'il s'éleva dans l'existence, jamais il ne devait oublier que ses premiers souvenirs partaient de cette cuisine.

La cuisine de la ferme de Faldor était une vaste salle aux poutres basses, pleine de fourneaux, de chaudrons et de grandes broches qui tournaient doucement dans des cheminées voûtées grandes comme des cavernes, et surtout de longues et lourdes tables de travail où l'on pétrissait la pâte pour en faire des pains, où l'on parait les volailles et où l'on taillait carottes et céleris en petits dés avec de prestes oscillations de longues lames incurvées. Garion avait passé son temps à jouer sous ces tables, quand il était tout petit, et il ne lui avait pas fallu longtemps pour apprendre à garer ses doigts et ses orteils de sous les pieds des marmitons qui s'activaient autour. Et parfois, vers la fin de l'après-midi, lorsqu'il commençait à être fatigué, il se blottissait dans un coin et regardait en rêvassant les flammes de l'une des cheminées se refléter sur les centaines de chaudrons luisants, de cuillères à long manche et de couteaux étincelants accrochés sur les murs blanchis à la chaux, et il se laissait doucement emporter par le sommeil, bercé par toute cette effervescence qui était pour lui l'expression même de la paix et de l'harmonie.

Le cœur de la cuisine, son organe vital, c'était tante Pol. Elle donnait l'impression, on ne sait comment, d'être partout à la fois. Le tour de main qui laissait tomber une oie dans sa lèchefrite, qui façonnait habilement un pain en train de lever ou qui décorait un jambon sorti tout fumant d'un four, c'était toujours elle qui le donnait. Elle n'était pas toute seule dans la cuisine, loin de là, mais il n'en serait jamais sorti un pain, un ragoût, une soupe, un rôti ou des légumes sans que tante Pol n'y apportât au moins une touche personnelle. Elle pouvait dire rien qu'à l'odeur, au goût ou grâce à quelque instinct supérieur, ce qui manquait à chaque plat, et elle y rajoutait immanquablement une pincée ou une pointe d'un ingrédient prélevé dans l'un de ses pots à épices en terre cuite, quand elle ne le secouait pas directement au-dessus, d'un geste apparemment désinvolte. On aurait dit qu'il y avait en elle quelque chose de magique, une science, un pouvoir qui transcendaient ceux des gens ordinaires. C'est que, même en plein coup de feu, elle savait où se trouvait Garion à chaque instant. Elle pouvait être en train de faire des entailles dans la croûte d'un pâté, de coudre une volaille que l'on venait de farcir ou absorbée par la décoration d'un gâteau spécial, elle arrivait toujours à tendre une jambe pour le repêcher par le talon ou la cheville, et le retirer de sous les pieds des autres.

Lorsqu'il fut un peu plus grand, cela devint même un jeu. Garion guettait le moment où elle paraissait décidément trop occupée pour faire attention à lui, puis, en riant, il se précipitait sur ses petites pattes robustes vers la première porte ouverte. Mais elle arrivait toujours à le rattraper. Alors il éclatait de rire, lui passait ses bras autour du cou et l'embrassait, en attendant la prochaine occasion de tenter à nouveau de prendre le large.

Il était absolument convaincu, en ces temps reculés, que tante Pol était la plus belle femme du monde, et assurément la plus importante. D'abord, elle était plus grande que les autres femmes de la ferme de Faldor — elle était pratiquement aussi grande qu'un homme — et elle avait toujours l'air grave — sinon sévère —, sauf avec lui, bien sûr. Elle avait les cheveux longs, très sombres, presque noirs, en dehors d'une mèche d'un blanc de neige, juste au-dessus du front, à gauche. La nuit, lorsqu'elle le bordait dans le petit lit qui se trouvait juste à côté du sien, dans la chambre qui leur était réservée, au-dessus de la cuisine, il tendait la main vers cette boucle blanche ; elle lui souriait, alors, et lui effleurait le visage de sa douce main, puis il s'endormait, heureux de savoir qu'elle était là, à veiller sur lui.

La ferme de Faldor se trouvait pratiquement au centre de la Sendarie, royaume brumeux entouré, à l'ouest, par la Mer des Vents, et à l'est par le Golfe de Cherek. Comme toutes les fermes de la région, à cette époque, celle de Faldor n'était pas simplement constituée d'un bâtiment ou deux, mais se composait au contraire d'un assemblage complexe de hangars et de granges, de poulaillers et de pigeonniers en pierre, entourant une cour centrale fermée par une robuste grille. Les chambres, certaines très vastes, d'autres plus exiguës, donnaient sur une galerie, au premier étage. C'est là que vivaient les valets de ferme qui travaillaient la terre, labourant, semant et arrachant les mauvaises herbes des vastes champs qui s'étendaient au-delà des murs. Faldor habitait, quant à lui, dans des appartements situés dans une tour carrée, au-dessus de la salle à manger centrale où ses employés se réunissaient trois fois par jour — et même quatre, pendant les moissons — pour se régaler des mets affriolants issus des cuisines de tante Pol.

Tout bien considéré, on n'aurait pu rêver un endroit plus heureux ni plus harmonieux. Faldor, le fermier, était un bon maître. Cet homme de haute taille, à l'air grave, au long nez et à la mâchoire plus longue encore, ne souriait guère, ne riait pas davantage, mais était bon pour ceux qui travaillaient chez lui, et semblait même davantage préoccupé de leur bien-être et de leur santé que de leur faire suer leur dernière goutte de sueur. A bien des égards, il se comportait plutôt en père qu'en maître envers la soixantaine de gens qui vivaient sur ses terres. Il mangeait avec eux — chose assez inhabituel, car la plupart des fermiers de la région préféraient se tenir à l'écart de leurs hommes — et sa présence à la table du milieu, dans la salle à manger, exerçait une influence modératrice sur certains des plus jeunes sujets qui auraient pu avoir tendance à faire preuve d'une certaine exubérance. Le fermier Faldor était un homme dévot, qui n'aurait jamais manqué d'invoquer, avec une éloquence simple, la bénédiction des Dieux avant de prendre quelque nourriture que ce fût. Aussi, sachant cela, ses gens entraient-ils les uns derrière les autres, non sans une certaine ostentation, dans la salle à manger avant chaque repas et s'asseyaient-ils avec au moins un semblant de piété avant d'attaquer les plats et les bols chargés de nourriture que tante Pol et ses aides avaient placés devant eux.

Grâce au bon cœur de Faldor — et aux miracles opérés par les doigts habiles de tante Pol — la ferme passait dans toute la contrée pour l'endroit où il était le plus agréable de vivre et de travailler à vingt lieues à la ronde, et la réputation de la ferme de Faldor s'étendait bien au-delà. On passait des soirées entières, à la taverne de Haut-Gralt, le village voisin, à commenter le menu des repas presque miraculeux que l'on avait coutume de servir dans la salle à manger de Faldor. Et il n'était pas rare de voir les hommes moins favorisés par le sort, qui travaillaient dans les autres fermes, se mettre à pleurer ouvertement après plusieurs pintes de bière, à la description d'une des oies rôties de tante Pol.

L'homme le plus important de la ferme après Faldor était Durnik, le forgeron. Lorsque Garion commença à grandir et fut autorisé à se soustraire quelque peu au regard vigilant de tante Pol, il trouva fatalement le chemin de la forge. Le métal étincelant qui sortait des formidables fourneaux de Durnik exerçait sur lui une fascination presque hypnotique. Durnik était un homme ordinaire, aux cheveux châtains, dont le visage n'offrait rien de particulier, en dehors de ses joues rougies par la chaleur de la forge. C'était un homme sobre et calme, ni grand ni petit, ni gros ni maigre, mais qui, comme la plupart de ceux qui exerçaient le même métier que lui, était doté d'une force prodigieuse. Il portait un pour-point et un tablier de cuir épais constellés de minuscules taches noires dues aux étincelles qui jaillissaient de la forge, mais aussi les bottes de cuir souple et le pantalon collant traditionnels dans cette partie de la Sendarie. Au début, Durnik ne s'adressait à Garion que pour lui recommander de faire attention à ses doigts et de ne pas toucher au métal rougeoyant qui sortait du feu. Pour-tant, avec le temps, Durnik se prit d'amitié pour Garion et lui adressa plus fréquemment la parole.

— Il faut toujours finir ce qu'on a commencé, lui conseillait-il. Le fer n'aime pas qu'on le fasse attendre. Après, on est obligé de le remettre au feu, et ça ne lui vaut rien.

— Pourquoi ? demandait Garion.

— C'est comme ça, répondait Durnik en haussant les épaules.

— « Quoi que l'on fasse, il faut le faire bien », déclara-t-il une autre fois, en donnant les derniers coups de lime à la partie métallique du timon d'une charrette qu'il était en train de réparer.

— Mais cette pièce-là va par en dessous, objecta Garion. Elle ne se voit pas.

— Peut-être, mais moi je sais qu'elle y est, rétorqua Durnik en continuant à polir le métal. Si je ne la faisais pas aussi bien que possible, j'aurais honte toutes les fois que je verrai passer cette charrette, et je vais la voir tous les jours.

Et c'est ainsi que, sans même y songer, Durnik inculqua au petit garçon de solides vertus sendariennes comme le travail, l'économie, la sobriété, les bonnes manières et le sens pratique, qui constituent la base de toute société qui se respecte.

Au début, tante Pol s'inquiéta de l'attirance de Garion pour la forge avec tous les dangers que cela impliquait ; mais un rapide examen à distance, par la porte de la cuisine, lui permit de s'assurer que Durnik était presque aussi soucieux qu'elle-même de la sécurité de Garion, et elle en fut un peu tranquillisée.

— Si le gamin vous importune, maître Durnik, envoyez le promener, conseilla-t-elle un jour au forgeron, alors qu'elle lui apportait un grand chaudron de cuivre à réparer. Ou bien dites-le moi, et je le garderai près des cuisines.

— Il ne me dérange pas du tout, dame Pol, répondit Durnik en souriant. Il est bien sage et il s'arrange pour ne pas se fourrer dans mes pieds.

— Vous êtes trop bon, ami Durnik. C'est un gamin qui n'arrête pas de poser des questions. Répondez-lui une fois, et il vous en posera une douzaine d'autres.

— Tous les garçons sont comme ça, fit Durnik en versant soigneusement une louche de métal en fusion dans le petit anneau d'argile qu'il avait placé au fond du chaudron, autour du minuscule trou à réparer. Je posais beaucoup de questions, moi aussi, quand j'étais petit. Mon père et le vieux Barl, le forgeron qui m'a appris le métier, ont été assez patients pour me répondre chaque fois qu'ils le pouvaient. Je m'acquitterais bien mal de ma dette si je n'avais pas la même patience envers Garion.

Lequel Garion, assis non loin de là, retenait son souffle depuis le début de cette conversation, car il savait qu'un mot proféré de travers, d'un côté ou de l'autre, et il serait interdit de séjour à la forge. Comme tante Pol repartait pour sa cuisine, de l'autre côté de la cour au sol de terre battue, avec son chaudron fraîchement réparé, il remarqua la façon dont Durnik la regardait, et une idée commença à germer dans son esprit. C'était une pensée toute simple, et elle avait ceci de magnifique qu'elle profitait un peu à tout le monde.

— Dis, tante Pol... fit-il ce soir-là en réprimant une grimace comme elle lui lavait une oreille avec le coin d'un chiffon un peu rugueux.

— Oui ? répondit-elle en s'intéressant maintenant à son cou.

— Pourquoi tu ne te marierais pas avec Durnik ?

— Quoi ? s'exclama-t-elle en s'interrompant dans sa grande lessive.

— Je trouve que ce serait une terriblement bonne idée.

— Ah oui, tu crois vraiment ?

Mais sa voix avait quelque chose de tranchant, tout à coup, et Garion comprit qu'il avançait sur un terrain dangereux.

— Il t'aime bien, reprit-il, sur la défensive.

— Et j'imagine que tu as déjà abordé la question avec lui, bien sûr?

— Non. Je me suis dit que je ferais mieux de t'en parler d'abord.

— Eh bien, là, au moins, tu as eu une bonne idée, tu vois.

Puis elle lui empoigna une oreille et lui fit tourner la tête avec autorité, et Garion commença à se demander si sa tante Pol n'avait pas une fâcheuse tendance à trouver ses oreilles un petit peu trop commodes pour son goût.

— Ne t'avise pas d'en souffler ne serait-ce qu'un seul mot à Durnik ou à qui que ce soit, je te préviens, dit-elle, et ses yeux sombres se mirent à briller d'un feu qu'il n'y avait jamais vu auparavant.

— C'était juste une idée comme ça, se hâta-t-il de dire.

— Eh bien, le moins qu'on puisse dire, c'est qu'elle n'était pas bonne. A partir de maintenant, laisse les idées aux grandes personnes.

— Tout ce que tu voudras, acquiesça-t-il promptement.

C'est qu'elle le tenait toujours fermement par l'oreille, vous voyez.

Mais un peu plus tard, ce soir-là, alors qu'ils étaient tous les deux couchés dans la quiétude de la nuit, il aborda de nouveau le problème, par la bande.

— Tante Pol?

— Oui?

— Puisque tu ne veux pas te marier avec Durnik, avec qui tu veux te marier, alors?

— Garion, dit-elle.

— Oui?

— Tais-toi et dors.

— Il me semble que j'ai le droit de le savoir, tout de même, protesta-t-il, blessé.

— *Garion!*

— D'accord, d'accord. Je vais dormir, mais je trouve que tu es vraiment injuste, là.

Elle inspira profondément.

— Très bien, reprit-elle. Je ne pense absolument pas

29

à me marier. Je n'ai jamais pensé à me marier et je doute vraiment de jamais penser à me marier. J'ai beaucoup trop de choses autrement importantes à faire pour ça.

— Ne t'inquiète pas, tante Pol, fit-il, consolant. Quand je serai grand, je me marierai avec toi, moi.

Alors elle se mit à rire, d'un rire profond, chaleureux, et tendit la main dans le noir pour lui effleurer le visage.

— Oh non, mon Garion. Nous en tenons une autre en magasin pour toi.

— Qui c'est ? demanda-t-il.

— Tu verras bien, répondit-elle d'un ton énigmatique. Allez, dors, maintenant.

— Tante Pol ?

— Oui ?

— Où elle est, ma mère ?

C'était une question qui lui brûlait les lèvres depuis un bon moment, maintenant. Il y eut un long silence, puis tante Pol poussa un profond soupir.

— Elle est morte, souffla-t-elle.

Garion éprouva une douleur poignante, une angoisse insupportable. Il se mit à pleurer.

Aussitôt, elle fut près de lui, s'agenouilla par terre et l'entoura de ses bras. Finalement, elle l'emmena dans son lit et le serra longtemps contre elle. Et beaucoup plus tard, lorsque son chagrin se fut assouvi, Garion lui demanda d'une voix brisée :

— Comment elle était, ma mère ?

— Elle avait les cheveux blonds, répondit tante Pol. Elle était très jeune, très belle, et très heureuse. Et elle parlait d'une voix douce.

— Elle m'aimait ?

— Plus que tu ne peux imaginer.

Alors il pleura de nouveau, mais ses pleurs étaient plus tranquilles, maintenant, plus nostalgiques qu'angoissés.

Tante Pol le serra très fort contre elle, et le sommeil finit par étancher ses larmes.

Comme on pouvait s'y attendre dans une communauté d'une soixantaine de personnes, il y avait d'autres enfants à la ferme de Faldor. Les plus grands travaillaient à la ferme, mais il s'y trouvait trois gamins à peu près du même âge que Garion, qui allaient partager ses jeux et devenir ses amis.

Le plus âgé, un dénommé Rundorig, avait un ou deux ans de plus que Garion, et le dépassait de quelques centimètres. Normalement, étant l'aîné des enfants, Rundorig aurait dû être leur chef, mais il était arendais et pas très vif d'esprit, aussi renonçait-il bien volontiers à cette prérogative au profit des plus jeunes. Contrairement aux autres royaumes, la Sendarie était peuplée par une grande variété de races. Des Cheresques, des Algarois, des Drasniens, des Arendais et même une proportion non négligeable de Tolnedrains s'étaient mélangés pour donner naissance à une souche sendarienne. Or si les Arendais étaient réputés pour leur courage, ils avaient en revanche l'esprit passablement obtus.

Le second camarade de Garion, Doroon, était un petit garçon nerveux aux origines si bien entremêlées qu'on ne pouvait le classer que parmi les Sendariens. Le plus remarquable chez Doroon, c'est qu'il était toujours en train de galoper ; on ne le voyait jamais marcher s'il pouvait courir. Mais à l'égal de ses pieds, son esprit semblait avoir une fâcheuse tendance à la précipitation, de même que sa langue, d'ailleurs. Il parlait sans arrêt, très vite, et paraissait animé d'une perpétuelle agitation.

Le chef incontesté du petit quatuor était une fillette, Zubrette, une enjôleuse aux cheveux d'or qui leur inventait des jeux, leur racontait des histoires forgées de toutes pièces et les entraînait à voler pour elle des pommes et des prunes dans les vergers de Faldor. Elle régnait sur eux telle une petite princesse, les montant les uns contre les autres et les incitant constamment à la bagarre. En fait, comme elle n'avait pas de cœur, les trois garçons se prenaient à la haïr à tour de rôle, tout en restant esclaves du moindre de ses caprices, auxquels ils étaient bien incapables de résister.

L'hiver, ils s'amusaient à dévaler sur de larges planches les pentes enneigées des collines, derrière la ferme, et à l'heure où les ombres violettes s'allongeaient sur la neige, ils rentraient tout trempés, couverts de neige, les mains gercées et les joues rouges comme des pommes. Ou bien, lorsque Durnik, le forgeron, avait décrété que la glace était sûre, ils glissaient inlassablement sur l'étang étincelant de givre, au fond du petit vallon qui longeait la route de Haut-Gralt, juste à la sortie de la ferme, vers l'est. Et quand il faisait trop froid, ou quand les pluies et les bourrasques de vent chaud qui annonçaient le printemps changeaient la neige en boue et rendaient la glace de l'étang impraticable, ils se retrouvaient dans la grange, où ils passaient leurs journées à sauter de la soupente dans le foin tendre, se remplissant les cheveux de brins de paille et le nez d'une poussière qui fleurait l'été.

Au printemps, ils attrapaient des têtards le long des rives boueuses de l'étang et grimpaient aux arbres pour admirer, les yeux écarquillés, les petits œufs bleus que les oiseaux avaient pondus dans des nids de brindilles, en haut des arbres.

C'est Doroon, naturellement, qui tomba d'un arbre, non loin de l'étang, et se cassa un bras, alors que Zubrette lui avait ordonné, par ce beau matin de printemps, de grimper dans les plus hautes branches. Comme Rundorig restait planté à côté de son ami blessé, le bec ouvert, incapable de réagir, et que de toute façon Zubrette avait pris ses jambes à son cou avant même qu'il ne heurte le sol, Garion prit les décisions qui s'imposaient. Il considéra posément la situation pendant quelques instants, son jeune visage grave et tendu sous une touffe de cheveux blonds. Doroon, livide et terrifié, avait de toute évidence le bras cassé, et il se mordait les lèvres pour ne pas pleurer.

Un mouvement attira l'attention de Garion, qui leva rapidement les yeux. Non loin de là, un homme vêtu de noir, monté sur un grand cheval noir, braquait sur eux un regard intense. Lorsque leurs yeux se croisèrent, Garion frissonna comme s'il avait froid, et il sut qu'il avait déjà vu cet homme — qu'en fait, aussi loin que remontaient ses souvenirs, la silhouette en noir rôdait à la limite de son champ de vision, à le regarder sans jamais dire un mot. Il y avait dans cet examen attentif et silencieux une sorte de froide animosité à laquelle se mêlait étrangement quelque chose qui ressemblait à de la peur sans être tout à fait cela. Mais à cet instant Doroon se mit à gémir et Garion se retourna.

Il lui attacha soigneusement son bras blessé sur la poitrine avec la corde qui lui tenait lieu de ceinture, puis Rundorig et lui aidèrent leur camarade à se relever.

— Il aurait pu nous donner un coup de main, tout de même, fit Garion, non sans rancune.

— Qui ça? demanda Rundorig, en jetant un coup d'œil alentour.

Garion se tourna pour lui indiquer l'homme en noir, mais le cavalier avait disparu.

— Je n'ai vu personne, reprit Rundorig.

— J'ai mal, gémit Doroon.

— T'en fais pas, répondit Garion. Tante Pol va t'arranger ça.

Et c'est ce qu'elle fit, en effet. Lorsque les trois enfants arrivèrent à la porte de la cuisine, elle appréhenda le problème d'un seul coup d'œil.

— Amenez-le par ici, ordonna-t-elle, d'une voix qui ne trahissait pas le moindre émoi.

Elle fit asseoir le garçon livide et tremblant sur un tabouret, tout près de l'un des fours, et prépara une décoction à l'aide de plusieurs herbes prises dans les pots de terre cuite qui se trouvaient sur l'étagère du haut, au fond de l'une de ses réserves.

— Bois ça, dit-elle à Doroon en lui tendant un bol fumant.

— Ça va me remettre mon bras comme il faut? demanda Doroon après un coup d'œil soupçonneux au breuvage malodorant.

— Bois ça, c'est tout, ordonna-t-elle en préparant des attelles et des bandes de tissu.

— Berck! Ça a vraiment mauvais goût! fit Doroon, avec une grimace.

— C'est fait pour, rétorqua-t-elle. Bois tout, hein.

— Je crois que je n'en veux plus, dit-il.

— Très bien.

Elle repoussa les attelles et prit un long couteau très aiguisé accroché au mur.

— Qu'est-ce que vous allez faire avec ça? demanda-t-il en frémissant.

— Puisque tu ne veux pas prendre ta potion, annonça-t-elle platement, il va falloir le couper.

— *Le couper*? couina Doroon, en ouvrant de grands yeux.

— A partir d'ici, probablement, précisa-t-elle d'un ton pensif en indiquant son coude avec la pointe du couteau.

Les larmes aux yeux, Doroon vida son bol et, quelques minutes plus tard, il dodelinait de la tête, tout somnolent. Il poussa un cri, un seul, quand tante Pol remit en place l'os cassé, et lorsque son bras fut entouré de bandages et éclissé, il retomba dans sa torpeur. Tante Pol dit quelques mots à la mère du garçon, qui avait l'air un peu affolée, puis elle demanda à Durnik de le mettre au lit.

— Tu ne lui aurais pas vraiment coupé le bras, hein? s'enquit Garion.

Tante Pol braqua sur lui un regard impassible.

— Ah non, tu crois? répondit-elle.

Et il n'en fut plus si sûr.

— Je pense que j'aimerais bien avoir un petit entretien avec mademoiselle Zubrette, ajouta-t-elle.

— Elle s'est sauvée quand Doroon est tombé de l'arbre, expliqua Garion.

— Va me la chercher.

— Elle a dû se cacher, protesta Garion. Elle se cache toujours quand les choses tournent mal. Je ne vois vraiment pas où je pourrais la trouver.

— Garion, commença tante Pol, je ne t'ai pas demandé si tu savais où la trouver, je t'ai dit d'aller la chercher.

— Et si elle ne veut pas venir? tenta Garion.

— *Garion!*

Il y avait quelque chose d'affreusement définitif dans la voix de tante Pol, aussi Garion prit-il ses jambes à son cou.

— Je n'ai rien à voir là-dedans.

Zubrette commença à mentir à la seconde où Garion l'amena devant tante Pol, à la cuisine.

— Toi, fit tante Pol en tendant un index impérieux vers un tabouret, tu vas t'asseoir!

Zubrette se laissa tomber sur le tabouret, la bouche ouverte et les yeux écarquillés.

— Et toi, poursuivit-t-elle à l'adresse de Garion, en indiquant la porte de la cuisine d'un doigt tout aussi péremptoire, tu vas sortir d'ici tout de suite!

Garion s'exécuta avec empressement.

Dix minutes plus tard, c'est une petite fille en larmes qui sortit en titubant de la cuisine. Tante Pol la regarda partir, debout sur le pas de la porte, les yeux durs comme de l'acier.

— Tu l'as fouettée? s'informa Garion, d'une voix pleine d'espoir.

Tante Pol le flétrit du regard.

— Bien sûr que non. On ne fouette pas les filles.

— Moi, c'est ce que j'aurais fait, poursuivit Garion, un peu déçu. Qu'est-ce que tu lui as dis?

— Tu n'as rien à faire, là? demanda tante Pol.

— Non, répondit Garion. Pas vraiment.

Il n'aurait jamais dû dire ça.

— Parfait, déclara tante Pol en l'empoignant par une oreille. Il est temps que tu commences à apprendre à gagner ton pain à la sueur de ton front. Il y a des marmites sales dans l'arrière-cuisine. Tu vas les nettoyer.

— Je ne vois vraiment pas ce que tu trouves à me reprocher, objecta Garion, en se tortillant. Ce n'est tout de même pas ma faute si Doroon est grimpé dans l'arbre.

— Dans l'arrière-cuisine, Garion, répéta-t-elle. Et tout de suite!

La fin du printemps et le début de l'été furent calmes. Bien sûr, Doroon ne put pas jouer avec eux tant que son bras ne fut pas remis, et Zubrette avait été tellement secouée par ce que tante Pol lui avait dit, quoi que ce fût, qu'elle évitait les deux autres garçons comme la peste. Garion n'avait plus désormais qu'un seul compagnon de jeux, Rundorig, et il était si peu futé que ce n'était pas très engageant. Alors, comme ils n'avaient pas grand-chose d'autre à faire, en réalité, les garçons allèrent souvent dans les champs pour regarder travailler les ouvriers agricoles et les écouter parler.

Or il se trouve que, cet été-là, les hommes de la ferme de Faldor évoquèrent la Bataille de Vo Mimbre, l'événement le plus cataclysmique de l'histoire du Ponant. Garion et Rundorig écoutèrent avec exaltation les hommes raconter comment les hordes de Kal-Torak avaient envahi l'Ouest, cinq cents ans plus tôt environ.

Tout avait commencé en 4865, ainsi que les hommes comptaient les années dans cette partie du monde. D'immenses multitudes de Murgos, de Nadraks et de Thulls avaient franchi la crête de la chaîne de montagnes orientale et déferlé en vagues sans fin sur la Drasnie, suivis d'innombrables légions de Malloriens.

Une fois la Drasnie impitoyablement écrasée, les Angaraks s'étaient déployés vers le sud, vers les vastes étendues herbeuses d'Algarie, et avaient assiégé l'énorme citadelle que l'on appelait la Forteresse d'Algarie. Le siège avait duré huit ans, et puis, écœuré, Kal-Torak avait abandonné. C'est seulement en le voyant tourner ses armées vers l'ouest, vers l'Ulgolande, que les autres peuples avaient compris que l'invasion angarak n'était pas uniquement dirigée contre l'Alorie, mais contre tous les royaumes du Ponant. Au cours de l'été 4875, les troupes de Kal-Torak étaient arrivées dans la plaine arendaise, devant la ville de Vo Mimbre, où les armées unies de l'Ouest les attendaient.

Les forces sendariennes qui prenaient part au combat marchaient sous la bannière de Brand, le Gardien de Riva. Cette force, constituée de Riviens, de Sendariens et d'Arendais asturiens, donna l'assaut à l'arrière-garde des troupes angaraks, après que les Algarois, les Drasniens et les Ulgos eussent engagé le combat sur le flanc gauche, les Tolnedrains et les Cheresques, mené la charge sur le flanc droit, et les Arendais mimbraïques, livré leur légendaire assaut sur les premières lignes. La bataille fit rage pendant des heures, jusqu'à ce que, au centre du champ de bataille, Brand défie Kal-Torak en combat singulier. De l'issue de ce duel devait dépendre celle de la bataille.

Vingt générations s'étaient succédé depuis cette rencontre titanesque, mais son souvenir n'aurait pas été plus frais dans la mémoire des fermiers sendariens qui travaillaient sur les terres de Faldor s'il s'était déroulé la veille. Ils se livraient avec un luxe de détails à la description des coups, des feintes et des esquives, n'en omettant aucun. Au moment décisif, alors qu'il semblait avoir inexorablement perdu le combat, Brand avait dévoilé son bouclier, et, pris au dépourvu, Kal-Torak avait baissé sa garde et été instantanément frappé à mort.

L'évocation du combat suffisait à faire bouillir le sang dans les veines de Rundorig. Mais Garion se disait que cette histoire ne répondait pas à toutes les questions.

— Pourquoi Brand avait-il voilé son bouclier? demanda-t-il à Cralto, l'un des plus vieux valets de la ferme.

— Comme ça, répondit simplement Cralto en haussant les épaules. Tous ceux à qui j'en ai parlé disent que c'est comme ça que ça s'est passé.

— C'était un bouclier magique? insista Garion.

— C'est bien possible. Mais je n'ai jamais entendu personne le dire. Tout ce que je sais, c'est que quand Brand a découvert son bouclier, Kal-Torak a laissé tomber le sien dans un moment de confusion, et que Brand lui a porté un coup mortel à la tête. Droit dans l'œil, à ce qu'on m'a dit.

— Je ne comprends pas, reprit Garion en secouant la tête d'un air obstiné. Comment un truc comme ça aurait-il pu faire peur à Kal-Torak?

— Je n'en sais rien, répondit Cralto. Personne ne me l'a jamais expliqué.

Bien que cette histoire le laissât sur sa faim, Garion accéda promptement à la suggestion plutôt simpliste de Rundorig de procéder à une reconstitution du duel. Après avoir passé un jour ou deux à prendre des poses et à se taper dessus à grand renfort de bouts de bois en guise d'épées, Garion décida que, pour corser un peu le jeu, un équipement un peu plus sérieux serait le bienvenu. Deux chaudrons et deux grands couvercles disparurent mystérieusement de la cuisine de tante Pol. Et Garion et Rundorig, maintenant dotés de heaumes et de boucliers, se réfugièrent dans un coin tranquille pour jouer à la guerre.

Tout allait magnifiquement lorsque Rundorig, qui

était plus vieux, plus grand et plus fort que Garion, flanqua à ce dernier un coup retentissant sur la tête avec son épée de bois. Garion eut l'arcade sourcilière fendue par le bord du chaudron et commença à saigner. Ses oreilles se mirent soudain à bourdonner, une force bouillonnante d'exaltation à courir dans ses veines, et il se releva d'un bond.

Il ne sut jamais vraiment ce qui s'était passé après cela. Il devait vaguement se souvenir d'avoir hurlé des menaces à l'adresse de Kal-Torak dans des termes qui lui venaient aux lèvres alors qu'il ne les comprenait même pas, et le visage qu'il avait devant lui n'était plus celui, familier et un peu simplet, de Rundorig ; il avait cédé la place à quelque chose de hideusement défiguré, d'une laideur surhumaine. Dans un déchaînement de violence, Garion frappa ce visage sans relâche, le cerveau embrasé.

Et puis ce fut tout. Le pauvre Rundorig était allongé à ses pieds. Il avait perdu connaissance sous cet assaut démentiel. Garion était horrifié de ce qu'il avait fait, mais en même temps, il avait dans la bouche le goût enivrant de la victoire.

Plus tard, dans la cuisine où l'on avait coutume de traiter tous les maux, tante Pol ne fit qu'un minimum de commentaires en soignant leurs blessures. Rundorig n'avait pas l'air sérieusement atteint, bien que son visage ait commencé à enfler et à tourner au violet en plusieurs endroits, et qu'il eût un peu de mal à fixer son regard sur les objets au début. Quelques compresses froides sur la tête et l'une des décoctions de tante Pol eurent tôt fait de remettre bon ordre à tout cela.

Mais la plaie au front de Garion devait requérir des soins plus sérieux. Après avoir demandé à Durnik de le tenir, tante Pol prit du fil et une aiguille et elle recousit la boutonnière aussi placidement qu'elle aurait réparé un accroc dans une manche, tout en ignorant les hurlements de son patient. A vrai dire, elle paraissait beaucoup plus ennuyée par les bosses infligées aux chaudrons et les entailles pratiquées dans les couvercles que par les blessures de guerre des deux garçons.

L'opération terminée, Garion avait mal à la tête et on le mit au lit.

— Au moins, j'ai flanqué une raclée à Kal-Torak, dit-il à tante Pol, d'une voix ensommeillée.

Elle lui jeta un coup d'œil acéré.

— Où as-tu entendu parler de Torak ? demanda-t-elle.

— C'est *al*-Torak, tante Pol, repartit patiemment Garion.

— Réponds-moi.

— J'ai entendu les fermiers raconter des histoires, le vieux Cralto et les autres. Ils ont parlé de Brand et de Vo Mimbre, de Kal-Torak et tout le reste. C'est à ça qu'on jouait, avec Rundorig. J'étais Brand et il faisait Kal-Torak. Mais je n'ai pas eu le temps de dévoiler mon bouclier. Rundorig m'a tapé sur la tête avant.

— Garion, je veux que tu m'écoutes, dit tante Pol. Et que tu fasses bien attention à ce que je vais te dire. Il ne faut plus jamais prononcer le nom de Torak.

— C'est *al*-Torak, tante Pol, répéta encore une fois Garion.

Alors elle le frappa, ce qu'elle n'avait encore jamais fait. La claque sur la bouche le surprit bien plus qu'elle ne lui fit mal, parce qu'elle n'avait pas tapé très fort.

— Tu ne dois plus *jamais* prononcer le nom de Torak ! *Jamais !* ordonna-t-elle. C'est très important, Garion. C'est ta vie qui en dépend. Je veux que tu me le promettes.

— Tu n'as pas besoin de t'énerver comme ça, s'offusqua-t-il.

— Donne-moi ta parole.

— Oh, ça va, ça va. Je te le promets. Ce n'était qu'un jeu.

— Un jeu vraiment stupide, commenta tante Pol. Tu aurais pu tuer Rundorig.

— Et moi, alors ? s'indigna Garion.

— A aucun moment tu n'as été en danger, répondit-elle. Allez, dors, maintenant.

Et tandis qu'il sombrait dans un sommeil agité, la tête vidée par la blessure et l'étrange boisson amère que sa tante lui avait fait prendre, il eut l'impression d'entendre sa voix profonde, chaude qui disait :

— Tu es encore tellement jeune, Garion, mon Garion...

Et plus tard, émergeant d'un sommeil de plomb, tel un poisson surgissant de la surface argentée de l'onde, il lui sembla qu'elle appelait :

— Père, j'ai besoin de toi !

Mais il replongea dans un sommeil agité, hanté par la silhouette d'un homme juché sur un cheval noir, qui surveillait chacun de ses mouvements avec une froide animosité et quelque chose qui ressemblait beaucoup à de la peur ; et derrière cette silhouette ténébreuse, qu'il savait avoir toujours été là, bien qu'il n'en ait jamais eu tout à fait conscience, et dont il n'avait jamais ouvertement parlé, même à tante Pol, le visage monstrueusement défiguré qu'il avait brièvement aperçu ou imaginé pendant le combat avec Rundorig le regardait d'un air sinistre, pareil au fruit hideux d'un arbre incommensurablement maléfique.

CHAPITRE 2

Peu après, dans l'interminable matinée de l'enfance de Garion, le conteur se présenta à nouveau au portail de la ferme de Faldor. Le vieillard, qui ne semblait pas avoir de nom, comme les autres hommes, avait vraiment piètre allure avec son pantalon aux genoux rapiécés, ses chaussures dépareillées qui bâillaient lamentablement, sa tunique de laine à manches longues nouée autour de sa taille à l'aide d'une corde, et surtout son capuchon constellé de taches de boisson et de reliefs de nourriture, qui faisait un drôle d'effet dans cette partie de Sendarie où l'on ne portait guère ce genre de vêtement, mais qui plaisait particulièrement à Garion avec ses bavolets sur le dos, les épaules et la poitrine. Seul son manteau paraissait relativement neuf. Les cheveux blancs du vieux conteur étaient coupés presque à ras, tout comme sa barbe. Il avait des yeux rieurs, d'un bleu profond, qui reflétaient une éternelle jeunesse et une malice abyssale, dans un visage aux traits durs, pour ainsi dire anguleux, qui ne trahissait rien de ses origines. Il n'avait pas l'air arendais ou cheresque ; non plus qu'algarois, drasnien, rivien ou tolnedrain. On aurait plutôt dit qu'il était issu d'une race humaine depuis longtemps disparue.

Le conteur revenait de temps à autre à la ferme de Faldor, où il était toujours le bienvenu. C'était en vérité un vagabond, un déraciné qui vivait sa vie en racontant des histoires. Lesquelles histoires n'étaient pas toujours nouvelles, bien sûr, mais il y avait comme de la magie dans la façon très particulière dont il les racontait. Il évoquait le roulement du tonnerre ou le souffle du zéphir. Il arrivait à prendre la voix d'une douzaine de personnages simultanément, et il imitait si bien le chant des oiseaux que ceux-ci venaient écouter ce qu'il disait. Quand il se mettait à hurler comme un loup, tous ceux qui l'écoutaient sentaient leurs poils se hérisser sur leur nuque, et il leur mettait au cœur une froidure que n'auraient pas reniée les rigueurs de l'hiver drasnien. Par sa bouche, on entendait mugir le vent et crépiter la pluie, et même, chose plus miraculeuse encore, tomber les flocons de neige. Ses histoires étaient pleines de bruits qui leur donnaient vie, et par le truchement des mots et des sons dont il tissait ses contes, des images, des odeurs et même des sensations issues de temps et de lieux bien étranges semblaient s'animer à leur tour devant son public fasciné.

Toutes ces merveilles, il les prodiguait en échange de quelques repas, de davantage de chopes de bière et d'un coin au chaud, dans la paille, pour dormir. Il semblait courir le monde, aussi libre et dépourvu d'entrave que les oiseaux.

Il y avait apparemment une certaine connivence entre le conteur et tante Pol. Elle le voyait toujours arriver avec une sorte de résignation mêlée de dérision, comme si elle savait que rien, dans les trésors de sa cuisine, ne serait en sûreté tant qu'il rôderait dans les parages. Il faut dire que les pains et les gâteaux avaient une curieuse façon de disparaître quand il était dans le coin, et qu'il avait le chic pour délester l'oie la mieux parée de ses pilons et d'une généreuse tranche de blanc en trois coups de la lame qu'il tenait toujours prête pour le moment où elle aurait le dos tourné. Elle l'appelait « Vieux Loup Solitaire », et son apparition à la porte de la ferme de Faldor marquait la reprise d'un combat qui durait, de tout évidence, depuis des années. Il se répandait à son endroit en viles flatteries tout en pillant outrageusement ses réserves. Il refusait poliment les biscuits ou le pain noir qu'elle lui proposait pour remplir copieusement son assiette avant que les plats n'aient eu le temps de quitter la cuisine. On aurait aussi bien pu lui remettre les clés de la cave à vin et du placard à bière sitôt qu'il pointait le nez à la grille, mais il donnait l'impression de se complaire tout particulièrement dans le chapardage, d'autant que si elle le surveillait de trop près, il trouvait avec une aisance déconcertante une douzaine de complices prêts à mettre sa cuisine à sac en échange d'une seule histoire.

Détail lamentable, l'un de ses plus brillants élèves était le jeune Garion. Et souvent, quand elle ne savait plus où donner de la tête entre le vieux filou et son apprenti qu'elle s'efforçait de tenir tous deux à l'œil, tante Pol s'emparait d'un balai et les chassait *manu militari* de sa cuisine avec des paroles retentissantes et des coups qui ne l'étaient pas moins. Le vieux conteur s'enfuyait alors en riant et allait se réfugier avec le gamin dans un endroit tranquille où ils se délectaient des fruits de leurs larcins et des souvenirs d'un lointain passé dont le vieil homme, portant fréquemment à ses lèvres une gourde de bière ou de vin volé dans les réserves, régalait son émule.

Les meilleures histoires, évidemment, le vieil homme les gardait pour après dîner, quand tout le monde avait repoussé son assiette. Il se levait alors pour entraîner son auditoire dans un monde d'enchantement et de magie.

— Parlez-nous des Dieux et du commencement des temps, mon vieil ami, lui dit un soir Faldor, qui était la piété même.

— Des Dieux et du commencement des temps, répéta le vieil homme, d'un ton rêveur. Quel beau sujet, Faldor, mais combien aride et poussiéreux.

— C'est curieux comme vous trouvez tous les sujets arides et poussiéreux, Vieux Loup Solitaire, dit tante Pol en plongeant dans la barrique pour lui ramener une chope de bière mousseuse.

— Ce sont les aléas du métier, dame Pol, expliqua-t-il en prenant la chope avec une révérence pleine de dignité.

Il but longuement et reposa sa chope avant de baisser la tête un moment, comme absorbé dans ses pensées, puis il regarda Garion droit dans les yeux, ou du moins c'est ce qu'il sembla à l'enfant, et il fit une chose étrange, qu'il n'avait jamais faite depuis le temps qu'il racontait des histoires dans la salle à manger de Faldor : il se drapa dans sa cape et se redressa de toute sa hauteur.

— Ecoutez, dit-il, de sa voix riche et qui portait, le récit des temps anciens où les Dieux créèrent le monde et les mers et les terres arides. Puis ils lancèrent les étoiles dans le dais nocturne et ils placèrent le soleil et sa femme, la lune, dans les cieux pour donner la lumière au monde.

« Alors les Dieux firent que la terre donne le jour aux animaux, et que les poissons éclosent nombreux dans la mer, et que les oiseaux fleurissent dans les cieux.

« Et ils créèrent aussi les hommes, et les divisèrent en peuples.

« Les dieux étaient au nombre de sept, en ce temps-là. Ils étaient tous égaux, et ils avaient pour noms Belar, Chaldan, Nedra, Issa, Mara, Aldur et Torak. »

L'histoire n'était pas nouvelle pour Garion, évidemment ; tout le monde la connaissait dans cette partie de Sendarie, car c'était une légende d'origine alorienne, or la Sendarie était entourée sur trois de ses côtés par des royaumes aloriens. Mais si elle lui était familière, il ne l'avait jamais entendu raconter de cette façon. Son imagination s'envolait, il croyait voir les Dieux eux-mêmes arpenter le monde en ces temps vagues et brumeux des premiers âges de la terre, et un frisson le secouait chaque fois qu'il entendait le nom interdit de Torak.

Il écoutait de toutes ses oreilles le conteur décrire comment chacun des Dieux avait élu un peuple — Belar, les Aloriens ; Issa, les Nyissiens ; Chaldan, les Arendais ; Nedra, les Tolnedrains ; Mara, les Marags qui ne sont plus, et Torak, les Angaraks. Et comment le Dieu Aldur vivait à l'écart, à observer les étoiles dans la solitude de sa retraite, et quel petit nombre d'hommes il acceptait comme élèves et comme disciples.

Garion jeta un coup d'œil aux autres ; tout le monde était suspendu à ses lèvres. Durnik ouvrait de grands yeux et le vieux Cralto avait les mains crispées sur le bord de la table, devant lui. Le visage blême, Faldor semblait retenir ses larmes. Quant à tante Pol, debout au fond de la salle, bien qu'il ne fasse pas froid, elle s'était elle aussi drapée dans son manteau et se tenait toute raide, les yeux brillant d'une lueur intense.

— Or il se trouve qu'en ce temps-là, poursuivait le conteur, le Dieu Aldur fit en sorte que soit créé un joyau en forme de globe, mais écoutez bien ceci : dans le joyau était captive la lumière de certaines étoiles qui brillaient dans le ciel septentrional. Et grand était l'enchantement qui émanait de ce joyau, auquel les hommes donnèrent le nom d'Orbe d'Aldur, car grâce à lui Aldur pouvait voir ce qui avait été, ce qui était et ce qui n'était pas encore.

Garion se rendit compte qu'il avait arrêté de respirer, tant il était pris par l'histoire. Il entendit avec émerveillement le vieil homme décrire comment Torak vola l'Orbe, et les autres Dieux lui firent la guerre ; puis comment Torak utilisa l'Orbe pour fendre la terre en deux et comment l'eau s'engouffra dans l'abîme et submergea la terre, jusqu'à ce que l'Orbe se révolte contre le mauvais usage que l'on exigeait d'elle en lui fondant le côté gauche du visage et en lui détruisant la main et l'œil gauche.

Le vieil homme s'interrompit pour vider sa chope. Tante Pol, son manteau toujours étroitement serré autour d'elle, lui en apporta une autre, d'une allure pleine de majesté et les yeux brûlants.

— Je n'avais jamais entendu conter cette histoire de la sorte, dit tout bas Durnik.

— C'est la version du *Livre d'Alorie*[1]. On ne la relate qu'en présence des rois, commenta Cralto, sur le même ton. J'ai connu un homme qui l'avait jadis entendue à la cour du roi de Sendarie, et il se souvenait de certains détails. Mais c'est la première fois qu'on me la rapporte en entier.

Le conte se poursuivait par le récit des circonstances dans lesquelles Belgarath le Sorcier avait mené Cherek et ses trois fils dans leur reconquête de l'Orbe, deux mille ans plus tard, puis de la façon dont les Dieux

1. Il existait de cette histoire plusieurs versions abrégées, moins orthodoxes, analogues en cela à l'adaptation proposée dans le Prologue du présent ouvrage. *Le Livre d'Alorie* passait d'ailleurs lui-même pour un condensé d'un document beaucoup plus ancien.

avaient fondé les territoires du Ponant et veillé à leur protection contre les hordes de Torak avant de se retirer du monde, investissant Riva de la mission de garder l'Orbe dans sa forteresse de l'Ile des Vents. Là, il avait forgé une immense épée et enchâssé l'Orbe sur le pommeau. Tant que l'Orbe y demeurerait et que les descendants de Riva seraient sur le trône, le règne de Torak n'arriverait pas.

Belgarath avait ensuite envoyé sa fille préférée à Riva, pour donner naissance à une lignée de rois, tandis que son autre fille restait près de lui et s'instruisait dans son art, car la marque des sorciers était sur elle.

La voix du vieux conteur s'adoucit comme son histoire millénaire approchait de son épilogue.

— Puis Belgarath et sa fille Polgara, la sorcière, se livrèrent ensemble aux pratiques magiques destinées à prémunir le monde contre le retour de Torak. Et d'aucuns assurent qu'ils s'élèveront contre son retour jusqu'à la fin des temps car, selon les présages, Torak, le Dieu mutilé, marchera un jour contre les royaumes du Ponant pour recouvrer l'Orbe qu'il a payée si cher. Alors le combat reprendra entre Torak et les fruits de la lignée de Riva, et ce combat décidera du sort du monde.

Puis le vieil homme replongea dans le silence et laissa son manteau retomber sur ses épaules, car c'était la fin de son histoire.

Un long silence s'établit dans la salle, seulement rompu par les timides craquements du feu qui agonisait dans la cheminée et, dehors, la chanson des grenouilles et des criquets que la nuit d'été rendait intarissables.

Enfin, Fandor s'éclaircit la gorge et se leva, faisant grincer son lourd banc de bois sur le parquet.

— Vous nous avez fait un grand honneur, ce soir, mon vieil ami, déclara-t-il d'une voix enrouée par l'émotion. C'est un événement dont nous garderons le souvenir toute notre vie. Vous nous avez raconté une histoire digne des rois, que l'on ne galvaude pas, ordinairement, auprès des gens du peuple.

— Je n'ai pas vu beaucoup de rois ces derniers temps, Faldor, répondit le vieil homme en grimaçant un large sourire, ses yeux bleus pétillants de malice. Ils semblent tous beaucoup trop occupés pour écouter les histoires du temps jadis, et il faut bien les raconter de temps en temps si l'on ne veut pas qu'elles tombent dans l'oubli. D'ailleurs, qui sait, par les temps qui courent, si un roi ne se cache pas parmi nous ?

Ils éclatèrent tous de rire et commencèrent à repousser leurs bancs, car il se faisait tard et qu'il était temps pour ceux qui devaient se lever aux premières lueurs du jour d'aller se coucher.

— Tu ne voudrais pas m'accompagner avec une lanterne jusqu'à l'endroit où je vais dormir, mon garçon ? demanda le conteur à Garion.

— Avec plaisir, s'exclama Garion en se levant d'un bond.

Il fila dans la cuisine chercher une lanterne carrée, aux parois de verre, l'alluma à l'un des feux qui couvaient dans la cuisine et regagna la salle à manger.

Le conteur, plongé dans une grande conversation avec Faldor, se retourna. Garion vit alors un drôle de regard passer entre le vieil homme et tante Pol, qui était restée debout à l'autre bout de la salle.

— On peut y aller, petit ? fit le vieil homme, comme Garion approchait de lui.

— On y va, répondit Garion.

Ils tournèrent les talons et quittèrent la salle ensemble.

— Pourquoi l'histoire est-elle inachevée ? demanda Garion, dévoré de curiosité. Pourquoi t'es-tu arrêté avant qu'on sache ce qui s'est passé quand Torak a affronté le roi de Riva ?

— Ça, c'est une autre histoire, répliqua le vieil homme.

— Tu me la raconteras, un jour ? insista Garion.

Le vieil homme éclata de rire.

— La confrontation entre Torak et le Roi de Riva n'a pas encore eu lieu, alors je ne vois pas très bien comment je pourrais te la raconter. Il faudra attendre qu'ils se soient rencontrés.

— Mais ce n'est qu'une histoire, protesta Garion. Non ?

— Tu crois vraiment ? repartit le vieil homme en

tirant une gourde de vin de sous sa tunique et en buvant une longue gorgée. Qui peut dire ce qui n'est qu'une histoire et ce qui est la vérité déguisée ?

— Ce n'est qu'une histoire, répéta obstinément Garion, qui se sentait tout à coup plus buté et terre à terre qu'un Sendarien. Tout ça ne peut pas être vrai. Enfin, Belgarath le Sorcier aurait... Je ne sais pas quel âge il aurait, mais les gens ne vivent pas si vieux que ça.

— Sept mille ans, répondit le vieil homme.

— Hein ?

— Belgarath le Sorcier a sept mille ans — peut-être même un peu plus.

— C'est impossible ! décréta Garion.

— Vraiment ? Et quel âge tu as, toi ?

— Neuf ans. Enfin, je vais les avoir à Erastide.

— Et en neuf ans, tu as eu le temps d'apprendre tout ce qui est possible et tout ce qui ne l'est pas ? Tu es vraiment un petit garçon remarquable, Garion.

Garion devint cramoisi.

— Enfin, reprit-il, un peu moins sûr de lui, l'homme le plus vieux que je connaisse est le vieux Weldrik, qui vit à la ferme de Mildrin. Durnik dit qu'il a plus de quatre-vingt-dix ans, et que c'est le plus vieux de toute la région.

— C'est une très grande région, évidemment, commenta le vieil homme, d'un ton solennel.

— Et toi, tu es vieux, toi ? demanda Garion, qui n'était pas du genre à renoncer si facilement.

— Assez vieux, petit.

— Quand même, ce n'est qu'une légende, insista Garion.

— C'est ce que disent bien des hommes pleins de bon sens et de bonne volonté, répondit le vieil homme en levant les yeux vers les étoiles. Des hommes pleins de bon sens qui passeront leur vie à ne croire que ce qu'ils auront vu de leurs yeux et touché de la main. Mais il y a un monde au-delà de ce que nous pouvons voir et toucher, et ce monde connaît ses propres lois. Ce qui n'est peut-être pas possible dans ce monde ordinaire l'est tout à fait dans l'autre, et il arrive parfois que les frontières entre les deux mondes s'estompent. Qui peut dire alors ce qui est impossible et ce qui ne l'est pas ?

— Je crois que je préférerais vivre dans le monde ordinaire, déclara Garion. L'autre a l'air un peu trop compliqué.

— On n'a pas toujours le choix, Garion. Il ne faudra pas trop t'étonner si cet autre monde te désigne un jour pour accomplir une tâche nécessaire — une noble et grande tâche.

— Moi? demanda Garion, incrédule.

— On a vu des choses plus étranges. Et, maintenant, va au lit, petit. Je crois que je vais regarder les étoiles un moment. Nous sommes de vieux amis, les étoiles et moi.

— Les étoiles, hein? répéta Garion, en levant machinalement les yeux. Tu es décidément un bien drôle de bonhomme, si ça ne te fait rien que je te le dise.

— Je te le concède volontiers. Le plus drôle que tu aies jamais rencontré et que tu rencontreras sûrement.

— Mais je t'aime bien tout de même, se hâta de reprendre Garion, qui ne voulait pas le blesser.

— Ça me fait du bien ce que tu me dis là, petit. Et maintenant, file te coucher! Ta tante va s'inquiéter.

Plus tard, cette nuit-là, Garion fit des rêves agités. La silhouette noire de Torak, le dieu mutilé, le lorgnait dans les ténèbres, et des choses monstrueuses le poursuivaient dans des paysages torturés où le possible et l'impossible se confondaient et fusionnaient tandis que cet autre monde s'efforçait de s'emparer de lui.

CHAPITRE 3

Quelques jours plus tard, un matin que tante Pol commençait à froncer les sourcils en le voyant rôder dans sa cuisine, le vieil homme prit prétexte d'une course à faire au village voisin de Haut-Gralt.

— Parfait, répondit tante Pol, d'un ton rien moins qu'amène. Au moins, comme ça, je n'aurai pas à m'inquiéter pour mes provisions.

— Vous n'avez besoin de rien, dame Pol? demanda-t-il avec une courbette ironique, les yeux brillants de malice. Quelque petite chose que je pourrais vous rapporter — puisque je vais faire des courses, de toute façon?

Tante Pol réfléchit un instant.

— Le niveau de certains de mes pots à épices est un peu bas, en effet. Et il y a un marchand d'épices tolnedrain dans le passage des Fenouils, juste au sud de la taverne du village. Vous ne devriez pas avoir trop de mal à trouver le chemin de la taverne, ce me semble...

— Le voyage risque d'être bien déshydratant, admit plaisamment le vieil homme. Et bien solitaire, aussi. Dix lieues sans personne à qui parler, ça fait long.

— Vous pourrez toujours parler aux oiseaux, suggéra platement tante Pol.

— Les oiseaux sont assez doués pour écouter, répondit gravement le vieillard, mais ils répètent toujours la même chose, et leurs discours deviennent vite ennuyeux. Et si j'emmenais le gamin pour me tenir compagnie?

Garion retint son souffle.

— Il prend déjà bien assez de mauvaises habitudes comme ça, rétorqua aigrement tante Pol. Je ne tiens pas à ce qu'il profite des conseils d'un spécialiste.

— Allons, dame Pol, objecta le vieil homme en s'emparant, comme par inadvertance, d'un beignet. Là, je vous trouve injuste. Ça ne pourrait pas lui faire de mal de voir du pays ; ça élargirait son horizon, si vous voyez ce que je veux dire.

— Son horizon est déjà bien assez étendu comme ça, merci.

Garion eut l'impression que son cœur se changeait en pierre.

— Cela dit, reprit-elle, je peux tout de même espérer que lui, au moins, il ne mangera pas la commission, et qu'il n'ira pas oublier dans la bière la différence entre le poivre en grains et les clous de girofle, ou la cannelle et la noix de muscade. Très bien, vous pouvez emmener le petit ; mais attention : je ne veux pas que vous l'entraîniez dans des endroits douteux ou mal famés.

— Dame Pol ! s'exclama le vieil homme, avec une feinte indignation. Comme si je fréquentais des endroits pareils !

— Je vous connais trop bien, Vieux Loup Solitaire, dit-elle sèchement. Vous nagez dans le vice et la corruption aussi naturellement que le canard dans sa mare. Si j'apprends que vous avez emmené le garçon dans les mauvais lieux, nous aurons une explication, tous les deux.

— Autant dire que j'ai intérêt à ce que vous ne l'appreniez pas, c'est ça ?

Tante Pol lui jeta un regard noir.

— Je vais voir ce qu'il me faut comme épices, dit-elle.

— Et moi, je vais emprunter un cheval et une carriole à Faldor, fit le vieil homme, en piquant un autre beignet.

Un moment remarquablement bref plus tard, Garion et le vieil homme rebondissaient allègrement sur le siège de la carriole, au gré des ornières de la route de Haut-Gralt, et du cheval qui les menait à vive allure. C'était un beau matin d'été ; le ciel était agrémenté de quelques petits nuages cotonneux, et des ombres bleu foncé s'allongeaient sous les haies. Mais au bout de quelques heures, le soleil se mit à chauffer très fort, et les cahots commencèrent à devenir lassants.

— On est bientôt arrivés? demanda Garion, pour la troisième fois.

— Pas encore, répondit le vieil homme. Dix lieues, ça fait un bon bout de chemin.

— Je suis déjà venu, une fois, reprit Garion, en s'efforçant de prendre l'air détaché. Evidemment, j'étais encore un bébé, à ce moment-là, et je ne m'en souviens pas très bien. Mais ça m'a paru un endroit plutôt agréable.

— Ce n'est qu'un village, commenta le vieil homme, avec un haussement d'épaules. Un village comme les autres.

Mais il avait l'air un peu préoccupé.

Garion commença à le harceler de questions, dans l'espoir de l'inciter à raconter une histoire qui ferait paraître les lieues moins longues.

— Comment ça se fait que tu n'as pas de nom? Mais ça n'est peut-être pas poli de demander...

— J'ai beaucoup de noms, répondit le vieillard en grattant sa barbe blanche. Presque autant de noms que d'années.

— Moi, je n'en n'ai qu'un, fit Garion.

— Pour le moment.

— Quoi?

— Tu n'as qu'un nom pour le moment, précisa le vieil homme. Le jour viendra où tu en auras un autre, peut-être même plusieurs. Certaines personnes collectionnent les noms au cours de leur existence. Il y en a qui s'usent, un peu comme les vêtements.

— Tante Pol t'appelle Vieux Loup Solitaire.

— Oh, je sais. Il y a bien longtemps que nous nous connaissons, ta tante Pol et moi.

— Et pourquoi elle t'appelle comme ça?

— Ah, les tantes Pol ont des raisons que la raison ne connaît pas! Qui peut dire pour quelle raison une femme comme ta tante fait les choses?

— Je peux t'appeler sire Loup? demanda Garion.

Les noms avaient une grande importance pour

Garion, et le fait que le vieux conteur semblait ne pas en avoir l'avait toujours ennuyé. Sans nom, le vieillard lui donnait l'impression d'être incomplet, inachevé.

Le vieil homme le regarda gravement pendant un moment, puis il éclata de rire.

— Sire Loup, vraiment ? Pour être bien choisi, c'est un nom bien choisi. Je crois que, de tous les noms que l'on a pu me donner depuis des années, c'est celui que je préfère.

— Alors je peux ? T'appeler sire Loup, je veux dire ?

— Je crois que ça me plairait beaucoup, Garion. Je crois même que rien ne pourrait me faire plus plaisir.

— Bon. Et tu veux bien me raconter une histoire, maintenant, *s'il te plaît*, sire Loup ? implora Garion.

Le temps et les lieues passèrent beaucoup plus vite dès que sire Loup eut entrepris de dépeindre à Garion les glorieuses aventures et les sombres intrigues qui avaient illustré les longs siècles d'obscurantisme des guerres civiles arendaises.

— Pourquoi ils sont comme ça, les Arendais ? questionna Garion après un épisode particulièrement sinistre.

— Les Arendais sont des gens très nobles, déclara sire Loup, en s'accoudant paresseusement au dossier de son siège et en prenant négligemment les rênes d'une main. La noblesse est une donnée à laquelle il ne faut pas toujours se fier, car il lui arrive d'entraîner les hommes à faire des choses pour des raisons fumeuses.

— Rundorig est arendais, reprit Garion. Il y a des fois où on a l'impression que... enfin, qu'il a la cervelle un peu ramollie, si tu vois ce que je veux dire.

— C'est le contrecoup de toute cette noblesse, expliqua sire Loup. Les Arendais passent tellement de temps à être nobles qu'ils n'ont plus le temps de s'occuper d'autre chose.

Ils arrivèrent à une colline et virent enfin le village de Haut-Gralt tapi tout au fond, dans la vallée. Garion fut un peu déçu par la petitesse du groupe de maisons de pierre grise coiffées d'ardoise au milieu desquelles se croisaient deux routes couvertes d'une épaisse couche de poussière blanche, et que séparaient quelques ruelles étroites et sinueuses. Les maisons étaient carrées, bien compactes, mais de là où ils étaient, on aurait presque dit des jouets. De l'autre côté du village, l'horizon était déchiqueté par les dents de scie des montagnes de Sendarie orientale, et, bien que l'on fût en été, la cime de la plupart des montagnes était encore couronnée de neige.

Leur cheval, qui était fatigué, descendit péniblement la colline vers le village en soulevant de petits nuages de poussière à chaque pas, et ses sabots claquèrent bientôt sur les rues pavées qui menaient au centre de l'agglomération. Les villageois étaient évidemment tous bien trop importants pour attacher la moindre attention à un vieillard et un enfant dans une voiture de ferme. Les femmes portaient des robes et de grands chapeaux pointus, et les hommes des pourpoints et des chapeaux mous de velours. Ils arboraient une expression hautaine et considéraient avec un mépris évident ces fermiers descendus à la ville qui se rangeaient respectueusement sur le côté pour les laisser passer.

— Ils sont rudement beaux, hein ? remarqua Garion.

— C'est apparemment ce qu'ils se disent aussi, répondit sire Loup, l'air vaguement amusé. Je crois qu'il serait temps de chercher à manger, non ?

Il ne s'en était pas rendu compte, mais maintenant que le vieillard y faisait allusion, Garion mourait de faim, tout à coup.

— Où va-t-on aller ? demanda-t-il. Ils ont tous l'air si merveilleux. Tu crois que ces gens vont nous laisser nous asseoir à leur table ?

Sire Loup éclata de rire et secoua la bourse tintinnabulante accrochée à sa ceinture.

— On ne devrait pas avoir de mal à lier connaissance. Il y a des endroits où on peut acheter à manger.

Acheter à manger ? Garion n'avait jamais rien entendu de pareil. Celui, quel qu'il soit, qui se présentait à la porte de la ferme de Faldor à l'heure du repas était tout naturellement invité à prendre place à la table commune. Le monde de la ville était de toute évidence bien différent de celui de la ferme de Faldor.

— Mais je n'ai pas d'argent, objecta-t-il.

— J'en ai assez pour nous deux, assura sire Loup, en arrêtant le cheval devant un large bâtiment bas de plafond, au-dessus de la porte duquel était suspendue une enseigne représentant une grappe de raisin. Il y avait des mots sur l'enseigne, mais Garion ne pouvait pas les lire, bien sûr.

— Qu'est-ce qu'il y a d'écrit, sire Loup? demanda-t-il.

— Il y a marqué qu'à l'intérieur on peut acheter à boire et à manger, répondit sire Loup en mettant pied à terre.

— Ça doit être drôlement bien de savoir lire, dit Garion, d'un ton rêveur.

Le vieillard lui jeta un regard surpris.

— Comment ça? Tu ne sais pas lire, gamin? interrogea-t-il, incrédule.

— Je n'ai jamais rencontré personne qui sache. Enfin, Faldor sait lire, je crois, mais il n'y a que lui, à la ferme.

— Ridicule, renifla sire Loup. J'en parlerai à ta tante. Elle n'assume pas ses responsabilités. Il y a des années qu'elle aurait dû t'apprendre à lire.

— Tante Pol sait lire? s'étonna Garion.

— Evidemment, répondit sire Loup, en le faisant entrer dans l'auberge. Mais ça fait des années qu'on se dispute à ce sujet-là, tous les deux. Elle dit que ça ne sert pas à grand' chose.

Le vieillard avait l'air particulièrement ennuyé de l'ignorance de Garion. Lequel était, quant à lui, beaucoup trop fasciné pour se préoccuper plus longtemps du problème. L'intérieur de la taverne était une vaste salle aux poutres apparentes, basse de plafond, sombre et enfumée. Le sol dallé de pierres était jonché de paille. Il ne faisait pas froid, et pourtant un feu brûlait dans une fosse de pierre, au centre de la salle, et la fumée s'élevait paresseusement vers une cheminée placée au-dessus, sur quatre piliers de pierre. Des chandelles coulaient dans des plats d'argile sur plusieurs des longues tables maculées de taches, et l'air puait le vin et la bière aigre.

— Qu'est-ce que vous avez aujourd'hui? demanda sire Loup à un homme à l'air revêche et mal rasé, enroulé dans un tablier constellé de taches de graisse.

— Il nous reste un peu de viande, fit l'homme en indiquant du doigt une pièce de viande embrochée sur le devant du feu. Rôtie d'avant-hier seulement. Plus du ragoût de viande tout frais d'hier matin, et du pain qui n'a pas huit jours.

— Parfait, répondit sire Loup en s'asseyant. Avec ça, je prendrai une chope de votre meilleure bière, et du lait pour le petit.

— Du lait ? protesta Garion.

— Du lait, répéta fermement sire Loup.

— Vous avez de l'argent ? questionna l'homme à l'air revêche.

Sire Loup fit tinter sa bourse, et l'homme eut tout à coup l'air moins revêche.

— Pourquoi il dort, le monsieur, là-bas ? demanda Garion en indiquant du doigt un villageois qui ronflait, la tête posée sur une table.

— Il a trop bu, expliqua sire Loup après un bref coup d'œil au ronfleur.

— Il ne faudrait pas que quelqu'un s'occupe de lui ?

— Il vaut mieux que personne ne s'en occupe.

— Tu le connais ?

— Pas personnellement, mais j'en ai connu bien d'autres dans son genre. Il m'est parfois arrivé de me trouver moi-même dans cet état-là.

— Pourquoi ?

— Ça semblait être la meilleure chose à faire sur le moment.

Le rôti, trop cuit, était passablement desséché, la sauce du ragoût de viande avait un goût de flotte, mais Garion était trop affamé pour s'en rendre compte. Il nettoya méticuleusement son assiette, comme on lui avait appris, et resta sagement assis pendant que sire Loup finissait sa seconde chope de bière.

— Magnifique, déclara-t-il, plus pour dire quelque chose que par réelle conviction.

L'un dans l'autre, il avait un peu l'impression que Haut-Gralt ne répondait pas tout à fait à son attente.

— Ça peut aller, commenta sire Loup en haussant les épaules. Les tavernes de village se ressemblent toutes, d'un bout du monde à l'autre. Il m'est rarement arrivé d'avoir envie de retourner dans l'une d'elles. On y va ?

Il posa sur la table quelques pièces que l'homme à l'allure rébarbative se hâta d'empocher, et il ramena Garion au dehors, dans le soleil de l'après-midi.

— Allons voir le marchand d'épices de ta chère tante, dit-il, puis nous chercherons un logement pour la nuit — et une écurie pour le cheval.

Il s'éloignèrent le long de la rue, laissant le cheval et la charrette près de la taverne.

La maison du marchand d'épices tolnedrain se trouvait dans la rue voisine. C'était un grand bâtiment étroit devant la porte duquel étaient affalés deux hommes râblés, au teint basané, vêtus de tuniques courtes, qui semblaient monter la garde à côté d'un cheval noir au regard farouche et sellé d'un curieux caparaçon armorié. Les deux hommes regardaient d'un œil vide et désintéressé les passants qui défilaient devant eux dans la ruelle.

Sire Loup s'arrêta en les apercevant.

— Il y a quelque chose qui ne va pas? demanda Garion.

— Des Thulls, fit calmement sire Loup en braquant un regard dur sur les deux hommes.

— Quoi?

— Ce sont des Thulls, répéta le vieil homme. Ils font généralement office de porteurs pour les Murgos.

— Qu'est-ce que c'est, les Murgos?

— Les habitants de Cthol Murgos, répondit brièvement sire Loup. Les Angaraks du Sud.

— Ceux qu'on a batttus à Vo Mimbre? Qu'est-ce qu'ils font là?

— Les Murgos se sont mis à faire du commerce, expliqua sire Loup en fronçant les sourcils. Je ne m'attendais pas à en voir dans un village si reculé. Nous ferions aussi bien d'entrer. Les Thulls nous ont vus, et ils pourraient trouver bizarre que nous fassions demi-tour et que nous repartions maintenant. Reste près de moi, petit, et surtout pas un mot.

Ils passèrent devant les deux hommes trapus et entrèrent chez le marchand d'épices.

Le Tolnedrain était un homme maigre et chauve, vêtu d'une robe brune, resserrée par une ceinture à la taille, et qui traînait jusque par terre. Il pesait fébrilement les paquets de poudre à l'odeur âcre qui se trouvaient sur le comptoir, devant lui.

— Bien le bonjour, dit-il à sire Loup. Je ne vous demande qu'un instant de patience. Je suis à vous tout de suite.

Il s'exprimait avec une sorte de léger zézaiement que Garion trouva très étrange.

— Je ne suis pas pressé, répondit sire Loup d'une voix sifflante, presque fêlée.

Garion lui jeta un regard acéré et constata avec surprise que son ami était maintenant plié en deux et que sa tête était agitée d'un tremblement spasmodique.

— Occupez-vous d'eux, ordonna sèchement l'autre homme qui se trouvait dans la boutique.

C'était un grand gaillard de forte carrure, au faciès sombre, qui portait une cotte de mailles, une courte épée au côté, et arborait plusieurs cicatrices fort inquiétantes sur son visage aux pommettes hautes. Ses yeux étaient placés selon un angle bizarre, et il parlait d'une voix rauque, avec un fort accent.

— Je ne suis pas pressé, répéta sire Loup de sa voix sifflante d'asthmatique.

— J'en ai encore pour un bon moment, reprit le Murgo, d'un ton glacial, et je n'aime pas être bousculé. Dites au marchand ce qu'il vous faut, vieil homme.

— Eh bien, mille mercis, caqueta sire Loup. J'ai une liste quelque part, sur moi...

Il entreprit de fouiller maladroitement dans sa poche.

— C'est mon maître qui l'a faite. J'espère que vous savez lire, ami marchand, parce que moi, j'en suis incapable.

Il finit par trouver la liste qu'il tendit au Tolnedrain. Le marchand y jeta un coup d'œil.

— J'en ai pour un instant, s'excusa-t-il auprès du Murgo.

Le Murgo hocha la tête et resta planté là, braquant son regard de pierre sur sire Loup et Garion. Ses yeux s'étrécirent légèrement, et son expression changea.

— Tu parais être un bon garçon, dit-il à Garion. Comment t'appelles-tu ?

Jusqu'à cet instant, toute sa vie, Garion avait été un garçon honnête et sincère, mais l'attitude de sire Loup lui avait dessillé les yeux, l'amenant à imaginer un monde plein de traîtrise et de faux-semblants. Quelque part, au fin fond de sa conscience, il avait l'impression d'entendre une mise en garde, une voix sèche et calme qui l'avertissait que la situation était grave et qu'il devait prendre des mesures conservatoires. Il n'hésita qu'un instant avant de proférer le premier mensonge délibéré de son existence. Laissant pendre sa mâchoire inférieure, il prit l'expression stupide que pouvait seule justifier une tête vide.

— Rundorig, Votre Honneur, marmonna-t-il.

— Un nom arendais, fit le Murgo, ses yeux s'étrécissant encore davantage. Et pourtant, tu n'as pas l'air arendais.

Garion le regarda, bouche bée.

— Es-tu arendais, Rundorig ? insista le Murgo.

Garion fronça les sourcils comme si une tempête se déchaînait sous son crâne, tout en réfléchissant à toute vitesse. La voix sèche suggérait plusieurs éventualités.

— Mon père était arendais, répondit-il enfin. Mais ma mère est sendarienne, et les gens disent que je tiens d'elle.

— Tu as dit « était », repartit rapidement le Murgo. Ton père serait donc mort ?

Les yeux comme deux billes d'acier le regardaient intensément dans le visage couturé de cicatrices.

— L'arbre qu'il tentait d'abattre lui est tombé dessus, mentit Garion en hochant frénétiquement la tête. Mais ça fait longtemps, maintenant.

Le Murgo sembla tout à coup cesser de s'intéresser à lui.

— Voilà un sou de cuivre pour toi, gamin, dit-il, en jetant d'un air indifférent une petite pièce sur le sol, aux pieds de Garion. Il est gravé à l'effigie du Dieu Torak. Peut-être t'apportera-t-il la chance, ou à tout le moins un peu de cervelle.

Sire Loup se baissa précipitamment pour ramasser la pièce, mais celle qu'il remit à Garion était un banal sou sendarien.

— Remercie le bon monsieur, Rundorig, siffla-t-il.

— Mille mercis, Votre Honneur, fit Garion, en refermant étroitement le poing sur la pièce.

Le Murgo haussa les épaules et détourna les yeux.

Sire Loup paya le marchand tolnedrain et ils quittèrent la boutique avec leurs épices, Garion et lui.

— Tu as joué un jeu dangereux, gamin, commenta sire Loup, lorsqu'ils furent hors de portée des oreilles des deux Thulls avachis devant la boutique.

— J'ai eu l'impression que tu ne tenais pas à ce qu'il sache qui nous étions, expliqua Garion. Je ne savais pas très bien pourquoi, mais je me suis dit que je devais faire pareil. Je n'aurais pas dû faire ça?

— Tu piges vite, répondit sire Loup d'un ton approbateur. Je crois que nous avons réussi à tromper le Murgo.

— Pourquoi as-tu changé la pièce? demanda Garion.

— Les pièces angaraks ne sont pas toujours ce qu'elles semblent être. Il vaut mieux que tu n'en aies pas sur toi. Allons chercher le cheval et la voiture. La route est longue jusqu'à la ferme de Faldor.

— Je croyais que nous devions passer la nuit ici.

— Nous avons changé nos plans. Allons, petit, il est temps de partir.

Le cheval était fatigué, et c'est très lentement qu'il gravit la longue côte, à la sortie de Haut-Gralt, tandis que le soleil s'inclinait sur l'horizon devant eux.

— Pourquoi tu ne m'as pas laissé garder le sou angarak, sire Loup? insista Garion.

La question l'intriguait toujours.

— Il y a bien des choses en ce bas monde qui semblent être une chose et qui en sont en réalité tout à fait une autre, répondit sire Loup, d'un ton quelque peu sinistre. Je n'ai aucune confiance dans les Angaraks, et encore bien moins dans les Murgos. Je pense qu'il serait aussi bien que tu ne possèdes aucun objet à l'effigie de Torak.

— Mais la guerre entre le Ponant et les Angaraks est finie depuis plus de cinq cents ans, maintenant, objecta Garion. C'est ce que tout le monde dit.

— Pas tout le monde, rétorqua sire Loup. Maintenant, prends le manteau qui est dans la voiture et couvre-toi bien. Je ne tiens pas à ce que tu prennes froid; ta tante ne me le pardonnerait jamais.

— Je vais le faire, si tu penses que c'est ce qu'il faut que je fasse, mais je n'ai pas froid du tout, et je n'ai pas envie de dormir non plus. Je vais te tenir compagnie tout le long du chemin.

— Voilà qui me fait bien plaisir, gamin.

— Dis, sire Loup, reprit Garion, au bout d'un moment, tu connaissais mon père et ma mère?

— Oui, répondit calmement sire Loup.

— Mon père est mort aussi, hein?

— J'en ai bien peur.

Garion poussa un profond soupir.

— C'est ce que je me disais, aussi. J'aurais bien voulu les connaître. Tante Pol dit que je n'étais qu'un bébé quand... (Mais les mots ne voulaient pas sortir de sa bouche.) J'ai essayé de me souvenir de ma mère, mais je n'y arrive pas.

— Tu étais tout petit.

— Comment étaient-ils?

— Comme tout le monde, répondit sire Loup en se grattant la barbe. Tellement ordinaires qu'on ne faisait guère attention à eux.

Cette idée offensait Garion.

— Tante Pol m'a dit que ma mère était très belle, objecta-t-il.

— C'est vrai.

— Alors pourquoi tu dis qu'elle était ordinaire?

— Ce n'était pas quelqu'un d'important, ou de remarquable. Ton père non plus, d'ailleurs. En les voyant, tout ce qu'on pouvait penser, c'est qu'ils étaient de simples villageois: un jeune homme avec sa jeune femme et leur bébé — personne ne vit jamais autre chose en eux. Personne n'était censé voir autre chose.

— Je ne comprends pas.

— C'est très compliqué.

— Comment il était, mon père?

— De taille moyenne, répondit sire Loup. Il avait les cheveux bruns. C'était un jeune homme très sérieux. Je l'aimais beaucoup.

— Il aimait ma mère?

— Plus que tout au monde.

— Et moi?

— Bien sûr qu'il t'aimait.

— Dans quel genre d'endroit est-ce qu'ils vivaient?

— Dans un petit village, répondit sire Loup. Un petit village au pied des montagnes, loin des grandes routes. Ils habitaient une solide petite maison, que ton père avait bâtie de ses propres mains. Il était tailleur de pierres. Je m'y arrêtais de temps en temps, quand je passais dans le coin.

Le vieil homme poursuivit, d'une voix monocorde, la description du village, de la maison et du couple qui y habitait. Garion écouta longtemps, puis il s'endormit sans s'en rendre compte.

Il était sûrement très tard; l'aube devait être proche. Dans un demi-sommeil, le petit garçon sentit qu'on l'enlevait de la voiture et qu'on le portait en haut d'un escalier. Le vieil homme était doté d'une force surprenante. Tante Pol était là — il n'avait pas besoin d'ouvrir les yeux pour le savoir. Il la reconnaissait à son parfum; il l'aurait reconnue dans l'obscurité absolue.

— Couvre-le bien, dit sire Loup, d'une voix étouffée. Il vaut mieux ne pas le réveiller tout de suite.

— Que s'est-il passé? demanda tante Pol, tout bas, comme le vieil homme.

— Il y avait un Murgo en ville, chez ton marchand d'épices. Il a posé des questions et il a essayé de donner un sou angarak au petit.

— A Haut-Gralt? Tu es sûr que c'était un Murgo?

— Comment le savoir? Même moi, je ne suis pas capable de distinguer avec certitude les Murgos des Grolims.

— Où est la pièce?

— J'ai été le plus rapide; c'est moi qui l'ai ramassée. Je lui ai donné un sou sendarien, à la place. Si notre Murgo était un Grolim, c'est moi qu'il va suivre, et je vais un peu le balader. Ça peut durer des mois comme ça!

— Tu vas repartir, alors?

La voix de tante Pol semblait bien triste, tout d'un coup.

— Il est temps que je m'en aille, répondit sire Loup.

Le petit est en sûreté ici, pour le moment, or il se trame quelque chose, et il faut que je m'en occupe. Lorsqu'on se met à voir apparaître des Murgos dans les coins reculés, moi, je commence à m'inquiéter. Nous avons une grave responsabilité, et une mission de la plus grande importance à mener à bien. Nous ne pouvons pas nous permettre la moindre négligence.

— Tu resteras longtemps parti ? demanda tante Pol.

— Quelques années, sans doute. J'ai beaucoup de choses à faire et de gens à voir.

— Tu vas me manquer, dit doucement tante Pol.

— On devient sentimentale, Pol ? railla-t-il avec un petit rire sec. Ça ne te ressemble guère.

— Tu sais ce que je veux dire. Je ne suis pas faite pour la tâche que vous m'avez confiée, toi et les autres. Qu'est-ce que je connais à l'éducation des petits garçons ?

— Tu ne t'en tires pas si mal, répondit sire Loup. Ne le quitte pas des yeux et espérons qu'avec son tempérament il ne va pas te faire tourner en bourrique. Parce qu'il ment comme un vrai virtuose, méfie-toi.

— Garion ? s'exclama-t-elle, troublée.

— Il a si bien menti au Murgo que, même moi, j'en ai été impressionné.

— *Garion ?*

— Et il a commencé à poser des questions au sujet de ses parents, aussi. Qu'est-ce que tu lui as raconté ?

— Pas grand-chose. Qu'ils étaient morts, c'est tout.

— Restons-en là pour l'instant. Inutile de lui parler de choses qu'il n'est pas encore assez grand pour comprendre.

Le murmure de leurs voix se poursuivit, mais Garion s'engloutit à nouveau dans le sommeil, et il était presque certain que tout cela n'était qu'un rêve.

Mais quand il se réveilla, le lendemain matin, sire Loup était parti.

CHAPITRE 4

Les saisons passèrent, comme toutes les saisons. L'été s'épanouissant mûrit en son âge d'or, l'automne; les flamboyances de l'arrière-saison cédèrent aux instances de l'hiver, qui baissa les armes devant le printemps, et les promesses du printemps fleurirent en un nouvel été. Comme les saisons, les années coulèrent dans le grand sablier du temps, et Garion grandit tout doucement.

Mais avec lui, les autres enfants grandissaient aussi — tous, sauf le pauvre Doroon, qui semblait condamné à rester sa vie durant un petit bonhomme malingre et rabougri. Rundorig poussait comme un jeune arbre robuste, et il fut bientôt aussi grand que les autres hommes de la ferme. La croissance de Zubrette était tout aussi spectaculaire : elle s'effectuait moins en hauteur que chez eux, bien sûr, mais elle se développait dans d'autres directions que les garçons commençaient à trouver très intéressantes.

Garion faillit bien mettre fin à sa carrière par un beau jour du début de l'automne, juste avant son quatorzième anniversaire. Répondant à une pulsion primitive inéluctable chez de jeunes sujets mis en présence d'une mare et d'une belle provision de rondins, cet été-là, ils avaient fabriqué un radeau. Lequel radeau n'était ni très grand ni particulièrement solide. Il avait la sale habitude de pencher d'un côté si la charge n'y était pas bien répartie, et une fâcheuse tendance à se disloquer aux moments où l'on s'y attendait le moins.

Naturellement, c'est Garion qui était dessus — à faire

le mariole, comme de bien entendu — lorsque ledit radeau décida, aussi subitement qu'irrévocablement, de retourner à son état initial. Les cordes se défirent toutes en même temps et les rondins entreprirent de reprendre leur indépendance.

Garion, qui n'avait pris conscience du danger qu'au dernier moment, fit une tentative désespérée pour regagner le rivage, mais sa précipitation ne fit que hâter la désintégration de son radeau. Finalement, il se retrouva debout sur une unique bûche, en train de battre frénétiquement l'air de ses deux bras dans un effort futile pour conserver son équilibre, tout en fouillant désespérément du regard les berges marécageuses de l'étang à la recherche d'une aide quelconque. Sur le flanc de la colline, derrière ses camarades de jeu, il reconnut la silhouette familière d'un cavalier. L'homme portait une tunique sombre, et il observait de ses yeux de braise la fâcheuse posture dans laquelle il se trouvait. Puis la bûche miséricordieuse roula sous les pieds de Garion, et il tomba à la renverse dans une magnifique gerbe d'eau.

L'éducation de Garion ne comportait malheureusement pas d'instructions en cas d'immersion prolongée dans un liquide. Et bien que l'eau ne fût à vrai dire pas très profonde, elle l'était suffisamment tout de même.

Le fond de la mare était répugnant ; c'était un genre de bouillasse noire, pleine d'algues dans lesquelles se complaisaient des grenouilles, des tortues et une espèce d'anguille peu ragoûtante qui s'enfuit en ondulant à la manière d'un serpent lorsque Garion dégringola comme une pierre dans les herbes du fond. Garion se débattit, avala pas mal d'eau et donna un bon coup des deux pieds pour remonter à la surface. Il émergea des profondeurs tel un cachalot bondissant, engloutit précipitamment quelques goulées d'air et entendit les cris de ses amis. La silhouette ténébreuse était toujours à flanc de coteau, et en l'espace de cet unique instant, tous les détails de ce lumineux après-midi se gravèrent dans l'esprit de Garion. Il remarqua même qu'alors que le cavalier était à l'air libre, dans la pleine lumière de ce soleil automnal, ni l'homme ni son cheval ne projetaient d'ombre. Mais au moment où son esprit se révoltait contre cette impossibilité, il s'enfonça une nouvelle fois vers le fond boueux.

Tout en se démenant pour ne pas mourir dans ces algues répugnantes, il se dit que s'il arrivait à remonter dans les parages de la bûche, il pourrait s'y cramponner pour rester à la surface. Il fit fuir une grenouille effarouchée et émergea de l'eau. Mais le malheur voulut qu'il remonte juste sous la bûche. Le coup qu'il prit au sommet du crâne lui emplit les yeux de lumière et les oreilles d'un rugissement de tonnerre, et il s'enfonça à nouveau, sans se débattre, cette fois, vers le fond plein d'herbes pourries qui semblaient tendre leurs bras vers lui.

C'est alors que Durnik fut auprès de lui. Garion sentit qu'on le tirait brutalement par les cheveux vers la surface, et qu'il était ensuite hâlé vers la rive par les brasses vigoureuses de Durnik, grâce à la même prise si pratique. Le forgeron hissa le garçon à demi-inconscient sur la berge, le retourna et lui marcha dessus à plusieurs reprises pour lui faire recracher l'eau qu'il avait dans les poumons.

— Ça suffit, Durnik, parvint-il à hoqueter, en sentant craquer ses côtes.

Il se rassit, et le sang de la magnifique entaille qu'il s'était faite au sommet de la tête se mit instantanément à lui couler dans les yeux. Il s'essuya la figure et regarda autour de lui, dans l'espoir de revoir le cavalier noir qui ne projetait pas d'ombre, mais la silhouette avait disparu. Alors il essaya de se relever, puis le monde se mit tout d'un coup à tourner autour de lui, et il perdit connaissance.

Lorsqu'il revint à lui, il était dans son lit, et il avait la tête entourée de bandages.

Tante Pol était debout à côté de lui, les yeux étincelants de fureur.

— Espèce d'imbécile! s'écria-t-elle. Qu'est-ce que tu faisais dans cet étang?

— Du radeau, répondit Garion en s'efforçant de donner l'accent du naturel à sa réponse.

— Du radeau! répéta-t-elle. Du radeau! Et qui t'a permis de faire ça?

— Eh bien, dit-il d'un ton quelque peu indécis. On était juste en train de…

— Juste en train de quoi?

Il la regarda, désarmé.

Alors, avec un petit cri rauque, elle le prit dans ses bras et le serra contre elle à l'étouffer.

Garion envisagea l'espace d'un instant de lui parler de la drôle de silhouette sans ombre qui l'avait regardé se débattre dans l'étang, mais la petite voix sèche qui lui parlait parfois intérieurement lui dit que ce n'était pas le moment. Il n'aurait su dire pourquoi, mais il avait l'impression que ce qui se passait entre le cavalier noir et lui était quelque chose de très personnel, et qu'ils finiraient inévitablement par s'opposer l'un à l'autre, que ce combat fasse intervenir la volonté ou les armes. En parler maintenant à tante Pol la ferait intervenir dans le conflit, et il n'y tenait pas. Il ne savait pas très bien pourquoi, mais il était sûr que la silhouette ténébreuse lui était hostile, et pour aussi inquiétante que soit cette idée, elle n'en était pas moins excitante. Il ne doutait pas que tante Pol saurait comment agir avec cet étranger, mais dans ce cas, Garion savait qu'il perdrait quelque chose de très intime et, allez savoir pourquoi, de très important. Aussi préféra-t-il se taire.

— Au fond, ce n'était pas tellement dangereux, tante Pol, dit-il, assez lamentablement. J'étais sur le point d'arriver à nager. Tout se serait bien passé si je ne m'étais pas cogné la tête sur cette bûche.

— Sauf qu'il a fallu que tu te cognes la tête dessus, souligna-t-elle.

— Eh bien, oui, en effet, mais ce n'était pas grave. J'aurais récupéré en une minute ou deux.

— Etant donné les circonstances, je ne suis pas sûre que tu avais une minute ou deux devant toi, dit-elle avec rudesse.

— C'est-à-dire que…

Et puis la voix lui manqua, et il décida de laisser tomber.

Cet incident devait marquer la fin de la liberté pour Garion. Tante Pol le cloîtra désormais dans l'arrière-cuisine. Au bout d'un moment, il connaissait individuellement la moindre des rayures et des entailles de tous les chaudrons de la cuisine. Il fit un jour le funèbre calcul qu'il les lavait vingt et une fois par semaine *chacun*. Dans une orgie apparente de malpropreté, tante Pol lui donnait tout à coup l'impression de ne pas pouvoir faire bouillir de l'eau sans salir au moins douze gamelles, que Garion devait ensuite nettoyer à fond. Il finissait par en avoir par-dessus la tête et se mit à songer sérieusement à s'enfuir.

Mais comme on avançait dans l'automne et que le temps commençait à se dégrader, les autres enfants étaient eux aussi plus ou moins cantonnés dans leurs quartiers, et ce n'était pas si grave, au fond. Evidemment, Rundorig était rarement des leurs, désormais, car sa taille — il était grand comme un homme, maintenant — lui valait d'être, plus encore que Garion, astreint à des tâches dont la fréquence allait croissant.

Garion s'esquivait aussi souvent que possible pour aller retrouver Zubrette et Doroon, mais ils ne trouvaient plus autant de plaisir à sauter dans la paille ou à jouer à chat pendant des heures dans les granges et les étables. Ils étaient arrivés à un âge et une taille où les adultes repéraient trop facilement leur oisiveté et ne mettaient en général pas longtemps à leur trouver une occupation. La plupart du temps, ils restaient tout simplement assis dans un coin tranquille à discuter — ce qui revenait à dire que Garion et Zubrette demeuraient assis à écouter le bavardage ininterrompu de Doroon. Ce petit gamin agité d'un mouvement perpétuel paraissait aussi rigoureusement incapable de se taire que de rester tranquille, et on aurait dit qu'il pouvait parler pendant des heures d'une demi-douzaine de gouttes de pluie, sans cesser de gigoter ou seulement reprendre son souffle.

— Qu'est-ce que tu as dans la main, Garion ? demanda Zubrette, par un jour de pluie, interrompant la cascade de paroles de Doroon.

Garion regarda la marque blanche, parfaitement circulaire, qui ornait la paume de sa main droite.

— Je l'avais remarquée aussi, fit Doroon, changant

de sujet de conversation au milieu d'une phrase. Mais Garion a toujours vécu dans la cuisine, n'est-ce-pas, Garion, eh bien, il a parfaitement pu se brûler quand il était petit, c'est juste le genre de chose qui peut arriver n'importe quand dans un endroit comme ça, voilà, il a dû mettre la main sur quelque chose de chaud avant qu'on ait eu le temps de l'en empêcher, d'ailleurs, je parie que sa tante Pol l'a drôlement disputé, parce que je n'ai jamais vu personne se fâcher plus vite qu'elle, et elle est tout à fait capable de...

— Je l'ai toujours eue, reprit Garion en faisant le tour de la marque dans sa paume avec l'index de sa main gauche.

Il ne l'avait jamais vraiment regardée jusque-là. Elle lui couvrait toute la paume de la main et prenait un reflet légèrement argenté sous un certain éclairage.

— C'est peut-être une marque de naissance, suggéra Zubrette.

— Je parie que c'est ça, fit très vite Doroon. J'ai vu quelqu'un, une fois, qui en avait une grande, violette, sur la figure, un de ces charretiers qui viennent emporter la récolte de navets à l'automne, eh bien, sa marque lui couvrait tout un côté du visage, et j'ai d'abord pensé qu'il avait reçu un coup, mais formidable, hein, et je me suis dit qu'il avait dû se trouver mêlé à une bagarre gigantesque, parce que ces charretiers passent leur temps à se battre, seulement je me suis rendu compte que ce n'était pas ça, mais plutôt, comme disait Zubrette, une marque de naissance. Je me demande d'où vient ce genre de chose.

Ce soir-là, au moment d'aller se coucher, il posa la question à sa tante.

— Qu'est-ce que c'est que cette marque, tante Pol ? demanda-t-il en tendant sa main, la paume en l'air.

Elle était en train de brosser ses longs cheveux noirs.

— Ce n'est rien, dit-elle en levant les yeux.

— Je ne suis pas inquiet, je me demande juste ce que c'est. Zubrette et Doroon disent que ça doit être une marque de naissance. C'est ça ?

— Quelque chose dans ce goût-là, en effet.

— Est-ce que l'un de mes parents avait la même ?

— Ton père, oui. C'est dans la famille depuis très longtemps.

Une drôle d'idée lui passa par la tête. Sans savoir pourquoi, il tendit la main et effleura la mèche blanche qui ornait le front de sa tante.

— C'est la même chose que la mèche blanche que tu as dans les cheveux? s'enquit Garion.

Il éprouva un curieux picotement dans la main, et ce fut comme si une fenêtre s'ouvrait dans son esprit. Au début, il eut seulement la sensation du passage d'innombrables années qui dévalaient le temps comme un océan de nuages monstrueux, se succédant jusqu'à l'infini, et puis, plus brutal qu'un couteau, vint le sentiment d'une perte, d'un deuil sans cesse renouvelé. Enfin, plus récemment, il y avait son propre visage, et derrière le sien, d'autres visages, vieux, jeunes, royaux ou tout à fait ordinaires, et au fond, par-delà toutes ces têtes, celle de sire Loup, d'où avait disparu toute trace de l'ineptie qu'elle arborait parfois. Mais plus que tout, il y avait la conscience d'une puissance inhumaine, qui n'appartenait pas à la terre, la certitude d'un invincible pouvoir.

— Ne fais pas ça, Garion, dit tante Pol en écartant la tête presque distraitement.

Et la fenêtre qui s'était ouverte dans son esprit se referma.

— Qu'est-ce que c'était? demanda-t-il, brûlant de curiosité et avide de rouvrir la fenêtre.

— Oh, un simple truc.

— Montre-moi comment tu fais.

— Pas encore, mon Garion, répondit-elle en lui prenant le visage entre ses mains. C'est trop tôt. Tu n'es pas encore prêt. A présent, va te coucher.

— Tu seras là? reprit-il, un peu inquiet maintenant.

— Je serai toujours là, dit-elle en le bordant.

Puis elle se remit à brosser sa longue et épaisse chevelure en fredonnant un drôle d'air de sa voix grave, mélodieuse. Et c'est bercé par cette chanson qu'il s'endormit.

Après cela, Garion lui-même n'eut plus guère le loisir de revoir la marque dans la paume de sa main. C'est comme s'il avait tout à coup une quantité invraisemblable de tâches très salissantes à effectuer, et qui ne se contentaient pas de lui souiller les mains en permanence, mais le faisaient intégralement disparaître sous la crasse.

La fête la plus importante de Sendarie — comme de tous les royaumes de l'Ouest, en fait — était Erastide, qui commémorait le jour où, des millénaires auparavant, les sept Dieux avaient uni leurs efforts pour créer le monde d'un seul mot. Erastide tombait en plein hiver, et, comme il n'y avait guère de travail à la ferme en cette saison, on avait pris l'habitude d'en faire une fête magnifique. Pendant deux semaines ce n'étaient que réjouissances, festins dans la salle à manger décorée pour la circonstance, cadeaux et petites reconstitutions historiques censées rendre hommage aux Dieux — ces dernières étant bien évidemment autant de manifestations de la piété de Faldor. Cet homme simple et bon ne se faisait guère d'illusions sur l'intensité avec laquelle les autres occupants de la ferme partageaient sa foi, mais il estimait que ces démonstrations d'activité religieuse trouvaient tout particulièrement leur place en cette saison ; et comme c'était un très bon maître, les autres membres de la maisonnée ne demandaient qu'à lui complaire.

C'était malheureusement aussi en cette saison que la fille de Faldor, Anhelda, et son mari, Eilbrig, rendaient au père de celle-ci la visite annuelle et propitiatoire de rigueur. Il n'entrait en effet pas dans les intentions d'Anhelda de remettre en cause ses droits à l'héritage par une apparente négligence. Ses visites étaient pourtant une épreuve pour Faldor, lequel dissimulait à grand-peine le mépris que lui inspirait son mari, grattepapier dans une maison de commerce de Sendar, la capitale, qui s'habillait d'une façon un peu trop voyante et regardait tout le monde de haut.

Mais comme leur arrivée marquait le début des festivités d'Erastide à la ferme de Faldor, bien que personne n'eût beaucoup de sympathie pour eux, leur venue était toujours saluée avec un certain enthousiasme.

Le temps avait été particulièrement exécrable cette année-là, même selon les critères sendariens. Les pluies étaient arrivées très tôt, promptement suivies par un intermède de neige fondue : pas la poudre lumineuse, craquante, qui viendrait plus tard dans l'hiver, non ; en l'attendant, on pataugeait dans une bouillie humide, qui n'en finissait pas de fondre. Pour Garion, que ses corvées au fond de la souillarde empêchaient maintenant de partager avec ses anciens camarades de jeu l'orgie d'excitation dans laquelle ils attendaient traditionnellement la fête, les réjouissances s'annonçaient quelque peu plates et mornes. Il regrettait amèrement le bon vieux temps et soupirait souvent avec nostalgie en broyant du noir dans la cuisine, tel un nuage d'orage aux cheveux de lin.

Même les décorations rituelles de la salle à manger, où se déroulaient toujours les festivités d'Erastide, semblaient décidément bien pitoyables, cette année. Les branches de pin qui ornaient les poutres lui paraissaient un peu moins vertes, et les pommes soigneusement cirées accrochées aux branches avaient l'air plus petites et moins rouges. Il poussa quelques soupirs à fendre l'âme et se vautra dans une sinistre mélancolie.

Mais il en aurait fallu un peu plus pour impressionner tante Pol, dont l'attitude était rigoureusement dépourvue de la moindre compassion. Elle lui tâta machinalement le front du dos de la main pour voir s'il n'avait pas de fièvre, puis lui administra la potion la plus immonde qu'elle ait jamais réussi à concocter. Après quoi Garion prit bien garde de ruminer en privé et de pousser des soupirs moins retentissants. Sa voix intérieure l'avertissait sans prendre de gants qu'il était ridicule, mais Garion décida de ne pas l'entendre. Cette partie aride, secrète, de son esprit était beaucoup plus vieille et plus sage que lui, mais elle semblait aussi déterminée à lui gâcher tout ce qu'il pouvait y avoir d'amusant dans l'existence.

Le matin d'Erastide, un Murgo et cinq Thulls se présentèrent avec une charrette à la porte de la ferme et demandèrent à voir Faldor. Garion, qui savait depuis longtemps que l'on ne fait jamais attention à un gamin et que l'on peut apprendre bien des choses intéressantes en se trouvant en position d'entendre, tout à fait par hasard, certaines conversations, fit mine de se consacrer à une tâche sans importance non loin de la grille.

Le Murgo, dont le visage était couturé de cicatrices, tel celui qu'il avait vu à Haut-Gralt, était assis, d'un air plein d'importance, sur le siège de la carriole, et sa cotte de mailles cliquetait à chacun de ses mouvements. Il portait un capuchon noir et arborait bien ostensiblement une épée. Ses yeux étaient animés de mouvements incessants, comme s'il voulait tout voir à la fois. Les Thulls, en lourds manteaux et bottes de feutre boueuses, étaient appuyés d'un air absent sur les flancs de la voiture, apparemment indifférents au vent glacial qui fouaillait les champs enneigés.

Vêtu de son plus beau pourpoint — c'était tout de même Erastide —, Faldor traversa la cour, Anhelda et Eilbrig sur ses talons, pour saluer le Murgo.

— Bien le bonjour, ami, déclara Faldor. Joyeux Erastide à vous.

Le Murgo émit un grommellement.

— Je suppose que vous êtes Faldor, le fermier, articula-t-il avec un accent à couper au couteau.

— En effet.

— J'ai entendu dire que vous aviez des jambons à vendre — des jambons d'un bon sel, et en quantité.

— Les porcs ont bien profité cette année, répondit modestement Faldor.

— Je voudrais les acheter, annonça le Murgo en faisant tinter sa bourse.

— A la première heure, demain matin, proposa Faldor en s'inclinant cérémonieusement.

Le Murgo eut un sursaut.

— Vous êtes ici dans une maison très pieuse, expliqua Faldor. Nous ne voudrions pas risquer d'offenser les Dieux en rompant la sainteté du jour d'Erastide.

— Ne soyez pas stupide, père, cracha Anhelda. Ce noble marchand a fait un long chemin pour traiter avec vous.

— Pas le jour d'Erastide, répéta avec entêtement Faldor, son long visage inébranlable.

— En ville, intervint Eilbrig de sa voix de fausset, jamais on ne laisserait un tel sentimentalisme interférer avec les affaires.

— Mais on n'est pas à Sendar, ici, répondit platement Faldor. On est à la ferme de Faldor, et à la ferme de Faldor, on ne travaille pas et on ne mène pas d'affaires le jour d'Erastide.

— Père! protesta Anhelda. Le noble commerçant a de l'or. De l'or, père, de l'or!

— Je n'en entendrai pas davantage, déclara Faldor, avant de se tourner vers le Murgo. Mon ami, vous êtes cordialement invités, vos serviteurs et vous-même, à vous joindre à nos festivités. Nous pouvons vous offrir le logis et la promesse du meilleur dîner de toute la Sendarie, ainsi que l'occasion d'honorer les Dieux en cette journée particulière. S'acquitter de ses obligations religieuses n'a jamais apauvri personne.

— Nous n'observons pas cette fête à Cthol Murgos, rétorqua froidement l'homme au visage couturé de cicatrices. Comme dit la noble dame, j'ai fait un long chemin pour conclure cette affaire et je n'ai guère de temps à perdre. Je suis sûr que la région ne manque pas de fermes où je trouverai les marchandises dont j'ai besoin.

— Père! gémit Anhelda.

— Je connais mes voisins, répondit tranquillement Faldor. Je doute que vous ayez beaucoup de chance aujourd'hui, hélas. L'observance de cette journée est une tradition solidement implantée dans la région.

Le Murgo réfléchit un instant.

— Il se peut que vous ayez raison, dit-il enfin. J'accepterai donc votre invitation, pourvu que nous puissions traiter cette affaire le plus tôt possible, demain matin.

Faldor s'inclina.

— Je serai à votre disposition demain matin, à la première heure, conformément à votre désir.

— Alors, c'est entendu, décréta le Murgo en mettant pied à terre.

L'après-midi devait se passer à préparer le banquet dans la salle à manger. Les aides de cuisine et une demi-douzaine de valets de ferme appelés en renfort pour l'occasion n'arrêtèrent pas d'aller et de venir à pas pressés entre la cuisine et la salle à manger en portant des rôtis fumants, des jambons croustillants et des oies grésillantes sous les coups de fouet de la langue acérée de tante Pol. Garion se fit amèrement la remarque que la stricte observance du repos, le jour d'Erastide, à laquelle Faldor était tellement attaché, ne franchissait pas la porte des cuisines.

Mais tout fut prêt à temps. Une fois les tables dressées et les flambeaux replacés dans leurs anneaux, sur les piliers de pierre, dans la salle où des feux crépitaient gaiement dans les cheminées, les gens de Faldor, qui avaient tous revêtu leurs plus beaux atours, entrèrent, baignés par la lumière dorée de douzaines de bougies, en salivant à l'idée du festin qui les attendait.

Lorsqu'ils furent assis, Faldor, qui trônait à la table d'honneur, se leva de son banc.

— Mes bien chers amis, dit-il en levant sa chope, je dédie cette fête aux Dieux.

— Aux Dieux, répéta l'assemblée d'une seule voix, en se levant respectueusement.

Faldor avala une gorgée, et tous l'imitèrent.

— Entendez ma voix, ô Dieux, implora-t-il. Nous vous remercions humblement pour les largesses qui nous sont prodiguées de par le monde que vous avez créé si beau en ce jour, et nous nous remettons entre vos mains pour vous aimer et vous servir encore pendant cette nouvelle année.

Il donna un moment l'impression de vouloir en dire davantage, mais il se rassit. Faldor passait toujours un temps fou à peaufiner des prières extraordinaires en vue de telles occasions, mais l'angoisse de parler en public lui faisait invariablement oublier les paroles qu'il avait si soigneusement préparées. En vertu de quoi ses prières étaient toujours aussi brèves que sincères.

— Mangeons, mes chers amis, ordonna-t-il. Ne laissons pas refroidir ces mets.

Et ils se mirent à manger. Anhelda et Eilbrig, qui, sur les instances de Faldor, s'étaient joints à eux pour cet unique repas, se mirent en frais de conversation au profit du Murgo, seul digne de leur intérêt dans l'assistance.

— Il y a longtemps que je me dis que je devrais aller à Cthol Murgos, laissa tomber Eilbrig, d'un ton pompeux. Ne pensez-vous pas, ami marchand, qu'un contact accru entre l'Est et l'Ouest constituerait le meilleur moyen de vaincre la méfiance mutuelle qui a tellement nui à nos relations dans le passé?

— Nous autres, les Murgos, nous préférons rester entre nous, répondit sèchement l'homme au visage couturé de cicatrices.

— Mais vous êtes parmi nous, ami, souligna Eilbrig. Cela ne vient-il pas confirmer que des contacts plus étroits pourraient se révéler profitables?

— Je suis là pour affaires, répondit le Murgo. Je ne suis pas venu pour mon plaisir. (Il jeta un coup d'œil sur l'assemblée.) Tous vos gens sont donc là? demanda-t-il à Faldor.

— Tout le monde au grand complet, répondit le fermier.

— Je m'étais laissé dire qu'il y avait aussi un vieil homme, à la barbe et aux cheveux blancs.

— Pas chez moi, mon ami, reprit Faldor. Il se trouve que je suis le plus vieux ici, et vous pouvez constater que mes cheveux sont loin d'être blancs.

— L'un de mes compatriotes a rencontré une personne comme cela, il y a quelques années, poursuivit le Murgo. L'homme était accompagné d'un jeune Arendais, un certain Rundorig, je crois.

Garion, qui était assis à la table voisine, plongea le nez dans son assiette et tendit si bien l'oreille qu'il eut l'impression qu'elle allait s'allonger.

— Nous avons bien parmi nous un garçon du nom de Rundorig, confirma Faldor. Le grand gaillard au bout de la table, là-bas, fit-il en indiquant celui-ci du doigt.

— Non, dit le Murgo en jetant un regard acéré à Rundorig. Ce n'est pas le garçon dont on m'a parlé.

— C'est un nom assez répandu chez les Arendais, commenta Faldor. Les deux personnes que votre ami a rencontrées venaient probablement d'une autre ferme.

— Ça doit être ça, conclut le Murgo, comme pour écarter la question. Ce jambon est excellent, dit-il en indiquant son assiette de la pointe de la dague avec laquelle il mangeait. Ceux qui viennent de votre fumoir sont-ils d'aussi bonne qualité?

— Oh non, ami marchand! rétorqua Faldor en riant.

Vous n'arriverez pas si facilement à me faire parler affaires en ce jour!

Le Murgo eut un sourire fugitif, qui plaqua une étrange expression sur son visage balafré.

— Ça ne coûte rien d'essayer, reprit-il. En tout cas, mes compliments à votre cuisinier.

— Ces louanges s'adressent à vous, dame Pol, souligna Faldor en haussant légèrement la voix. Notre ami de Cthol Murgos trouve votre cuisine à son goût.

— Je le remercie de son appréciation, répondit tante Pol, quelque peu fraîchement.

Le Murgo la dévisagea en écarquillant un peu les yeux, comme s'il la reconnaissait.

— Un repas de roi, noble dame, ajouta-t-il avec une inclination de tête. Votre cuisine est le théâtre d'événements magiques.

— Non, rétorqua-t-elle, très hautaine tout à coup. Pas magiques. La cuisine est art que tout le monde peut apprendre avec de la patience. La magie est une autre affaire.

— Mais la magie est aussi un art, gente dame, releva le Murgo.

— Nombreux sont ceux qui le pensent, répondit tante Pol, mais la véritable magie est un don intérieur et non pas le fait de doigts habiles à tromper le regard.

Le Murgo braqua sur elle un regard intense, qu'elle lui rendit avec une égale fermeté. Garion, assis non loin de là, eut l'impression que l'échange auquel ils se livraient n'était pas limité aux paroles; c'était comme s'ils se lançaient une sorte de défi. Puis le Murgo détourna les yeux, redoutant apparemment de relever le gant.

Après le festin vint le moment du petit spectacle sans prétention qui marquait traditionnellement la fête d'Erastide. Sept des plus vieux employés de la ferme qui s'étaient éclipsés un peu plus tôt reparurent vêtus de longues robes à capuche, le visage disparaissant derrière des masques soigneusement sculptés et peints à l'effigie des Dieux. Les costumes n'étaient pas tout neufs, et l'on voyait encore les plis qu'y avait marqués une année passée dans le grenier de Faldor où ils avaient été remisés. Les personnages masqués et drapés entrèrent à pas lents et vinrent se mettre en rang devant la table de Faldor. Puis chacun récita quelques mots identifiant le Dieu qu'il était censé incarner.

— Je suis Aldur, le Dieu-qui-vit-tout-seul, débita la voix de Cralto, émanant du premier masque, et j'ordonne à ce monde d'exister.

— Je suis Belar, le Dieu-Ours des Aloriens, dit une autre voix familière, issue du second masque, et j'ordonne à ce monde d'exister.

Ainsi firent-ils tous : Chaldan, Issa, Nedra, Mara, et enfin le dernier qui, contrairement aux autres, était vêtu de noir et arborait un masque d'acier et non pas de bois peint.

— Je suis Torak, le Dieu-Dragon des Angaraks, gronda la voix caverneuse de Durnik, derrière le masque, et j'ordonne à ce monde d'exister.

L'œil attiré par un mouvement, Garion tourna rapidement la tête. Le Murgo s'était couvert le visage de ses deux mains, dans un geste étrange, presque cérémonieux, et derrière lui, à la table du fond, les cinq Thulls paraissaient tout tremblants, et leur visage avait pris une couleur cendreuse.

Les sept silhouettes debout devant la table de Faldor se donnèrent la main.

— Nous sommes les Dieux, dirent-ils à l'unisson, et nous ordonnons à ce monde d'exister.

— Entendez les paroles des Dieux, déclama Faldor. Qu'ils soient les bienvenus dans la maison de Faldor.

— La bénédiction des Dieux soit sur la maison de Faldor et sur tous ceux qui l'habitent, répondirent les sept personnages.

Puis ils tournèrent les talons et s'en retournèrent aussi lentement qu'ils étaient venus, à travers la salle.

C'est alors que l'on apporta les cadeaux. La distribution s'accompagnait toujours d'une grande excitation, car ils étaient offerts par Faldor, et que le bon fermier passait beaucoup de temps tous les ans à chercher le cadeau le plus approprié à chacun. Il y avait beaucoup de tuniques neuves, de pantalons, de robes et de chaussures, mais cette année-là, Garion fut littéralement transporté de joie, lorsqu'il ouvrit un petit paquet emballé de tissu, de découvrir une adorable petite dague dans un fourreau joliment ouvragé.

— C'est un jeune homme, maintenant, expliqua Faldor à tante Pol. Et un homme a toujours besoin d'une bonne lame.

Garion testa immédiatement le fil de son cadeau et ne put faire autrement que de se couper le doigt, bien sûr.

— C'était fatal, j'imagine, dit tante Pol, sans que l'on sache vraiment si elle parlait de la coupure, du cadeau proprement dit, ou du fait que Garion grandissait.

Le Murgo acheta ses jambons le lendemain matin et s'en retourna avec ses cinq Thulls. Quelques jours plus tard, Anhelda et Eilbrig firent leurs malles et repartirent à leur tour vers Sendar, la capitale. Alors la vie reprit son cours normal à la ferme de Faldor.

L'hiver passa, tant bien que mal. Les neiges arrivèrent et s'en furent, et le printemps finit enfin par se manifester, comme toujours. Une seule chose distinguait ce printemps des précédents : l'arrivée de Brill, le nouveau valet de ferme. L'un des jeunes fermiers ayant pris femme était parti s'installer dans une petite ferme qu'il avait louée, non loin de là, dûment lesté, au demeurant, de cadeaux utilitaires et des conseils éclairés de Faldor pour démarrer dans la vie conjugale. Et Brill avait été engagé pour le remplacer.

Garion ne pensait pas que Brill constituât une recrue de choix pour la ferme. C'était un bonhomme solitaire, aigri, avec un œil qui n'était pas du tout d'accord avec l'autre, et plutôt sale, avec ça : il n'y avait qu'à voir sa tunique et son pantalon tout rapiécés et complètement couverts de taches, ses cheveux noirs, gras, et sa barbe mal soignée. En plus, il répandait une odeur de sueur et de vieille crasse qui planait autour de sa personne comme un nuage putride. Garion avait renoncé à lui adresser la parole après quelques tentatives décevantes, et désormais il l'évitait.

D'ailleurs, le jeune garçon devait avoir bien d'autres idées en tête, ce printemps et cet été-là. Bien qu'il l'ait jusqu'alors considérée plus comme un boulet que comme une véritable camarade de jeux, tout d'un coup, il s'était mis à regarder Zubrette d'un autre œil. Il avait toujours plus ou moins su qu'elle était jolie, mais jusqu'à cette saison particulière, cela n'avait pas d'importance, et il lui préférait de beaucoup la compagnie de Rundorig et de Doroon. Seulement les choses avaient évolué. Il s'était rendu compte que les deux autres garçons avaient eux aussi commencé à s'intéresser de plus près à elle, et pour la première fois de sa vie, il était en proie aux affres de la jalousie.

Zubrette flirtait outrageusement avec les trois, comme de bien entendu, et il fallait voir comme elle rayonnait quand elle les observait en train de se regarder en chiens de faïence. Les travaux des champs auxquels se consacrait dorénavant Rundorig le tenaient à l'écart la plupart du temps, mais Doroon posait un sérieux problème à Garion, qui devenait irritable et passait son temps à chercher des prétextes pour faire le tour de la place afin de s'assurer qu'il n'était pas caché dans un coin avec Zubrette.

Sa stratégie personnelle était d'une simplicité charmante : il achetait ses faveurs. Comme toutes les filles, Zubrette adorait les sucreries, or Garion avait libre accès à l'intégralité du contenu des cuisines. Il ne leur avait pas fallu longtemps pour conclure l'accord suivant : Garion volait des douceurs dans la cuisine pour sa petite camarade aux cheveux de miel, en échange de quoi il avait droit à un baiser. Les choses n'en seraient peut-être pas restées là si tante Pol ne les avait pas surpris au beau milieu de l'une de ces transactions, par un bel après-midi d'été, dans la solitude de la grange à foin.

— En voilà assez ! annonça-t-elle fermement depuis le pas de la porte.

Pris en défaut, Garion s'écarta d'un bond de Zubrette.

— J'avais quelque chose dans l'œil, inventa instantanément Zubrette, et Garion allait me l'enlever.

Garion ne sut que rester planté là, à rougir comme une pivoine.

— Ah oui, vraiment ? fit tante Pol. Comme c'est intéressant. Viens avec moi, Garion.

— Je... commença-t-il.

— *Tout de suite*, Garion.

Ce devait être la fin de l'idylle. Après cela, Garion n'eut plus un instant de répit. Les yeux de Tante Pol semblaient perpétuellement braqués sur lui. Il se morfondit pas mal en pensant à Doroon, qui arborait maintenant un air horriblement satisfait, mais tante Pol ne relâcha pas sa vigilance un seul instant, et Garion n'eut plus l'occasion de quitter les cuisines.

CHAPITRE 5

A la mi-automne, cette année-là, après que le vent eut abattu en une pluie de sang et d'or les feuilles qui avaient fini de jaunir, alors que les soirées commençaient à fraîchir et que la fumée bleue des cheminées de la ferme de Faldor s'élevait toute droite vers les premières étoiles glacées dans le ciel à l'heure où le ciel s'empourpre, sire Loup revint. Il arriva sous un ciel bas, par une fin d'après-midi où le vent soufflait en rafales, et les feuilles fraîchement tombées tourbillonnaient autour de lui dans le vent qui faisait claquer son grand manteau noir.

Garion, qui donnait des épluchures à manger aux cochons, le vit approcher et courut à sa rencontre sur la route. Le vieil homme avait l'air fatigué, il était couvert de la poussière des chemins, et son visage arborait une expression sinistre sous son capuchon gris. Sa jovialité et son insouciance coutumières avaient fait place à une attitude plus sombre que Garion ne lui avait jamais vue.

— Tiens, Garion ! fit sire Loup en manière de salutation. Tu as grandi, on dirait.

— Ça fait cinq ans, répondit Garion.

— Si longtemps que ça ?

Garion hocha la tête en emboîtant le pas à son ami.

— Tout le monde va bien ? demanda sire Loup.

— Oh oui, répondit Garion. Rien n'a changé ici. Sauf que Breldo s'est marié, alors il est parti, et que la vieille vache marron est morte l'été dernier.

— Je me souviens de la vache, dit sire Loup. Puis il ajouta : il faut que je parle à ta tante Pol.

— Elle n'est pas de très bonne humeur, aujourd'hui, l'avertit Garion. Il vaudrait mieux que tu te reposes d'abord un peu dans une des granges. Je t'apporterai à boire et à manger dans un petit moment.

— Il faudra que nous bravions son humeur, répondit sire Loup. Ce que j'ai à lui dire ne peut pas attendre.

Ils franchirent le portail et traversèrent la cour en direction de la porte des cuisines sur le seuil de laquelle tante Pol les attendait de pied ferme.

— Encore vous ? dit-elle abruptement, les deux mains sur les hanches. Mes cuisines ne sont pas encore bien remises de votre dernière incursion.

— Dame Pol, fit sire Loup en s'inclinant.

Puis il fit une drôle de chose. Il mit ses mains devant sa poitrine et se mit à tracer un dessin compliqué dans l'air avec ses doigts. Garion fut à peu près sûr qu'il n'était pas censé voir ces signes.

Tante Pol écarquilla légèrement les yeux, puis elle les plissa, et son visage s'assombrit.

— Comment peux-tu... commença-t-elle, avant de reprendre son empire sur elle-même. Garion, dit-elle sèchement, je sais qu'il reste encore des carottes au bout du potager. Prends une pelle, un seau, et va m'en déterrer quelques-unes, j'en ai besoin.

— M'enfin...

Il allait élever une protestation, mais, alerté par son expression, il s'empressa de décamper et alla chercher une bêche et un seau dans un appentis voisin, après quoi il se rapprocha en tapinois de la porte de la cuisine. C'était très vilain d'écouter aux portes, naturellement ; cela passait même, en Sendarie, pour la preuve irréfutable d'une éducation déplorable, mais Garion était depuis longtemps arrivé à la constatation que, chaque fois qu'on l'envoyait promener, la conversation était partie pour devenir passionnante, et, plus que vraisemblablement, pour le concerner de près. Il avait brièvement débattu de tout cela avec sa conscience, mais comme il ne voyait pas vraiment ce qu'il pouvait y avoir de mal dans cette habitude si commode — tant qu'il ne répétait rien de ce qu'il avait entendu — sa conscience avait perdu le combat devant sa curiosité.

Garion avait l'ouïe très fine, mais il mit un moment à distinguer les deux voix familières parmi les autres bruits de la cuisine.

— Il se gardera bien de laisser des traces de son passage, disait tante Pol.

— Ce n'est pas la peine, répondait sire Loup. C'est la chose elle-même qui va me permettre de retrouver le chemin qu'ils ont pris. Je peux la suivre aussi facilement qu'un renard pourchassant un lapin.

— Où va-t-il l'emmener ?

— Qui sait ? Son esprit m'est fermé. J'imagine qu'il va se diriger vers le nord, vers Boktor. C'est le moyen le plus rapide d'aller à Gar og Nadrak. Il doit bien se douter que je suis à ses trousses, et il n'aura rien de plus pressé que de regagner les royaumes angaraks. Son forfait ne sera pas accompli tant qu'il sera à l'Ouest.

— Quand est-ce que c'est arrivé ?

— Il y a quatre semaines.

— Il est peut-être déjà en territoire angarak.

— C'est peu probable. Les distances sont longues. De toute façon, qu'il soit déjà là-bas ou non, il faut que je le retrouve. J'ai besoin de ton aide.

— Mais comment veux-tu que je parte d'ici ? demanda tante Pol. Il faut que je veille sur le petit.

La curiosité de Garion était presque insoutenable, maintenant. Il se rapprocha de la porte de la cuisine.

— Le gamin sera en sécurité, ici, dit sire Loup. C'est trop important.

— Non, le contredit tante Pol. Même ici, il n'est pas en sûreté. A Erastide dernier, un Murgo est venu, accompagné de cinq Thulls. Il s'est fait passer pour un marchand, mais il a posé un peu trop de questions, au sujet d'un vieillard et d'un garçon appelé Rundorig que l'on aurait vus à Haut-Gralt, il y a quelques années. Il n'est pas impossible du tout qu'il m'ait reconnue, moi aussi.

— C'est plus grave que je ne pensais, alors, dit pensivement sire Loup. Il va falloir que nous installions le gamin ailleurs. Nous pourrons le confier à des amis, quelque part.

— Non, objecta à nouveau tante Pol. Si tu veux que je

t'accompagne, il faudra qu'il vienne avec nous. Il arrive à un âge où il faut faire très attention.

— Ne sois pas ridicule, dit sèchement sire Loup.

Garion était stupéfait. Personne n'avait jamais osé parler sur ce ton à tante Pol.

— C'est à moi d'en décider, rétorqua-t-elle fraîchement. Nous étions tous d'accord pour qu'il soit sous ma responsabilité jusqu'à l'âge adulte. Si je ne peux pas l'emmener avec moi, je ne pars pas.

Garion sentit son cœur faire un bond dans sa poitrine.

— Enfin, Pol, reprit sire Loup, sur le même ton. Réfléchis à l'endroit où nous allons peut-être être obligés d'aller. Nous n'allons tout de même pas le leur livrer sur un plateau d'argent.

— Il sera plus en sûreté à Cthol Murgos, et même en Mallorie, qu'ici si je ne suis pas auprès de lui pour le surveiller, répondit tante Pol. Au printemps dernier, je l'ai surpris dans la grange avec une fille de son âge. Je te dis qu'il faut le tenir à l'œil.

Sire Loup éclata alors de rire, d'un rire profond, joyeux.

— C'est tout ? Tu t'en fais trop pour ce genre de chose.

— Et comment trouverais-tu ça si, à notre retour, nous le retrouvions marié et sur le point d'être père ? demanda aigrement tante Pol. Il ferait un excellent fermier, dans le fond, et quelle importance après tout si nous devons tous attendre une centaine d'années que les circonstances se présentent à nouveau favorablement ?

— Cela n'a pas dû aller très loin. Ce ne sont encore que des enfants.

— Tu ne vois pas ce qui te crève les yeux, espèce de Vieux Loup Solitaire. On est en Sendarie profonde, ici, et le gamin a été élevé pour réagir sainement et honnêtement. La fille est une petite péronnelle aux yeux brillants qui pousse beaucoup trop vite pour mon goût. En ce moment, la jeune et charmante Zubrette constitue un danger beaucoup plus réel que tous les Murgos réunis. Ou le petit vient avec moi, ou je ne viens pas du tout. Tu as tes responsabilités à assumer, j'ai les miennes.

— Nous n'avons pas le temps de discutailler, répondit sire Loup. S'il faut en passer par là, eh bien, allons-y.

Garion faillit s'étouffer d'excitation. Il éprouva bien un petit pincement au cœur à l'idée de partir sans Zubrette, mais cela ne dura pas. Il se retourna et regarda avec exaltation les nuages qui filaient dans le ciel nocturne. Et, comme il avait le dos tourné, il ne vit pas tante Pol approcher sur le seuil de la cuisine.

— Le potager, pour autant que je me rappelle, se trouve le long du mur du sud, souligna-t-elle.

Pris en faute, Garion sursauta.

— Comment se fait-il que ces carottes ne soient pas encore arrachées ? insista-t-elle.

— Il a fallu que je trouve une bêche, répondit-il d'un ton peu convaincant.

— Vraiment ? Eh bien, je vois que tu as fini par mettre la main dessus, railla-t-elle en arquant le sourcil d'une façon fort inquiétante.

— Je viens juste de la découvrir.

— Magnifique. Bon, maintenant, les carottes, Garion, et tout de suite !

Garion crispa les poings sur le manche de la pelle et l'anse du seau et prit ses jambes à son cou.

Lorsqu'il revint, à la nuit tombante, tante Pol montait l'escalier qui menait aux appartements de Faldor. Il aurait pu la suivre pour tenter d'entendre ce qu'ils se disaient, mais un mouvement furtif sous le porche sombre de l'une des remises l'incita plutôt à chercher refuge dans l'ombre du portail. Une silhouette quitta sournoisement l'abri de la remise pour se glisser au pied des marches que tante Pol venait de gravir et grimpa sans bruit l'escalier dès qu'elle fut entrée chez Faldor. La lumière déclinait rapidement et Garion n'arrivait pas à reconnaître celui qui suivait sa tante. Il posa son seau par terre et, empoignant sa pelle comme une arme, fit rapidement le tour de la cour intérieure, en prenant bien soin de rester dans l'ombre.

Puis on entendit du bruit à l'étage, et la silhouette qui se trouvait derrière la porte se redressa et redescendit précipitamment les marches. Garion recula pour se dissimuler aux regards, la bêche prête à frapper, mais au moment où l'individu passait devant lui, Garion perçut une bouffée de puanteur où se mêlaient des odeurs de vêtements sales, de corps mal lavé et de sueur aigre. Aussi sûrement que s'il avait vu son visage, il sut que l'homme qui épiait sa tante était Brill, le nouveau valet de ferme.

La porte s'ouvrit en haut des marches, et Garion reconnut la voix de sa tante.

— Je suis désolée, Faldor, mais il s'agit d'une affaire de famille, et il faut que je parte immédiatement.

— Je vous augmenterai, Pol.

La voix de Faldor paraissait prête à se briser.

— L'argent n'a rien à voir là-dedans, répondit tante Pol. Vous êtes un homme de bien, Faldor, et j'ai trouvé dans votre ferme un véritable havre de paix à un moment où j'en avais terriblement besoin. Je vous en serai éternellement reconnaissante — et plus que vous ne pensez — mais je suis obligée de m'en aller.

— Vous pourrez peut-être revenir plus tard, quand ce problème de famille sera réglé ? reprit Faldor, d'une voix presque suppliante.

— Je ne crois pas, Faldor. Je crains fort que ce ne soit pas possible.

— Vous allez nous manquer, Pol, dit Faldor, des larmes dans la voix.

— Vous me manquerez aussi, bien cher Faldor. Je n'ai jamais rencontré un homme plus généreux que vous. Je considérerais comme une faveur que vous ne parliez pas de mon départ avant que je ne m'en aille. Je préférerais éviter les explications et les adieux larmoyants.

— Comme vous voudrez, Pol.

— Ne soyez pas triste, cher vieil ami, ajouta tante Pol, d'un ton qu'elle essaya de rendre allègre. Mes aides ont été à bonne école. Ils font la cuisine aussi bien que moi. Votre estomac ne s'apercevra même pas de la différence.

— Mon estomac, peut-être pas, mais mon cœur, lui, la verra, affirma Faldor.

— Ne soyez pas ridicule, dit-elle gentiment. Maintenant, il faut que je m'occupe du dîner.

Garion ne s'attarda pas au bas de l'escalier. Troublé, il rangea sa bêche dans l'appentis et alla chercher le seau de carottes qu'il avait abandonné près du portail. Dire à sa tante qu'il avait vu Brill écouter à la porte ne pouvait manquer d'entraîner des questions concernant ses propres activités auxquelles il ne tenait pas à répondre. Selon toute vraisemblance, Brill avait simplement succombé à la curiosité, et il n'y avait rien de menaçant ou d'inquiétant là-dedans. Mais depuis qu'il avait vu le peu ragoûtant Brill se livrer à un passe-temps qu'il affectionnait lui-même et considérait jusque-là comme anodin, Garion était assez mal à l'aise, et se sentait peut-être même un peu honteux.

Garion était beaucoup trop excité pour manger, ce soir-là, mais en dehors de cela, le dîner se déroula apparemment comme tous les dîners qu'il avait pris à la ferme de Faldor. Garion eut beau observer à la dérobée le visage rébarbatif de Brill, son attitude ne donnait pas l'impression d'avoir si peu que ce soit changé à la suite de la conversation qu'il s'était donné tant de mal pour surprendre.

A la fin du dîner, comme toujours lorsqu'il venait à la ferme, tout le monde insista pour que sire Loup raconte une histoire. Il se leva et resta debout un moment, plongé dans ses pensées, tandis que le vent gémissait dans la cheminée et que les flambeaux vacillaient dans leurs anneaux sur les piliers de la salle.

— Ainsi que le savent les hommes, commença-t-il, les Marags ne sont plus, et l'Esprit de Mara erre en se lamentant dans la solitude des grands bois et parmi les ruines de Maragor envahies par la mousse. Mais ainsi que le savent aussi les hommes, les fleuves de Maragor charrient de l'or. De ce bel or jaune arraché aux collines, et qui devait être la cause de la destruction des Marags. Lorsqu'un certain royaume voisin apprit l'existence de l'or, la tentation devint en effet trop forte et il en résulta — comme presque toujours lorsqu'il est question d'or entre deux royaumes — une guerre. Pour prétexte de cette guerre, ils arguèrent du fait regrettable que les Marags étaient cannibales. Bien qu'il s'agisse là d'une habitude déplorable pour un peuple civilisé, peut-être s'en seraient-ils moins offusqués s'il n'y avait pas eu d'or à Maragor.

« Quoi qu'il en soit, la guerre était inévitable, et les Marags furent anéantis. Mais l'Esprit de Mara et les fantômes de tous les Marags assassinés restèrent à Maragor, ainsi que ne devaient pas tarder à le découvrir ceux qui pénétraient dans ce royaume hanté.

« Or il se trouve que vers cette époque, trois hommes à l'esprit téméraire qui vivaient dans la ville de Muros, au sud de la Sendarie, décidèrent de prendre la route de Maragor afin de faire valoir leurs droits sur tout cet or dont ils avaient entendu parler. Ces hommes, comme je vous le disais, étaient de valeureux aventuriers, et les histoires de fantômes les faisaient rire bien fort.

« Leur voyage fut long, car il y a plusieurs centaines de lieues entre Muros et les limites septentrionales de Maragor, mais ils étaient attirés par l'appât de l'or. Et c'est ainsi que par une nuit de tempête, sombre et ténébreuse, ils franchirent la frontière de Maragor en se glissant entre les patrouilles qui avaient été instituées pour faire rebrousser chemin aux pillards dans leur genre, car ce royaume voisin, qui avait fait les frais de la guerre et chèrement payé sa victoire, était tout naturellement réticent à l'idée de partager l'or avec quiconque aurait tenté de s'introduire dans la contrée.

« Ils rampèrent dans les ténèbres de la nuit, consumés par la soif de l'or. L'Esprit de Mara se lamentait autour d'eux, mais c'étaient des braves et ils n'avaient pas peur des esprits, d'autant, comme ils se le répétaient à l'envi, que ce qu'ils entendaient n'était pas vraiment un esprit, mais seulement le gémissement du vent dans les arbres.

« Un matin vague et brumeux s'insinuait entre les collines lorsque le vacarme d'une rivière se fit entendre non loin de là. Ainsi que le savent les hommes, c'est sur la berge des rivières que l'on a le plus de chances de trouver de l'or, aussi se dirigèrent-ils promptement dans la direction du bruit.

« C'est alors que l'un d'eux baissa par hasard les yeux dans la lumière imprécise, et, en vérité je vous le dis, le sol à ses pieds était couvert d'or, de pépites, de parcelles d'or. Succombant à l'avidité, il garda le silence et s'attarda derrière ses compagnons jusqu'à ce qu'ils soient hors de vue. Alors il s'agenouilla et commença à ramasser les fragments d'or à pleines poignées, comme un enfant qui cueillerait des fleurs.

« Entendant un bruit derrière lui, il se retourna. Ce qu'il vit, il vaut mieux renoncer à le décrire. Laissant tomber tout son or, il fila comme l'éclair.

« La rivière qu'ils avaient entendue traversait une gorge, juste à cet endroit, et ses deux compagnons eurent la surprise de le voir s'élancer par-dessus le bord du précipice et continuer à courir dans le vide, ses jambes hachant un air immatériel pendant qu'il s'abîmait dans le vide. Alors ils se retournèrent et ils virent ce qui le poursuivait.

« L'un d'eux devint fou et bondit avec un cri de désespoir dans le gouffre qui venait d'engloutir leur compagnon, mais le troisième aventurier, le plus brave et le plus courageux des trois, se dit qu'aucun fantôme ne pouvait faire de mal à un être vivant, et il leur tint tête. Ce qui était, évidemment, la faute à ne pas commettre. Les fantômes l'encerclèrent tandis qu'il leur faisait bravement front, certain qu'ils ne pouvaient pas lui faire de mal. »

Sire Loup s'interrompit et porta sa chope à ses lèvres.

« Alors, poursuivit le vieux conteur après avoir bu une gorgée, il faut croire que même les fantômes peuvent avoir faim, car ils se le partagèrent et le dévorèrent. »

Garion sentit ses cheveux se dresser sur sa tête au révoltant épilogue de l'histoire de sire Loup, et il se rendit bien compte que tout le monde, à sa table, avait eu l'impression de recevoir un coup de poing dans le ventre. Ce n'était pas du tout le genre d'histoire qu'ils s'attendaient à entendre.

Le bon visage de Durnik, le forgeron, qui était assis non loin de là, arborait une expression perplexe.

— Je ne voudrais pas, pour un empire, mettre en doute la véracité de votre conte, dit-il enfin à sire Loup, en cherchant visiblement ses mots, mais s'ils l'ont mangé — les fantômes, je veux dire — où est-il passé ? Parce que, si les fantômes sont immatériels, comme on le dit, ils n'ont pas d'estomac, n'est-ce pas ? Et avec quoi pourraient-ils mâcher ?

Le visage de sire Loup prit une expression rusée et

mystérieuse. Il leva un doigt comme s'il s'apprêtait à faire une réponse hermétique à la question de Durnik, puis tout d'un coup, il éclata de rire.

Au début, Durnik eut l'air ennuyé, puis, assez penaud, il se mit à rire à son tour, et, tout doucement, leur hilarité se communiqua aux autres, au fur et à mesure qu'ils comprenaient l'astuce.

— Habile mystification, mon cher vieil ami, déclara Faldor en riant plus fort qu'eux. Et fort instructive au demeurant. L'avidité est mauvaise conseillère, mais la peur est une bien plus mauvaise inspiratrice encore, et le monde est suffisamment plein de périls pour qu'on ne le peuple pas de farfadets imaginaires.

On pouvait toujours compter sur Faldor pour tirer une morale édifiante de n'importe quelle bonne histoire.

— Comme c'est vrai, mon bon Faldor, reprit sire Loup, plus gravement. Mais il y a bel et bien dans ce monde des choses que l'on ne peut expliquer ou écarter avec des rires.

Brill, qui était assis près du feu, n'avait pas joint son rire aux autres.

— Je n'ai jamais vu de fantôme, dit-il aigrement, je n'ai jamais rencontré personne qui en ait vu non plus, et en ce qui me concerne, je ne crois à aucune sorte de magie, de sorcellerie ou d'enfantillage de ce genre.

Sur ces paroles, il se leva et sortit de la salle en frappant le sol de ses talons, un peu comme s'il prenait cette histoire pour une injure personnelle.

Plus tard, dans la cuisine où tante Pol supervisait le rangement tandis que sire Loup asséchait une chope de bière, vautré sur l'une des grandes tables, Garion et sa conscience reprirent les hostilités, et celle-ci finit par remporter le combat, cette voix intérieure, impitoyable, lui ayant fait valoir, de façon très pertinente, qu'il n'était pas seulement stupide, mais peut-être aussi dangereux de garder plus longtemps pour lui ce qu'il avait vu. Il reposa le chaudron qu'il était en train d'astiquer et se dirigea vers le coin où ils se trouvaient tous les deux.

— Ça n'a peut-être pas d'importance, commença-t-il avec circonspection, mais cet après-midi, quand je suis revenu du potager, j'ai vu Brill qui te suivait, tante Pol.

Elle se retourna pour le regarder. Sire Loup reposa sa chope.

— Continue, Garion, dit tante Pol.

— C'est quand tu es allée parler à Faldor, expliqua Garion. Il a attendu que tu sois en haut des marches et que Faldor te fasse entrer. Alors il s'est glissé dans l'escalier et il a écouté à la porte. Je l'ai vu quand je suis retourné ranger la pelle.

— Depuis quand ce Brill est-il à la ferme? demanda sire Loup en fronçant les sourcils.

— Il est arrivé au printemps, répondit Garion. Quand Breldo s'est marié et est allé s'installer ailleurs.

— Et le négociant murgo était là à Erastide, quelques mois plus tôt?

Tante Pol braqua sur lui un regard acéré.

— Tu crois que...

Elle ne finit pas sa phrase.

— Je crois que ce ne serait peut-être pas une mauvaise idée que d'avoir une petite conversation avec notre ami Brill, répliqua sire Loup d'un ton sinistre. Tu sais où est sa chambre, Garion?

Garion hocha la tête, le cœur battant la chamade, tout d'un coup.

— Montre-moi le chemin.

Sire Loup quitta la table sur laquelle il était affalé, et son pas n'était plus celui d'un vieil homme. On aurait dit que les ans avaient le pouvoir de glisser de ses épaules; c'était très curieux.

— Soyez prudents, fit tante Pol.

Sire Loup eut un ricanement qui rendit un son sinistre.

— Je suis toujours prudent. Tu devrais le savoir, depuis le temps.

Garion mena rapidement sire Loup dans la cour, dont ils firent le tour pour gagner, à l'autre bout, l'escalier qui montait vers la galerie sur laquelle donnaient les chambres des valets de ferme. Ils gravirent sans bruit les vieilles marches usées, sur la pointe de leurs pieds chaussés de cuir.

— Par là, fit Garion, dans un soupir, sans savoir exactement pourquoi il baissait la voix.

Sire Loup hocha la tête et ils suivirent en silence la galerie plongée dans l'obscurité.

— C'est là, chuchota Garion, en s'arrêtant devant une porte.

— Recule, souffla sire Loup.

Il effleura la porte du bout des doigts.

— Elle est fermée à clé ?

— Ce n'est pas un problème, répondit sire Loup, tout bas.

Il plaça la main sur la serrure, on entendit un déclic, et la porte s'ouvrit toute seule. Sire Loup entra. Garion lui emboîta le pas.

Il faisait un noir d'encre dans la chambre, et la puanteur aigre des vêtements jamais lavés de Brill emplissait l'atmosphère.

— Il n'est pas là, commenta sire Loup, d'une voix normale.

Il farfouilla avec quelque chose à sa ceinture, et il y eut un raclement de silex sur de l'acier, suivi d'un jaillissement d'étincelles sur une mèche de corde au bout effrangé, qui commença à rougeoyer. Sire Loup souffla un instant sur l'étincelle, qui devint une flamme haute et claire, puis il éleva la corde enflammée au-dessus de sa tête et jeta un coup d'œil circulaire dans la chambre.

Le plancher et le lit étaient couverts d'un fouillis de vêtements et d'objets personnels. Garion comprit instantanément, sans savoir exactement comment, qu'il ne s'agissait pas d'un simple désordre, mais bien plutôt de l'indication d'un départ précipité.

Sire Loup resta un moment planté au milieu de la chambre, son lumignon à la main, l'air comme absent. On aurait dit qu'il cherchait mentalement quelque chose.

— Les écuries, s'exclama-t-il brusquement. Vite, petit !

Garion fit volte-face et se précipita hors de la chambre, sire Loup sur ses talons. Sans s'arrêter, celui-ci jeta par-dessus la rampe d'escalier la corde incandescente qui tomba dans la cour, l'illuminant brièvement.

Il y avait de la lumière dans l'écurie. Une lumière sourde, qui émanait d'une lanterne partiellement couverte, mais dont les rayons filtraient tout de même entre les fentes creusées par le temps dans le bois de la porte. Les chevaux s'agitaient, énervés.

— Gare-toi, petit, fit sire Loup en ouvrant brutalement la porte.

Brill était à l'intérieur. Il se bagarrait avec un cheval qui ne voulait pas se laisser seller, effrayé par son odeur âcre.

— Alors, Brill, on se défile? demanda sire Loup, en s'avançant, les bras croisés, dans l'ouverture de la porte.

Brill fit volte-face, se ramassa, son visage mal rasé déformé par un rictus. Le blanc de son œil torve brillait à la lumière étouffée de la lanterne suspendue à un clou sur le côté de l'une des stalles, et ses dents ébréchées lancèrent des éclairs derrière ses lèvres retroussées.

— Drôle d'heure pour partir en voyage, poursuivit sèchement sire Loup.

— N'essaie pas de me retenir, vieillard, rétorqua Brill, d'un ton menaçant. Tu pourrais le regretter.

— J'ai déjà regretté tellement de choses dans ma vie, railla sire Loup. Je doute fort qu'une de plus ou de moins fasse une quelconque différence.

— Je t'aurai prévenu, gronda Brill, en plongeant la main sous sa cape et en brandissant une courte épée tachée de rouille.

— Ne fais pas l'imbécile, avertit sire Loup, avec un mépris écrasant.

Mais Garion, au premier éclair de métal, avait porté la main à sa ceinture, tiré sa dague et bondi devant le vieil homme désarmé pour lui offrir un rempart de son corps.

— Tire-toi de là, gamin! aboya sire Loup.

Trop tard: Garion avait déjà plongé en avant, pointant sa dague étincelante devant lui. Plus tard, lorsqu'il prendrait le temps de réfléchir, il serait bien incapable d'expliquer sa réaction. Il avait dû répondre à un instinct profondément enfoui en lui.

— Sauve-toi, Garion! s'écria sire Loup.

— De mieux en mieux, commenta Brill, en levant son épée.

C'est alors que Durnik fut parmi eux. Surgissant de nulle part, il saisit un joug et fit voler l'épée de la main de Brill, qui se tourna vers lui, fou de rage. Son second coup atteignit le bigleux dans les côtes, juste sous l'aisselle, lui coupant le souffle. Brill tomba comme une masse sur le sol couvert de paille de l'écurie, où il resta à se tortiller en cherchant sa respiration.

— Tu n'as pas honte, Garion? fit Durnik, d'un ton de reproche. Tu crois peut-être que c'est pour ça que je t'ai forgé cette lame?

— Il allait tuer sire Loup, protesta Garion.

— Ne t'en fais pas pour moi, répondit celui-ci, en se penchant sur l'homme qui haletait toujours.

Il le fouilla sommairement et tira de sous sa tunique crasseuse une bourse tintinnabulante qu'il alla ouvrir sous la lanterne.

— C'est à moi, hoqueta Brill en tentant de se redresser.

Mais Durnik brandit le joug, et Brill rentra précipitamment la tête dans les épaules.

— Une vraie petite fortune pour un simple valet de ferme, ami Brill, remarqua sire Loup en faisant couler les pièces de la bourse dans sa main avec un tintement clair. Comment as-tu réussi à gagner tout ça?

Brill lui jeta un regard torve.

Garion ouvrit tout grand les yeux. C'était la première fois qu'il voyait de l'or.

— Tu n'as pas vraiment besoin de répondre, l'ami, fit sire Loup en examinant l'une des pièces. Ton or parle pour toi.

Il remit les pièces dans la petite poche de cuir et la jeta sur l'homme allongé par terre, qui s'en empara fébrilement et la fourra sous sa tunique.

— Il va falloir que je mette Faldor au courant de tout ça, décréta Durnik.

— Non, coupa sire Loup.

— L'affaire est grave, reprit Durnik. Se bagarrer un peu et échanger quelques coups, c'est une chose, mais tirer les armes, c'en est une autre.

— Nous n'avons pas le temps, répliqua sire Loup en décrochant un licol pendu à une patère. Attachez-lui les mains dans le dos, et nous le mettrons dans l'un des silos à grains. Quelqu'un le trouvera bien demain matin.

Durnik le regarda d'un air abasourdi.

— Faites-moi confiance, mon bon Durnik, poursuivit sire Loup. Le temps presse. Ligotez-le et cachez-le quelque part, puis venez nous rejoindre à la cuisine. Viens avec moi, Garion.

Sur ce, il fit volte-face et quitta l'écurie.

Tante Pol ne tenait pas en place. Elle faisait les cent pas dans sa cuisine lorsqu'ils la rejoignirent.

— Alors ? demanda-t-elle.

— Il allait prendre la fuite, lui raconta sire Loup. Nous sommes arrivés au bon moment.

— Vous l'avez... ?

Elle ne termina pas sa phrase.

— Non. Il a tiré une épée, mais par bonheur Durnik était dans les parages, et il a rapidement calmé ses instincts belliqueux. Il est arrivé juste à temps, parce que ton petit protégé, ici présent, était prêt à en découdre avec notre ami. Or sa dague est bien mignonne, mais guère de taille à lutter contre une épée.

Tante Pol se tourna vers Garion, les yeux étincelants. Garion crut prudent de reculer un peu, histoire de se mettre hors de portée.

— Ce n'est pas le moment, déclara sire Loup en reprenant la chope qu'il avait abandonnée avant de quitter la cuisine. La bourse de Brill est pleine de bon or rouge angarak. Les Murgos avaient un espion dans la place. J'aurais préféré partir en douce, mais puisque nos mouvements sont déjà surveillés, la question ne se pose plus. Emballe ce dont vous aurez besoin, le petit et toi. Je voudrais mettre quelques lieues entre Brill et nous avant qu'il ne réussisse à se libérer. Je ne tiens pas à passer mon temps à regarder partout derrière moi à la recherche d'éventuels Murgos.

Durnik, qui venait d'entrer dans la cuisine, s'arrêta pour les regarder.

— Il se passe des choses bizarres, ici, dit-il. Qui êtes-vous donc, à la fin, et comment se fait-il que vous ayez des ennemis aussi dangereux ?

— C'est une longue histoire, mon bon Durnik, répondit sire Loup, mais j'ai bien peur de ne pas avoir le temps de vous la raconter tout de suite. Faites nos excuses à Faldor, et essayez de retenir Brill un jour ou deux. Je préférerais que notre piste soit bien froide lorsque ses amis ou lui tenteront de nous retrouver.

— Il faudra que quelqu'un d'autre s'en charge, commenta doucement Durnik. Je ne sais pas très bien ce qui se trame, mais je suis sûr que ce n'est pas de tout repos. J'ai l'impression que je ferais mieux de vous accompagner, jusqu'à ce que j'aie réussi à vous amener loin d'ici, sains et saufs, au moins.

Tante Pol éclata de rire.

— Allons, Durnik ? Vous voudriez nous protéger, nous ?

Il se redressa de toute sa hauteur.

— Je regrette, dame Pol, reprit-il. Je ne vous permettrai pas de partir sans escorte.

— *Vous ne nous le permettriez pas ?* répéta-t-elle, incrédule.

— Parfait, décréta sire Loup, d'un air entendu.

— As-tu complètement perdu l'esprit ? s'exclama tante Pol, en se tournant vers lui.

— Durnik a prouvé qu'il savait se rendre utile. Sans compter que, comme cela, j'aurai quelqu'un avec qui parler le long de la route. Les années t'ont aiguisé la langue, Pol, et la perspective de faire des centaines de lieues sinon davantage en n'entendant qu'injures et insultes ne me sourit pas tellement.

— Je vois que tu as fini par sombrer dans le gâtisme, espèce de Vieux Loup Solitaire, déclara-t-elle d'un ton acide.

— C'est exactement le genre de chose que je voulais dire, commenta-t-il d'un ton suave. Maintenant, emporte ce dont tu auras besoin et partons. La nuit passe vite.

Elle le regarda un moment d'un air furibond, puis elle quitta la cuisine telle une tornade.

— Il va falloir que je prépare également mes affaires, dit Durnik.

Il se détourna et sortit dans la nuit peuplée par les vents. Les idées dansaient la sarabande dans la tête de Garion. Les choses allaient beaucoup trop vite pour lui.

— Tu as peur, petit ? demanda sire Loup.

— Eh bien... commença Garion. C'est juste que je n'y comprends pas grand-chose. Tout ça est très confus.

— Tout s'expliquera le moment venu, et il vaut peut-être mieux que tu n'en saches pas trop pour l'instant. Enfin, ce que nous faisons n'est pas dépourvu de danger, mais ce n'est tout de même pas si périlleux que ça. Nous veillerons, ta tante et moi — et ce brave Durnik, évidemment — à ce qu'il ne t'arrive rien. Maintenant, aide-moi. On va s'occuper des provisions.

Il s'engouffra dans la réserve avec une lanterne et commença à fourrer des miches de pain, un jambon, une boule de fromage jaune et plusieurs bouteilles de vin dans un sac décroché d'une patère.

Il était près de minuit, pour autant que Garion puisse en juger, lorsqu'ils quittèrent la cuisine et traversèrent sans bruit la cour plongée dans l'obscurité. Durnik ouvrit la grille, lui arrachant un petit grincement qui leur sembla faire un bruit épouvantable.

Au moment de franchir le portail, Garion sentit son cœur faire un bond dans sa poitrine. La ferme de Faldor était la seule maison qu'il ait jamais connue, et voilà qu'il la quittait, peut-être pour toujours. De telles choses revêtaient une profonde signification. Il éprouva un véritable coup de poignard en pensant à Zubrette. L'idée de Doroon et Zubrette ensemble dans la grange faillit lui donner envie de renoncer à tout le programme, mais c'était beaucoup trop tard, maintenant.

Lorsqu'ils eurent quitté l'abri des bâtiments, un vent furieux, glacial, s'engouffra dans la cape de Garion. De lourds nuages voilaient la lune et la route semblait à peine moins sombre que les champs qui la bordaient. Il faisait froid, il se sentait seul, et tout ça était passablement terrifiant. Il se rapprocha de tante Pol.

Arrivé en haut de la colline, il se retourna et jeta un coup d'œil par-dessus son épaule. La ferme de Faldor n'était plus qu'une tache pâle et indistincte dans la vallée, derrière eux. Il se détourna à regret. La vallée qui s'étendait de l'autre côté de la colline disparaissait dans l'obscurité, et la route elle-même se perdait dans les ténèbres devant eux.

CHAPITRE 6

Ils avaient parcouru des lieues et des lieues, Garion n'aurait su dire combien. Il marchait en dodelinant de la tête et il lui arrivait de trébucher sur les pierres invisibles dans le noir. Mais surtout, il aurait donné n'importe quoi pour pouvoir dormir. Il avait les yeux qui le brûlaient, et ses jambes tremblaient comme si elles allaient se dérober sous lui.

En haut d'une autre colline — il y en avait apparemment toujours une autre ; cette partie de la Sendarie était plissée comme une serviette chiffonnée — sire Loup s'arrêta et regarda autour de lui, fouillant des yeux les ténèbres oppressantes.

— C'est là que nous quittons la route, annonça-t-il.

— Est-ce bien raisonnable ? demanda Durnik. Il y a des bois tout autour, et j'ai entendu dire qu'il pouvait s'y cacher des voleurs. Même s'il n'y en a pas, ne craignez-vous pas que nous nous égarions dans le noir ? ... Si seulement la lune voulait bien nous éclairer.

Il leva vers le ciel chargé de nuages son bon visage honnête, que l'on devinait troublé.

— Je ne crois pas que nous ayons grand-chose à redouter des voleurs, répondit sire Loup d'un ton confiant. Et j'aime autant que la lune ne brille pas. Je ne pense pas que l'on soit déjà à notre poursuite, mais il est aussi bien que personne ne nous voie passer. L'or murgo peut acheter bien des secrets.

Là-dessus, il les mena dans les champs qui bordaient la route.

Pour Garion, les labours étaient encore ce qu'il y avait de pire. S'il lui arrivait de temps en temps de trébucher sur la route, là, il butait à chaque pas dans les trous, sur les sillons et à chaque aspérité du sol. Lorsqu'ils arrivèrent à la lisière noire des bois, distante d'une bonne lieue, il s'en serait fallu d'un rien qu'il se mette à pleurer d'épuisement.

— Comment allons-nous faire pour retrouver notre chemin là-dedans? s'interrogea-t-il en scrutant la nuit absolue des bois.

— Il y a un sentier forestier pas loin, de ce côté-là, répondit sire Loup, en tendant le doigt. Nous n'en sommes plus très loin.

Et il reprit son chemin, en bordure de la forêt obscure. Garion et les autres le suivirent tant bien que mal.

— Nous y voilà, dit-il enfin, en s'arrêtant pour leur permettre de le rattraper. Il va faire très sombre à l'intérieur, et la piste n'est pas large. Je vais passer le premier, et vous me suivrez.

— Je suis derrière toi, Garion, fit Durnik. N'aie pas peur. Tout ira bien.

Sauf qu'il y avait quelque chose dans la voix du forgeron qui laissait entendre que ses paroles étaient moins destinées à réconforter Garion qu'à le rassurer, lui.

On aurait dit qu'il faisait plus chaud dans les bois. Les arbres les protégeaient du vent furieux, mais il faisait tellement noir que Garion n'arrivait pas à comprendre comment sire Loup faisait pour s'y retrouver. Un soupçon terrifiant commença à se faire jour dans son esprit : et s'il ne savait pas vraiment où il allait, si ce n'était que du bluff, et s'il se contentait d'avancer au hasard, en comptant sur sa bonne étoile?

— Qui va là? fit tout d'un coup, venant d'un point situé juste devant eux, une voix qui tonna comme la foudre. Les yeux de Garion, maintenant légèrement habitués à l'obscurité de la forêt, distinguèrent vaguement les contours d'une créature tellement énorme qu'il ne pouvait s'agir d'un homme.

— Un géant! s'écria-t-il, en proie à une panique soudaine.

Puis, comme il était à bout de forces et que trop de choses s'étaient accumulées sur lui, ce soir-là, ses nerfs le lâchèrent et il fila comme l'éclair dans les bois.

— Garion! cria tante Pol. Reviens!

Mais la panique s'était emparée de lui. Il se mit à courir droit devant lui, trébuchant sur les racines et les buissons, se cognant aux arbres et se prenant les pieds dans les ronces en une fuite aveugle qui lui fit l'effet d'un cauchemar sans fin. Il rentra de plein fouet dans une branche basse, qu'il n'avait pas vue dans le noir, et des étincelles jaillirent devant ses yeux, accompagnant le choc inattendu sur son front. Il resta étalé par terre, sur le sol humide de la forêt, à hoqueter et à sangloter, en s'efforçant de s'éclaircir les idées.

Et puis des mains se posèrent sur lui, des mains horribles, invisibles. Un milliers d'images de terreur lui passèrent instantanément par la tête, et il se débattit frénétiquement, en essayant de dégainer sa dague.

— Oh non, fit une voix. Pas de ça, mon lapin.

On lui prit sa dague.

— Vous allez me dévorer? balbutia Garion, d'une voix brisée.

La créature qui l'avait fait prisonnier se mit à rire.

— Allez, debout, mon lapin, dit-elle.

Et Garion sentit qu'on le relevait fermement. Une poigne solide lui enserra le bras et le traîna à moitié dans le bois.

Quelque part devant eux, il y avait une lumière. Un feu tremblotant brûlait entre les arbres, et il lui sembla que c'était par-là qu'on l'entraînait. Il savait qu'il aurait dû réfléchir, chercher un moyen de s'échapper, mais son cerveau, paralysé par la peur et l'épuisement, lui refusait tout service.

Trois charrettes étaient rangées en un vague demi-cercle autour du feu. Durnik était là, ainsi que sire Loup et tante Pol, et avec eux un homme tellement immense que l'esprit de Garion refusa tout simplement d'accepter la possibilité qu'il soit réel. Ses jambes, grosses comme des troncs d'arbre, étaient entourées de fourrures attachées avec des lanières de cuir, et il portait une cotte de mailles qui lui arrivait aux genoux. A sa ceinture étaient accrochées d'un côté, une épée monumentale, et de l'autre, une hache d'arme. Il portait les cheveux tressés, et il avait une grande barbe rouge, hirsute.

Comme ils entraient dans le cercle éclairé, Garion put enfin distinguer celui qui l'avait capturé. C'était un petit bonhomme, à peine plus grand que Garion lui-même, et le trait dominant de sa physionomie était un long nez pointu. Il avait de petits yeux furtifs, et ses cheveux noirs, raides, étaient coupés en mèches irrégulières. Il n'avait pas vraiment une tête à inspirer confiance, et sa tunique rapiécée, couverte de taches, ainsi que la courte épée menaçante qu'il arborait au côté, ne faisaient rien pour rattraper l'impression produite par son visage.

— Voilà notre lapin, déclara le petit homme à tête de fouine en attirant Garion dans la lumière. Et il m'a donné du fil à retordre, je vous prie de le croire !

Tante Pol était furieuse après Garion.

— Ne fais plus jamais ça, lui dit-elle d'un ton rigoureux.

— Pas si vite, dame Pol, intervint sire Loup. Il vaut encore mieux qu'il prenne ses jambes à son cou que les armes. Tant qu'il ne sera pas adulte, ses jambes seront ses meilleures alliées.

— Nous avons été capturés par des voleurs ? s'informa Garion, d'une petite voix tremblante.

— Des voleurs ? s'exclama sire Loup en éclatant de rire. Quelle imagination délirante, mon garçon ! Ces deux hommes sont nos amis.

— Des amis ? répéta Garion, incrédule, en regardant d'un air soupçonneux le géant à la barbe rouge et l'homme à la tête de fouine assis de part et d'autre de lui. Vous en êtes sûrs ?

Le géant partit d'un grand rire. On aurait dit un tremblement de terre.

— Ce garçon a l'air bien méfiant, tonna-t-il. C'est ta figure qui a dû le mettre en garde, Silk, mon ami.

Le petit homme lança un regard torve à son monumental compagnon.

— Je vous présente Garion, reprit sire Loup, en indiquant le jeune garçon. Vous connaissez déjà dame Pol. (Il sembla insister de la voix sur le nom de tante

Pol.) Et voici Durnik, un brave forgeron qui a absolument tenu à nous accompagner.

— Dame Pol ? releva le petit homme, en se mettant tout à coup à rire, sans raison apparente.

— Tel est mon nom, répondit tante Pol d'un ton sans réplique.

— Vous ne pouvez imaginer, gente dame, le plaisir que j'aurai à vous donner, fit le petit homme, avec une révérence ironique.

— Notre grand ami ici présent s'appelle Barak, poursuivit sire Loup. C'est un précieux allié en cas de problème. Comme tu peux voir, ce n'est pas un Sendarien ; c'est un Cheresque, du Val d'Alorie.

Garion n'avait jamais vu de Cheresque, mais les contes terrifiants de leurs prouesses au combat devenaient tout à coup crédibles en présence du monumental Barak.

— Et moi, intervint le petit homme, en plaçant une main sur sa poitrine, je m'appelle Silk, ce qui, dans mon pays, veut dire « soie », mais aussi « éminence grise ». Drôle de nom, je vous l'accorde, mais qui me convient parfaitement. Je viens de Boktor, en Drasnie, et je suis jongleur et acrobate.

— Doublé d'un voleur et d'un espion, gronda Barak, d'un ton bonhomme.

— Nul n'est parfait, admit Silk d'un ton mielleux, en grattant ses favoris broussailleux.

— Quant à moi, on m'appelle sire Loup, ici et en ce moment précis, reprit le vieil homme. Je tiens beaucoup à ce nom, d'autant qu'il m'a été donné par cet enfant.

— Sire Loup ? répéta Silk, avant de se remettre à rire de plus belle. Pour une trouvaille, c'est une trouvaille, cher ami.

— Je me réjouis que vous soyez aussi de cet avis, mon cher, dit platement sire Loup.

— Ce sera donc sire Loup, décréta Silk. Approchez-vous du feu, mes amis, réchauffez-vous, je vais vous apporter à manger.

Garion ne savait pas encore très bien quoi penser du couple si bizarrement assorti. Ils connaissaient de toute évidence tante Pol et sire Loup — et, tout aussi évidemment, sous d'autres noms. L'idée que tante Pol puisse ne pas être celle pour laquelle il l'avait toujours prise avait quelque chose d'extrêmement dérangeant. Ce qui avait constitué l'une des données fondamentales de toute son existence venait de disparaître en fumée.

La nourriture que Silk leur amena était frugale : un ragoût de navets dans lequel flottaient de gros morceaux de viande et des tranches de pain grossièrement taillées, mais Garion, surpris par l'ampleur de son propre appétit, engloutit le contenu de son assiette comme s'il n'avait pas mangé depuis des jours.

Puis, l'estomac plein et les pieds réchauffés par le feu de camp qui crépitait, il s'assit sur un tronc d'arbre abattu où il s'endormit à moitié.

— Et maintenant, Vieux Loup Solitaire ? entendit-il tante Pol demander. Quelle idée se cache derrière ces grosses charrettes ?

— Un plan génial, répondit sire Loup, même si c'est moi qui le dis. Il y a comme tu le sais, des charrettes dans tous les sens sur toutes les routes de Sendarie, à cette époque de l'année. On transporte les récoltes des champs aux fermes, des fermes aux villages et des villages aux villes. Rien ne passe plus inaperçu en Sendarie qu'une charrette. C'est quelque chose de tellement banal que c'en est presque invisible. C'est comme cela que nous allons voyager. Nous sommes maintenant d'honnêtes transporteurs.

— Des *quoi* ? releva tante Pol.

— Des voituriers, répéta sire Loup, avec emphase. De braves et courageux conducteurs de charrette, qui passent leur vie sur les routes de Sendarie à transporter des marchandises dans l'espoir de faire fortune et de rencontrer l'aventure. Des mordus du voyage, incurablement atteints par la passion de la route.

— As-tu la moindre idée de l'allure à laquelle on se traîne dans ce genre de véhicule ? demanda tante Pol.

— Six à dix lieues par jour, répondit-il. Ce n'est pas rapide, je te l'accorde, mais il vaut mieux avancer lentement qu'attirer l'attention.

Elle secoua la tête d'un air écœuré.

— Et quelle sera notre première étape ? s'informa Silk.

106

— Darine, annonça sire Loup. Si celui que nous poursuivons est parti vers le nord, il sera bien obligé de passer par Darine pour aller à Boktor puis au-delà.

— Et que transportons-nous au juste à Darine ? s'enquit tante Pol.

— Des navets, gente Dame, répondit Silk. Hier matin, mon ami et moi-même en avons acheté trois charrettes au village de Winold.

— Des navets ? fit tante Pol, d'un ton éloquent.

— Oui, gente Dame, des navets, répéta Silk, avec componction.

— Nous sommes prêts, alors ? demanda sire Loup.

— Fin prêts, répondit brièvement l'immense Barak, en se levant dans un grand cliquetis de cotte de mailles.

— Nous devrions nous mettre un peu dans la peau de nos personnages, insinua prudemment sire Loup en toisant Barak du haut en bas. Votre armure, cher ami, n'est pas précisément le genre de vêtement qu'adopterait un honnête charretier. Je crois que vous devriez la troquer contre de la bonne laine bien solide.

Le visage de Barak arbora une expression chagrinée.

— Je pourrais mettre une tunique par-dessus ? suggéra-t-il sans trop y croire.

— Tu fais autant de bruit que toute une batterie de cuisine, souligna Silk. Et la cotte de mailles répand toujours une odeur particulière. Sous le vent, tu sens comme une vieille grille rouillée, Barak.

— Je me sens tout nu, sans ma cotte de mailles, se lamenta Barak.

— Il faut savoir faire des sacrifices, de temps en temps, soupira Silk.

Barak se dirigea en ronchonnant vers l'un des chariots d'où il extirpa un tas de vêtements, et il entreprit d'ôter sa cotte de mailles. Sa tunique de lin arborait de grandes taches rouges de rouille.

— A ta place, je changerais aussi de chemise, déclara Silk. La tienne sent aussi mauvais que ta cotte de mailles.

Barak lui jeta un regard noir.

— C'est tout ? demanda-t-il. J'espère, pour l'amour de la décence, que tu n'as pas l'intention de me demander de me déshabiller entièrement.

Silk éclata de rire.

Barak enleva sa tunique. Il avait un torse énorme et couvert de vilains poils roux.

— On dirait une vieille carpette, laissa tomber Silk.

— Qu'est-ce que tu veux? fit Barak. Les hivers sont rudes, à Cherek, et les poils me tiennent chaud.

Il enfila une tunique propre.

— Il fait tout aussi froid en Drasnie, reprit Silk. Tu es vraiment sûr que ta grand-mère n'a pas fauté avec un ours pendant un de ces longs hivers?

— Un jour, ami Silk, votre grande bouche pourrait vous valoir de gros ennuis, gronda Barak, d'un ton qui ne présageait rien de bon.

— Ami Barak, j'ai passé la majeure partie de mon existence à avoir des ennuis, répondit Silk en riant.

— On se demande bien pourquoi, commenta ironiquement Barak.

— Il me semble que nous pourrions discuter de tout cela un peu plus tard, non? railla sire Loup, sarcastique. Je voudrais bien que nous ayons levé le camp avant la fin de la semaine, si vous n'y voyez pas d'inconvénient.

— Mais bien sûr, cher ami, fit Silk en se levant d'un bond. Nous avons tout le temps de nous amuser, Barak et moi.

Trois paires de solides chevaux de trait étaient attachés non loin de là, et ils s'entraidèrent pour les atteler aux chariots.

— Je vais éteindre le feu, annonça Silk.

Il alla chercher deux seaux d'eau dans un petit ruisseau qui murmurait non loin de là. Le feu siffla quand l'eau tomba dessus, et de grands nuages de vapeur s'élevèrent jusqu'aux premières branches des arbres.

— Nous allons mener les chevaux par la bride jusqu'à la lisière du bois, déclara sire Loup. Je ne vois pas l'utilité de me curer les dents sur les branches basses.

Les chevaux semblaient presque impatients de partir, et ils avancèrent sans qu'il soit besoin de les y inciter le long d'une piste étroite qui traversait les bois plongés dans l'obscurité. Ils s'arrêtèrent à la limite des champs, et sire Loup jeta un coup d'œil circonspect alentour pour s'assurer que personne ne se trouvait dans les parages.

— Je ne vois rien, dit-il. Allons-y.

— Faisons la route ensemble, ami forgeron, proposa Barak à Durnik. La conversation avec un homme de bien est infiniment préférable à une nuit passée à supporter les insultes d'un Drasnien qui ne peut pas s'empêcher de faire le malin.

— Comme vous voudrez, l'ami, répondit poliment Durnik.

— J'ouvre la marche, décréta Silk. Je connais bien les petites routes et les chemins de cette région. Je vais me débrouiller pour que nous soyons sur la grand-route au-delà de Haut-Gralt avant l'aube. Barak et Durnik fermeront la colonne. Je les crois aptes à décourager tous ceux qui feraient mine de nous suivre.

— Très bien, répondit sire Loup.

Il s'installa sur le siège de la charrette du milieu et tendit la main pour aider tante Pol à monter.

Garion s'empressa de grimper derrière eux, un peu inquiet à l'idée que quelqu'un pourrait lui suggérer de monter avec Silk. Sire Loup avait beau dire que les deux individus qu'ils venaient de rencontrer étaient des amis ; la peur qu'ils lui avaient faite dans les bois était encore trop fraîche à sa mémoire pour qu'il se sente déjà tout à fait à l'aise avec eux.

Les sacs de navets sentaient le moisi et auraient aussi bien pu être rembourrés avec des noyaux de pêche, mais Garion ne mit pas longtemps à se faire un nid au milieu, en poussant et en tirant, et à s'arranger un dossier incliné juste comme il faut, derrière tante Pol et sire Loup. Il était abrité du vent, tante Pol était tout près, et il avait bien chaud sous sa cape. Au fond, il n'était pas mal, et, en dépit de l'excitation des événements de la nuit, il ne tarda pas à succomber à un demi-sommeil. Sa voix intérieure lui suggéra brièvement qu'il ne s'était peut-être pas conduit au mieux dans les bois, mais elle cessa bientôt de se faire entendre, et Garion s'assoupit.

Il fut réveillé par un bruit différent. Le choc assourdi des sabots des chevaux sur la route de terre battue devint un claquement sonore : ils arrivaient sur les pavés des rues d'un petit village endormi dans les dernières heures de la froide nuit d'automne. Garion ouvrit les yeux et regarda, encore à moitié ensommeillé, les grandes maisons étroites et leurs petites fenêtres toutes noires.

Un chien eut un aboi, puis retourna se mettre au chaud, sous un escalier. Garion se demanda de quel village il pouvait s'agir et combien de gens dormaient sous ces toits pointus, couverts de tuiles, inconscients du passage de leurs trois chariots.

La route pavée était très étroite, et, en tendant la main, Garion aurait pu toucher les vieilles pierres usées par le temps des maisons devant lesquelles ils passaient.

Et puis ils se retrouvèrent sur la route, laissant derrière eux le village à jamais sans nom. Bercé par le bruit étouffé des sabots des chevaux, il replongea dans le sommeil.

— Et s'il n'est pas passé par Darine ? demanda tout bas tante Pol.

Garion se prit à penser subitement que dans toute cette panique, il ne savait pas encore ce qu'ils cherchaient au juste. Il se garda bien d'ouvrir les yeux et écouta de toutes ses oreilles.

— Ne commence pas avec les « si », répondit sire Loup, d'un ton excédé. Avec des « si », on mettrait la Sendarie en bouteille.

— Ce n'était qu'une question, reprit tante Pol.

— S'il n'est pas passé par Darine, nous prendrons au sud, vers Muros. Il a pu se joindre à une caravane pour emprunter la grand-route du Nord, en direction de Boktor.

— Et s'il n'est pas allé vers Muros ?

— Alors nous irons vers Camaar.

— Et une fois là-bas ?

— On verra bien en arrivant à Camaar.

Il dit cela sur un ton sans réplique, apparemment peu désireux de s'éterniser sur la question.

Tante Pol inspira profondément comme si elle allait fournir une réplique définitive, mais décida apparemment de n'en rien faire, et préféra s'appuyer sur le dossier du siège de la charrette.

Droit devant eux, à l'est, les premières lueurs de l'aube effleuraient les nuages alanguis sur l'horizon. De cette longue nuit fouaillée par les vents, il ne leur restait plus à parcourir que des lambeaux. Et c'est ainsi que commença leur quête de cette chose tellement importante que la vie entière de Garion devait en être bouleversée du jour au lendemain, et qu'il n'était même pas encore capable d'identifier.

CHAPITRE 7

Il leur fallut quatre jours pour arriver à Darine, sur la côte septentrionale. La première journée se passa plutôt bien : le ciel était chargé de nuages et le vent soufflait sans relâche, mais l'air était sec et les routes, bonnes. Ils passèrent devant des fermes tranquilles et de rares paysans qui travaillaient la terre, au milieu des champs déserts. Les hommes se relevaient alors, invariablement, pour les regarder passer. Certains leur faisaient des signes ; d'autres, non.

Et puis il y avait des villages, des agglomérations de grandes maisons nichées dans les vallées. Les enfants sortaient sur leur passage et couraient après les chariots en poussant des cris d'excitation. Les villageois s'interrompaient dans leurs tâches pour les regarder avec curiosité, jusqu'au moment où il était évident que les chariots ne s'arrêteraient pas. Ils retournaient alors à leurs affaires avec un reniflement dédaigneux.

Vers la fin de l'après-midi de ce premier jour, Silk les mena vers un bouquet d'arbres, en bordure de la route, et ils s'apprêtèrent à y passer la nuit. Ils mangèrent ce qui restait du jambon et du fromage que sire Loup avait subtilisés dans les réserves de Faldor, puis ils étalèrent leurs couvertures sur le sol auprès des charrettes. Le sol était dur et froid, mais le sentiment exaltant de participer à une grande aventure aida Garion à supporter ce petit inconvénient.

Seulement, le lendemain matin, il commença à pleuvoir. Ce qui n'était au début qu'un brouillard humide, un crachin poussé par le vent, dégénéra en une petite pluie régulière, obstinée, au fur et à mesure que la matinée avançait. Garion referma étroitement sa cape autour de lui et se recroquevilla misérablement entre les sacs mouillés, dont l'odeur de moisi était maintenant presque obsédante. L'aventure commençait à lui paraître beaucoup moins enthousiasmante.

La route devint boueuse et glissante, et il leur fallut multiplier les haltes pour faire reposer les chevaux, qui peinaient dans les collines. Le premier jour, ils avaient parcouru huit lieues ; ils étaient bien contents, les suivants, quand ils en faisaient cinq.

Cela n'améliora pas le caractère de tante Pol, qui devint carrément hargneuse.

— C'est de la démence, dit-elle à sire Loup, le troisième jour, vers midi.

— Tout est dément. C'est une question d'éclairage, répondit-il avec philosophie.

— Pourquoi avoir pris ces charrettes ? grogna-t-elle. C'est vraiment aberrant. Il y avait tant d'autres moyens plus rapides de se déplacer. En voiture, comme une famille aisée, par exemple, ou sur de bonnes montures, tels les messagers impériaux. Quelle que soit la solution choisie, nous serions déjà à Darine, maintenant.

— En laissant dans la mémoire de tous ces gens du peuple devant lesquels nous sommes passés un souvenir si net que même un Thull pourrait nous suivre à la trace, expliqua sire Loup d'un ton patient. Brill a depuis longtemps rapporté la nouvelle de notre départ à ses chefs. Tous les Murgos de Sendarie sont à notre recherche, à l'heure qu'il est.

— Pourquoi ne faut-il pas que les Murgos nous trouvent, sire Loup ? demanda Garion, qui avait hésité à intervenir dans la conversation mais n'avait pu résister à la tentation d'essayer de pénétrer le mystère de leur fuite.

« Ce ne sont pas de simples marchands, comme les Tolnedrains et les Drasniens ?

— Les Murgos ne s'intéressent pas réellement aux affaires, expliqua sire Loup. Les Nadraks sont des négociants, mais les Murgos sont des guerriers. Les Murgos se font passer pour des marchands pour la même raison que nous pour des charretiers : afin de pouvoir se déplacer sans se faire remarquer. Tu peux partir du principe que tous les Murgos sont des espions, tu ne seras pas très loin de la vérité.

— Tu n'as rien de mieux à faire que de poser toutes ces questions ? intervint tante Pol.

— Pas vraiment, répondit Garion.

Il n'aurait jamais dû dire ça, ainsi qu'il ne devait pas tarder à le vérifier.

— Parfait, reprit-elle. A l'arrière de la voiture de Barak, tu trouveras les assiettes sales du déjeuner de ce matin, et un seau. Tu prends le seau, tu cours au ruisseau qui coule là-bas, devant nous, tu retournes à la voiture de Barak et tu laves les assiettes.

— A l'eau froide ? protesta-t-il.

— Tout de suite, Garion, décréta-t-elle d'un ton sans réplique.

Il descendit sans empressement de la voiture qui avançait lentement.

A la fin de l'après-midi du quatrième jour, ils arrivèrent au sommet d'une haute colline d'où ils virent la ville de Darine dans la vallée, et la mer d'un gris de plomb, de l'autre côté. Garion retint son souffle. La ville lui parut gigantesque. Les murailles qui l'entouraient étaient hautes et épaisses, et il y avait plus de bâtiments dans les limites de ces murs qu'il n'en avait vu de toute sa vie. Mais c'était vers la mer que ses yeux étaient attirés. L'air était vif et avait un goût salé. De faibles traces de cette odeur lui parvenaient sur les ailes du vent depuis une lieue peut-être, mais — il inspira profondément — c'est la première fois de sa vie qu'il humait le parfum de la mer, et il était transporté.

— Ah, tout de même ! fit tante Pol.

Silk, qui avait arrêté la voiture de tête, revenait vers eux à pied. Il avait légèrement repoussé son capuchon en arrière, et la pluie lui ruisselait sur le nez, s'égouttant par la pointe.

— Nous nous arrêtons là, ou nous continuons jusqu'à la ville ? demanda-t-il.

— Nous allons en ville, répondit tante Pol. Je ne vais

pas dormir sous une charrette quand il y a tant d'auberges à portée de la main.

— D'honnêtes charretiers chercheraient une auberge, acquiesça sire Loup. Et une taverne chauffée.

— Ça, ça m'aurait étonné, commenta tante Pol.

— Il faut bien se mettre dans la peau du personnage, se justifia sire Loup en haussant les épaules.

Ils descendirent la colline, les sabots des chevaux dérapant sur la route glissante comme ils bandaient leurs forces pour retenir les lourdes voitures.

Lorsqu'ils arrivèrent à la porte de la ville, deux plantons en tuniques malpropres et coiffés de casques tachés de rouille surgirent de la guérite qui se trouvait juste derrière le portail.

— Que venez-vous faire à Darine? demanda l'un d'eux à l'adresse de Silk.

— Je suis Ambar de Kotu, mentit Silk, avec affabilité. Un pauvre marchand drasnien qui espère faire des affaires dans votre magnifique cité.

— Magnifique? répéta le second garde, avec un reniflement éloquent.

— Que transportez-vous dans vos charrettes, marchand? reprit l'autre.

— Des navets, répondit Silk, d'un ton dédaigneux. Ma famille a été dans les épices pendant des générations, et voilà que j'en suis réduit à colporter des navets. La vie est ingrate, n'est-ce pas, mon bon ami? conclut-il avec un soupir à fendre l'âme.

— Il va falloir que nous inspections vos charrettes, répliqua la sentinelle. Ça va prendre quelque temps, j'en ai peur.

— Et tout ça sous l'eau, fit Silk en louchant sur les gouttes qui lui dégoulinaient au bout du nez. Il serait tellement plus agréable de s'humidifier les intérieurs dans une taverne sympathique.

— C'est difficile quand on n'a pas beaucoup d'argent, insinua le garde, coopératif.

— Vous m'obligeriez en acceptant un modeste gage d'amitié, pour vous remercier du soin que vous apporterez à votre mission d'hydratation, proposa Silk.

— Vous êtes bien aimable, répondit l'homme de guet avec une petite inclination du buste.

116

Quelques pièces changèrent de mains, et les charrettes entrèrent dans la ville sans autres formalités.

Du haut de la colline, Darine paraissait absolument splendide, mais Garion commença à déchanter lorsqu'ils s'engagèrent, accompagnés par le claquement des sabots, sur les pavés humides. Les bâtiments se ressemblaient tous, dans une sorte de prétention guindée, et les rues étaient sales et jonchées de détritus. L'odeur salée de la mer charriait des relents putrides de poisson crevé, et les gens qui se précipitaient sous la pluie avaient l'air sinistre et rien moins qu'amical. L'enthousiasme premier de Garion ne devait pas tarder à décroître.

— Pourquoi tous ces gens ont-ils l'air si triste ? demanda-t-il à sire Loup.

— Ils ont un Dieu sévère et exigeant, répondit le vieil homme.

— Quel Dieu ?

— L'argent, expliqua sire Loup. L'argent est un Dieu plus impitoyable que Torak lui-même.

— Ne lui farcis pas la tête de bêtises, intervint tante Pol. Ces gens ne sont pas vraiment malheureux, Garion. Ils sont juste pressés. Ils ont des affaires importantes à régler et ils ont peur d'être en retard, c'est tout.

— Je ne crois pas que j'aimerais vivre ici, commenta Garion. Ça m'a l'air d'un endroit sinistre et pas sympathique. Il y a des moments où je voudrais bien qu'on soit encore à la ferme de Faldor, ajouta-t-il avec un grand soupir.

— Ça, il y a des endroits plus désagréables que la ferme de Faldor, acquiesça sire Loup.

L'auberge que retint Silk se trouvait près des docks, et l'odeur de la mer et la puanteur des détritus issus de la rencontre entre la terre et l'eau y paraissaient encore plus fortes. Mais l'auberge était un solide bâtiment jouxté par des écuries et des remises pour les voitures des voyageurs. Comme dans la plupart des auberges, le rez-de-chaussée était occupé par les cuisines et une vaste salle commune, avec ses rangées de tables et ses gigantesques cheminées, tandis que les étages supérieurs étaient réservés aux chambres.

— C'est un endroit convenable, annonça Silk en revenant près des voitures, après s'être entretenu pendant un moment avec l'aubergiste. Les cuisines ont l'air propres, et j'ai inspecté les chambres. Il n'y a apparemment pas de bêtes.

— Je vais m'en assurer moi-même, décréta tante Pol en descendant de voiture.

— Comme vous voudrez, gente dame, reprit Silk avec une révérence courtoise.

L'inspection de tante Pol prit beaucoup plus de temps que celle de Silk, et il faisait presque nuit lorsqu'elle revint dans la cour.

— Ça peut aller, déclara-t-elle dans un reniflement, mais c'est tout juste.

— Ce n'est pas comme si nous devions nous installer là pour l'hiver, Pol, fit sire Loup. Nous n'y resterons que quelques jours, tout au plus.

— J'ai demandé qu'on nous fasse porter de l'eau chaude, annonça-t-elle, ignorant son intervention. Je vais monter avec le petit et lui faire prendre son bain pendant que tu t'occuperas des voitures et des chevaux avec les autres. Allez, Garion, viens.

Elle tourna les talons et rentra dans l'auberge.

Garion aurait donné n'importe quoi pour qu'ils cessent de l'appeler « le petit ». Après tout, se disait-il, il avait un nom, et il n'était pas si difficile de se le rappeler. Il avait la pénible conviction que, même s'il lui arrivait un jour d'avoir une grande barbe grise, ils continueraient à l'appeler « le petit ».

Après s'être occupés des chevaux et des charrettes, ils prirent tous un bain et redescendirent dans la salle commune pour dîner. La nourriture n'arrivait certes pas à la qualité de celle de tante Pol mais les changeait agréablement des navets. Garion se dit qu'il ne pourrait plus voir un navet, fût-ce en peinture, de toute sa vie.

Lorsqu'ils eurent fini de manger, les hommes s'attardèrent à table avec leurs chopes de bière, et la désapprobation s'inscrivit sur le visage de tante Pol.

— Nous allons nous coucher, maintenant, Garion et moi, déclara-t-elle. Essayez de ne pas rouler dans l'escalier quand vous serez enfin décidés à en faire autant.

Cette réplique arracha de grands éclats de rire à sire

Loup, Barak et Silk, mais il sembla à Garion que Durnik avait l'air un peu penaud.

Sire Loup et Silk quittèrent l'auberge très tôt, le lendemain matin, et on les revit pas de la journée. Garion avait adopté une position stratégique dans l'espoir qu'en l'apercevant ils lui demanderaient de venir avec eux, mais en vain ; aussi, lorsque Durnik descendit pour aller s'occuper des chevaux, l'accompagna-t-il à l'écurie.

— Dis, Durnik, commença-t-il lorsqu'ils eurent donné à boire et à manger aux chevaux, tandis que le forgeron examinait leurs sabots à la recherche d'entailles ou de blessures causées par les pierres de la route, tu ne trouves pas tout ça un peu bizarre, toi ?

Durnik reposa doucement la jambe du cheval qui se laissait faire patiemment.

— Tout ça quoi, Garion ? demanda-t-il, son bon visage imperturbable.

— Tout, répondit Garion, plutôt vaguement. Ce voyage, Barak et Silk, sire Loup, tante Pol... tout, quoi. Il y a des moments, quand ils croient que je ne peux pas les entendre, où ils se mettent à parler. Tout ça a l'air terriblement important, mais je n'arrive pas à comprendre si on s'enfuit ou si on cherche quelque chose.

— Je ne comprends pas très bien moi non plus, Garion, admit Durnik. Bien des choses ne sont pas ce qu'elles semblent être. Pas du tout, même.

— Tu ne trouves pas que tante Pol n'est plus pareille ? Je veux dire, ils la traitent tous comme si c'était une noble dame, ou quelque chose comme ça, et elle se comporte différemment, aussi, depuis que nous avons quitté la ferme de Faldor.

— Ta tante Pol est une grande dame, répliqua Durnik. Je l'ai toujours su.

Sa voix recélait la nuance de respect qu'il y avait toujours mise quand il parlait d'elle, et Garion se dit qu'il était inutile d'essayer de faire comprendre à Durnik ce qu'il pouvait y avoir de changé en elle.

— Et sire Loup, reprit Garion, tentant une autre approche, j'ai toujours cru que ce n'était qu'un vieux conteur.

— On dirait bien que ce n'est pas un vagabond ordinaire, acquiesça Durnik. Tu sais, Garion, je crois que nous sommes tombés sur des gens importants, et qui ont des affaires sérieuses à régler. Il est sûrement préférable pour les gens simples comme toi et moi de ne pas poser trop de questions, mais de garder les yeux et les oreilles grands ouverts.

— Tu retourneras à la ferme de Faldor quand tout ça sera fini? s'enquit prudemment Garion.

Durnik réfléchit un moment en regardant tomber la pluie dans la cour de l'auberge.

— Non, confia-t-il enfin, d'une voix douce. Je suivrai dame Pol aussi longtemps qu'elle me le permettra.

Impulsivement, Garion tendit la main et tapota l'épaule du forgeron.

— Tout ira bien, Durnik.

— Espérons-le, soupira celui-ci, avant de ramener son attention sur les chevaux.

— Dis, Durnik, demanda Garion, tu as connu mes parents?

— Non. La première fois que je t'ai vu, tu étais tout bébé, et dame Pol te tenait dans ses bras.

— Comment elle était, à ce moment-là?

— Elle avait l'air très en colère. Je crois que je n'ai jamais vu quelqu'un d'aussi en colère. Elle a parlé un moment avec Faldor, et elle s'est mise aux fourneaux. Tu sais comment est Faldor; il n'a jamais pu éconduire personne de sa vie. Au début, c'était juste une aide, mais ça n'a pas duré. Notre vieille cuisinière obèse était tout le temps fatiguée, et elle a fini par partir vivre chez sa fille cadette. A partir de là, c'est dame Pol qui a fait marcher les cuisines.

— Elle devait être beaucoup plus jeune, à l'époque, n'est-ce pas?

— Non, répondit Durnik, d'un ton pensif. Dame Pol n'a jamais changé. Elle est exactement comme le premier jour où je l'ai vue.

— Je suis sûr que c'est juste une impression. Tout le monde vieillit.

— Pas dame Pol.

Quand sire Loup et son ami à la tête de fouine réapparurent ce soir-là, ils avaient l'air sombre.

— Rien, annonça brièvement sire Loup en grattouillant sa barbe neigeuse.

— J'aurais pu te le dire d'avance, laissa tomber tante Pol avec un reniflement.

Sire Loup lui jeta un regard courroucé et haussa les épaules.

— Il fallait nous en assurer, reprit-il.

Barak, le géant à la barbe rouge, leva les yeux de la cotte de mailles qu'il était en train d'astiquer.

— Aucune trace? demanda-t-il.

— Pas la moindre, répondit sire Loup. Il n'est pas venu par ici.

— Par où est-il passé, alors? s'étonna Barak en repoussant sa cotte de mailles.

— Par Muros, déclara sire Loup.

— La pluie donne l'impression de vouloir s'arrêter, annonça Barak en se levant et en allant vers la fenêtre. Mais les routes vont être impraticables.

— De toute façon, nous ne serons pas prêts demain, intervint Silk en s'affalant sur un tabouret près de la porte. Il faut que je vende les navets. Nous ne pouvons pas repartir de Darine avec; ça risquerait de paraître curieux, et nous ne tenons pas précisément à laisser ce genre de souvenirs à des individus qui auront peut-être l'occasion de discuter avec des Murgos en goguette.

— Je suppose que vous avez raison, admit sire Loup. L'idée de perdre du temps me fait horreur, mais je ne vois pas comment nous pourrions faire autrement.

— Les routes seront meilleures après avoir séché une journée, souligna Silk. Et nous irons plus vite quand les charrettes seront vides.

— Tu penses arriver à les vendre, ami Silk? s'informa Durnik.

— Je suis drasnien, répliqua Silk, avec assurance. Je serais capable de vendre n'importe quoi. Il se pourrait même que je parvienne à nous assurer un joli bénéfice.

— Ne vous en faites pas pour ça, dit sire Loup. Les navets ont rempli leur office. Tout ce qu'il faut, maintenant, c'est nous en débarrasser.

— C'est une question de principe, reprit Silk, avec désinvolture. D'ailleurs, si je n'essayais pas de marchander, on s'en souviendrait aussi. Ne vous faites pas de souci. La négociation ne prendra pas longtemps et ne nous retardera pas.

— Je pourrais venir avec toi, Silk? demanda Garion, plein d'espoir. Je n'ai rien vu de Darine, en dehors de cette auberge.

Silk jeta un coup d'œil interrogatif à tante Pol, qui réfléchit un moment.

— Je n'y vois pas d'inconvénient, déclara-t-elle enfin. Et comme ça, j'aurai le temps de faire autre chose.

Silk et Garion sortirent donc ensemble, le lendemain matin, après le petit déjeuner. Le premier semblait d'une humeur extraordinaire, et son long nez pointu donnait l'impression de frétiller; quant au second, il croulait sous un sac de navets.

— Tout le problème, lui exposa Silk, comme ils avançaient dans les rues pavées, jonchées de détritus, est de ne pas donner l'impression d'être pressé de vendre — et de connaître le niveau du marché, évidemment.

— Ça paraît raisonnable, répondit poliment Garion.

— Je me suis un peu renseigné, hier, poursuivit Silk. En Drasnie, sur les docs de Kotu, les navets se vendent un lien d'argent drasnien les cent livres.

— Un *quoi*? releva Garion.

— Un lien, répéta Silk. C'est une pièce drasnienne qui a à peu près le même cours que l'impériale d'argent; pas tout à fait, mais presque. Le marchand essaiera de nous acheter nos navets pour le quart de ce prix, mais il ira jusqu'à la moitié.

— Comment le sais-tu?

— C'est comme ça que ça se passe.

— Combien de navets avons-nous? demanda Garion en contournant un tas d'ordures abandonné au beau milieu de la rue.

— Trois mille livres, répondit Silk.

— Ça ferait...

Le visage de Garion se crispa sous l'effort qu'il fit pour effectuer la complexe opération de calcul mental.

— Quinze impériales, reprit Silk. Ou trois couronnes d'or.

— D'or? s'étonna Garion.

Les pièces d'or étaient tellement rares dans les échanges à la campagne que le mot semblait recéler des implications presque magiques.

— C'est beaucoup plus pratique, et ça vaut mieux, répondit Silk en hochant la tête. L'argent finit par peser lourd, à la longue.

— Et combien les navets nous ont-ils coûté ?

— Cinq impériales.

— Le paysan a touché cinq impériales, ils vont nous en rapporter quinze, et le marchand en encaissera trente ? fit Garion, incrédule. Ce n'est pas très juste, non ?

— C'est ainsi que va le monde, soupira Silk en haussant les épaules. Tiens, voilà la maison du marchand.

Il lui montra du doigt un bâtiment imposant auquel menait un escalier monumental.

— Tu vas voir, quand nous entrerons, il fera semblant d'être débordé, comme si nous ne l'intéressions pas du tout. Et plus tard, quand nous aurons commencé à marchander, il remarquera ta présence et, te prenant pour un membre de ma famille — un fils, un neuveu, peut-être, il dira que tu es un beau garçon.

— Moi ?

— Oui. Il me fera des compliments sur toi dans l'espoir d'entrer dans mes bonnes grâces.

— Quelle drôle d'idée.

— Je vais lui raconter des tas de choses, poursuivit Silk, sur un débit accéléré. (Ses yeux semblaient étinceler, et son nez se tortillait véritablement en tous sens, maintenant.) Ne fais pas attention à ce que je raconte, et surtout ne laisse pas apparaître ta surprise. Il nous observera très attentivement.

— Tu vas mentir ? s'exclama Garion, choqué.

— C'est normal. Et le marchand aussi. C'est celui de nous deux qui mentira le mieux qui l'emportera sur l'autre.

— Tout ça paraît très compliqué.

— C'est un jeu, répondit Silk, sa tête de fouine se fendant d'un sourire. Un jeu très excitant, auquel on joue d'un bout du monde à l'autre. Les bons joueurs s'enrichissent aux dépens des mauvais.

— Tu es un bon joueur? s'enquit Garion.

— L'un des meilleurs, reconnut modestement Silk. Allez, on y va.

Ils montèrent l'escalier qui menait à la maison du marchand.

Le négociant était assis devant une table toute simple. Il portait une robe droite, vert clair, doublée de fourrure, et une calotte ajustée. Il se comporta pratiquement comme Silk l'avait prévu : il s'absorba dans une pile de parchemins en fronçant les sourcils d'un air soucieux pendant que Silk et Garion attendaient qu'il daigne leur prêter attention.

— Très bien, déclara-t-il enfin. Vous vouliez me voir ?

— Nous avons des navets à vendre, annonça Silk, d'un ton quelque peu réprobateur.

— Mon pauvre ami, fit le commerçant en tirant une tête de six pieds de long. Ce n'est vraiment pas de chance : les quais de Kotu débordent de navets en ce moment. Je ne serais même pas assuré de récupérer ma mise de fond si je vous les prenais, à quelque prix que ce soit.

Silk eut un haussement d'épaules.

— Dans ce cas, peut-être les Cheresques ou les Algarois seront-ils intéressés. Il est possible que leurs marchés ne soient pas aussi bien approvisionnés que les vôtres. Viens, petit, dit-il à Garion, en tournant les talons.

— Un instant, mon ami, reprit le marchand. Je déduis de votre accent que nous sommes compatriotes. Je pourrais peut-être faire une exception pour vous et considérer vos navets.

— Je ne voudrais pas vous faire perdre votre précieux temps, répondit Silk. Si vous n'êtes pas intéressé par les navets, à quoi bon vous ennuyer davantage ?

— Il se pourrait malgré tout que je trouve un acheteur quelque part, protesta le marchand. Si la marchandise est de bonne qualité.

Il prit le sac des mains de Garion et l'ouvrit.

Garion écoutait avec fascination Silk et le marchand faire assaut d'amabilités, chacun s'efforçant de surpasser l'autre.

— Quel magnifique garçon vous avez là, déclara tout d'un coup le marchand, comme s'il remarquait seulement la présence de Garion.

— Un orphelin qui m'a été confié, confia Silk. Je m'efforce de lui inculquer les rudiments du métier, mais il ne comprend pas vite.

— Ah-ah, fit le marchand, un peu déçu, apparemment.

Puis Silk esquissa un geste curieux avec les doigts de sa main droite.

Le marchand écarquilla légèrement les yeux, puis il se mit à faire des signes à son tour.

A partir de ce moment-là, Garion ne comprit plus rien à ce qui se passait devant lui. Les mains de Silk et du marchand décrivaient des mouvements compliqués dans l'air voltigeant tellement vite à certains instants que l'œil avait du mal à les suivre. Le marchand ne quittait pas des yeux les longs doigts effilés de Silk qui donnaient l'impression de danser, et des gouttes de sueur commencèrent à perler sur son visage tendu par la concentration.

— Marché conclu, alors? demanda enfin Silk, rompant le long silence qui s'était établi dans la pièce.

— C'est d'accord, convint le marchand, d'un ton quelque peu lugubre.

— C'est toujours un plaisir de faire des affaires avec un honnête homme, déclara Silk.

— J'ai beaucoup appris, aujourd'hui, admit le négociant. J'espère que vous n'avez pas l'intention de rester longtemps dans ce secteur d'activités, l'ami. Car dans ce cas, je ferais aussi bien de vous donner tout de suite les clés de mon coffre fort et de mes entrepôts; j'éviterais ainsi les affres dans lequelles vos visites me plongeraient chaque fois.

— Vous m'avez opposé une valeureuse résistance, ami marchand, répondit Silk en riant.

— C'est ce que j'ai cru au départ, répondit le commerçant en secouant la tête, mais je ne suis pas de taille à lutter avec vous. Livrez vos navets à mes entrepôts sur le quai de Bedik, demain matin. Mon contremaître vous réglera.

Il traça quelques lignes avec une plume d'oie sur un morceau de parchemin que Silk empocha en s'inclinant.

— Viens, mon garçon, dit-il à Garion, et ils quittèrent la pièce.

— Comment ça s'est passé? demanda Garion quand ils se retrouvèrent dans la rue où le vent soufflait en rafales.

— J'en ai obtenu le prix que je voulais, annonça Silk, d'un petit ton suffisant.

— Mais tu n'as rien dit, objecta Garion.

— Nous avons beaucoup discuté, au contraire. Tu ne nous as pas regardés?

— Tout ce que j'ai vu, c'est que vous faisiez remuer vos doigts devant vous, tous les deux.

— Eh bien, c'est ainsi que nous nous sommes exprimés, expliqua Silk. C'est la langue secrète, un langage particulier que ceux de mon peuple ont mis au point il y a des milliers d'années, qui offre le double avantage d'être beaucoup plus rapide que la langue parlée, et de permettre de communiquer en présence d'étrangers sans risquer d'être entendu. Un initié peut mener toute une négociation en parlant de la pluie et du beau temps, s'il le souhaite.

— Tu me montreras? demanda Garion, fasciné.

— C'est très long à apprendre, l'avertit Silk.

— Mais le voyage jusqu'à Muros va durer un certain temps, non? insinua Garion.

— Si tu y tiens, répondit Silk en haussant les épaules. Ce ne sera pas facile, mais après tout, ça fera passer le temps.

— Qu'est-ce qu'on fait, maintenant? On rentre à l'auberge? reprit Garion.

— Pas tout de suite. Nous allons avoir besoin de fret pour justifier notre arrivée à Muros.

— Je pensais qu'on repartait à vide.

— Oui, en effet.

— Mais tu viens de dire...

— Nous allons voir un marchand que je connais, expliqua Silk. Il achète des produits de la terre dans toute la Sendarie, il les fait stocker dans les fermes jusqu'à ce que les cours soient favorables en Arendie et en Tolnedrie, et puis il s'arrange pour les faire livrer à Muros ou Camaar.

— Ça paraît très compliqué, avoua Garion, d'un air dubitatif.

— Pas vraiment, le rassura Silk. Allez, viens, petit, tu vas voir.

Le marchand, un Tolnedrain à l'air condescendant, portait une robe bleue qui flottait autour de lui. Lorsque Silk et Garion entrèrent chez lui, il était en grande conversation avec un Murgo aux yeux noirs, pénétrants, dans un visage rébarbatif, couturé de profondes cicatrices comme tous ceux de sa race qu'il avait été donné à Garion de voir.

En voyant le Murgo, Silk effleura l'épaule de Garion en signe d'avertissement, puis il fit un pas en avant.

— Pardonnez mon intrusion, noble marchand, commença-t-il d'un ton patelin. Je ne savais pas que vous étiez occupé. Nous attendrons dehors, mon aide et moi, que vous ayez un peu de temps à nous consacrer.

— Nous en aurons pour presque toute la journée, mon ami et moi, rétorqua le Tolnedrain. C'est important ?

— Je me demandais simplement si vous auriez des marchandises à nous faire transporter, expliqua Silk.

— Non, répondit sèchement le Tolnedrain. Rien du tout.

Il se retournait vers le Murgo quand il s'interrompit dans son mouvement et regarda attentivement Silk.

— Ne seriez-vous pas Ambar de Kotu ? demanda-t-il. Je pensais que vous étiez dans le commerce des épices ?

Garion reconnut le nom que Silk avait donné aux sentinelles en faction aux portes de la ville. Le petit homme l'avait donc déjà utilisé auparavant.

— Hélas, soupira Silk. Ma dernière entreprise gît au fond des mers, au large de la pointe d'Arendie : deux navires pleins à ras bord qui faisaient route vers Tol Honeth. Il a fallu qu'une tempête soudaine me condamne à l'indigence.

— Tragique mésaventure s'il en fut, mon brave Ambar, reprit le négociant tolnedrain, non sans suffisance.

— J'en suis maintenant réduit à faire du transport de marchandises, continua Silk, d'un ton morose. Trois charrettes bringuebalantes, voilà tout ce qui reste de l'empire d'Ambar de Kotu.

— Il nous arrive à tous d'essuyer des revers de fortune, commenta le Tolnedrain avec philosophie.

— Voici donc le célèbre Ambar de Kotu, intervint doucement le Murgo, d'une voix qui charriait des accents rocailleux, en toisant Silk des pieds à la tête de ses yeux noirs protubérents. J'ai été bien inspiré de sortir aujourd'hui. Je suis très honoré de rencontrer un homme aussi illustre.

— Vous êtes trop aimable, noble seigneur, répondit Silk en s'inclinant courtoisement.

— Je m'appelle Asharak et je viens de Rak Goska, reprit le Murgo, en guise de présentation, avant de se tourner vers le Tolnedrain. Nous reprendrons notre conversation dans un instant, Mingan. Grand sera notre privilège d'avoir contribué à aider un si valeureux négociant à se refaire.

— Vous êtes trop aimable, noble Asharak, répéta Silk avec une nouvelle courbette.

L'esprit de Garion hurlait toutes sortes de cris d'alarme, mais l'œil acéré du Murgo l'empêchait de faire le moindre geste à l'adresse de Silk. Il resta impassible et conserva un œil morne alors que ses pensées se bousculaient sous son crâne.

— Je serais heureux de vous aider, mon ami, déclara Mingan, mais je n'ai aucune marchandise à Darine en ce moment.

— J'ai déjà du fret de Darine à Medalia, précisa très vite Silk. Trois charretées de fer cheresque. Et j'ai aussi un contrat pour transporter des fourrures de Muros à Camaar. C'est pour les cinquante lieues entre Medalia et Muros que je suis ennuyé. Les chariots qui voyagent à vide ne rapportent rien.

— Medalia... fit Mingan en fronçant les sourcils. Attendez un peu que je regarde mes registres. Il me semble que j'ai quelque chose là-bas.

Il quitta la pièce.

— Vos exploits sont devenus légendaires dans les royaumes de l'est, Ambar, reprit Asharak de Rak Goska, avec une pointe d'admiration dans la voix. La dernière fois que je suis passé à Cthol Murgos, votre tête était mise à prix. Un joli prix, ma foi.

— Un petit malentendu, Asharak, répondit Silk en éclatant d'un rire joyeux. Je procédais simplement à une enquête approfondie sur les activités des agents secrets tolnedrains dans votre royaume. J'ai pris des risques que je n'aurais peut-être pas dû prendre, et les Tolnerains ont découvert la nature de mes activités. Les accusations que l'on a portées contre moi étaient rigoureusement infondées.

— Comment avez-vous réussi à vous échapper ? s'étonna Asharak. Les milices du roi Taur Urgas ont retourné toutes les pierres du royaume dans l'espoir de vous retrouver.

— J'ai eu la chance de rencontrer une dame thulle de haut parage, répondit Silk, et de réussir à la convaincre de me faire passer la frontière de Mishrak ac Thull.

— Ah, ah, fit Asharak, avec un petit sourire. Il est notoire que les Thulles sont asssez faciles à circonvenir.

— A circonvenir, peut-être, convint Silk. Mais pas à assouvir. Elles sont exigeantes, et s'attendent à recevoir intégralement la rétribution de toutes leurs faveurs. J'ai eu plus de mal à lui échapper qu'à sortir de Cthol Murgos !

— Rendez-vous toujours ce genre de service à votre gouvernement ? demanda Asharak, d'un air détaché.

— Ils ne daignent même plus m'adresser la parole, répondit Silk, d'un ton lugubre. Ambar, le marchand d'épices, leur était utile, mais Ambar le pauvre voiturier, c'est une autre paire de manches.

— Evidemment, commenta Asharak.

Ceci dit d'un ton qui indiquait clairement qu'il n'en croyait pas un mot. Il jeta un bref coup d'œil apparemment dénué d'intérêt à Garion, qui eut un choc : il eut l'impression étrange de l'avoir déjà vu. Sans savoir exactement pourquoi, il fut instantanément certain qu'Asharak de Rak Goska le connaissait depuis le jour de sa naissance. Il y avait quelque chose de familier dans ce regard, une familiarité issue de la douzaine de fois — sinon davantage — où leurs regards s'étaient croisés pendant que Garion grandissait, chaque fois qu'Asharak, perpétuellement emmitouflé dans une cape noire et monté sur un cheval noir, s'arrêtait pour le regarder avant de repartir. Garion lui rendit son regard avec toutes les apparences de l'indifférence, et c'est à peine si l'ébauche d'un sourire effleura le visage balafré d'Asharak.

Puis Mingan regagna la pièce.

— J'ai des jambons dans une ferme près de Medalia, déclara-t-il. Quand pensez-vous arriver à Muros?

— D'ici quinze jours ou trois semaines, répondit Silk.

Mingan hocha la tête.

— Je vais vous faire une lettre de voiture pour emmener mes jambons à Muros, proposa-t-il. Sept couronnes d'argent par voiture.

— Des couronnes tolnedraines ou sendariennes? demanda tout de suite Silk.

— Nous sommes en Sendarie, noble Ambar.

— Nous sommes citoyens du monde, noble marchand, repartit Silk. Nous concluons toutes nos transactions en devises tolnedraines.

— Vous êtes toujours aussi redoutable, digne Ambar, dit le marchand, avec un soupir à fendre l'âme. Entendu, nous disons donc sept couronnes tolnedraines — mais c'est bien parce que nous sommes de vieux amis et que votre infortune me brise le cœur.

— Nous nous reverrons peut-être un jour, Ambar, reprit Asharak.

— Peut-être, répondit Silk, en poussant Garion hors de la pièce.

— Le requin! marmonna Silk lorsqu'ils se retrouvèrent dans la rue. Il aurait dû m'en donner dix, et pas sept.

— Et le Murgo? s'informa Garion.

Il éprouvait toujours la même répugnance à en dire trop long sur le lien étrange, inexprimé, qui s'était établi entre lui et la silhouette sur laquelle, maintenant, au moins, il pouvait mettre un nom.

Silk haussa les épaules.

— Il se doute bien que je mijote quelque chose, mais il ne sait pas exactement quoi — de même que j'imagine qu'il a quelque chose derrière la tête. Je fais constamment des rencontres de ce style. Mais il ne nous viendrait jamais à l'idée de nous immiscer dans les

130

affaires les uns des autres, à moins que nous ne défendions des intérêts conflictuels. Nous sommes des professionnels, Asharak et moi.

— Tu es vraiment un drôle de personnage, Silk, déclara Garion.

Silk lui dédia un clin d'œil appuyé.

— Pourquoi n'étais-tu pas d'accord avec Mingan, au sujet des pièces ? demanda Garion.

— Les pièces tolnedraines sont d'un peu meilleur aloi, lui expliqua Silk. Elles ont davantage de valeur.

— Je vois, répondit Garion.

Le lendemain matin, ils reprirent leurs charrettes et déchargèrent leurs navets à l'entrepôt du marchand drasnien. Puis, les oreilles cassées par le vacarme de leurs voitures maintenant vides, ils quittèrent Darine et prirent la route du Sud.

Il ne pleuvait plus, mais le ciel était couvert, ce matin-là, de nuages menaçants. Lorsqu'ils furent arrivés au sommet de la colline qui dominait la ville, Silk se tourna vers Garion, qui avait pris place sur le siège, à côté de lui.

— Très bien, commença-t-il. Allons-y.

Il agita les doigts devant le visage de Garion.

— Ceci, ça veut dire « bonjour ».

CHAPITRE 8

Le lendemain, le vent était tombé et l'on revit briller le pâle soleil d'automne. La route qu'ils suivaient vers le sud longeait la Darine, une rivière turbulente qui dévalait les montagnes et plongeait vers le golfe de Cherek. Le pays était vallonné et couvert de forêts, mais comme les voitures étaient vides, les chevaux avançaient à vive allure.

Garion n'avait guère le loisir de s'intéresser au paysage de la vallée de la Darine. Son attention était presque entièrement consacrée aux doigts agiles de Silk qui voltigeaient devant lui.

— Pas la peine de crier, conseilla Silk, comme Garion répétait un exercice.

— De crier? répéta Garion, surpris.

— N'exagère pas tes gestes. Il faut qu'ils restent discrets. L'idée générale est tout de même de passer inaperçu.

— Je m'entraînais seulement, répondit Garion.

— Mieux vaut se débarrasser tout de suite de ses mauvaises habitudes avant qu'elles ne s'installent. Et tâche de ne pas bafouiller.

— Je bafouille, hein?

— Forme bien tes phrases. Il faut toujours finir la précédente avant d'en commencer une autre. N'essaye pas d'aller trop vite. Ça viendra avec la pratique.

Le troisième jour, ils s'exprimaient à moitié par mots, à moitié par gestes, et Garion commençait à être assez fier de lui. Le soir, ils quittèrent la route pour s'engager dans un bois de grands cèdres, et formèrent le demi-cercle habituel avec les chariots.

— Comment ça marche? Il fait des progrès? demanda sire Loup en mettant pied à terre.

— Ça avance, répondit Silk. Je pense que le gamin apprendra plus vite quand il aura surmonté sa tendance à parler bébé.

Garion fut anéanti.

Barak, qui mettait également pied à terre, se mit à rire.

— Je me suis souvent dit que la langue secrète devait être bien utile à connaître, dit-il, mais des doigts faits pour tenir une épée ne seront jamais assez agiles pour ça.

Il tendit son énorme main et secoua la tête.

Durnik leva le visage et huma l'air.

— Il va faire froid, cette nuit, fit-il. Il y aura du givre avant le matin.

Barak renifla à son tour et hocha la tête.

— Tu as raison, Durnik, gronda-t-il. Nous allons faire un bon feu ce soir.

Il plongea dans le chariot et en émergea avec une hache.

— Il y a des cavaliers qui approchent, annonça tante Pol, toujours assise sur le siège de sa charrette.

Ils arrêtèrent tous de parler pour écouter le martèlement assourdi provenant de la route qu'ils venaient de quitter.

— Ils sont au moins trois, confirma Barak, soudain grave.

Il tendit la hache à Durnik et replongea dans le chariot pour y prendre son épée.

— Quatre, rectifia Silk, en allant chercher la sienne sous le siège de sa propre voiture.

— Nous sommes assez loin de la route, commenta sire Loup. Si nous ne faisons pas de bruit, ils passeront sans nous voir.

— Ce n'est pas ça qui va nous abriter des Grolims, objecta tante Pol. Eux, ce n'est pas avec leurs yeux qu'ils cherchent.

Et elle fit, à l'attention de sire Loup, deux gestes rapides que Garion ne reconnut pas.

Non, répondit sire Loup, toujours par gestes. *Nous ferions mieux de...* Et il fit lui aussi un signe inconnu.

Tante Pol le regarda un moment et hocha la tête.

— Restez bien tranquilles, vous autres, leur ordonna sire Loup, en se tournant vers la route, le visage tendu.

Garion retint son souffle. Le bruit des chevaux au galop s'amplifiait.

Puis il arriva une chose curieuse. Garion savait qu'il aurait dû avoir peur des cavaliers qui approchaient et de la menace qu'ils semblaient impliquer, mais une sorte de lassitude rêveuse s'empara de lui. C'était comme si son cerveau s'était tout à coup assoupi, laissant son corps, campé sur ses deux pieds, assister d'un œil indifférent au passage des cavaliers en uniformes sombres qui venaient sur la route.

Il aurait été incapable de dire combien de temps il était resté ainsi planté là ; mais lorsqu'il émergea de son demi-sommeil, les cavaliers avaient disparu et le soleil s'était caché derrière les lambeaux de nuages effilochés, effleurés par les derniers rayons du couchant, accrochés le long de l'horizon à l'ouest, tandis que, vers l'est, le ciel avait pris une teinte violette à l'approche du soir.

— Des Murgos, dit calmement tante Pol. Et un Grolim.

Elle s'apprêtait à descendre de voiture.

— Il y a beaucoup de Murgos en Sendarie, gente dame, commenta Silk en l'aidant à mettre pied à terre. Et ils sont investis de toutes sortes de missions.

— Les Murgos sont une chose, intervint sire Loup d'un ton sinistre. Mais les Grolims en sont une autre. Je crois qu'il serait préférable de nous écarter des routes trop fréquentées. Vous ne connaîtriez pas une autre route qui mène à Medalia ?

— Mon cher ami, je connais des chemins détournés pour aller partout, répondit modestement Silk.

— Parfait, déclara sire Loup. Enfonçons-nous un peu dans les bois. J'aimerais autant que l'on ne risque pas d'apercevoir notre feu de la route.

Garion n'avait que très brièvement aperçu les Murgos avec leurs grandes capes. Il n'avait aucun moyen d'être sûr que cet Asharak, qu'il avait fini par rencontrer après n'avoir connu de lui, pendant des années, qu'une silhouette sombre sur un cheval noir, se trouvait parmi eux, mais d'une façon ou d'une autre, il en était presque certain. Ashark le suivait, il serait toujours là, où qu'il aille. C'était le genre de chose dont il pouvait être sûr.

Durnik avait raison à propos du givre. Le lendemain matin, le sol était blanc, et l'haleine des chevaux faisait de la buée dans l'air frais quand ils se mirent en route. Ils empruntèrent des pistes et des chemins peu fréquentés, partiellement obstrués par les broussailles, sur lesquels ils avançaient moins vite que s'ils étaient restés sur la grand-route, mais où ils se sentaient tous beaucoup plus en sécurité.

Il leur fallut encore cinq jours pour arriver au village de Winold, à douze lieues au nord de Medalia. Là, sur l'insistance de tante Pol, ils s'arrêtèrent pour passer la nuit dans une auberge un peu décrépite.

— Je refuse de dormir une nuit de plus sur la terre, avait-elle décrété d'un ton sans réplique.

Lorsqu'ils eurent fini de manger, les hommes s'attardèrent avec leur chope de bière dans la salle commune, crasseuse, tandis que tante Pol montait dans sa chambre après avoir demandé de l'eau chaude pour prendre un bain. Garion, quant à lui, prit prétexte d'aller voir les chevaux pour sortir. Ce n'était pas qu'il eût acquis l'habitude de mentir délibérément, mais il s'était rendu compte, au cours des deux derniers jours peut-être, qu'il n'avait pas eu un seul moment à lui depuis qu'ils avaient quitté la ferme de Faldor. On ne peut pas dire qu'il était, par nature, un garçon solitaire, mais il commençait à trouver un peu pesant de se trouver constamment en présence des adultes.

Le village de Winold n'était pas grand, et il en eut fait le tour en moins d'une demi-heure, en flânant dans la fraîcheur de ce début de soirée. La lueur dorée des chandelles brillait aux fenêtres, dans les rues étroites et pavées, et Garion se trouva soudain en proie à un violent accès de mal du pays.

C'est alors qu'au détour d'une ruelle, à la brève lumière d'une porte qui s'ouvrait, il reconnut une silhouette familière. Il n'en était pas encore tout à fait sûr, mais il se recroquevilla tout de même contre un mur de pierre brute.

L'homme se tourna avec agacement dans la direction de la lumière, et Garion entrevit l'éclair blanc d'un œil torve. C'était Brill. Ce sale individu s'écarta précipitamment de la lumière, de toute évidence désireux de ne pas être vu, mais il ne s'éloigna pas.

Garion se cramponna au mur en regardant Brill faire impatiemment les cent pas au coin de la rue. Il aurait été plus sage de s'éclipser discrètement et de regagner l'auberge au galop, mais Garion écarta d'emblée cette idée. Il se sentait suffisamment abrité, dans l'ombre dense du mur, et il était trop dévoré de curiosité pour partir sans avoir pris le temps de voir ce que Brill fabriquait exactement dans le coin.

Après ce qui lui sembla être des heures mais ne dura en réalité que quelques minutes, une autre forme ténébreuse arriva furtivement dans la rue. L'individu portait un capuchon qui lui dissimulait complètement le visage, mais sa silhouette révélait un homme vêtu de la tunique, du pantalon et des bottes à mi-mollet du paysan sendarien. Seulement il y eut aussi, lorsqu'il se retourna, les contours d'une épée attachée à sa ceinture, et cela, c'était loin d'être ordinaire. Bien qu'il ne fût pas précisément interdit aux hommes du peuple sendariens de porter des armes, c'était assez inhabituel pour attirer l'attention.

Garion tenta de se rapprocher — pas trop pour ne pas se faire repérer, suffisamment tout de même pour écouter ce que Brill avait à raconter à l'homme à l'épée —, mais ils n'échangèrent que quelques mots. Il entendit un tintement au moment où quelques pièces changèrent de mains, puis les deux hommes se séparèrent, et Brill disparut sans un bruit au coin de la maison, tandis que l'homme à l'épée remontait la ruelle étroite et sinueuse dans la direction de Garion.

Il ne pouvait se cacher nulle part, et dès que l'homme à la capuche serait suffisamment près, celui-ci ne pouvait manquer de le voir. D'un autre côté, il aurait été encore plus risqué de faire volte-face et de prendre ses jambes à son cou. Il n'y avait aucune autre solution, aussi Garion fit-il vaillamment front et avança-t-il d'un air déterminé vers la silhouette qui venait vers lui.

— Qui va là? demanda l'homme encapuchonné, la main sur la garde de son épée.

— Bonsoir, Monsieur, dit Garion, en adoptant délibérément les accents aigus de la voix d'un garçon bien plus jeune. Il ne fait pas chaud ce soir, hein?

L'homme à la capuche grommela quelque chose et sembla se détendre.

Les jambes de Garion le démangeaient du désir de courir. Il croisa l'homme à l'épée, et le derrière de sa nuque le picota comme il sentait le regard soupçonneux de l'homme braqué sur lui.

— Dis-moi, petit, fit abruptement l'homme.

Garion s'arrêta net.

— Oui, Monsieur? demanda-t-il en se retournant.

— Tu habites ici?

— Oui, Monsieur, mentit Garion en s'efforçant d'empêcher sa voix de trembler.

— Il y a une taverne dans le coin?

— Oui, Monsieur, répondit d'un ton assuré Garion, qui venait d'explorer le village. Vous prenez cette rue, puis la première à gauche. Il y a des torches sur le devant. Vous ne pouvez pas la rater.

— Merci beaucoup, répondit brièvement l'homme au capuchon en empruntant la ruelle sinueuse.

— Bonsoir, Monsieur, fit Garion, dans son dos, ragaillardi par le fait que le danger semblait passé.

L'homme ne se donna pas la peine de répondre et Garion repartit vers le coin de la maison, exalté par cette brève escarmouche. Mais, une fois arrivé au coin du pâté de maisons, il renonça brusquement à se faire passer pour un simple villageois et prit ses jambes à son cou.

Il était à bout de souffle lorsqu'il arriva à l'auberge et entra comme une tornade dans la salle commune où sire Loup et les autres bavardaient auprès du feu.

Mais, se rendant compte au dernier moment que ce serait une erreur de raconter toute son histoire dans la salle commune où n'importe qui pouvait l'entendre, il se força à aller calmement vers ses amis. Il se campa devant le feu comme pour se réchauffer et c'est d'une voix étouffée qu'il leur parla.

— Je viens de voir Brill au village, annonça-t-il.

— Brill? demanda Silk. Qui est ce Brill?

— Un valet de ferme avec beaucoup trop d'or anga-rak dans sa bourse pour être parfaitement honnête, répondit sire Loup en se renfrognant.

Puis il raconta brièvement à Silk et Barak l'épisode qui s'était déroulé dans l'étable de Faldor.

— Vous auriez dû le tuer, décréta Barak.

— On n'est pas à Cherek, ici, rétorqua sire Loup. Les Sendariens sont plutôt chatouilleux sur le chapitre du meurtre de sang-froid. Il t'a vu? demanda-t-il à Garion.

— Non, répondit Garion. Je l'ai vu le premier et je me suis caché dans l'ombre. Il a rencontré un autre homme, avec une épée, à qui il a donné de l'argent, je crois.

Il décrivit brièvement la rencontre.

— Ça change tout, conclut sire Loup. Je crois que nous allons partir plus tôt que prévu, demain matin.

— Il ne serait pas difficile de convaincre Brill de cesser de s'intéresser à nous, insinua Durnik. Je ne devrais pas avoir de mal à le trouver et à lui administrer quelques arguments frappants sur le coin du crâne.

— C'est une idée bien séduisante, évidemment, commenta sire Loup avec son bon sourire inquiétant, mais je pense qu'il vaudrait mieux que nous quittions la ville en douce, et qu'il ignore à jamais que nous étions là. Nous n'avons pas vraiment le temps de nous bagarrer avec tous les gens que nous croisons sur notre chemin.

— J'aimerais tout de même bien jeter un coup d'œil sur ce Sendarien armé d'une épée, intervint Silk en se levant. S'il apparaît qu'il s'intéresse à nous, je préfère savoir à quoi il ressemble. Je n'aime pas être poursuivi par des étrangers.

— Discrètement, l'avertit sire Loup.

Silk eut un petit rire.

— Vous m'avez déjà vu agir autrement? demanda-t-il. Je n'en ai pas pour longtemps. Où as-tu dit qu'elle était, cette taverne, Garion?

Garion lui indiqua le chemin.

Silk hocha la tête, les yeux brillants, son long nez tout frémissant. Il tourna les talons, traversa rapidement la salle embrumée et sortit dans la froidure de la nuit.

— Puisque nous sommes apparemment suivis de si près, fit Barak d'un ton songeur, je me demande si nous ne ferions pas mieux de renoncer à ce camouflage fatigant, de nous débarrasser des voitures, d'acheter de bons chevaux et d'aller tout simplement au galop droit vers Muros.

— Je ne suis pas si sûr que cela que les Murgos aient connaissance de notre présence, objecta sire Loup en hochant la tête en signe de dénégation. Brill est peut-être là pour une canaillerie qui n'a rien à voir avec nous, et nous aurions tort de commencer à fuir devant notre ombre. Ce serait trop bête. Mieux vaut avancer tranquillement notre petit bonhomme de chemin. Même si Brill travaille toujours pour les Murgos, je préfère filer à l'anglaise et les laisser battre les buissons ici, dans le centre de la Sendarie. Il faut que j'aille raconter tout ça à Pol, conclut-il en se levant.

Il traversa la salle et monta l'escalier.

— Je n'aime pas ça du tout, marmonna Barak, le visage tendu.

Ils restèrent tranquillement assis auprès du feu en attendant le retour de Silk. Le feu craqua, faisant sursauter Garion. Il se prit à penser qu'il avait beaucoup changé depuis leur départ de la ferme de Faldor. Tout paraissait si simple, là-bas; le monde était clairement réparti entre amis et ennemis. Ils n'étaient en route que depuis quelques jours, mais il avait déjà pris conscience de subtilités qu'il n'aurait jamais soupçonnées auparavant. Il avait commencé à faire preuve de méfiance et de circonspection, et il écoutait plus souvent la voix intérieure qui lui conseillait toujours la prudence sinon une parfaite fourberie. Il avait aussi appris à ne pas tout prendre pour argent comptant. Il déplora l'espace d'un instant la perte de sa belle innocence, mais sa voix intérieure lui dit sèchement que de tels regrets étaient puérils.

Sire Loup redescendit alors l'escalier et les rejoignit, puis, au bout d'une demi-heure peut-être, ce fut au tour de Silk de revenir.

— Un individu des moins recommandables, annonça-t-il, planté devant le feu. A mon avis, ce n'est qu'un vulgaire voleur de grands chemins.

— Qui se ressemble s'assemble. Brill est du même acabit, confirma sire Loup. S'il travaille toujours pour les Murgos, il se peut qu'il paye des vauriens pour nous surveiller. Mais il est probable qu'ils chercheront plutôt quatre personnes à pied que six en voiture. Si nous arrivons à quitter Winold assez tôt demain matin, je crois que nous les sèmerons sans mal.

— Je pense que nous devrions monter la garde, cette nuit, Durnik et moi, suggéra Barak.

— Ce n'est pas une mauvaise idée, admit sire Loup. Prévoyons de partir à la quatrième heure après minuit. J'aimerais bien mettre deux ou trois lieues de petites routes entre cet endroit et nous avant le lever du soleil.

C'est à peine si Garion ferma l'œil, cette nuit-là. Et lorsqu'il parvint à s'endormir, ce fut pour faire des cauchemars dans lesquels un homme encapuchonné le pourchassait dans des ruelles sinistres, sombres et étroites, en brandissant une épée menaçante. Lorsque Barak les réveilla, Garion avait l'impression d'avoir du sable dans les yeux, et la pénible nuit qu'il venait de passer lui avait laissé la tête lourde.

Tante Pol ferma soigneusement les volets de la chambre avant d'allumer une unique chandelle.

— Il va faire plus froid, maintenant, déclara-t-elle, en ouvrant le gros balluchon qu'elle lui avait demandé d'aller chercher dans sa voiture.

Elle en sortit un pantalon de laine épaisse et des bottes d'hiver fourrées de peau de mouton.

— Enfile-ça, ordonna-t-elle à Garion, et mets ton gros manteau.

— Mais je ne suis plus un bébé, tante Pol, protesta Garion.

— Tu préfères avoir froid?

— Eh bien, c'est-à-dire que... non, mais...

Il s'interrompit, incapable d'exprimer les sentiments mitigés auxquels il était en proie, et commença à s'habiller. Il entendait le murmure assourdi des autres en train de parler tout bas dans la pièce voisine, de cette sorte de voix étouffée que les hommes prennent toujours lorsqu'ils se lèvent avant le soleil.

— Nous sommes prêts, dame Pol, fit la voix de Silk, derrière la porte.

— Eh bien, allons-y, dit-elle, en rabattant le capuchon de sa cape.

La lune, qui s'était levée tard cette nuit-là, faisait briller les pierres argentées par le givre, devant l'auberge. Après avoir attelé les chevaux aux charrettes, Durnik les avait fait sortir de l'écurie.

— Nous allons mener les chevaux par la bride jusqu'à la route, dit sire Loup, tout bas. Je ne vois pas l'intérêt de réveiller les villageois sur notre passage.

Silk prit à nouveau la tête, et ils sortirent sans bruit de la cour de l'auberge.

Les champs qui entouraient le village étaient blancs de givre. C'était à croire que le clair de lune blafard, pâle comme une fumée, leur avait fait perdre toutes leurs couleurs.

— Dès que nous serons hors de portée d'oreille, reprit sire Loup en grimpant sur le siège de sa voiture, nous mettrons une distance significative entre cet endroit et nous. Les chariots sont vides et un petit galop ne fera pas de mal aux chevaux.

— Absolument, acquiesça Silk.

Ils prirent tous place à bord des voitures et se mirent en route. Les étoiles brillaient au-dessus de leurs têtes, dans le ciel froid et sec. Les bouquets d'arbres qui longeaient la route paraissaient tout noirs dans les champs d'une blancheur étincelante sous les rayons de la lune.

En arrivant au sommet de la première colline, Garion jeta un coup d'œil par-dessus son épaule, à la masse sombre des maisons nichées dans la vallée, derrière eux. Une étincelle de lumière se mit à briller à une fenêtre, quelque part, petit point doré, solitaire, qui apparut et disparut.

— Il y a quelqu'un qui ne dort pas, là-bas, dit-il à Silk. Je viens de voir une lumière.

— Un client particulièrement matinal, suggéra Silk. A moins, encore une fois, qu'il ne s'agisse de tout autre chose.

Il donna une petite secousse aux rênes et les chevaux pressèrent un peu l'allure. Encore une petite saccade, et ils se mirent au trot.

— Cramponne-toi, gamin, lui conseilla-t-il, puis il se pencha en avant et flanqua un coup sec sur la croupe des chevaux avec les rênes.

La voiture fit un bond en avant, se mettant à bringuebaler d'une façon terrifiante derrière l'attelage au galop, et l'air glacial de la nuit commença à mordre les joues de Garion qui s'accrochait tant bien que mal au siège de la voiture.

Les trois voitures plongèrent au grand galop dans la vallée, entre les champs blancs de givre qui étincelaient au clair de lune, laissant loin derrière elles le village et son unique lumière.

Lorsque le soleil se leva, ils avaient bien parcouru quatre lieues, et Silk retint un peu ses chevaux fumants de sueur. La course effrénée sur les routes dures comme du fer avait laissé Garion épuisé et tout endolori, et il n'était pas mécontent de pouvoir souffler un peu. Silk lui tendit les rênes et bondit à bas de la voiture. Il alla vers l'arrière dire quelques mots à sire Loup et tante Pol avant de regagner sa voiture.

— Nous allons prendre le chemin qui se trouve juste là, devant, annonça-t-il à Garion en s'assouplissant les doigts. C'est toi qui conduis, reprit-il en lui passant les rênes. J'ai les mains raides de froid. Laisse juste aller les chevaux.

Garion eut un claquement de langue pour faire aller les chevaux et imprima une petite secousse aux rênes. Docilement, l'équipage se remit en marche.

— Le chemin fait le tour de la colline, commenta Silk en lui indiquant l'endroit du menton, car il avait enfoui ses mains sous sa tunique. Il y a un bouquet d'arbres, de l'autre côté. On va s'arrêter là pour laisser reposer les chevaux.

— Tu crois qu'on nous a suivis? demanda Garion.

— Ce sera le moment de s'en assurer, répondit Silk.

Lorsqu'ils furent derrière la colline, près des pins sombres qui bordaient la route, Garion dirigea les chevaux sous le couvert des arbres.

— Parfait, fit Silk en mettant pied à terre. Viens avec moi.

— Où ça?

— Je voudrais jeter un coup d'œil à la route que nous venons de quitter. Nous allons monter en haut de la colline, entre les arbres, pour voir si nos traces n'intéresseraient pas quelqu'un, par hasard.

Il entreprit de gravir la colline, vite et sans bruit. Garion se traîna péniblement derrière lui, ses pieds faisant craquer les brindilles mortes d'une façon très embarrassante, jusqu'au moment où il sut comment s'y prendre pour marcher. Silk eut un hochement de tête approbateur, mais ne dit rien.

Les arbres n'allaient pas plus loin que le sommet de la colline, et Silk s'arrêta sous leur abri. En dessous, la vallée et la route noire qui la traversait étaient désertes, en dehors de deux cerfs qui étaient sortis des bois, de l'autre côté, pour venir brouter l'herbe givrée.

— Attendons un peu, suggéra Silk. Si Brill et ses acolytes nous suivent, ils ne devraient pas tarder à se montrer.

Il s'assit sur une souche pour regarder la vallée déserte.

Au bout d'un moment, une charrette s'avança lentement sur la route, en direction de Winold. Elle paraissait minuscule dans le lointain, et elle donnait l'impression d'avancer très, très lentement sur la balafre de la route.

Le soleil monta encore un peu dans le ciel, et bientôt ils furent obligés de plisser les yeux sous sa lumière éclatante.

— Dis-moi, Silk, commença enfin Garion, d'un ton hésitant.

— Oui, Garion ?

— Qu'est-ce que c'est que toute cette histoire ?

C'était une question un peu risquée, mais Garion avait maintenant l'impression de connaître suffisamment Silk pour pouvoir la lui poser.

— Quelle histoire ?

— Ce que nous sommes en train de faire. J'ai entendu certaines choses, j'en ai deviné d'autres, mais je ne comprends vraiment rien à tout ça, moi.

— Et qu'as-tu deviné, Garion ? demanda Silk, ses petits yeux étincelant dans son visage mal rasé.

— Quelqu'un a volé quelque chose, quelque chose de

144

très important, et sire Loup et tante Pol — enfin, nous tous, nous essayons de le retrouver.

— Exactement, approuva Silk. Ça, au moins, c'est vrai.

— Sire Loup et tante Pol ne sont pas du tout ce qu'ils donnent l'impression d'être, poursuivit Garion.

— Non, acquiesça Silk. Pas du tout, en effet.

— Je crois qu'ils sont capables de faire des choses dont les autres sont incapables, reprit Garion, en cherchant ses mots. Sire Loup peut suivre la chose — quelle qu'elle soit — sans la voir. Et la semaine dernière, quand les Murgos sont passés près de nous dans les bois, ils ont fait quelque chose, je ne peux même pas dire quoi, mais c'était presque comme s'ils avaient atteint mon esprit et l'avaient endormi. Comment font-ils ça ? Et pourquoi ?

— Tu es un gamin très observateur, commenta Silk avec un petit ricanement, avant de retrouver sa gravité. Nous vivons une page de l'histoire d'une importance primordiale pour l'avenir. Les fils des événements des mille dernières années sont en train de se nouer en ce moment précis. C'est ainsi, dit-on, que va le monde. Des siècles passent sans que rien n'arrive, et puis, en quelques brèves années, il se produit des faits tellement déterminants que le cours de l'univers en est bouleversé.

— Je pense que, si j'avais le choix, je préférerais un de ces siècles tranquilles, décréta Garion d'un ton maussade.

— Oh non, fit Silk, et ses lèvres se retroussèrent sur un sourire carnassier. C'est maintenant que ça vaut le coup de vivre, pour assister à tout ça, pour y participer. Pour sentir le sang courir plus vite dans ses veines, et connaître l'aventure à chaque souffle.

Garion préféra ne pas relever.

— Quelle est la chose après laquelle nous courons ? demanda-t-il.

— Il vaut mieux que tu ne saches même pas comment elle s'appelle, répondit Silk, à nouveau très sérieux. Pas plus que le nom de celui qui l'a volée. Il y a des gens qui tentent de nous mettre des bâtons dans les roues, et ce que tu ne sais pas, tu ne pourras pas le révéler.

— Je n'ai pas pour habitude de faire la causette aux Murgos, protesta Garion avec raideur.

— Tu n'aurais même pas besoin de leur parler, objecta Silk. Il y en a parmi eux qui savent pénétrer l'esprit des gens et y puiser directement les pensées.

— Ce n'est pas possible.

— Qui peut dire ce qui est possible et ce qui ne l'est pas?

Cela rappela à Garion une conversation qu'il avait naguère eue avec sire Loup, sur le même sujet.

Silk resta un moment assis sur sa souche dans le soleil levant, à regarder pensivement vers le fond de la vallée encore plongée dans l'ombre, petit homme à l'air ordinaire, aux vêtements quelconques, avec son pantalon, sa tunique et sa petite cape marron au capuchon relevé.

— Tu as reçu une éducation sendarienne, Garion, reprit-il, et les Sendariens sont des gens rationnels, terre à terre, peu ouverts aux choses comme la sorcellerie, la magie, et tout ce que l'on ne peut ni voir ni toucher. Ton ami Durnik est un parfait Sendarien. Il saurait raccommoder une chaussure, réparer une roue cassée ou soigner un cheval malade, mais je doute fort qu'il parvienne jamais à croire à la moindre bribe de magie.

— Je suis un Sendarien, objecta Garion.

La suggestion implicite dans la remarque de Silk l'atteignait au cœur même de la notion qu'il avait de sa propre identité.

Silk se tourna vers lui et le regarda attentivement.

— Oh non, dit-il. Non, tu n'es pas sendarien. Je sais tout de même reconnaître un Sendarien, exactement comme je peux dire quelle différence il y a entre un Arendais et un Tolnedrain, ou un Cheresque et un Algarois. Les Sendariens ont un port de tête, une expression dans le regard que tu n'as pas. Tu n'es pas sendarien.

— Alors, qu'est-ce que je suis? demanda Garion, d'un air de défi.

— Ça, je n'en sais rien, répondit Silk en haussant un sourcil perplexe. Et c'est très bizarre, parce que j'ai plutôt l'habitude de deviner l'origine des gens. Mais enfin, ça me reviendra peut-être.

— Et tante Pol, elle est sendarienne, elle?

— Bien sûr que non, rétorqua Silk en riant.

— Tout s'explique, alors. Je suis probablement de la même race qu'elle.

Silk lui jeta un coup d'œil acéré.

— Après tout, c'est la sœur de mon père, poursuivit Garion. Au début, je pensais qu'elle était de la famille de ma mère, mais je me trompais. Elle est de la famille de mon père. Je le sais, maintenant.

— C'est impossible, trancha catégoriquement Silk.

— Impossible ?

— Absolument hors de question. Toute cette histoire est rigoureusement impensable.

— Pourquoi ?

Silk se mâchouilla un instant la lèvre.

— Je crois qu'on ferait mieux de retourner aux voitures, maintenant, conclut-il brièvement.

Ils rebroussèrent chemin sous le soleil matinal qui inclinait ses rayons brillants sur leur dos, entre les arbres sombres dressés dans l'air glacé.

Ils passèrent le restant de la journée sur de petites routes peu fréquentées et n'arrivèrent à la ferme où ils devaient prendre livraison des jambons de Mingan qu'à la fin de l'après-midi, alors que le soleil avait commencé à plonger dans un banc de nuages pourpres, vers l'ouest. Silk parlementa avec le fermier, un homme patibulaire, et lui montra le bout de parchemin que Mingan lui avait remis à Darine.

— Je suis bien content de m'en débarrasser, parce qu'ils commençaient vraiment à m'encombrer, dit le fermier.

— C'est souvent comme cela quand on traite avec les Tolnedrains, remarqua Silk. Ils sont très doués pour obtenir le maximum du prix qu'ils ont payé — quand bien même il ne s'agirait que de profiter d'un entreposage gratuit.

Le fermier approuva avec une triste conviction.

— Je me demande, poursuivit Silk, comme si l'idée venait de lui passer par la tête, je me demande si vous n'auriez pas vu un de mes amis, un dénommé Brill ? Un homme de taille moyenne, aux cheveux et à la barbe noirs, avec un œil torve ?

— Des vêtements tout rapiécés et un sale caractère ? compléta le fermier corpulent.

— Ça ne peut être que lui ! s'exclama Silk.

— Il est passé par ici, répondit le fermier. Il m'a raconté qu'il cherchait un vieil homme, une femme et un enfant qui auraient volé son maître et qu'il était chargé de lui ramener.

— Il y a longtemps de ça ? demanda Silk.

— Une semaine, peut-être.

— Quel dommage que je l'aie manqué. J'aurais bien voulu le rencontrer.

— Je ne vois vraiment pas pourquoi, fit le fermier, sans ambages. Pour être honnête avec vous, votre ami ne m'inspire guère de sympathie.

— Je n'ai pas une passion pour lui non plus, renchérit Silk, mais la vérité est qu'il me doit de l'argent. Je me passerais avantageusement de la compagnie de Brill, mais je m'ennuie de l'argent, si vous voyez ce que je veux dire.

Le fermier éclata de rire.

— Je vous serais très reconnaissant d'oublier que je me suis renseigné à son sujet, poursuivit Silk. J'aurai sûrement déjà bien assez de mal à remettre la main dessus comme ça pour qu'on n'aille pas en plus le prévenir que je suis à sa recherche.

— Vous pouvez compter sur ma discrétion, reprit le gros homme en riant de plus belle. J'ai une grange où vous pourrez passer la nuit, vos compagnons et vous. Et vous m'honoreriez en soupant avec mes gens dans la salle qui se trouve là-bas.

— Mille mercis, répondit Silk avec une petite courbette. La terre est bien froide, et il y a un moment que nous n'avons rien dévoré, que des kilomètres de route déserte et le triste ordinaire des nomades de notre espèce.

— Vous menez une vie aventureuse, vous autres, les rouliers, soupira le gros homme, d'un ton presque envieux. Libres comme des oiseaux, avec l'horizon qui s'ouvre devant vous, perpétuellement renouvelé à chaque colline...

— C'est très surfait, dit Silk. Et l'hiver est une saison bien dure tant pour les oiseaux que pour les voituriers.

Le fermier eut un nouvel éclat de rire et lui administra une grande claque sur l'épaule en lui montrant où remiser ses chevaux.

La nourriture qui leur fut servie dans la salle à manger du gros fermier était simple mais abondante ; et si la grange prenait un peu les courants d'air, la paille en était bien douce. Garion dormit comme un loir. Ce n'était pas la ferme de Faldor, mais cela lui rappelait bien des souvenirs, et il éprouvait le sentiment réconfortant d'être entouré de murs, ce qui était tout de même plus rassurant.

Le lendemain matin, après un petit déjeuner roboratif, ils chargèrent les jambons entourés d'une croûte de sel du Tolnedrain, et ils quittèrent le fermier sur un joyeux au revoir.

Les nuages qui commençaient à s'accumuler à l'ouest la veille au soir avaient couvert le ciel pendant la nuit, et il faisait froid et gris quand ils reprirent la route, en direction de Muros, qui se trouvait à cinquante lieues au sud.

CHAPITRE 9

Il leur fallut près de deux semaines pour arriver à Muros, et ce furent les plus inconfortables que Garion ait jamais vécues de sa vie. La route tournait autour du pied des collines dans un paysage accidenté et presque désert, bouché, à l'est, par une chaîne de montagnes noires, menaçantes, sous le ciel gris et froid qui laissait parfois échapper quelques flocons de neige.

Garion avait l'impression qu'il n'arriverait jamais à se réchauffer. En dépit des efforts que Durnik déployait tous les soirs pour trouver du bois sec, leurs feux semblaient toujours perdus dans l'immense froid qui les entourait. Le sol sur lequel ils dormaient était perpétuellement glacé, et Garion avait l'impression d'être littéralement gelé jusqu'à la moelle des os.

Il poursuivait son apprentissage de la langue secrète drasnienne, et s'il n'en avait pas encore maîtrisé toutes les subtilités, du moins se défendait-il assez bien lorsqu'ils arrivèrent au bord du lac Camaar, qui marquait le début de la longue descente vers Muros.

La ville de Muros était une vaste agglomération sans beauté du centre de la Sendarie méridionale, où se tenait, depuis des temps immémoriaux, une grande foire annuelle. Tous les ans, à la fin de l'été, les cavaliers algarois menaient d'immenses troupeaux de chevaux à travers les montagnes, sur la grand-route du Nord, jusqu'à Muros où l'on venait de tout l'Ouest attendre leur venue. Des sommes énormes changeaient de mains, et comme c'était aussi l'époque où les chefs de clan algarois faisaient leurs achats annuels d'objets utilitaires et d'agrément, on y rencontrait des marchands venus d'aussi loin au sud que la Nyissie, pour offrir leurs marchandises. Une vaste plaine était entièrement réservée aux enclos qui s'étendaient sur des lieues, à l'est de la ville, mais ne suffisaient pas encore à contenir tous les troupeaux lorsque la saison battait son plein. Au-delà, les Algarois avaient établi des campements plus ou moins permanents.

C'est là que Silk mena, au beau milieu de la matinée, les trois voitures chargées des jambons de Mingan le Tolnedrain. Mais la foire tirait à sa fin et la plupart des Algarois étaient déjà repartis, de sorte que les enclos étaient presque tous déserts. Seuls restaient les marchands les moins favorisés.

La livraison des jambons se fit sans incident, et bientôt, ils menaient leurs charrettes vides dans la cour d'une auberge située non loin des limites septentrionales de la ville.

— C'est une auberge respectable, gente Dame, déclara Silk en aidant tante Pol à descendre de voiture. J'y suis déjà descendu.

— Espérons-le, dit-elle. Les auberges de Muros ont une réputation douteuse.

— Ces auberges particulières se trouvent à la limite orientale des faubourgs de la ville, lui assura délicatement Silk. Je les connais bien.

— Je n'en doute pas, répondit-elle en haussant un sourcil.

— Mon métier requiert parfois ma présence dans des endroits que je préférerais autrement éviter, dit-il d'un ton fruité.

L'auberge, ainsi que le remarqua Garion, était étonnamment propre, et semblait essentiellement fréquentée par des marchands sendariens.

— Je m'attendais à voir un grand nombre de races différentes, ici, à Muros, dit-il en aidant Silk à transporter leurs balluchons dans les chambres, au second étage.

— Ce n'est pas ce qui manque, dit Silk, mais les groupes ont tendance à s'éviter les uns les autres. Les Tolnedrains se réunissent dans une partie de la ville, les

Drasniens dans une autre et les Nyissiens encore ailleurs. Cela fait, du reste, le jeu du comte de Muros. Les tempéraments ont parfois tendance à s'échauffer au cours des affaires de la journée, et il vaut mieux ne pas héberger des ennemis naturels sous le même toit.

Garion approuva d'un hochement de tête.

— Tu sais, dit-il comme ils arrivaient aux chambres qu'ils avaient retenues pour le temps de leur séjour à Muros, je crois que je n'ai jamais vu de Nyissiens.

— Tu ne perds pas grand-chose, remarqua Silk d'un air dédaigneux. Ce n'est pas une race très ragoûtante.

— Ils sont comme les Murgos?

— Non. Les Nyissiens adorent Issa, le Dieu-Serpent, et il est de bon aloi, chez eux, d'adopter les manières sinueuses du reptile, ce que, personnellement, je ne trouve pas très appétissant. Sans compter que ce sont les Nyissiens qui ont assassiné le roi de Riva, et que tous les Aloriens les détestent depuis ce temps-là.

— Il n'y a pas de roi, à Riva, objecta Garion.

— Il n'y en a plus, rectifia Silk. Il y en avait un, jadis, jusqu'à ce que la reine Salmissra décide de le faire assassiner.

— C'était il y a longtemps? demanda Garion, fasciné.

— Il y a treize cents ans, répondit Silk, comme il aurait dit « hier ».

— Ça ne fait pas un peu longtemps pour en garder rancune à tout un peuple? s'étonna Garion.

— Il y a des rancunes que la cognée du pardon ne saurait jamais abattre, décréta Silk, d'un ton sans réplique.

Comme ils avaient encore une bonne partie de la journée devant eux, Silk et sire Loup ressortirent de l'auberge pour explorer les rues de Muros à la recherche de ces mystérieuses traces rémanentes que sire Loup parvenait apparemment à voir ou à sentir, et qui lui confirmeraient si oui ou non la chose qu'ils cherchaient était passée par là. Garion se blottit près du feu, dans la chambre qu'il partageait avec tante Pol, dans l'espoir de réchauffer ses pieds gelés. Tante Pol était restée elle aussi près de la cheminée, à repriser l'une des tuniques de Garion, son aiguille étincelante voltigeant au-dessus du tissu.

— Qui était le roi de Riva, tante Pol ? lui demanda-t-il.

Elle s'interrompit, l'aiguille en l'air.

— Pourquoi me demandes-tu ça ? dit-elle.

— Silk m'a parlé des Nyissiens, expliqua-t-il. Il m'a raconté que leur reine avait fait tuer le roi de Riva. Pourquoi a-t-elle fait ça ?

— Tu poses beaucoup de questions, aujourd'hui, on dirait ? remarqua-t-elle, en recommençant à manier l'aiguille.

— On parle de tout un tas de choses, en route, Silk et moi, fit Garion en rapprochant encore un peu ses pieds du feu.

— Fais attention, tu vas mettre le feu à tes chaussures, l'avertit-elle.

— Silk dit que je ne suis pas sendarien, continua Garion. Il dit qu'il n'a pas encore réussi à voir d'où je venais, mais que je n'étais pas sendarien.

— Silk parle beaucoup trop, observa tante Pol.

— Tu ne me dis jamais rien, tante Pol, reprit-il, avec agacement.

— Je te dis tout ce qu'il faut que tu saches, répliqua-t-elle imperturbablement. Tu n'as pas besoin d'en savoir davantage pour l'instant sur les rois de Riva ou les reines de Nyissie.

— Tout ce que tu veux, c'est que je reste ignare, éclata Garion. Je suis presque un homme, et je ne sais même pas ce que je suis — ni qui je suis.

— Je le sais, moi, qui tu es, dit-elle sans lever les yeux.

— Alors, qui suis-je ?

— Tu es un jeune homme qui va mettre le feu à ses chaussures.

Il recula précipitamment les pieds.

— Tu n'as pas répondu à ma question, accusa-t-il.

— Non, fit-elle de la même voix calme et impassible qui l'exaspérait tant.

— Et pourquoi ne veux-tu pas me répondre ?

— Parce que tu n'as pas encore besoin de connaître la réponse pour l'instant. Je te le dirai le moment venu, pas avant.

— Ce n'est pas juste, protesta-t-il.

— Il n'y a pas de justice. Cela dit, puisque tu es un homme, maintenant, pourquoi n'irais-tu pas chercher un peu de bois ? Ça te fournirait un bon sujet d'occupation.

Il lui jeta un regard noir et sortit de la pièce en tapant des pieds.

— Garion, reprit-elle.

— Oui ?

— N'essaie même pas de claquer la porte.

Quand sire Loup et Silk rentrèrent, ce soir-là, le vieil homme, habituellement enjoué, semblait énervé et de mauvaise humeur. Il s'assit à la table de la salle commune de l'auberge en regardant le feu d'un air lugubre.

— Je ne crois pas qu'elle soit passée par là, annonça-t-il enfin. J'ai encore quelques endroits à inspecter, mais je suis presque certain qu'elle n'est pas passée par là.

— Alors nous repartons pour Camaar ? gronda Barak en peignant sa barbe hirsute avec ses gros doigts.

— Je ne vois pas ce que nous pourrions faire d'autre, répondit sire Loup. C'est par là que nous aurions dû commencer.

— Comment aurions-nous pu le deviner ? intervint tante Pol. Pourquoi serait-il allé à Camaar s'il avait l'intention de la ramener dans les royaumes angaraks ?

— Je ne suis même pas sûr de l'endroit où il va, reprit sire Loup, d'un ton agressif. Il veut peut-être la garder pour lui. Il l'a toujours convoitée.

Il se remit à regarder le feu.

— Nous allons avoir besoin de marchandises pour le trajet jusqu'à Camaar, intervint Silk.

— Cela nous retarderait, objecta sire Loup en secouant la tête en signe de dénégation. Il n'est pas rare que les charrettes retournent à vide de Muros à Camaar, et au point où nous en sommes, je suis prêt à courir le risque d'être démasqué pour gagner du temps. Camaar est à une quarantaine de lieues d'ici, et les conditions atmosphériques ne s'arrangent pas. Une tempête de neige et les voitures ne pourraient plus avancer, or je n'ai vraiment pas envie de passer l'hiver bloqué dans la neige.

Tout d'un coup, Durnik lâcha son couteau et s'apprêta à bondir.

— Qu'est-ce qui se passe? s'enquit rapidement Barak.

— Je viens de voir passer Brill, répondit Durnik. Devant cette porte, là.

— Vous êtes sûr? demanda sire Loup.

— Je le connais, tout de même, répliqua Durnik d'un ton lugubre. C'était Brill et personne d'autre.

— Quel imbécile je fais! s'exclama Silk en flanquant un grand coup de poing sur la table. J'ai sous-estimé cette crapule.

— Ça n'a plus d'importance, maintenant, déclara sire Loup, et il y avait comme une note de soulagement dans sa voix. Inutile, désormais, d'essayer de nous faire passer pour ce que nous ne sommes pas. Seul le temps compte, maintenant.

— Je vais m'occuper des voitures, suggéra Durnik.

— Non, coupa sire Loup. Nous n'irions pas assez vite avec. Nous allons acheter de bons chevaux au campement des Algarois.

Il se leva prestement.

— Et les charrettes? insista Durnik.

— Laissez tomber les charrettes, répondit sire Loup. Elles ne feraient que nous embarrasser. Nous allons prendre les chevaux des attelages pour aller jusqu'au campement algarois, et nous n'emporterons que le strict nécessaire. Préparez-vous à partir tout de suite. Rendez-vous dans la cour dès que possible.

Il se précipita vers la porte et sortit dans la nuit froide.

Quelques minutes plus tard seulement, ils se retrouvèrent dans la cour pavée, devant la porte des écuries, chacun avec son balluchon. L'immense Barak faisait un bruit de batterie de cuisine en marchant, et Garion pouvait sentir l'odeur de métal huilé de sa cotte de mailles. Quelques flocons de neige planaient dans l'air glacial avant de se poser comme de minuscules plumes sur le sol gelé. Durnik fut le dernier à les rejoindre. Il sortit de l'auberge, hors d'haleine, et fourra une petite poignée de pièces dans la main de sire Loup.

— C'est tout ce que j'ai réussi à en tirer, dit-il d'un ton

d'excuse. C'est à peine la moitié de leur valeur, mais l'aubergiste a compris que j'étais pressé, et il ne m'a pas fait de cadeau. Enfin, comme ça, au moins, nous sommes débarrassés de ces fichues charrettes, conclut-il avec un haussement d'épaules. Il n'est jamais bon de laisser des objets de valeur derrière soi. Ça obnubile l'esprit et l'empêche de se concentrer sur ce qu'on a à faire.

— Durnik, fit Silk en éclatant de rire, tu as vraiment l'âme d'un Sendarien.

— On ne peut pas lutter contre sa nature, admit Durnik.

— Merci, mon ami, dit gravement sire Loup en laissant tomber les pièces dans sa bourse. Nous allons mener les chevaux par la bride. Parcourir ces ruelles étroites à bride abattue dans la nuit ne ferait qu'attirer l'attention.

— J'ouvre la marche, annonça Barak en tirant son épée. S'il y a des problèmes, je suis le mieux équipé pour y répondre.

— Je suis à tes côtés, ami Barak, renchérit Durnik en brandissant un solide gourdin constitué d'une bûche de bois à brûler.

Barak hocha la tête, les yeux luisant d'une flamme inquiétante, et passa le portail avec Durnik, chacun tenant son cheval par la bride.

Suivant l'exemple de Durnik, Garion s'arrêta en passant près du tas de bois et sélectionna un bon bâton de chêne d'un poids rassurant. Il le fit tournoyer une fois ou deux comme pour en éprouver l'efficacité potentielle, puis, sentant le regard de tante Pol posé sur lui, il se hâta de repartir, sans autre démonstration.

Les rues par lesquelles ils passèrent étaient étroites et sombres, et la neige tombait plus drue, maintenant, flottant preque paresseusement dans l'air mortellement calme. Les chevaux, rendus chatouilleux par la neige, semblaient craindre quelque chose et suivaient de près celui qui les menait.

C'est alors que l'attaque survint, brusque et inattendue. Soudain, il y eut un bruit de pas précipités, et le choc éclatant de l'acier heurtant l'acier, comme Barak parait le premier coup avec son épée.

Garion ne voyait que des silhouettes indistinctes se détachant sur la neige, mais, tout d'un coup, comme le jour où, étant enfant, il avait estourbi son ami Rundorig dans un combat pour rire, ses oreilles commencèrent à tinter, le sang se mit à bouillir dans ses veines, et il bondit dans la mêlée, ignorant le cri de tante Pol.

Il reçut un bon coup sur l'épaule, fit volte-face et riposta d'un coup de bâton qui fut accueilli par un hoquet étouffé des plus satisfaisants, puis il frappa à coups redoublés sur ce qu'il devinait être les parties les plus sensibles de son ennemi invisible, en décrivant de grands moulinets avec son bâton.

Mais la vraie bataille, c'est Barak et Durnik qui la livraient. On n'entendait plus, dans la ruelle étroite, que le tintement de l'épée de Barak et les chocs sourds du gourdin de Durnik, entrecoupés des grognements de leurs assaillants.

— C'est le garçon ! clama une voix, derrière eux.

Garion se retourna. Deux hommes couraient vers lui, dans la rue, armés l'un d'une épée, l'autre d'un couteau à la lame incurvée qui ne lui disait rien qui vaille. Sachant que le combat était perdu d'avance, Garion brandit son gourdin, lorsque Silk fut sur lui. Le petit homme surgit de l'ombre pour plonger sur les deux hommes, et ils s'écroulèrent tous les trois, dans une mêlée de bras et de jambes. Silk se releva comme un chat, fit volte-face et flanqua à l'un des deux hommes encore affalés par terre un coup de pied retentissant juste sous l'oreille. L'homme s'effondra en se tortillant sur les pavés. L'autre tenta de s'éloigner en rampant et se releva à moitié, juste à temps pour recevoir les deux talons de Silk en pleine figure, alors que le Drasnien à la tête de fouine bondissait, faisait un rétablissement en l'air et le frappait des deux pieds. Puis Silk se retourna, comme si de rien n'était.

— Ça va ? demanda-t-il à Garion.

— Ça va, répondit Garion. Tu es rudement bon à ce jeu-là.

— Je ne suis pas acrobate pour rien. C'est facile quand on connaît le truc.

— Ils s'en vont, annonça Garion.

Silk se retourna, mais trop tard. Les deux hommes qu'il avait mis à mal se sauvaient dans une ruelle ténébreuse.

On entendit ensuite le hurlement de triomphe de Barak, et Garion vit que leurs autres assaillants prenaient la fuite.

Au bout de la rue, dans la lumière voilée de neige d'une petite fenêtre, Brill trépignait presque de fureur.

— Lâches! Pleutres! hurlait-il à ses acolytes.

Sur quoi il prit la fuite à son tour en voyant Barak se lancer à sa poursuite.

— Tu n'as rien, tante Pol? demanda Garion en traversant la rue pour la rejoindre.

— Bien sûr que non, je n'ai rien, lança-t-elle. Et ne t'avise pas de recommencer, jeune galopin. Laisse les bagarres de rues à ceux qui sont les mieux armés pour y prendre part.

— Mais tout s'est bien passé, objecta-t-il. J'avais mon bâton, là.

— Ne discute pas avec moi. Je n'ai pas pris la peine de t'élever jusque-là pour que tu finisses tes jours dans un caniveau.

— Tout le monde va bien? s'informa anxieusement Durnik en retournant auprès d'eux.

— Evidemment que tout le monde va bien, laissa tomber tante Pol avec humeur. Pourquoi n'iriez-vous pas plutôt voir si vous ne pouvez pas aider le Vieux Loup Solitaire à rattraper les chevaux?

— Certainement, dame Pol, répondit doucement Durnik.

— Belle petite échauffourée, commenta Barak en essuyant son épée tout en revenant vers eux. Pas beaucoup de sang, mais assez satisfaisante tout de même.

— Je suis ravie que cela vous ait plu, fit tante Pol d'un ton acide. En ce qui me concerne, je n'apprécie guère ce genre de rencontre. Ont-ils abandonné l'un des leurs?

— Hélas non, gente dame, répondit Barak. Le champ de bataille était un peu exigu pour nous permettre d'ajuster nos coups, et ces pierres trop glissantes pour nous offrir un bon point d'appui. J'en ai cependant marqué quelques-uns de la belle manière, et nous avons malgré tout réussi à briser pas mal d'os et à fendre une tête ou deux. Quant à l'équipe adverse, elle semble s'être bien mieux illustrée à la course qu'au pancrace.

Silk revint, les yeux brillants et arborant un sourire pervers, de la ruelle où il avait donné la chasse aux deux hommes qui s'étaient attaqués à Garion.

— Très stimulant, commenta-t-il avant d'éclater de rire sans raison apparente.

Sire Loup et Durnik avaient réussi à calmer les chevaux qui ouvraient des yeux affolés, et à les ramener auprès des autres.

— Personne n'est blessé? demanda sire Loup.

— Nous sommes tous sains et saufs, tonna Barak. L'affaire méritait à peine qu'on tire l'épée.

Les idées se bousculaient dans la tête de Garion. Dans son excitation, il parla sans prendre le temps de se dire qu'il aurait sans doute été mieux inspiré de réfléchir au problème avant.

— Comment Brill pouvait-il savoir que nous étions à Muros? s'étonna-t-il.

Silk lui jeta un regard acéré de ses yeux étrécis.

— Il nous a peut-être suivis depuis Winold, suggéra-t-il.

— Mais nous nous sommes arrêtés pour vérifier si nous n'avions personne à nos trousses, rétorqua Garion. Il n'était pas derrière nous quand nous sommes partis, et nous avons bien regardé tous les jours.

Silk se renfrogna.

— Continue, Garion, dit-il.

— Je pense qu'il savait où nous allions, balbutia Garion en luttant contre une étrange répulsion à dire ce qu'il voyait maintenant distinctement.

— Et à quoi penses-tu encore? demanda sire Loup.

— Quelqu'un a dû le lui dire, répondit Garion. Quelqu'un qui savait que nous venions ici.

— Mingan le savait, fit Silk, réfléchissant à haute voix. Mais Mingan est un négociant, et il ne parlerait jamais de ses affaires à un individu comme Brill.

— Mais Asharak le Murgo était chez Mingan quand il nous a confié cette livraison.

La coercition était maintenant tellement forte que Garion en avait la langue tout engourdie.

— En quoi cela aurait-il quelque chose à voir avec Asharak? fit Silk en haussant les épaules. Il ne savait même pas qui nous étions.

— Et s'il le savait tout de même? poursuivit Garion, luttant de toutes ses forces. Et si ce n'était pas un Murgo comme les autres, mais un de ces... comme celui qui était avec ceux qui sont passés près de nous, quelques jours après que nous ayons quitté Darine?

— Un Grolim? suggéra Silk, en écarquillant les yeux. Oui, j'imagine que si Asharak est un Grolim, il aurait pu savoir qui nous étions et ce que nous faisions.

— Et si le Grolim qui est passé près de nous ce jour-là était Asharak? parvint à dire Garion. Et s'il n'était pas vraiment à notre recherche, s'il était seulement allé vers le sud chercher Brill pour lui dire de venir nous attendre ici?

Silk jeta un regard pénétrant à Garion.

— Très bien. Très, très bien, dit-il doucement, en jetant un coup d'œil à tante Pol. Mes compliments, dame Pol. C'est un garçon remarquable que vous avez élevé là.

— A quoi ressemblait cet Asharak? demanda soudain sire Loup.

— A un Murgo, répondit Silk avec un haussement d'épaules. Il a dit qu'il venait de Rak Goska. J'ai pensé que c'était simplement un espion comme tant d'autres, et qu'il était en mission, une mission qui n'avait rien à voir avec nous. Il avait dû réussir à endormir ma méfiance.

— Ce sont des choses qui arrivent quand on a affaire avec les Grolims, commenta sire Loup.

— On nous regarde, fit tout bas Durnik. A cette fenêtre, là-haut.

Garion leva rapidement les yeux et vit, à l'étage, une forme obscure à contre-jour devant une lumière sourde. La silhouette lui semblait recéler une familiarité obsédante.

Sire Loup ne leva pas les yeux, mais son visage blêmit comme s'il plongeait le regard à l'intérieur de lui-même, ou comme si cherchait mentalement quelque chose. Puis il se redressa et braqua ses yeux de braise sur le personnage à la fenêtre.

— Un Grolim, déclara-t-il sèchement.

— Mort, avec un peu de chance, renchérit Silk.

Il fouilla dans sa tunique et en sortit une longue dague acérée. Il s'écarta de deux pas de la façade de la maison où le Grolim les observait, fit volte-face et lança le poignard d'une main souple et sûre.

Le poignard fracassa la vitre. On entendit un bruit étouffé, puis la lumière s'éteignit. Garion éprouva une curieuse douleur au bras gauche.

— Touché, annonça Silk avec un sourire sinistre.

— Joli, fit Barak, admiratif.

— J'ai le coup de main, répondit modestement Silk. Si c'était Asharak, je lui devais bien ça pour avoir réussi à me mystifier chez Mingan.

— Au moins, ça lui donnera à réfléchir, dit sire Loup. Inutile d'essayer de quitter discrètement la ville, maintenant qu'ils savent que nous sommes ici. Montons en selle, nous sortirons à cheval.

Il enfourcha sa monture et les mena à vive allure dans les rues.

La répulsion avait disparu, maintenant, et Garion aurait bien voulu leur parler d'Asharak, mais il n'en eut pas l'occasion tant qu'ils furent à cheval.

Une fois arrivés aux limites de la ville, ils talonnèrent leurs chevaux, qui prirent le petit galop. La neige tombait plus dru, maintenant, et dans les grands enclos, le sol battu par les sabots des chevaux était couvert d'une fine couche blanche.

— La nuit sera froide, cria Silk, sans s'arrêter.

— Nous pouvons toujours retourner à Muros, suggéra Barak. Une ou deux petites bagarres te réchaufferont peut-être les sangs.

Silk éclata de rire et talonna à nouveau son cheval.

Le campement des Algarois était à trois lieues à l'est de Muros. C'était une vaste zone entourée par une solide palissade de pieux enfoncés dans le sol. La neige tombait assez fort maintenant pour nimber le campement d'un halo indistinct. Le portail, encadré de torches sifflantes, était gardé par deux sentinelles à l'allure farouche, vêtues de justaucorps et de guêtres de cuir, tachés de neige, et coiffées de casques de métal en forme de

162

chaudrons. La pointe de leurs lances brillait à la lueur des torches.

— Halte! ordonna l'un des gardes en barrant le passage à sire Loup avec sa lance. Qu'est-ce qui vous amène ici à cette heure de la nuit?

— J'ai le plus urgent besoin de parler avec votre chef de troupeau, répondit civilement sire Loup. Puis-je mettre pied à terre?

Les deux gardes échangèrent quelques paroles.

— Vous pouvez descendre de cheval, dit l'un d'eux. Mais vos compagnons devront reculer un peu — en restant tout de même dans la lumière.

— Ah, ces Algarois! marmonna discrètement Silk. Toujours aussi méfiants.

Sire Loup descendit de cheval et, repoussant son capuchon, fit dans la neige les quelques pas qui le séparaient des deux hommes.

Puis il se produisit une chose étrange. Le plus vieux des deux gardes dévisagea sire Loup, regarda ses cheveux et sa barbe d'argent. Il ouvrit de grands yeux, alla susurrer quelque chose à son compagnon et les deux hommes s'inclinèrent profondément devant sire Loup.

— Ce n'est pas le moment, fit sire Loup, ennuyé. Emmenez-moi devant le gardien du troupeau.

— Tout de suite, Vénérable Maître, fit très vite le plus vieux des deux gardes en se précipitant pour ouvrir le portail.

— Qu'est-ce que c'est que tout ça? chuchota Garion à l'adresse de tante Pol.

— Les Algarois sont superstitieux, répondit-elle un peu sèchement. Ne pose donc pas tant de questions.

Ils attendirent sous la neige qui s'appesantissait sur eux et fondait sur leurs montures. Au bout d'une demi-heure, peut-être, les portes se rouvrirent devant deux douzaines de farouches cavaliers algarois, en vestes de cuir cloutées et casques métalliques, qui menaient six chevaux sellés vers eux, à travers la neige.

Sire Loup les suivait à pied, en compagnie d'un grand gaillard à la tête complètement rasée, en dehors d'une mèche qui volait au vent au sommet de son crâne.

— Notre camp est immensément honoré de votre

visite, Vénérable Maître, disait l'homme, et je vous souhaite de parvenir rapidement au terme de votre voyage.

— Je n'ai pas à craindre de flâner en chemin avec des chevaux algarois, répondit sire Loup.

— Mes cavaliers vous escorteront le long d'une route qu'ils connaissent et qui vous mettra de l'autre côté de Muros en quelques heures, dit le grand bonhomme, puis ils attendront un moment pour s'assurer que vous n'êtes pas suivis.

— Je ne saurais trop vous exprimer toute ma gratitude, noble Maître du troupeau, répondit sire Loup, en s'inclinant.

— C'est moi qui vous suis reconnaissant de l'occasion qui m'est donnée de vous rendre service, reprit le chef du troupeau, en s'inclinant à son tour.

Il ne leur fallut que quelques minutes pour changer de montures. Ils firent demi-tour, puis la moitié du détachement d'Algarois prit la tête, l'autre moitié fermant la marche, et c'est dans cette formation qu'ils s'éloignèrent vers l'est, à travers les blanches ténèbres de cette nuit neigeuse.

CHAPITRE 10

L'obscurité cédait peu à peu du terrain, mais le lever du soleil leur fut dérobé par le duvet de la neige qui tombait inlassablement. Apparemment inépuisables, leurs chevaux aux lourds sabots hachaient la clarté indistincte du jour nouveau, arrachant un écho assourdi à la large étendue de la grand-route du Nord, maintenant recouverte d'une neige qui leur arrivait aux boulets. Garion jeta un coup d'œil par-dessus son épaule aux traces superposées de leur passage ; la neige les recouvrait avant même qu'elles ne s'engloutissent dans le brouillard gris, derrière eux.

Lorsque le jour fut complètement levé, sire Loup retint son cheval fumant et le mit au pas pendant un moment.

— Combien de chemin avons-nous parcouru ? demanda-t-il à Silk.

L'homme à tête de tête de fouine secoua la neige des plis de sa cape et regarda autour de lui, comme pour repérer un détail caractéristique dans le paysage à travers le voile de flocons en suspension dans l'air.

— Une dizaine de lieues. Peut-être plus, répondit-il enfin.

— Je ne connais pas de façon plus barbare de voyager, grommela Barak avec une petite grimace de douleur, comme il changeait de position sur sa selle.

— Réfléchis un peu à ce que ton cheval doit se dire, fit Silk en lui dédiant un grand sourire.

— A combien sommes-nous de Camaar ? demanda tante Pol.

— Camaar est à quarante lieues de Muros, répondit Silk.

— Nous allons donc être obligés de chercher une halte, dit-elle. Traqués ou non, nous ne pourrons jamais faire quarante lieues au galop sans nous arrêter.

— Je ne pense pas que nous ayons à nous inquiéter d'être suivis pour l'instant, commenta sire Loup. Les Algarois feront ce qu'il faut pour retenir Brill et ses acolytes, et même Asharak, s'ils tentent de nous poursuivre.

— Voilà au moins une chose à laquelle les Algarois auront été utiles, fit sèchement Silk.

— Si je me souviens bien, il y aurait une hôtellerie impériale à cinq lieues à l'ouest, annonça sire Loup. Nous devrions y arriver pour midi.

— Mais nous y laissera-t-on passer la nuit? intervint Durnik, d'un ton dubitatif. Je n'ai jamais entendu dire que les Tolnedrains étaient particulièrement réputés pour leur hospitalité.

— Les Tolnedrains vendraient n'importe quoi pourvu qu'on y mette le prix, expliqua Silk. L'hôtellerie serait l'endroit rêvé. Même si Brill ou Asharak échappaient aux Algarois et nous suivaient jusque-là, les légionnaires ne les laisseraient pas faire n'importe quoi dans l'enceinte de leurs murs.

— Comment se fait-il qu'il y ait des soldats tolnedrains en Sendarie? s'indigna Garion, en proie à un soudain élan de patriotisme.

— On trouve des légions sur toutes les grandes routes, répondit Silk. Les Tolnedrains s'entendent encore mieux à rédiger des traités qu'à flouer leurs clients.

— Il faudrait savoir ce que vous voulez, Silk, railla sire Loup en ricanant. Vous n'avez rien contre leurs grand-routes, mais vous n'aimez pas leurs légions. On ne peut pas avoir l'un sans l'autre.

— Je n'ai jamais eu la prétention d'être logique, rétorqua l'homme au nez pointu d'un ton désinvolte. Bon, maintenant, si nous voulons goûter le confort douteux de l'hôtellerie impériale avant midi, nous ferions peut-être mieux d'avancer, non? Je ne voudrais pas priver Sa Majesté impériale de cette occasion de me vider les poches.

— Très bien, décréta sire Loup. Allons-y.

Et il pressa du talon les flancs du cheval algarois qui commençait déjà à piaffer d'impatience.

L'hôtellerie à laquelle ils parvinrent dans la pleine lumière d'un midi neigeux se présentait comme une série de bâtiments trapus entourés par un mur plus épais encore. Les légionnaires qui la tenaient n'avaient pas grand-chose de commun avec les marchands tolnedrains que Garion avait vus auparavant. Ce n'étaient pas des négociants cauteleux mais, tout au contraire, des soldats de métier aux traits sévères, qui portaient des cuirasses de métal patiné et des casques emplumés. Ils avaient l'allure fière, sinon arrogante, d'hommes pénétrés de la notion que toute la puissance de l'empire de Tolnedrie était derrière eux.

On leur servit dans la salle à manger une nourriture simple et saine, mais qui coûtait les yeux de la tête. Les petites cellules cubiques, aux couchettes étroites et dures garnies de grosses couvertures de laine, étaient d'une propreté irréprochable, mais très chères également. Les écuries, impeccables au demeurant, étaient tout aussi coûteuses, et Garion se demanda à combien leur gîte pourrait leur revenir. Mais sire Loup tirait sa bourse avec une apparente indifférence, tout comme si elle était inépuisable.

— Nous resterons ici jusqu'à demain, annonça l'homme à la barbe blanche lorsqu'ils eurent fini de manger. Espérons que la neige aura cessé de tomber d'ici là. L'idée de foncer à l'aveuglette dans la tempête ne me sourit guère. Trop de choses pourraient se cacher sur notre chemin par un temps pareil.

Garion, qui était brisé de fatigue et dormait sur place, entendit ces mots avec gratitude. Les autres continuèrent à bavarder tranquillement à table, mais il était trop fatigué pour écouter ce qu'ils racontaient.

— Garion, dit enfin tante Pol, pourquoi ne vas-tu pas te coucher ?

— Oh, ça va, tante Pol, dit-il en se redressant aussitôt, mortifié de se voir une fois de plus traité comme un enfant.

— *Tout de suite*, Garion, dit-elle de ce ton sans réplique qu'il connaissait si bien.

Il avait l'impression qu'elle avait passé sa vie à lui dire : « *tout de suite, Garion* », mais il savait qu'il était inutile de discuter. Il se leva et constata avec surprise qu'il ne tenait pas sur ses jambes. Tante Pol quitta la table à son tour et l'accompagna hors de la salle à manger.

— Je peux trouver mon chemin tout seul, objecta-t-il.

— Mais bien sûr, dit-elle. Maintenant, viens avec moi.

En arrivant dans sa cellule, il se faufila tout de suite dans sa couchette.

— Ne te découvre pas, conseilla-t-elle en le bordant soigneusement. Je ne tiens pas à ce que tu prennes froid.

Elle plaça rapidement le dos de sa main fraîche sur son front, comme quand il était tout petit.

— Tante Pol? demanda-t-il d'une voix endormie.

— Oui, Garion?

— Qui étaient mes parents? Je veux dire, comment s'appelaient-il?

— Nous ne pourrions pas parler de ça à une autre moment? fit-elle en le regardant avec gravité.

— J'ai besoin de savoir, insista-t-il.

— Bon, eh bien, ton père s'appelait Geran, et ta mère, Ildera.

Garion réfléchit un instant.

— Ce ne sont pas des noms sendariens, remarqua-t-il enfin.

— Non, confirma tante Pol.

— Comment ça se fait?

— C'est une très longue histoire. Et tu es beaucoup trop fatigué pour que je te la raconte tout de suite.

Comme mu par une impulsion subite, il tendit la main et effleura la mèche blanche sur le front de sa tante avec la marque qui se trouvait dans sa paume droite, laquelle se mit à le picoter. Comme cela s'était déjà produit auparavant, une fenêtre sembla s'ouvrir dans son esprit à ce contact, mais sur quelque chose de beaucoup plus dramatique cette fois. Il perçut de la colère, et il vit un unique visage — un visage qui ressemblait étrangement à celui de sire Loup, sauf que ce n'était pas le sien, et que ses traits exprimaient toute la rage du monde.

Tante Pol détourna la tête.

— Je t'ai déjà dit de ne pas faire ça, Garion, dit-elle avec retenue. Tu n'es pas encore prêt.

— Il faudra que tu m'expliques un jour ce que c'est.

— Peut-être. Mais pas tout de suite. Maintenant, ferme les yeux et dors.

Alors, comme si cet ordre avait eu raison de sa volonté, il tomba instantanément dans un sommeil calme et profond.

Le lendemain matin, la neige avait cessé. Par-delà les murailles de l'hôtellerie impériale, le monde disparaissait sous un manteau d'un blanc immaculé, et l'air était voilé par une sorte de vapeur qui aurait pu être du brouillard, mais qui n'en était pas.

— Les brumes de Sendarie, fit ironiquement Silk, au petit déjeuner. Il y a des moment où je me demande comment il se fait que tout le royaume ne rouille pas d'un bloc.

Ils passèrent la journée à dévorer les lieues au galop, et s'arrêtèrent pour la nuit dans une autre hôtellerie impériale, presque identique à celle qu'ils avaient quittée le matin — tellement ressemblante en fait que pour un peu, Garion aurait eu l'impression qu'ils avaient chevauché toute la journée pour revenir à leur point de départ. C'est ce qu'il expliqua à Silk tandis qu'ils remisaient les chevaux à l'écurie.

— Les Tolnedrains sont on ne peut plus prévisibles, déclara Silk. Leurs hôtels sont tous exactement pareils. On trouve les mêmes dans toute la Drasnie, en Algarie, en Arendie et partout où ils ont construit des routes. On ne peut pas dire qu'ils brillent par l'imagination ; c'est une de leurs faiblesses.

— Ils n'en ont pas assez de faire toujours la même chose ?

— J'imagine qu'ils se sentent plus à l'aise comme ça, fit Silk en riant. Allons nous occuper du dîner.

Le lendemain, il neigeait encore, mais à midi Garion perçut dans l'air une odeur différente de celle, vaguement poussiéreuse, qui semblait toujours accompagner la neige. Il commençait à sentir la mer, comme sur les hauteurs de Darine. Il sut alors qu'ils étaient presque parvenus au terme de leur voyage.

Camaar était une grande ville — la plus vaste de Sendarie, et le port de mer le plus important du Nord — qui s'étendait depuis l'Antiquité à l'embouchure de la Grande Camaar. C'était le terme occidental naturel de la grand-route du Nord qui venait de Boktor, en Drasnie, et de là que partait, tout aussi naturellement, la grand-route de l'Ouest qui traversait l'Arendie puis l'empire de Tolnedrie, pour arriver à sa capitale, Tol Honeth. Il n'aurait pas été exagéré de dire que toutes les routes menaient à Camaar.

Par une fin d'après-midi froide et neigeuse, ils descendirent à flanc de colline vers la ville. A quelque distance de la porte, tante Pol arrêta son cheval.

— Puisque nous ne nous faisons plus passer pour des vagabonds, dit-elle, je ne vois pas pourquoi nous continuerions à descendre systématiquement dans les plus mauvaises auberges, n'est-ce pas?

— Je n'avais pas vraiment réfléchi à ça, avoua sire Loup.

— Eh bien, moi, si, reprit-elle. J'en ai jusque par-dessus la tête des hôtelleries de seconde zone et des auberges miteuses. J'ai besoin de prendre un bain, j'ai envie d'un lit propre et j'entends manger correctement. Cette fois, si ça ne vous fait rien, c'est moi qui choisirai notre gîte de ce soir.

— Mais bien sûr, Pol, fit sire Loup d'une voix mielleuse. Tout ce que tu voudras.

— Très bien, donc.

Et elle mena la marche vers la porte de la ville, les autres à sa suite.

— Que venez-vous faire à Camaar? demanda d'un ton peu amène l'un des hommes en pelisse fourrée qui montaient la garde à la large porte.

Tante Pol repoussa son capuchon et braqua un regard inflexible sur l'homme.

— Je suis la duchesse d'Erat, déclara-t-elle d'une voix sonore. Ces gens sont de ma suite, et quant à ce qui m'amène à Camaar, c'est mon affaire.

Le garde accusa le coup mais s'inclina respectueusement.

— Que Votre Grâce me pardonne, répondit-il, je n'avais pas l'intention de l'offenser.

— Vraiment ? dit tante Pol, d'un ton tout aussi frais et l'œil non moins impitoyable.

— Je n'avais pas reconnu Votre Grâce, balbutia le pauvre homme, en se flétrissant sous ce regard inflexible. Puis-je vous être d'une quelconque assistance ?

— J'en doute fort, laissa tomber tante Pol en le toisant des pieds à la tête. Quelle est la meilleure auberge de Camaar ?

— Ce serait le Lion, ma dame.

— Et alors ? demanda-t-elle d'un ton impatient.

— Et alors quoi, ma dame ? demanda l'homme, dérouté par sa question.

— Comment y va-t-on ? Ne restez pas planté là comme un emplâtre. Parlez !

— Elle se trouve derrière le bureau de douane, répondit le garde, rouge de confusion. Suivez cette rue jusqu'à la place des Douanes. Tout le monde pourra vous indiquer le Lion.

Tante Pol rabattit son capuchon sur sa tête.

— Donnez quelque chose à cet homme, ordonnat-elle par-dessus son épaule, et elle entra dans la ville sans un regard en arrière.

— Mille mercis, dit le garde comme Garion se penchait pour lui donner une petite pièce. Je dois admettre que je n'avais encore jamais entendu parler de la duchesse d'Erat.

— Heureux homme, commenta sire Loup.

— C'est une femme d'une grande beauté, reprit l'homme, admiratif.

— Et elle a un caractère en rapport, l'avertit sire Loup.

— C'est ce que j'ai vu.

— Nous avons vu que vous voyiez, fit malicieusement Silk.

Ils talonnèrent leurs chevaux et rattrapèrent tante Pol.

— La duchesse d'Erat, hein ? demanda Silk d'un ton doucereux.

— Les manières de cet homme m'ont irritée, fit tante Pol, altière. Et j'en ai assez de prendre des allures de pauvresse devant des étrangers.

Arrivé à la place des Douanes, Silk aborda un marchand à l'air affairé qui avançait tant bien que mal sur les pavés couverts de neige.

— Holà, l'ami ! dit-il de la façon la plus insultante possible, en arrêtant son cheval juste devant le marchand, stupéfait. Ma maîtresse, la duchesse d'Erat, voudrait connaître le chemin de l'auberge dite du Lion. Soyez assez bon pour le lui indiquer.

Le marchand cilla et s'empourpra, flagellé par le ton de cet homme à la tête de fouine.

— Dans cette rue, sur votre gauche, répondit-il sèchement, en indiquant la direction du doigt. Ce n'est pas tout près. La façade est ornée d'une enseigne représentant un lion.

Silk eut un reniflement peu amène, jeta quelques pièces dans la neige, aux pieds de l'homme et, très grand seigneur, cabra son cheval avant de lui faire faire demi-tour. Le marchand, remarqua Garion, prit l'air rigoureusement outragé, mais ne s'en pencha pas moins pour ramasser dans la neige les pièces que Silk y avait jetées.

— Je doute fort que ces gens oublient notre passage de si tôt, dit aigrement sire Loup quand ils furent bien engagés dans la rue.

— Ils se rappelleront avoir vu passer une noble dame arrogante, dit Silk. Cet artifice en vaut un autre.

A l'auberge, tante Pol ne se contenta pas de demander les modestes chambres à coucher habituelles ; elle exigea tout un appartement.

— Mon chambellan s'occupera du règlement, dit-elle à l'aubergiste, en indiquant sire Loup. Notre équipage est à quelques jours de route avec le reste de ma suite, aussi aurai-je besoin des services d'une couturière et d'une femme de chambre. Vous voudrez bien y pourvoir.

Sur quoi elle se détourna et entama d'une allure impériale l'ascension du long escalier qui menait à ses appartements, tandis qu'une servante se précipitait pour lui montrer le chemin.

— La duchesse a de la présence, n'est-ce pas ? risqua

l'aubergiste comme sire Loup commençait à compter les pièces de sa bourse.

— C'est le moins que l'on puisse dire, acquiesça sire Loup. J'ai appris qu'il était sage de ne pas s'opposer à sa volonté.

— Je suivrai donc votre exemple, l'assura l'aubergiste. Ma cadette est très serviable. Je la mettrai à la disposition de Sa Grâce.

— Soyez-en remercié, mon ami, lui dit Silk. Notre maîtresse est prompte à s'irriter lorsqu'elle tarde à obtenir ce qu'elle désire, et c'est nous qui faisons les frais de son déplaisir.

Ils gravirent de concert l'escalier menant aux appartements que tante Pol avait réservés, et entrèrent dans le grand salon, une pièce splendide, plus richement meublée que toutes celles que Garion avait vues jusqu'alors. Les murs étaient tendus de tapisseries aux dessins compliqués. Une profusion de bougies — de vraie cire et non pas de piètre suif fumant — brillaient de tous leurs feux dans des candélabres fixés aux murs et dans un chandelier massif posé sur la table cirée. Un bon feu pétillait joyeusement dans la cheminée, et un grand tapis au dessin curieux couvrait le sol.

Tante Pol se réchauffait les mains, debout devant le feu.

— Cela ne vaut-il pas mieux que les bouges sordides du port, avec leurs relents de poisson crevé et de marins mal lavés? demanda-t-elle.

— Que la duchesse d'Erat me pardonne, fit sire Loup, d'un ton quelque peu acerbe, mais je me permets de lui faire remarquer que ce n'est pas le meilleur moyen de passer inaperçu, et que le prix de ces appartements nourrirait une garnison pendant une semaine.

— Tu ne vas pas te mettre à mégoter, maintenant, espèce de Vieux Loup Solitaire? D'abord, qui prendrait au sérieux une noble dame trop gâtée? Ensuite, tes charrettes n'avaient pas empêché l'immonde Brill de nous retrouver. Au moins cette nouvelle apparence offre-t-elle l'avantage du confort, tout en nous permettant de nous déplacer plus rapidement.

— J'espère seulement que nous n'aurons pas à le regretter.

— Arrête un peu de râler, vieillard gâteux.

— Oh, et puis après tout, fais comme tu voudras, Pol.
Il poussa un soupir à fendre l'âme.

— Mais j'en ai bien l'intention !

— Quelle conduite devons-nous adopter, dame Pol ?
demanda Durnik, d'un ton hésitant, apparemment
déconcerté par les manières soudainement royales de
Pol. Je ne suis guère familiarisé avec les façons de faire
des grands de ce monde.

— C'est très simple, Durnik, dit-elle en le toisant de
la tête aux pieds, remarquant son bon visage honnête et
son assurance tranquille. Aimeriez-vous être le grand
régisseur de la duchesse d'Erat, et le maître de ses
écuries ?

Durnik eut un petit rire gêné.

— De bien nobles titres pour une besogne que j'ai
accomplie toute ma vie, dit-il. Je devrais arriver sans
peine à m'acquitter de cette tâche, mais cette dignité
sera peut-être un peu lourde à porter.

— Tu t'en sortiras admirablement, ami Durnik, le
rassura Silk. Avec ton visage honnête, les gens croiront
tout ce que tu voudras bien leur raconter. Si j'avais une
tête comme la tienne, je pourrais voler la moitié du
monde. Et moi, ma dame, demanda-t-il à tante Pol, en
se tournant vers elle, quel rôle suis-je censé jouer ?

— Vous serez mon intendant, dit-elle. La filouterie
qui caractérise ordinairement cette fonction devrait parfaitement vous convenir.

Silk fit une révérence ironique.

— Et moi ? demanda Barak avec un grand sourire.

— Mon homme d'armes, répondit-elle. Je doute fort
d'arriver à vous faire passer pour un maître à danser.
Contentez-vous de rester près de moi et d'arborer cet air
dangereux.

— Et moi, tante Pol ? demanda Garion. Qu'est-ce
que je suis, moi ?

— Tu pourras être mon page.

— Qu'est-ce que c'est, un page ?

— Quelqu'un qui va chercher les choses dont on a
besoin.

— C'est ce que j'ai fait toute ma vie. C'est comme ça
que ça s'appelle ?

— Ne sois pas impertinent. Tu répondras aussi à la porte, et tu annonceras les visiteurs. Et lorsque je serai mélancolique, tu chanteras pour moi.

— Hein ? fit-il d'un ton incrédule. Chanter, moi ?

— C'est ce que l'on fait dans cette circonstance.

— Tu ne me ferais pas faire ça, dis, tante Pol ?

— Votre Grâce, corrigea-t-elle. Et tu dois me vouvoyer.

— Vous ne resterez pas gracieuse très longtemps si vous devez m'écouter chanter, la prévint-il. Je n'ai pas une très belle voix.

— Tu t'en sortiras très bien, chéri, dit-elle.

— Quant à moi, intervint sire Loup, j'ai déjà été bombardé chambellan de Votre Grâce.

— Chargé du service de ma chambre, précisa-t-elle, administrateur de mon domaine et gardien des cordons de ma bourse.

— Ah, je savais bien que ça finirait par retomber sur moi.

Quelqu'un frappa timidement à la porte.

— Va voir qui c'est, Garion, dit tante Pol.

Garion alla ouvrir. Une petite jeune fille aux cheveux châtain clair, vêtue d'une robe toute simple, d'un tablier et d'un bonnet amidonnés, était plantée devant la porte et braquait sur lui le regard craintif de ses grands yeux marron.

— Oui ? demanda-t-il.

— On m'a dit de venir m'occuper de la duchesse, dit-elle tout bas.

— La servante de Votre Grâce est arrivée, annonça Garion.

— Parfait, dit tante Pol. Entre, mon enfant.

La petite fille entra dans la pièce.

— Comme tu es mignonne, dit tante Pol.

— Merci, ma dame, fit la fillette, avec une ébauche de révérence et en rosissant de toutes ses forces.

— Et comment t'appelles-tu ?

— Donia, ma dame.

— Joli nom, fit tante Pol. Maintenant, passons aux choses sérieuses. Y aurait-il au moins un baquet, sinon une baignoire, dans cet établissement ?

Le lendemain matin, la neige tombait de plus belle, enfouissant les toits des maisons voisines sous des montagnes de blancheur immaculée et envahissant les ruelles étroites.

— Je crois que notre quête tire à sa fin, déclara sire Loup en regardant intensément au-dehors, par la fenêtre aux vitres ridées de la pièce aux tapisseries.

— Il est peu probable que celui que nous cherchons reste longtemps à Camaar, dit Silk.

— Très peu probable en effet, renchérit sire Loup, mais une fois que nous aurons retrouvé sa trace, nous pourrons avancer plus vite. Allons voir en ville si j'ai raison.

Après le départ de sire Loup et de Silk, Garion bavarda un moment avec Donia. Elle devait avoir à peu près le même âge que lui, et si elle n'était pas aussi jolie que Zubrette, Garion trouvait très séduisants ses immenses yeux bruns et sa voix douce. Les choses allaient on ne peut mieux entre eux lorsque la couturière de tante Pol arriva, requérant la présence de Donia dans la chambre où la duchesse d'Erat se parait de ses nouveaux atours.

Ne se sentant manifestement pas chez lui dans le décor luxueux de leurs appartements, Durnik était allé se réfugier aux écuries sitôt le petit déjeuner avalé, aussi Garion se retrouva-t-il en compagnie du géant Barak, qui s'activait à polir inlassablement, avec une petite pierre, une minuscule entaille sur le fil de son épée — souvenir de l'escarmouche de Muros. Garion n'avait jamais été très à l'aise avec le gigantesque gaillard à la barbe rouge. Barak ne parlait pas beaucoup, et on aurait dit qu'une sorte de menace planait autour de lui. C'est ainsi que Garion passa la matinée à examiner les tapisseries tendues aux murs du salon et qui représentaient des chevaliers armés de pied en cap, des collines couronnées de châteaux forts, et des jeunes femmes étrangement anguleuses en train de se morfondre dans des jardins.

— C'est typiquement arendais, fit Barak, juste derrière lui.

Garion sursauta. Le grand bonhomme s'était déplacé

si doucement que Garion ne l'avait pas entendu approcher.

— A quoi vois-tu ça? demanda poliment Garion.

— Les Arendais adorent les tapisseries, gronda Barak. Et puis comme ça, leurs femmes peuvent s'occuper à tisser de jolis dessins pendant que les hommes passent leur temps à se faire des entailles dans leurs armures.

— Ils ne portent pas vraiment tout ça? demanda Garion en indiquant un chevalier vêtu d'une lourde armure.

— Oh si! (Barak se mit à rire.) Et bien d'autres choses encore. Même leurs chevaux sont caparaçonnés. Ils ont une façon aberrante de faire la guerre.

— Et ça aussi, c'est arendais? fit Garion en effleurant le tapis de la pointe de sa chaussure.

Barak hocha la tête en signe de dénégation.

— Mallorien, dit-il.

— Comment ça a pu faire tout le chemin pour arriver là? J'ai entendu dire que la Mallorie se trouvait à l'autre bout du monde.

— C'est très loin, acquiesça Barak, mais un marchand serait capable d'aller deux fois plus loin pour gagner de l'argent. On voit très souvent ce genre de marchandises venir de Gar og Nadrak à Boktor, par la route des Caravanes du Nord. Les tapis malloriens sont très prisés des riches. Moi, je n'aime pas tellement ça. Je n'apprécie pas beaucoup tout ce qui vient des Angaraks.

— Combien y a-t-il de races angaraks? demanda Garion. Je connais les Murgos, et puis les Thulls, et j'ai même entendu parler de la bataille de Vo Mimbre entre autres, mais c'est à peu près tout ce que je sais.

— Il y en a cinq tribus, répondit Barak en se rasseyant et en se remettant à polir son épée. Les Murgos, les Thulls, les Nadraks, les Malloriens, et les Grolims, évidemment. Ils vivent dans les quatre royaumes de l'Est: la Mallorie, Gar og Nadrak, Mishrak ac Thull et Cthol Murgos.

— Et les Grolims, ils habitent où?

— Ils n'ont pas de pays à eux, répondit sinistrement Barak. Les Grolims sont les grands prêtres de Torak à l'Œil Mort, et il y en a partout dans les royaumes angaraks. C'est eux qui pratiquent les sacrifices en l'honneur de Torak. Une douzaine de batailles de Vo Mimbre n'auraient pas fait couler plus de sang angarak que les coutelas des Grolims.

Garion eut un frisson.

— Pourquoi Torak prend-il tant de plaisir à massacrer son propre peuple ? demanda-t-il.

— Qui peut comprendre une chose pareille ? répondit Barak avec un haussement d'épaules. C'est un Dieu pervers et maléfique. Il y en a qui croient qu'il est devenu fou après avoir contraint l'Orbe à ouvrir la terre en deux, quand elle s'est vengée en lui brûlant l'œil et en lui réduisant la main en cendres.

— Comment peut-on fendre le monde ? demanda Garion. Je n'ai jamais compris cette partie de l'histoire.

— Telle est la puissance de l'Orbe d'Aldur qu'elle est capable de tout, répondit Barak. Quand Torak l'a élevée au-dessus de sa tête, le monde a été fendu en deux par son pouvoir, et les mers se sont engouffrées dans la brèche pour noyer les terres. C'est une très vieille histoire, mais je pense qu'elle est vraie.

— Où est l'Orbe d'Aldur, maintenant ? demanda abruptement Garion.

Barak braqua sur lui ses yeux d'un bleu glacial dans son visage pensif, mais il ne dit rien.

— Tu veux que je te dise ce que je pense ? reprit Garion, comme en proie à une impulsion soudaine. Je pense que l'Orbe d'Aldur a été volée, et que c'est ce que sire Loup est en train d'essayer de retrouver.

— Et moi, je crois qu'il vaudrait mieux que tu ne penses pas tant à ce genre de chose, l'avertit Barak.

— Mais j'ai envie de *savoir*, protesta Garion, poussé par la curiosité, en dépit des paroles de Barak et des mises en garde de sa voix intérieure. Tout le monde me traite comme un gamin ignorant. Tout ce que je fais, c'est de vous courir derrière sans avoir la moindre idée de ce que nous faisons. Et d'abord, qui est sire Loup ? Pourquoi les Algarois se sont-ils comportés comme ça quand ils l'ont vu ? Et commment peut-il arriver à suivre quelque chose qu'il ne voit pas ? Dis-le moi, Barak, s'il te plaît ?

— Ne compte pas sur moi pour ça, répondit Barak en riant. Ta tante m'arracherait la barbe poil par poil si je faisais cette bêtise-là.

— Tu n'as pas peur d'elle, tout de même?

— N'importe quel homme doué de bon sens aurait peur d'elle, répondit Barak en se relevant et en glissant son épée dans son fourreau.

— De tante Pol? répéta Garion, incrédule.

— Tu n'as pas peur d'elle, peut-être? demanda Barak, caustique.

— Non, répondit Garion, avant de se dire que ce n'était pas tout à fait exact. Enfin, elle ne me fait pas vraiment peur. C'est plutôt que...

Il ne finit pas sa phrase, incapable de s'expliquer.

— Exactement, souligna Barak. Eh bien, dis-toi que je ne suis pas plus téméraire que toi, mon garçon. Tu poses trop de questions auxquelles je ne suis pas assez bête pour répondre. Si tu veux en savoir plus long à ce sujet, il faudra que tu le demandes à ta tante.

— Elle ne me dira rien, confia Garion, d'un ton boudeur. Elle ne me dit jamais rien. Elle ne veut même pas me parler de mes parents. Enfin, elle ne m'en a presque rien dit.

— Ça, c'est bizarre, commenta Barak en fronçant les sourcils.

— Je crois qu'ils n'étaient pas sendariens, poursuivit Garion. Ils n'avaient pas des noms sendariens, et Silk dit que je ne suis pas sendarien — enfin, je n'en ai pas l'air.

Barak le regarda plus attentivement.

— Non, convint-il enfin. Maintenant que tu me le dis, je m'en rends compte, en effet. Tu ressemblerais davantage à un Rivien qu'autre chose, mais pas tout à fait non plus.

— Tante Pol est de Riva?

Barak plissa les yeux.

— Il me semble que nous en revenons à ces questions auxquelles je serais mieux inspiré de ne pas répondre.

— Je le saurai bien un jour.

— Mais pas aujourd'hui, et pas par moi. Allez, viens, j'ai besoin d'exercice. Allons dans la cour; je vais t'apprendre à te servir d'une épée.

— Moi? s'exclama Garion, toute curiosité subitement bannie par cette idée exaltante.

— Tu es à un âge où tu devrais commencer à apprendre, reprit Barak. Le jour viendra peut-être où tu trouveras ça bien utile.

Vers la fin de l'après-midi, alors que Garion commençait à avoir mal au bras à force de brandir la lourde épée de Barak et que la pensée même d'apprendre les rudiments du métier de guerrier avait commencé à devenir beaucoup moins excitante, sire Loup et Silk reparurent. Ils étaient trempés parce qu'ils avaient pataugé toute la journée dans la neige, mais sire Loup avait les yeux brillants et son visage arborait une expression extraordinairement radieuse. Ils le suivirent dans l'escalier qui menait vers leur suite et entrèrent dans le salon.

— Va dire à ta tante de nous rejoindre, dit-il à Garion en retirant son manteau mouillé et en approchant du feu pour se réchauffer.

Garion comprit tout de suite que ce n'était pas le moment de poser des questions. Il s'empressa d'aller frapper à la porte luisante derrière laquelle tante Pol était restée enfermée toute la journée avec la couturière.

— Qu'est-ce que c'est? fit la voix de tante Pol.

— Sire… euh, votre chambellan est rentré, ma dame, annonça Garion, se rappelant au dernier moment qu'elle n'était pas seule. Il aimerait s'entretenir avec vous un instant.

— Oh, très bien, dit-elle.

Elle ressortit au bout d'une minute, refermant la porte derrière elle d'une main ferme.

Garion resta bouche bée. Elle était si éclatante dans sa robe d'épais velours bleu qu'il en avait presque le souffle coupé. Il la contempla avec une admiration sans bornes.

— Où est-il? demanda-t-elle. Ne reste pas la bouche ouverte comme ça, Garion, ça ne se fait pas.

— Que tu es belle! tante Pol, balbutia-t-il.

— Oui, mon chou, dit-elle en lui tapotant la joue. Je sais. Allons, où est ce Vieux Loup Solitaire?

— Dans la pièce aux tapisseries, répondit-il, incapable de détourner les yeux.

— Eh bien, qu'est-ce que tu attends? Allons-y.

Ils prirent le petit couloir qui menait au salon, où les autres les attendaient, debout autour de la cheminée.

— Alors? commença-t-elle.

Sire Loup la regarda, les yeux encore brillants.

— Très bon choix, Pol, approuva-t-il d'un ton admiratif. Le bleu a toujours été la couleur qui t'allait le mieux.

— Ça te plaît? demanda-t-elle en écartant les bras et en tournant sur elle-même d'une façon presque enfantine, de telle sorte que tout le monde puisse voir comme la robe lui allait bien. J'espère que tu es content, vieux bonhomme, parce que ça va te coûter une fortune.

— Ça, je n'en ai pas douté une seconde, répondit sire Loup en riant.

La robe de tante Pol eut sur Durnik un effet d'une évidence poignante. Les yeux du pauvre homme se mirent à lui sortir de la tête, et son visage devint d'abord très pâle puis complètement écarlate, avant d'adopter une expression tellement désespérée que Garion en fut touché au vif.

Silk et Barak, quant à eux, s'inclinèrent devant elle sans un mot, mais avec un ensemble étonnant, et les yeux de tante Pol se mirent à étinceler devant leur hommage muet.

— Elle est passée par ici, annonça gravement sire Loup.

— Tu en es sûr? demanda tante Pol.

— Le souvenir de son passage est inscrit dans les pierres mêmes, répondit-il en hochant la tête.

— Elle est venue par la mer? s'enquit tante Pol.

— Non, il a dû toucher terre dans une crique inconnue, plus loin sur la côte, et il l'a amenée par la route.

— Et il a repris le bateau?

— J'en doute, reprit sire Loup. Je le connais bien. Il n'est pas à l'aise sur l'eau.

— En dehors du fait, intervint Barak, qu'il aurait suffi d'un mot à Anheg, le roi de Cherek, pour qu'il se retrouve avec une centaine de vaisseaux de guerre à ses trousses. Personne ne peut échapper aux navires de Cherek, sur mer, et il le sait.

— Vous avez raison, acquiesça sire Loup. Je pense qu'il évitera les domaines aloriens. C'est probablement pour cela qu'il a préféré ne pas emprunter la route du Nord, qui traverse l'Algarie et la Drasnie. L'Esprit de Belar est fort dans les royaumes d'Alorie, et même ce brigand n'est pas assez téméraire pour risquer la confrontation avec le Dieu-Ours.

— Ce qui ne lui laisse le choix qu'entre l'Arendie et l'Ulgolande, fit Silk.

— J'opterais plutôt pour l'Arendie, suggéra sire Loup. La colère d'UL est encore plus terrible que celle de Belar.

— Pardonnez-moi, intervint Durnik, qui ne parvenait pas à détacher ses yeux de tante Pol. Tout ça est très troublant. Je crois n'avoir seulement jamais entendu le nom du malfaiteur.

— Je regrette, mon bon Durnik, répondit sire Loup, mais nous ne pouvons pas nous permettre de le nommer. Il dispose de pouvoirs qui lui permettraient de connaître tous nos mouvements si nous l'avertissions de l'endroit où nous nous trouvons, et il peut entendre prononcer son nom à des milliers de lieues de distance.

— Il serait sorcier ? demanda Durnik, comme s'il ne pouvait en croire ses oreilles.

— Ce n'est pas tout à fait le terme approprié, reprit sire Loup. C'est celui qu'emploient les hommes qui ne maîtrisent pas cet art particulier. Disons plutôt le « voleur », encore que je serais très tenté de lui donner quelques autres appellations infiniment moins aimables.

— Peut-on dire avec certitude qu'il se dirige bien vers les royaumes angaraks ? questionna Silk en plissant le front. Parce que, dans ce cas, il serait peut-être plus rapide d'aller directement en bateau à Tol Honeth et de reprendre la piste sur la route des Caravanes du Sud, en direction de Cthol Murgos.

Sire Loup secoua la tête.

— Mieux vaut ne pas risquer de perdre sa trace maintenant que nous l'avons retrouvée. Nous ne savons pas ce qu'il a derrière la tête. Peut-être a-t-il l'intention de conserver par-devers lui la chose qu'il a dérobée au lieu de la remettre aux Grolims. Il se pourrait même qu'il cherche refuge en Nyissie.

— Ce qu'il ne pourrait faire sans la complicité de Salmissra, dit tante Pol.

— Ce ne serait pas la première fois que la reine du Peuple des Serpents se mêlerait de choses qui ne la regardent pas, souligna sire Loup.

— Si les choses tournaient de la sorte, reprit tante Pol d'un ton qui ne présageait rien de bon, je pense que je m'octroierais le plaisir de régler son compte de façon radicale à la femme-serpent.

— Il est encore trop tôt pour le dire, dit sire Loup. Demain, nous achèterons des provisions et nous traverserons la Camaar pour aller en Arendie. Je reprendrai la piste de l'autre côté. C'est tout ce que nous pouvons faire pour l'instant : le suivre à la trace. Une fois que nous serons certains de l'endroit où il nous mène, nous pourrons choisir entre les différentes options qui s'offrent à nous.

De la cour de l'auberge maintenant plongée dans l'obscurité s'éleva le bruit des sabots d'un bon nombre de chevaux.

Barak s'approcha vivement de la fenêtre et jeta un coup d'œil au-dehors.

— Des soldats, dit-il brièvement.

— Ici ? demanda Silk en se précipitant derrière les vitres à son tour.

— On dirait un détachement de soldats du roi, nota Barak.

— Je ne vois pas en quoi nous pourrions les intéresser, commenta tante Pol.

— Sauf s'ils ne sont pas ce qu'ils semblent être, insinua Silk. On peut se procurer toutes sortes d'uniformes sans trop de difficultés.

— Ce ne sont pas des Murgos, déclara Barak. Je les reconnaîtrais.

— Brill n'est pas un Murgo non plus, reprit Silk en scrutant les ténèbres de la cour.

— Essayez d'entendre ce qu'ils disent, lui conseilla sire Loup.

Barak entrouvrit précautionneusement l'une des fenêtres, et les bougies se mirent à vaciller dans le courant d'air glacé. Dans la cour, juste en dessous d'eux, le capitaine du détachement parlementait avec l'aubergiste.

— ... Un peu plus grand que la moyenne, la barbe et les cheveux blancs, courts. Il ne voyage peut-être pas tout seul.

— Il y a bien chez nous un homme qui correspond à votre description, Votre Honneur, disait l'aubergiste, d'un ton dubitatif, mais cela ne peut pas être l'homme que vous cherchez. Il s'agit du grand chambellan de la duchesse d'Erat, qui m'honore de sa présence.

— La duchesse de *quoi*? demanda sèchement le capitaine.

— D'Erat, répondit l'aubergiste. Une très grande dame, d'une beauté stupéfiante, et au port majestueux.

— Je crois que j'aimerais bien m'entretenir un instant avec Sa Grâce, dit le capitaine, en mettant pied à terre.

— Je vais lui demander si elle peut recevoir Votre Honneur, répondit l'aubergiste.

Barak referma la fenêtre.

— Je vais m'occuper de cet importun, dit-il fermement.

— Non, fit sire Loup. Ses hommes sont trop nombreux. Et s'ils sont bien ce qu'ils semblent être, ce sont de braves gens qui ne nous ont rien fait.

— Il y a toujours l'escalier de derrière, suggéra Silk. Nous pourrions être à trois rues de là avant qu'il n'ait atteint la porte.

— Et s'il a posté des hommes derrière l'auberge? objecta tante Pol. Que ferons-nous alors? Puisqu'il vient parler avec la duchesse d'Erat, pourquoi ne pas laisser la duchesse s'occuper de lui?

— Toi, tu as une idée derrière la tête, fit sire Loup.

— Ne vous montrez pas, dit-elle. Je vais lui parler. Je devrais parvenir à nous en débarrasser jusqu'à demain matin, ce qui nous laisserait le temps de traverser la rivière et de passer en Arendie avant son retour.

— Possible, admit sire Loup, mais ce capitaine m'a tout l'air d'un homme déterminé.

— J'ai déjà eu affaire à des hommes déterminés.

— Il faut nous décider en vitesse, dit Silk, depuis la porte. Il est déjà dans l'escalier.

— Nous allons faire ce que tu dis, Pol, décréta sire Loup en ouvrant la porte de la chambre voisine.

— Garion, appela tante Pol. Toi, tu restes ici. Une duchesse ne saurait rester seule.

Sire Loup et les autres quittèrent précipitamment le salon.

— Qu'est-ce que je dois faire, tante Pol? souffla Garion.

— N'oublie pas que tu es mon page, mon chou, répondit-elle en prenant place dans un grand fauteuil, presque au centre de la pièce, et en arrangeant les plis de sa robe. Ne t'éloigne pas de ma personne et essaie d'avoir l'air aux petits soins pour moi. Je m'occupe du reste.

— Oui, ma dame, dit Garion.

L'aubergiste frappa à la porte, annonçant le capitaine, qui se révéla être un homme de belle prestance, aux yeux gris, pénétrants. Garion, qui faisait de son mieux pour avoir l'air empressé, demanda le nom du soldat et se tourna vers tante Pol.

— Un certain capitaine Brendig demande à vous voir, Votre Grâce, déclara-t-il. Il dit que c'est pour une affaire de la plus haute importance.

Tante Pol le regarda un instant comme si elle évaluait la validité de la requête.

— Oh, très bien, dit-elle enfin. Fais-le entrer.

Le capitaine Brendig entra dans la pièce, s'inclinant avec déférence devant tante Pol.

— De quoi s'agit-il, capitaine? demanda-t-elle.

— Je ne prendrais pas la liberté d'importuner Votre Grâce si ma mission ne revêtait pas une importance capitale, s'excusa Brendig. Je tiens mes ordres du roi en personne, et nul mieux que vous ne doit savoir que nous nous devons d'obtempérer à ses injonctions.

— Je devrais pouvoir vous consacrer quelques moments, pour les affaires de Sa Majesté.

— Le roi aimerait faire appréhender un individu, reprit Brendig. Un homme d'un certain âge, à la barbe et aux cheveux blancs. Je me suis laissé dire qu'il se trouvait, parmi les gens de votre suite, un homme répondant à ce signalement.

— Cet homme aurait-il commis un crime? demanda-t-elle.

— Le roi n'a rien dit de tel, Votre Grâce, répondit-il. J'ai seulement pour instructions d'arrêter cet homme et de le conduire au palais, à Sendar, ainsi que tous ceux qui l'accompagnent.

— Je ne suis pas souvent à la cour, dit tante Pol. Il est peu vraisemblable que l'un quelconque des membres de ma suite puisse intéresser le roi à ce point.

— Votre Grâce, dit délicatement Brendig, en dehors de mes fonctions à la tête de l'un des régiments du roi, j'ai également l'honneur de porter le titre de baronet. J'ai passé toute ma vie à la cour, et je dois avouer que je ne vous y ai jamais vue. Je n'aurais pas oublié de sitôt une dame de votre lignage et d'une aussi stupéfiante beauté.

Tante Pol inclina légèrement la tête comme pour le remercier du compliment.

— Je suppose que j'aurais dû m'en douter, Messire Brendig. Vos manières ne sont pas celles d'un quelconque soldat.

— En outre, Votre Grâce, poursuivit-il, toutes les tenures du royaume me sont bien connues. Le district d'Erat est un comté, si je ne m'abuse, et le comte d'Erat est un petit homme grassouillet — qui se trouve, tout à fait par hasard, être mon grand-oncle. Le dernier duché de cette partie de Sendarie date de l'époque où le royaume était encore sous l'autorité souveraine des Arendais wacites.

Tante Pol braqua sur lui un regard polaire.

— Or, ma dame, poursuivit Brendig, presque en s'excusant, les Arendais wacites ont été exterminés par leurs cousins asturiens à la fin du troisième millénaire. Il y a plus de deux mille ans qu'il n'y a plus de noblesse wacite.

— Je vous remercie de cette leçon d'histoire, Messire, dit froidement tante Pol.

— Tout ceci est pourtant bien en dehors de la question qui nous intéresse, n'est-ce pas? poursuivit Brendig. Je suis mandaté par mon roi pour ramener l'homme dont je vous ai parlé. Sur votre honneur, ma dame, connaissez-vous cet homme?

La question resta en suspens entre eux, et, se rendant compte avec une soudaine panique qu'ils étaient pris, Garion faillit appeler Barak à l'aide.

C'est alors que la porte de la chambre voisine s'ouvrit devant sire Loup.

— Inutile de poursuivre cette conversation, dit-il. Je suis l'homme que vous cherchez. Pourquoi Fulrach de Sendarie veut-il me voir?

Brendig le regarda, apparemment sans surprise.

— Sa Majesté n'a pas jugé utile de me mettre dans la confidence. Elle vous l'expliquera sans doute elle-même, dès que nous serons au palais de Sendar.

— Le plus tôt sera le mieux, dans ce cas, dit sire Loup. Quand partons-nous?

— Nous partirons pour Sendar tout de suite après le petit déjeuner, demain matin, dit Brendig. J'accepterai votre parole qu'aucun de vous ne tentera de quitter cette auberge pendant la nuit. Je préférerais ne pas soumettre la duchesse d'Erat à l'indignité de la faire consigner à la caserne locale. Les cellules en sont, à ce qu'on m'a dit, des plus inconfortables.

— Vous avez ma parole, dit sire Loup.

— Merci, fit Brendig avec une petite courbette. Je dois aussi vous avertir que je suis contraint de poster des gardes autour de cette auberge. Pour votre propre sécurité, cela va de soi.

— Votre sollicitude nous touche, Messire, déclara sèchement tante Pol.

— Votre serviteur, ma dame, fit Brendig avec une profonde révérence.

Sur ces mots, il tourna les talons et quitta la pièce.

Ce n'était qu'une porte de bois ciré, Garion le savait bien. Mais lorsqu'elle se referma derrière Brendig, elle lui sembla retentir d'un bruit sinistre, implacable, telle la porte d'un donjon.

CHAPITRE 11

Ils leur fallut neuf jours pour parcourir, par la route côtière, les cinquante lieues qui séparaient Camaar de Sendar, la capitale. Le capitaine Brendig calculait soigneusement leur avance, et son détachement de soldats était organisé de façon à leur interdire toute idée d'évasion. Bien qu'il eût cessé de neiger, la route était encore très difficile, et un vent glacial soufflait impitoyablement de la mer sur les vastes landes enneigées. Ils descendaient toutes les nuits dans les hôtelleries sendariennes placées à intervalles réguliers, comme autant de bornes, le long de cette côte inhabitée. Si elles n'étaient pas aussi bien équipées que leurs homologues tolnedraines de la grand-route du Nord, elles étaient tout de même convenables. Le capitaine Brendig semblait très soucieux de leur confort, mais cela ne l'empêchait pas de demander à ses hommes de monter la garde toutes les nuits

Le second soir, Garion était assis près du feu, à côté de Durnik, et regardait lugubrement dans les flammes. Durnik était son plus vieil ami, et Garion avait désespérément besoin d'amitié en ce moment précis.

— Durnik, dit-il enfin.

— Oui, petit ?

— Tu es déjà allé dans un cachot ?

— Qu'aurais-je pu faire pour qu'on me mette au cachot ?

— Non, je me disais que tu aurais peut-être eu l'occasion d'en voir un, un jour.

— Les honnêtes gens n'ont rien à faire dans ce genre d'endroit, répondit Durnik.

— J'ai entendu dire que c'était horrible, noir, froid, et plein de rats.

— Mais qui parle de cachots? demanda Durnik.

— Je crains fort que nous n'en sachions bientôt beaucoup plus à ce sujet, fit Garion en s'efforçant de ne pas avoir l'air trop terrifié.

— Nous n'avons rien fait de mal, dit Durnik.

— Alors pourquoi le roi nous a-t-il fait arrêter comme cela? Les rois ne font pas des choses pareilles sans de bonnes raisons.

— Nous n'avons rien fait de mal, répéta obstinément Durnik.

— Peut-être que sire Loup a fait quelque chose, lui, suggéra Garion. Le roi ne l'aurait pas envoyé quérir par tous ces soldats sans raison — et il se pourrait bien que nous nous retrouvions aux oubliettes avec lui rien que parce que nous sommes ses amis.

— Des choses comme cela ne peuvent pas arriver en Sendarie, affirma Durnik.

Le lendemain, un vent furieux soufflait de la mer. Mais c'était un vent chaud, et la neige qui couvrait la route sur un pied de haut commença à fondre. Vers midi, il se mit à pleuvoir, et c'est lamentablement trempés qu'ils parvinrent à l'étape suivante.

— Il est à craindre que nous ne soyons obligés d'attendre que le vent soit tombé avant de repartir, dit ce soir-là le capitaine Brendig, en regardant par l'une des petites fenêtres de l'hôtel. La route sera impraticable demain matin.

Ils passèrent la journée du lendemain et la suivante tassés dans la minuscule salle commune de l'hôtel, à écouter le vent rabattre la pluie sur les murs et le toit, sous le regard de Brendig et de ses soldats qui ne relâchèrent pas leur attention un seul instant.

— Silk…, dit Garion, le deuxième jour, en se rapprochant du banc où somnolait le petit homme à la tête de fouine.

— Oui, Garion? répondit Silk en sortant de son apathie.

— Comment est le roi?

— Quel roi?

190

— Le roi de Sendarie.

— Fou, comme tous les rois, répondit Silk en riant. Les rois sendariens sont peut-être un peu plus bêtes que les autres, mais c'est normal. Pourquoi me demandes-tu ça?

— Eh bien…, fit Garion en hésitant. Imaginons que quelqu'un ait fait quelque chose qui n'a pas plu au roi, et qu'il voyage avec d'autres personnes et que le roi les fasse tous arrêter. Crois-tu que le roi enverrait tout le monde aux oubliettes? Ou bien est-ce qu'il laisserait partir les gens qui n'ont rien fait et qu'il ne garderait que celui qui a mal agi?

Silk le regarda un instant et c'est d'une voix ferme qu'il répondit.

— Cette question est indigne de toi, Garion.

Garion s'empourpra.

— J'ai peur des oubliettes, dit-il d'une petite voix, parfaitement honteux de lui-même, tout d'un coup. Je ne veux pas passer la fin de mes jours dans le noir sans seulement savoir pourquoi.

— Les rois de Sendarie sont des hommes justes et honnêtes, déclara Silk. Peut-être pas aussi brillants qu'on pourrait le souhaiter, hélas, mais toujours justes.

— Comment peut-on être roi si l'on n'est pas sagace? demanda Garion.

— La sagacité est un trait de caractère utile chez un roi, répondit Silk, mais pas indispensable.

— Comment fait-on pour devenir roi, alors? demanda Garion.

— Il y a des hommes qui naissent rois, répondit Silk. L'individu le plus stupide du monde peut être roi; il suffit qu'il ait eu les bons parents. Mais les rois Sendariens sont un peu désavantagés parce qu'ils ont commencé tout en bas de l'échelle.

— En bas de l'échelle?

— Ils ont été élus. C'était la première fois qu'un peuple élisait son roi. Il fallait être sendarien pour avoir une idée pareille.

— Comment s'y prend-on pour élire un roi?

— Très mal, Garion, répondit Silk avec un sourire. C'est un piètre moyen de choisir son roi. Les autres méthodes sont pires, mais l'élection est une très mauvaise façon de désigner un roi.

— Raconte-moi comment ça s'est passé, demanda Garion.

Silk jeta un bref coup d'œil vers la fenêtre battue par la pluie, à l'autre bout de la pièce, et haussa les épaules.

— Enfin, ça fera toujours passer le temps.

Il se cala contre son dossier, tendit ses pieds vers le feu et commença son histoire, d'une voix assez forte pour être entendue du capitaine Brendig, qui, assis non loin de là, écrivait quelque chose sur un morceau de parchemin.

— Tout a commencé il y a quinze cents ans environ, La Sendarie n'était pas encore un royaume, alors, ni même une nation indépendante. C'était un territoire rattaché tantôt à Cherek ou à l'Algarie, tantôt à l'Arendie du Nord — aux Wacites ou aux Asturiens, selon l'issue des guerres civiles arendaises. Lorsque ces guerres furent enfin parvenues à un terme, faute de combattants, les Wacites ayant été écrasés et les Asturiens défaits et refoulés dans les profondeurs inexplorées de la grande forêt d'Arendie septentrionale, l'empereur de Tolnedrie, Ran Horb II, décida d'y instaurer un royaume.

— Comment se fait-il que l'empereur de Tolnedrie ait pu prendre ce genre de décision pour la Sendarie ? demanda Garion.

— L'Empire a le bras très long, dit Silk. La grand-route du Nord avait été ouverte au cours de la seconde Dynastie Borune. C'est Ran Borune IV qui en avait entrepris la construction, si je ne m'abuse, n'est-ce pas, Capitaine ?

— Cinq, répondit Brendig sans lever le nez, et avec quelque aigreur. Ran Borune V.

— Merci, Capitaine. Je n'arrive jamais à me fourrer la chronologie des dynasties Borune dans la tête. Enfin, les légions impériales se trouvaient déjà en Sendarie, où elles veillaient à l'entretien de la grand-route, et lorsque l'on a des troupes dans une zone, il est fatal que l'on y exerce une certaine autorité, vous n'êtes pas d'accord, Capitaine ?

— C'est vous qui racontez l'histoire, répondit sèchement Brendig.

En effet, acquiesça Silk. Cela dit, ne t'y trompe pas, Garion ; si Ran Horb prit cette décision, ce n'est pas vraiment par générosité. Les Tolnedrains ne font jamais rien gratuitement. C'est tout simplement que les Arendais mimbraïques avaient fini par l'emporter dans les guerres civiles arendaises — à l'issue de mille années de perfidies et d'effusions de sang — et que la Tolnedrie ne pouvait pas se permettre de laisser les Mimbraïques s'étendre vers le nord. En fondant un État indépendant en Sendarie, il interdisait aux Mimbraïques l'accès aux routes du commerce qui menaient en Drasnie, et il empêchait le siège du pouvoir mondial de se déplacer vers Vo Mimbre, ce qui aurait pour ainsi dire relégué Tol Honeth, la capitale impériale, à l'arrière-plan.

— Tout ça paraît très compliqué, fit Garion.

— Pas vraiment, répondit Silk. Ce n'est que de la politique, et la politique a toujours été un jeu très simple, vous ne trouvez pas, Capitaine ?

— C'est un jeu auquel je ne joue pas, dit Brendig, sans lever les yeux.

— Vraiment ? demanda Silk. Vous avez survécu si longtemps à la cour sans jamais faire de politique ? Vous êtes un homme extraordinaire, Capitaine. En tout cas, les Sendariens se retrouvèrent tout d'un coup à la tête d'un royaume... sans noblesse héréditaire authentique. Oh, il se trouvait bien çà et là quelques nobles tolnedrains qui coulaient une retraite paisible sur leurs terres, divers prétendants à tel ou tel titre wacite ou asturien, voire un ou deux chefs de guerre cheresques et leurs séides, mais aucune véritable aristocratie sendarienne. Et c'est ainsi qu'ils décidèrent de procéder à des élections nationales — pour se choisir un roi, tu comprends, auquel reviendrait le soin de conférer des titres de noblesse. C'est ce que l'on peut appeler une approche très pragmatique, typiquement sendarienne, du problème.

— Comment ont-ils fait pour élire leur roi ? demanda Garion, qui commençait à oublier sa terreur du cachot, tant il était fasciné par cette histoire.

— En faisant voter tout le monde, répondit simplement Silk. Il est probable, évidemment, que les parents votèrent pour leurs enfants, mais il n'y eut apparemment que très peu de fraude. Le reste du monde se gaussa copieusement de toutes ces inepties, mais les Sendariens n'en continuèrent pas moins à organiser suffrage après suffrage, pendant une douzaine d'années.

— Six ans, en fait, fit Brendig, le visage toujours enfoui dans son parchemin. De 3827 à 3833.

— Et il y eut plus de mille candidats, dit Silk avec emphase.

— Sept cent quarante-trois, rectifia Brendig, tendu.

— Je reconnais mon erreur, noble capitaine, fit Silk. Je suis bien réconforté de sentir auprès de moi la présence d'un expert tel que vous pour me reprendre. Je ne suis qu'un pauvre marchand drasnien qui ne connaît pas grand-chose à l'histoire. Bon, quoi qu'il en soit, à l'issue du vingt-troisième scrutin, ils finirent par élire leur roi, un certain Fundor, fermier de son état, qui faisait pousser les rutabagas.

— Il ne faisait pas seulement pousser des rutabagas, fit Brendig, en levant un visage courroucé.

— Bien sûr que non, fit Silk, en se frappant le front du plat de la main. Comment ai-je pu oublier les choux ? Il cultivait aussi les choux. N'oublie jamais les choux, Garion. Enfin, tous ceux qui croyaient compter pour quelque chose en Sendarie firent le voyage jusqu'à la ferme de Fundor où ils le trouvèrent en train de fumer furieusement ses terres ; ils n'eurent qu'un seul cri : « Salut à toi, Fundor le Magnifique, Roi de Sendarie », et tombèrent à deux genoux en son auguste présence.

— Cela va continuer longtemps ? demanda Brendig d'un ton affligé, en levant les yeux.

— C'est le petit qui veut savoir, Capitaine, répondit Silk d'un air innocent. Il est de notre devoir, en tant qu'aînés, de l'instruire de l'histoire de notre passé, vous ne trouvez pas ?

— Vous pouvez toujours raconter ce que vous voulez, fit Brendig, d'un ton glacial.

— Merci pour votre autorisation, Capitaine, fit Silk avec une inclination de tête. Et tu sais ce que le roi de Sendarie a dit, à ce moment-là, Garion ?

— Non, répondit Garion. Qu'est-ce qu'il a dit ?

— « Je prie Leurs Seigneuries », a dit le roi, « de prendre soin de leurs atours. Je viens de mettre du fumier dans la plate-bande dans laquelle elles sont agenouillées. »

Barak, qui était assis non loin de là, se mit à rugir d'allégresse en se frappant le genou d'une de ses énormes mains.

— Je trouve tout cela rien moins qu'amusant, Monsieur, déclara froidement le capitaine Brendig en se levant. Je ne me moque pas du roi de Drasnie, moi, n'est-ce pas?

— Vous êtes un homme courtois, Capitaine, répondit Silk, d'un ton mielleux. Et un gentilhomme. Je ne suis qu'un pauvre hère qui s'efforce de faire son chemin dans le monde.

Brendig lui jeta un regard impuissant avant de faire volte-face et de quitter la pièce en frappant le sol du talon.

Le lendemain matin, le vent était tombé et la pluie avait cessé. La route était un véritable bourbier, mais Brendig décréta qu'ils ne pouvaient pas se permettre d'attendre plus longtemps. Le trajet fut difficile, ce jour-là, mais il fut un peu plus aisé le lendemain, car la route avait commencé à sécher.

Apparemment peu préoccupée par le fait qu'ils aient été arrêtés sur ordre du roi, tante Pol ne se départit pas de son attitude altière. Garion, quant à lui, ne voyait guère l'intérêt de s'enferrer dans ce subterfuge et souhaitait avec ferveur qu'elle y renonce. L'intelligence pratique avec laquelle elle avait toujours mené ses cuisines à la ferme de Faldor semblait avoir cédé la place à une forme d'obstination et d'intransigeance que Garion trouvait particulièrement désespérantes. Pour la première fois de sa vie, il avait l'impression qu'une sorte de distance s'était établie entre eux, un vide qu'il n'y avait jamais eu auparavant. En outre, et pour arranger encore les choses, l'incertitude de plus en plus obsédante qui le taraudait depuis la déclaration sans équivoque de Silk, sur la colline, à la sortie de Winold, selon laquelle tante Pol ne pouvait pas être sa tante, venait gravement ébranler le sentiment de sa propre identité, de sorte que Garion se trouva souvent en train d'agiter cette terrible question : « Qui suis-je ? »

Sire Loup semblait avoir changé, lui aussi. Il ne disait plus grand-chose, ni sur la route ni le soir, dans les hôtelleries. Il passait la majeure partie de son temps assis tout seul dans un coin, une expression maussade peinte sur la face, et il n'aimait pas être dérangé.

Enfin, le neuvième jour après leur départ de Camaar, ils virent le bout des vastes marais salants, et la campagne, le long de la côte, devint plus vallonnée. Il était midi et le pâle soleil d'hiver venait justement de percer les nuages lorsqu'ils arrivèrent au sommet d'une colline qui dominait la citée fortifiée de Sendar, nichée dans la vallée, devant la mer.

Le détachement de gardes en faction à la porte sud s'empressa de saluer le capitaine Brendig comme celui-ci menait la petite troupe dans la ville, et il leur rendit fraîchement leur salut. Les larges rues de la ville semblaient grouiller de gens revêtus de leurs plus beaux atours, et qui vaquaient à leurs affaires d'un air important, comme s'ils étaient investis de missions vitales pour le monde.

Barak, qui se trouvait à côté de Garion à ce moment-là, eut un reniflement méprisant.

— Des courtisans. Pas un seul homme digne de ce nom dans le tas.

— Un mal nécessaire, mon cher Barak, fit Silk par-dessus son épaule au grand bonhomme. Il faut de petites gens pour accomplir les tâches insignifiantes qui permettent à un royaume de tourner.

Ils traversèrent une place d'une grandeur majestueuse, puis ils suivirent une large avenue qui menait au palais. C'était un immense bâtiment, aux nombreux étages et flanqué de vastes ailes qui s'étendaient de chaque côté de la cour pavée. La structure entière était surmontée par une tour ronde qui était de loin l'édifice le plus élevé de toute la ville.

— Où crois-tu que sont les oubliettes ? demanda Garion à Durnik lorsqu'ils s'arrêtèrent.

— Je te serais extrêmement reconnaissant, Garion, fit

Durnik d'un air peiné, d'arrêter un peu de parler d'oubliettes.

Le capitaine Brendig mit pied à terre pour aller à la rencontre d'un homme à l'air tatillon, vêtu d'une tunique brodée et d'un chapeau à plumes, qui descendait un escalier monumental, devant le palais, et venait au-devant d'eux. Ils parlementèrent quelque instants, comme s'ils n'étaient pas d'accord.

— Je tiens mes ordres du roi en personne, dit Brendig, si fort qu'ils l'entendirent de là où ils se trouvaient. J'ai pour consigne d'amener ces gens devant lui à l'instant même de notre arrivée.

— Je reçois aussi mes directives de Son Altesse, fit le personnage tatillon, et j'ai pour instructions de faire en sorte qu'ils soient présentables avant qu'on les conduise à la salle du trône. Je vais me charger d'eux.

— Ils resteront sous ma responsabilité, comte Nilden, tant qu'ils ne seront pas devant Son Altesse en personne, répondit froidement Brendig.

— Je ne permettrai pas à vos soldats de traîner leurs pieds boueux dans les salles du palais, Messire Brendig, fit le comte.

— Eh bien, nous attendrons ici, Comte Nilden, répondit Brendig. Soyez assez bon pour aller quérir Sa Majesté.

— Aller quérir? Le comte en restait pantois. Je suis grand majordome de la maison du roi, Messire Brendig, je ne vais rien chercher, ni quérir qui que ce soit.

Brendig tourna les talons comme s'il s'apprêtait à se remettre en selle.

— Oh, très bien, fit le comte Nilden d'un ton irrité. Puisqu'il faut en passer par vos exigences... Qu'ils s'essuient les pieds, au moins.

Brendig s'inclina froidement.

— Je n'oublierai pas cela, Messire Brendig, conclut Nilden, d'un ton menaçant.

— Moi non plus, Comte Nilden, répondit Brendig.

Ils mirent tous pied à terre, et, les soldats de Brendig serrant leurs captifs de plus près encore, ils traversèrent la cour jusqu'à une large porte qui s'ouvrait dans l'aile occidentale du palais, vers le centre.

— Veuillez me suivre, je vous prie, fit le comte Nilden, en jetant un coup d'œil consterné aux soldats couverts de boue.

Ils suivirent un vaste corridor. L'appréhension le disputait à la curiosité dans l'esprit de Garion. En dépit des paroles réconfortantes de Silk et de Durnik, et des implications réconfortantes contenues dans la déclaration du comte Nilden selon laquelle il était censé les rendre présentables, la menace de geôles humides où pullulaient les rats et agrémentées d'un chevalet, d'une roue et de moult autres instruments tout aussi peu engageants, n'avait rien perdu de sa vraisemblance. D'un autre côté, c'était la première fois de sa vie qu'il entrait dans un palais, et il ne savait où poser le regard. La partie de son esprit qui lui parlait parfois intérieurement avec un froid détachement lui dit que ses craintes étaient probablement sans fondement, et qu'en restant ainsi bouche bée, il ressemblait vraiment à un cul-terreux ahuri.

Le comte Nilden les mena directement à une partie du couloir où s'ouvraient de hautes portes de bois ciré.

— Celle-ci est pour le garçon, annonça-t-il en tendant le doigt vers l'une d'elles.

L'un des soldats ouvrit la porte, et Garion entra bien à contrecœur dans la pièce, tout en continuant à regarder par-dessus son épaule en direction de tante Pol.

— Allons, viens par ici, dit une voix quelque peu impatiente.

Garion fit volte-face, ne sachant à quoi s'attendre.

— Ferme donc la porte, petit, fit un homme de belle prestance qui l'attendait auprès d'un grand baquet de bois d'où s'élevaient des volutes de vapeur. Nous n'avons pas toute la journée devant nous, tu sais. Allez, enlève vite ces guenilles sales et saute là-dedans. Sa Majesté attend.

Trop troublé pour répondre ou même protester, Garion entreprit maladroitement de défaire sa tunique.

Après lui avoir fait prendre son bain et démêlé les cheveux, l'homme l'aida à enfiler les vêtements qui avaient été soigneusement préparés sur un banc non loin de là. Son pantalon de paysan, en grosse laine brune, fit place à un autre, bleu, brillant, et beaucoup plus fin. Ses bottes boueuses, déformées, furent remplacées par des chaussures de cuir souple. Il portait désormais une douce tunique de lin blanc, et, par-dessus, un pourpoint d'un bleu profond, doublé d'une fourrure argentée.

— Je ne vois pas comment on pourrait faire mieux en si peu de temps, dit l'homme qui l'avait baigné et habillé, en le toisant d'un regard critique. Au moins, je ne serai pas trop gêné quand tu te présenteras devant le roi.

Garion marmonna des remerciements et resta planté là, comme s'il attendait un complément d'instructions.

— Eh bien, vas-y, maintenant, petit. Il ne faut pas faire attendre Sa Majesté.

Silk et Barak bavardaient tranquillement, debout dans le couloir. Barak était absolument magnifique avec son pourpoint de brocart vert, mais il n'avait pas l'air à l'aise sans son épée. Le pourpoint de Silk était d'un beau noir intense, bordé d'argent, et ses favoris hirsutes avaient été soigneusement taillés en une courte barbe élégante.

— Mais qu'est-ce que ça veut dire ? demanda Garion en les rejoignant.

— Nous allons être présentés au roi, dit Barak, et nos braves vieux vêtements auraient pu lui faire offense. Les rois ne sont pas habitués à contempler les gens ordinaires.

Durnik émergea de l'une des pièces, le visage blême de colère.

— Cet imbécile habillé comme je ne sais quoi voulait m'aider à prendre mon bain, dit-il, en s'étouffant d'indignation.

— C'est l'usage, expliqua Silk. Les invités nobles ne sont pas censés se baigner tout seuls. J'espère que tu ne l'as pas vexé.

— Je ne suis pas noble, et je suis parfaitement capable de me baigner tout seul, répondit Durnik, furieux. Je lui ai dit que j'allais le noyer dans son baquet s'il ne garait pas ses sales pattes. Après ça, il ne m'a plus embêté, mais il m'a volé mes vêtements. Il a fallu que je mette ceux-là à la place, dit-il en indiquant ses vêtements, qui étaient tout à fait semblables à ceux de Garion. J'espère que personne ne me verra avec cette défroque.

— Barak dit que le roi pourrait s'estimer offensé s'il nous voyait avec nos vrais vêtements, lui expliqua Garion.

— Le roi n'aura pas l'occasion de poser le regard sur ma personne, répondit Durnik, et je n'aime pas avoir l'air de ce que je ne suis pas. J'attendrai dehors, avec les chevaux, si on veut bien me rendre mes vrais vêtements.

— Un peu de patience, Durnik, conseilla Barak. Nous allons éclaircir cette affaire avec le roi, et nous reprendrons notre route.

Si Durnik était en colère, sire Loup était dans ce qu'on aurait pu décrire comme le paroxysme de la fureur. Il surgit dans le couloir vêtu d'une robe blanche immaculée, dotée d'un profond capuchon dans le dos.

— Ça, quelqu'un va me le payer! dit-il, furieux.

— Mais ça vous va rudement bien, fit Silk, admiratif.

— Vous avez toujours eu un goût des plus douteux, Messire Silk, répondit-il d'un ton polaire. Où est Pol?

— La gente dame n'a pas encore fait son apparition, répondit Silk.

— Ça, il fallait s'y attendre, répondit sire Loup, en s'asseyant sur un banc, non loin de là. Autant nous installer confortablement. Les préparatifs de Pol peuvent durer un bon moment.

Alors, ils prirent leur mal en patience. Le capitaine Brendig, qui avait changé de pourpoint et de bottes, faisait les cent pas en voyant les minutes s'écouler. Garion, quant à lui, n'en revenait pas de l'accueil qui leur était réservé. Ils ne semblaient pas être en état d'arrestation, mais l'image des oubliettes était toujours présente à son esprit, et cela suffisait à le rendre très nerveux.

C'est alors que tante Pol fit son apparition. Elle portait la robe de velours bleu qu'elle s'était fait faire à Camaar, et un petit diadème sur la tête qui libérait la mèche blanche qu'elle avait sur le front. Elle avait véritablement un port de reine, et le visage sévère.

— Non, déjà, dame Pol? demanda sèchement sire Loup. J'espère que tu ne t'es pas sentie obligée de te presser pour nous.

Elle ignora son commentaire et les examina soigneusement l'un après l'autre.

— Je suppose que ça fera l'affaire, dit-elle en arrangeant distraitement le col du pourpoint de Garion. Donne-moi le bras, Vieux Loup Solitaire, et allons voir ce que nous veut le roi de Sendarie.

Sire Loup quitta le banc sur lequel il était vautré, lui présenta son bras, et ils s'éloignèrent dans le couloir. Le capitaine Brendig n'eut que le temps de rassembler ses hommes, qui leur emboîtèrent le pas, en ordre quelque peu dispersé.

— Si vous voulez me permettre, Votre Grâce, dit-il, de loin, à tante Pol, je vais vous indiquer le chemin.

— Nous connaissons le chemin, Messire Brendig, répondit-elle sans prendre la peine de tourner la tête.

Le comte Nilden, le grand majordome, les attendait, planté devant une gigantesque porte à deux battants gardée par des plantons en uniforme. Il s'inclina légèrement devant tante Pol et claqua des doigts. Aussitôt, les hommes d'armes ouvrirent la porte en grand, vers l'intérieur.

Le comte Nilden les fit entrer dans une salle immense, au haut plafond voûté, et dont les murs étaient couverts de ce qui semblait être des hectares de lourdes draperies de velours rouge. Il y avait des chandelles dans tous les coins, et des douzaines de personnes vêtues de leurs plus beaux atours allaient et venaient en bavardant un peu partout, comme indifférentes à la présence du roi. Fulrach, le roi de Sendarie, était un petit homme replet à la courte barbe brune. Il était assis, l'air apparemment pas très à l'aise, sur un trône à haut dossier couronné d'un dais, placé au bout de la salle du trône.

Puis-je vous annoncer? demanda le comte Nilden à sire Loup.

— Fulrach me connaît, répondit brièvement sire Loup en avançant à grandes enjambées sur le long tapis cramoisi qui menait au trône, tante Pol toujours à son bras. Garion et les autres les suivirent docilement, Brendig et ses soldats sur leurs talons, au milieu de la foule tout d'un coup silencieuse des courtisans et de leurs dames.

Ils s'arrêtèrent au pied du trône, et sire Loup s'inclina plutôt fraîchement. Tante Pol, les yeux de glace, fit une petite courbette, tandis que Barak et Silk se fendaient d'une révérence aussi digne qu'aristocratique. Durnik et Garion s'empressèrent de les imiter, bien que pas tout à fait aussi gracieusement, peut-être.

— S'il plaît à Sa Majesté, fit, dans leur dos, la voix de Brendig, voici ceux qu'Elle a fait rechercher.

— Je savais que je pouvais compter sur vous, Messire Brendig, répondit le roi d'une voix plutôt quelconque. Vous n'avez pas usurpé votre réputation. Acceptez mes remerciements.

Puis il braqua sur sire Loup et ses compagnons un regard indéchiffrable.

Garion commença à trembler.

— Mon cher vieil ami, fit le roi à sire Loup, il y a bien trop d'années que nous ne nous sommes rencontrés.

— Avez-vous complètement perdu l'esprit, Fulrach? cracha sire Loup d'une voix qui ne porta pas plus loin que les oreilles du roi. Pourquoi avez-vous décidé de me mettre des bâtons dans les roues en ce moment, entre tous? Et qu'est-ce qui vous prend de m'affubler de ce déguisement ridicule? dit-il en faisant mine de plumer le devant de sa robe d'un air dégoûté. Avez-vous décidé d'annoncer ma présence à tous les Murgos d'ici à la pointe d'Arendie?

Le roi prit une expression attristée.

— Je craignais bien que vous le preniez comme ça, dit-il tout aussi bas que sire Loup. Je vous expliquerai quand nous pourrons parler en privé.

Il se tourna rapidement vers tante Pol comme pour tenter au moins de préserver les apparences de la dignité.

— Il y avait beaucoup trop longtemps aussi que nous ne vous avions vue, gente dame. Vous avez beaucoup manqué à Layla et aux enfants, et je me languissais de vous.

— Votre Altesse est trop bonne, dit tante Pol, non moins froidement.

Le roi accusa le coup.

— De grâce, gente dame, fit-il d'un ton d'excuse, ne me jugez pas trop hâtivement. J'avais des raisons impérieuses d'agir ainsi. J'espère que la sommation de Messire Brendig ne vous a pas été trop pénible.

202

— Lord Brendig a été la courtoisie même, dit tante Pol, sur le même ton.

Elle jeta un coup d'œil à Brendig, qui était devenu très pâle tout à coup.

— Et vous, Messire Barak, se hâta d'enchaîner le roi, comme pour tenter de récupérer une situation mal engagée, comment se porte votre cousin, notre cher frère le roi Anheg de Cherek?

— Il allait à merveille la dernière fois que je l'ai vu, Votre Altesse, répondit Barak d'un ton cérémonieux. Il ne se tenait peut-être pas très droit, mais cela n'a rien d'exceptionnel chez Anheg.

Le roi eut un ricanement un peu nerveux et se rabattit précipitamment sur Silk.

— Le prince Kheldar de la Maison royale de Drasnie, dit-il. Nous sommes surpris de rencontrer d'aussi nobles visiteurs dans notre royaume, et passablement offensé qu'ils n'aient pas décidé de venir nous voir de leur propre chef pour nous permettre de les saluer. Font-ils si peu de cas du roi de Sendarie qu'il ne mérite même pas une petite visite?

— Nous n'avions pas l'intention de manquer de respect à Votre Majesté, répondit Silk en s'inclinant, mais notre mission était d'une telle urgence que nous n'avions guère le loisir de sacrifier aux règles de la courtoisie.

A cette réplique, le roi leur lança un clin d'œil d'avertissement et se mit, chose surprenante, à esquisser avec ses doigts les gestes à peine perceptibles de la langue secrète drasnienne.

Pas ici. Trop d'oreilles aux alentours.

Puis il jeta un regard interrogatif à Durnik et Garion. Tante Pol fit un pas en avant.

— Voici maître Durnik du district d'Erat, Votre Majesté, dit-elle. Un homme brave et honnête.

— Bienvenue à ma cour, Maître Durnik, dit le roi. Je ne puis qu'espérer que les hommes pourront aussi dire de moi un jour que j'étais un homme brave et honnête.

Durnik s'inclina maladroitement, le visage empli de stupeur.

— Je ne suis qu'un simple forgeron, Votre Altesse, dit-il, mais j'espère que tous les hommes sauront que je suis le sujet le plus loyal et le plus dévoué de Votre Altesse.

— Bien dit, Maître Durnik, fit le roi avec un sourire, avant de regarder Garion.

Tante Pol suivit son regard.

— Ce garçon, Votre Majesté, dit-elle d'un air détaché, répond au nom de Garion. On me l'a confié il y a quelques années de cela, et il nous accompagne parce que je ne savais pas quoi faire de lui.

Un froid terrible s'installa dans l'estomac de Garion. La certitude que ces paroles anodines étaient en fait l'expression de la pure et simple vérité le terrassa. Et elle n'avait même pas essayé d'amortir le coup. Elle avait réduit sa vie à néant avec une indifférence qui lui faisait presque plus mal encore que l'anéantissement proprement dit.

— Sois aussi le bienvenu, Garion. Tu voyages en bien noble compagnie pour quelqu'un d'aussi jeune.

— Je ne savais pas qui ils étaient, Votre Majesté, dit Garion, d'un ton misérable. Personne ne me dit jamais rien.

Le roi eut un petit rire indulgent, bienveillant.

— En grandissant, Garion, dit-il, tu te rendras probablement compte que l'innocence de la jeunesse est l'état le plus heureux qui se puisse concevoir. J'ai entendu récemment dire des choses que j'aurais préféré de beaucoup ignorer.

— Pourrions-nous nous entretenir en privé, maintenant, Fulrach ? demanda sire Loup, d'une voix plus irritée que jamais.

— Chaque chose en son temps, mon bon ami, répondit le roi. J'ai ordonné que l'on fasse préparer un banquet en votre honneur. Layla et les enfants nous attendent. Allons dîner. Nous aurons le temps, plus tard, de parler de certaines choses.

Sur ces paroles, il se leva et descendit du trône.

Abîmé dans sa détresse personnelle, Garion se rapprocha de Silk.

— Le prince Kheldar, hein ? demanda-t-il, dans une tentative désespérée pour s'intéresser à autre chose qu'à la monstrueuse réalité qui venait de s'abattre sur lui.

— Un accident de naissance, Garion, répondit Silk avec un haussement d'épaules. On ne m'a pas demandé mon avis. Par bonheur, je ne suis que le neveu du roi de Drasnie, et très loin sur la liste d'accession au trône. Je ne suis pas en danger immédiat d'accéder au pouvoir.

— Et Barak...?

— C'est le cousin du roi Anheg de Cherek, répondit Silk, en jetant un coup d'œil par-dessus son épaule. Quel est ton titre exact, Barak? demanda-t-il.

— Je suis comte de Trellheim, tonna Barak. Pourquoi me demandes-tu ça?

— C'est le petit qui se posait des questions, répondit Silk.

— Tout ça, c'est des bêtises, de toute façon, dit Barak. Mais quand Anheg est devenu roi, il a bien fallu que quelqu'un devienne chef du clan. On ne peut pas être les deux à la fois, à Cherek. Il y en a qui disent que ça porterait malheur — surtout aux chefs des autres clans.

— Je n'ai aucun mal à comprendre pourquoi, fit Silk en éclatant de rire.

— C'est un titre vide de sens, de toute façon, observa Barak. Il n'y a pas eu de guerres des clans à Cherek depuis plus de trois mille ans maintenant. Je laisse mon frère cadet se débrouiller à ma place. C'est un garçon un peu simple; un rien l'amuse. Sans compter que ça embête ma femme.

— Tu es marié? Garion était stupéfait.

— Si l'on peut dire, fit aigrement Barak.

Silk flanqua un coup de coude dans les côtes de Garion. C'était un sujet délicat.

— Pourquoi ne nous l'as-tu pas dit? demanda Garion d'un ton accusateur. Pour tes titres, je veux dire.

— Ça aurait fait une différence? demanda Silk.

— Eh bien... non, admit Garion. mais... (Il s'interrompit, incapable de traduire ses sentiments en paroles.) Je n'y comprends rien, conclut-il faiblement.

— Tout s'expliquera en temps utile, lui dit Silk d'un ton rassurant alors qu'ils entraient dans la salle du festin.

Dans la pièce, qui était presque aussi vaste que la salle du trône, se trouvaient de longues tables couvertes de nappes fines et, là encore, il y avait des chandelles partout. Un serviteur était planté derrière chaque chaise, et tout était supervisé par une petite dame replète, au visage rayonnant et qui portait une minuscule couronne perchée de façon précaire sur le sommet du crâne. Elle se précipita au-devant d'eux en les voyant entrer.

— Chère Pol, dit-elle, tu as une mine splendide !

Elle embrassa chaleureusement tante Pol, et les deux femmes commencèrent à bavarder avec animation.

— C'est la reine Layla, expliqua rapidement Silk. On l'a surnommée la Mère de la Sendarie. Les quatre enfants qui sont là sont à elle. Elle en a encore quatre ou cinq autres — plus âgés et sûrement au loin, au service de l'état, puisque Fulrach insiste pour que ses enfants gagnent leur vie. Les autres rois ont l'habitude de dire, en manière de plaisanterie, que la reine Layla est perpétuellement enceinte depuis l'âge de quatorze ans, mais c'est sûrement parce qu'ils sont obligés d'envoyer des cadeaux royaux à chaque nouvelle naissance. Cela dit, c'est tout de même une excellente épouse, et elle empêche le roi Fulrach de faire trop de bêtises.

— Elle connaît tante Pol, dit Garion, que ce fait dérangeait, sans qu'il sache pourquoi.

— Tout le monde connaît ta tante Pol, répondit Silk.

Comme tante Pol et la reine, toujours plongées dans leur conversation, se dirigeaient vers la table d'honneur, Garion resta à côté de Silk.

Ne me laisse pas commettre d'impairs, fit-il, le plus discrètement possible, par gestes.

Silk eut un clin d'œil en réponse.

Une fois qu'ils furent tous assis et que la nourriture se mit à arriver, Garion commença à se détendre. Il se rendit compte qu'il n'avait qu'à faire comme Silk, et les subtilités complexes du cérémonial qui entourait le dîner cessèrent bientôt de l'inquiéter. La conversation, autour de lui, était très relevée et presque totalement incompréhensible, mais il se fit la réflexion qu'il était peu probable que quiconque fasse attention à lui, et qu'il s'en sortirait sûrement très bien s'il se contentait de fermer la bouche et de baisser les yeux sur son assiette.

Un noble d'un certain âge, à la barbe d'argent joliment bouclée, se pencha vers lui.

— J'ai entendu dire que vous aviez beaucoup voyagé, ces temps-ci, dit-il d'un ton quelque peu condescendant. Comment va le royaume, jeune homme ?

Garion jeta à Silk, assis en face de lui, un regard éperdu.

Qu'est-ce que je dois répondre ? demanda-t-il par signes.

Dis-lui que le royaume ne va ni mieux ni plus mal qu'on ne pouvait s'y attendre, compte tenu des circonstances, répondit Silk.

Garion répéta scrupuleusement ces propos.

— Ah, ah, dit le noble. C'est tout à fait ce que je pensais. Vous êtes bien observateur pour votre âge, mon garçon. J'adore parler avec les jeunes gens. Ils ont des idées si rafraîchissantes.

Qui est-ce ? demanda Garion, toujours par signes.

Le comte de Seline, répondit Silk. *Un vieux raseur, mais sois bien poli avec lui. Dis-lui « Messire » quand tu t'adresses à lui.*

— Et comment avez-vous trouvé les routes ? s'enquit le comte.

— Quelque peu défoncées, Messire, répondit Garion, sous la dictée de Silk. Mais quoi d'étonnant à cela à cette époque de l'année, n'est-ce pas ?

— En effet, approuva le comte. Vous êtes vraiment un garçon prodigieux !

L'étrange conversation à trois se poursuivit ainsi quelque temps, et Garion commençait même à s'amuser, car les commentaires que Silk lui fournissait semblaient étonner le vieux monsieur.

Mais le banquet arriva enfin à son terme, et le roi quitta son siège à la tête de la table d'honneur.

— Et maintenant, chers amis, annonça-t-il, nous souhaiterions, la reine Layla et moi-même, nous entretenir avec nos nobles hôtes en privé, ce pour quoi nous vous prions de nous excuser.

Il offrit son bras à tante Pol, sire Loup présenta le sien à la petite reine grassouillette, et tous quatre se dirigèrent vers le fond de la salle.

Le comte de Seline dédia un large sourire à Garion et jeta un coup d'œil de l'autre côté de la table.

— J'ai beaucoup apprécié notre conversation, Prince Kheldar, dit-il à Silk. Je suis peut-être un vieux raseur, comme vous dites, mais cela constitue parfois un avantage, ne trouvez-vous pas?

Silk eut un rire sinistre.

— J'aurais dû me douter qu'un vieux renard de votre espèce ne pouvait pas ignorer la langue secrète, Messire.

— Un héritage d'une jeunesse dissipée, fit le comte en riant. Votre élève est très doué, Prince Kheldar, mais il a un drôle d'accent.

— Il faisait froid quand il a appris, Messire, dit Silk, et nous avions les doigts un peu raides. Je remédierai à ce petit défaut dès que nous en aurons le temps.

Le vieux noble parut incroyablement satisfait d'avoir damé le pion à Silk.

— Un garçon épatant, dit-il en tapotant l'épaule de Garion, sur quoi il s'éloigna en ricanant tout seul.

— Tu savais depuis le début qu'il comprenait tout, dit Garion, d'un ton accusateur.

— Evidemment, dit Silk. Les agents de renseignements drasniens connaissent tous les adeptes de la langue secrète. Il peut être parfois utile de laisser intercepter certains messages soigneusement sélectionnés. Cela dit, il ne faut pas sous-estimer le comte de Seline; il n'est pas impossible qu'il soit au moins aussi malin que moi. Mais tu as vu comme il était content de nous avoir surpassés en finesse?

— Tu ne peux jamais rien faire sans finasser? demanda Garion, d'un ton quelque peu grognon.

Il était convaincu, quelque part, d'avoir été le dindon de la farce.

— Jamais, à moins d'y être rigoureusement obligé, mon Garion, répondit Silk en riant. Les gens comme moi rusent constamment. Même quand ce n'est pas rigoureusement indispensable. Notre vie dépend parfois de notre faculté à tromper notre prochain, et il faut toujours rester l'esprit en éveil.

— Ça doit être une façon bien solitaire de vivre, observa plutôt finement Garion, inspiré, il faut bien le dire, par sa voix intérieure. Tu ne fais jamais vraiment confiance à personne, n'est-ce pas?

— J'imagine que non, répondit Silk. C'est un jeu, Garion. Un jeu auquel nous jouons tous avec talent — si nous voulons faire de vieux os, du moins. Nous nous connaissons tous, car la corporation est très restreinte. La rétribution est considérable, mais au bout d'un moment, on ne joue plus le jeu que pour le plaisir de surclasser l'adversaire. Cela dit, tu as raison. C'est une vie solitaire, et parfois immorale, mais la plupart du temps très amusante.

Le comte Nilden vint vers eux et s'inclina poliment.

— Son Altesse vous fait dire, au jeune garçon et à vous-même, Prince Kheldar, de la rejoindre, ainsi que vos autres amis, dans ses appartements privés. Si vous voulez bien me suivre.

— Bien sûr, répondit Silk. Allez, viens, Garion.

Les appartements privés du roi étaient beaucoup plus sobrement décorés que les salles richement ornées du palais principal. Le roi Fulrach avait retiré sa couronne et ses atours royaux et ressemblait maintenant tout à fait à n'importe quel Sendarien vêtu d'une façon plutôt quelconque. Il bavardait tranquillement avec Barak. La reine Layla et tante Pol étaient plongées dans une conversation, assises sur un canapé, et Durnik faisait de son mieux pour passer inaperçu, non loin de là. Sire Loup était debout tout seul près d'une fenêtre, son visage pareil à une tempête qui couvait.

— Ah, Prince Kheldar, dit le roi. Nous commencions à nous demander si vous ne vous étiez pas perdus, Garion et vous.

— Nous rompions quelques lances, le comte de Seline et moi-même, Votre Majesté, répondit Silk, d'un ton léger. Je parle au figuré, bien entendu.

— Méfiez-vous de lui, l'avertit le roi. Il se pourrait bien qu'il soit trop rusé pour quelqu'un même d'aussi retors que vous.

— J'ai le plus grand respect pour ce vieux scélérat, fit Silk en riant.

Le roi Fulrach regarda avec appréhension en direction

de sire Loup, puis il bomba le torse et inspira profondément.

— Je pense que plus vite nous en aurons fini avec les choses qui fâchent, mieux cela vaudra, dit-il. Layla, voudrais-tu t'occuper de nos autres invités pendant que je donne à notre ami à la triste figure, ici présent, et à la gente Dame, l'occasion de me tancer vertement. Il est évident qu'il ne sera pas soulagé tant qu'il ne m'aura pas dit toutes sortes de choses déplaisantes au sujet de problèmes dont je ne suis pas vraiment responsable.

— Bien sûr, mon chéri, répondit la reine Layla. Essaie de ne pas y passer la nuit, et surtout ne crie pas, je t'en prie. Les enfants sont au lit, et ils ont besoin de dormir.

Tante Pol et sire Loup, dont l'expression n'avait pas changé, suivirent le roi dans la pièce voisine.

— Eh bien, dit plaisamment la reine Layla, de quoi allons-nous donc parler ?

— J'avais pour ordre, Votre Grandeur, de vous transmettre à la première occasion les amitiés de la reine Porenn de Drasnie, fit Silk avec courtoisie. Elle demande votre autorisation de vous entretenir d'une correspondance concernant une affaire très délicate.

— Mais bien sûr, répondit la reine Layla, rayonnante. C'est une charmante enfant, beaucoup trop jolie et trop adorable pour ce vieux bandit obèse de Rhodar. J'espère qu'il ne la rend pas trop malheureuse.

— Du tout, Votre Grandeur, répondit Silk. Aussi étonnant que cela puisse paraître, elle aime mon oncle à la folie, et quant à lui, sa jeune et jolie épouse lui inspire des transports de joie. Il est positivement écœurant de constater à quel point ils s'adorent mutuellement.

— Vous aussi, Prince Kheldar, vous finirez bien par tomber amoureux un jour, dit la reine avec un petit sourire moqueur. Et ce jour-là, les douze royaumes se lèveront pour se gausser de la reddition d'un célibataire aussi notoirement endurci. Quelle est cette affaire dont Porenn voudrait m'entretenir ?

— C'est une question de fertilité, Votre Grandeur, fit Silk avec une petite toux délicate. Elle voudrait offrir un héritier à mon oncle, et souhaiterait recevoir vos conseils en ce sens. Le monde entier révère vos dons dans ce domaine particulier.

La reine Layla rosit joliment et se mit à rire.

— Je vais lui écrire tout de suite, promit-elle.

A ce moment, Garion avait réussi à se rapprocher en douce de la porte par laquelle le roi Fulrach s'était éclipsé avec tante Pol et sire Loup. Il entama un examen minutieux de la tapisserie qui ornait le mur pour dissimuler le fait qu'il s'efforçait d'entendre ce qui se disait derrière la porte close. Il ne lui fallut qu'un instant pour distinguer les voix familières.

— Qu'est-ce que ça veut dire au juste que toutes ces absurdités, Fulrach ? disait sire Loup.

— Ne me jugez pas trop vite, je vous en prie, vénérable Maître, fit le roi d'un ton implorant. Il s'est produit des événements dont vous n'êtes peut-être pas informé.

— Vous savez bien que je suis au courant de tout, répondit sire Loup.

— Saviez-vous que nous serions sans défense si le Maudit venait à se réveiller ? Ce qui le réduit à l'impuissance a disparu du trône du roi de Riva.

— Eh bien, j'étais précisément sur la trace du voleur quand votre noble capitaine Brendig m'a interrompu dans ma quête.

— Je suis désolé, dit le roi Fulrach, mais vous ne seriez pas allé loin, de toute façon. Il y a maintenant trois mois que tous les rois d'Alorie vous recherchent. Votre portrait, établi par les meilleurs artistes, est entre les mains de tous les ambassadeurs, fonctionnaires et agents du gouvernement des cinq royaumes du Nord. En fait, vous êtes suivi depuis que vous avez quitté Darine.

— Je suis occupé, Fulrach. Dites aux rois d'Alorie de me ficher la paix. Pourquoi s'intéressent-ils tant à mes mouvements, tout d'un coup ?

— Ils veulent s'entretenir avec vous, dit le roi. Les Aloriens se préparent à la guerre, et même ma pauvre Sendarie se mobilise lentement mais sûrement. Si le Maudit se réveille maintenant, nous sommes tous perdus. Le pouvoir qui a disparu pourrait très bien être utilisé pour le réveiller, et son premier mouvement sera d'attaquer l'Ouest — vous le savez bien, Belgarath. Et vous savez aussi que tant que le roi de Riva ne sera pas de retour, le Ponant est pratiquement sans défense.

Garion accusa le coup et sursauta violemment, puis tenta de dissimuler son mouvement involontaire en se penchant pour examiner un petit détail de la tapisserie. Il se dit qu'il avait mal entendu. Le nom que le roi Fulrach avait prononcé ne pouvait pas vraiment être celui de Belgarath. Belgarath était un personnage de légende, un mythe.

— Dites simplement aux rois d'Alorie que je suis le voleur à la trace, répondit sire Loup. L'heure n'est pas aux conseils et autres conférences. S'ils me fichent la paix, j'arriverai peut-être à le rattraper avant qu'il n'ait eu le temps de commettre l'irréparable avec la chose dont il a réussi à s'emparer.

— Ne tentez pas le sort, Fulrach, conseilla tante Pol. Votre interférence nous coûte un temps précieux. En ce moment, je suis très fâchée contre vous.

C'est d'une voix ferme que le roi répondit.

— Je connais vos pouvoirs, dame Polgara, dit-il — et Garion sursauta à nouveau. Mais je n'ai pas le choix. Je suis lié par la promesse que je leur ai faite de vous livrer aux rois aloriens, au Val d'Alorie, car un roi ne peut reprendre la parole qu'il a donnée aux autres rois.

Il y eut un long silence dans l'autre pièce, tandis que l'esprit de Garion explorait fébrilement une douzaine de possibilités.

— Vous n'êtes pas un méchant homme, Fulrach, dit sire Loup. Vous n'êtes peut-être pas aussi intelligent qu'on pourrait le souhaiter, mais vous êtes néanmoins un homme de bien. Je ne lèverai pas la main contre vous — pas plus que ma fille.

— Parle pour toi, Vieux Loup Solitaire, dit tante Pol d'un ton lugubre.

— Non, Polgara, dit-il. Si nous devons aller au Val d'Alorie, allons-y tout de suite. Plus vite nous aurons expliqué les choses aux Aloriens, plus vite ils cesseront de nous mettre des bâtons dans les roues.

— Je crois que l'âge commence à te ramollir le cerveau, père, dit tante Pol. Nous n'avons pas le temps d'aller nous promener au Val d'Alorie. Fulrach expliquera la situation aux rois d'Alorie.

— Ça ne servirait à rien, dame Polgara, dit le roi, d'un ton un peu attristé. Comme le mentionnait si justement votre père, je ne passe pas pour une lumière. Les rois aloriens ne m'écouteront pas. Si vous partiez maintenant, ils se contenteraient d'envoyer un autre Brendig pour vous intercepter.

— Et alors ? Tout ce qui pourrait arriver, c'est que le malheureux se retrouve condamné à finir ses jours sous la forme d'un crapaud, ou peut-être d'un radis, répondit tante Pol d'un ton menaçant.

— Ça suffit, Pol, fit sire Loup. Vous avez un bateau prêt à appareiller, Fulrach ?

— Il est au quai nord, Belgarath, répondit le roi. Un bâtiment cheresque, envoyé par le roi Anheg.

— Parfait, dit sire Loup. Eh bien, demain, nous levons l'ancre pour Cherek. On dirait qu'il va falloir que je mette les choses au point avec certains Aloriens à la tête dure. Vous venez avec nous ?

— Je suis bien obligé, répondit Fulrach. Le conseil sera général, et la Sendarie est en cause.

— Vous n'avez pas fini d'en entendre parler, Fulrach, dit tante Pol.

— Laisse tomber, Pol, dit sire Loup. Il ne fait que ce qu'il croit devoir faire. Nous réglerons tout ça au Val d'Alorie.

Garion s'écarta de la porte en tremblant. C'était impossible. Le scepticisme sendarien dans lequel il avait été élevé lui interdit tout d'abord de seulement envisager une telle absurdité. Mais, à regret, il se força enfin à considérer l'idée en face.

Et si celui qu'il appelait sire Loup était vraiment Belgarath, le sorcier, un homme qui vivait depuis plus de sept mille ans ? Et si tante Pol était vraiment sa fille, Polgara, la sorcière, qui n'était qu'à peine plus jeune ? Toutes les pièces du puzzle, les indications mystérieuses, les demi-vérités, s'assemblaient. Silk avait raison ; elle ne pouvait pas être sa tante. Garion était complètement orphelin, maintenant. Il allait à la dérive dans le monde, sans aucun lien du sang, sans aucune filiation à laquelle se raccrocher. Il avait désespérément envie de rentrer chez lui, à la ferme de Faldor. Là, au moins, il pourrait s'engloutir dans les ténèbres sans penser à rien, dans un endroit tranquille où il n'y aurait pas de sorciers et de quêtes étranges, où rien ne viendrait lui rappeler tante Pol et le terrible canular qu'elle avait fait de sa vie.

Deuxième partie

CHEREK

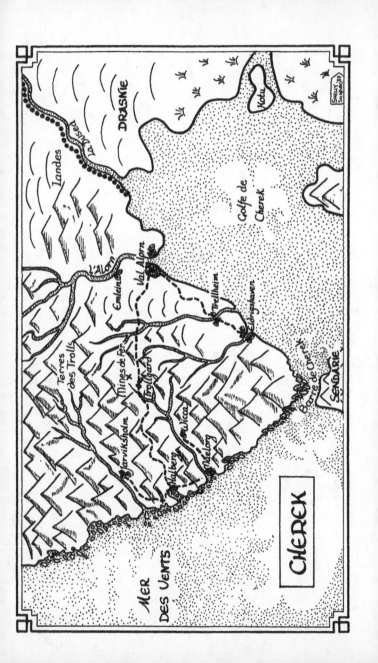

CHEREK

CHAPITRE 12

Dès les premières lueurs grises du petit matin, ils chevauchaient dans les rues désertes de Sendar en direction du port où les attendait leur bateau. Ils avaient troqué les beaux atours de la veille au soir contre leurs vêtements habituels. Même le roi Fulrach et le comte de Seline étaient habillés simplement, et l'on eût dit deux Sendariens relativement aisés en voyage d'affaires. La reine Layla, qui ne partait pas avec eux, accompagnait son mari, auquel elle parlait gravement. Elle paraissait au bord des larmes. Les hommes de leur escorte étaient emmitouflés dans leurs capes pour se protéger du vent âpre qui soufflait de la mer.

Au bout de la rue qui menait du palais au port, les vagues furieuses fouaillaient les quais de pierre qui avançaient dans la mer. Ballotté par les flots, leur navire halait sur ses amarres. C'était un bâtiment élancé, étroit au fort, haut de proue, avec quelque chose de carnassier qui n'était pas pour rassurer Garion, déjà peu rassuré à la perspective de sa première traversée en mer. Des matelots à l'air barbare, avec leurs barbes et leurs peaux de bêtes, tiraient leur flemme sur le pont. C'étaient les premiers Cheresques que voyait Garion — à part Barak, bien entendu — et sa première impression était qu'ils se révèleraient probablement indignes de toute confiance.

— Barak ! hurla, depuis le milieu du mât, un homme corpulent qui regagna le pont en descendant à la force des poignets le long d'une corde presque verticale, et ne fit qu'un bond sur le quai.

— Greldik ! rugit Barak en réponse.

Il mit vivement pied à terre, et le marin à l'air rien moins que rassurant et lui échangèrent une accolade digne de deux ours.

— On dirait que messire Barak et le capitaine de notre navire se connaissent, commenta le comte de Seline.

— C'est très préoccupant, répondit Silk, d'un ton persifleur. J'espérais que nous tomberions sur un capitaine d'âge mûr, sobre, sensé, et porté à la circonspection. Et puis d'abord, je ne suis pas fanatique de la mer et des bateaux.

— Je me suis laissé dire que le capitaine Greldik était l'un des meilleurs marins de Cherek, lui garantit le comte.

— Comme quoi les critères cheresques peuvent se révéler fallacieux, Monseigneur, répondit Silk avec un regard de bête blessée.

Il observa amèrement Barak et Greldik qui fêtaient leurs retrouvailles avec force chopes de bière apportées du vaisseau par un marin à l'air particulièrement réjoui.

La reine Layla avait mis pied à terre et embrassait tante Pol.

— Veille sur mon pauvre mari, Pol, je t'en prie, dit-elle avec un petit rire incertain. Ne laisse pas ces brutes d'Aloriens l'entraîner à faire des bêtises.

— Bien sûr que non, Layla, répondit tante Pol d'un ton rassurant.

— Allons, Layla, dit le roi Fulrach, quelque peu embarrassé, tout ira bien. Je ne suis quand même plus un petit garçon.

La petite reine rondouillarde s'essuya les yeux.

— Je veux que tu me promettes de bien te couvrir, dit-elle, et de ne pas passer toutes les nuit à boire avec Anheg.

— L'heure est grave, Layla, dit le roi. Nous n'aurons guère le temps de faire ce genre de chose.

— Je connais trop bien Anheg, renifla la reine, qui se tourna ensuite vers sire Loup, se dressa sur la pointe des pieds et embrassa sa joue barbue. Cher Belgarath, quand tout sera fini, promettez-moi de venir nous rendre une longue visite, Pol et vous.

— C'est promis, Layla, répondit gravement sire Loup.

— La marée va tourner, Majesté, dit Greldik, et mon vaisseau s'impatiente.

— Oh, Dieu, fit la reine, puis elle entoura le cou du roi de ses deux bras et enfouit son visage au creux de son épaule.

— Allons, allons, dit gauchement Fulrach.

— Si tu ne pars pas tout de suite, je vais me mettre à pleurer en public, dit-elle en le repoussant.

Les pierres du quai étaient glissantes. L'étroit vaisseau cheresque tanguait et roulait sous les assauts des vagues. L'étroite paserelle qu'il leur fallait franchir semblait faire le gros dos et se dérober sous leurs pas d'une façon fort inquiétante, mais ils réussirent tous à monter à bord sans incident. Les matelots larguèrent les amarres et prirent place aux avirons. Bondissant sur le dos des flots, le navire effilé s'écarta du quai et s'éloigna doucement dans le port, dépassant rapidement les bateaux de commerce solides et trapus qui mouillaient non loin de là. La reine Layla resta un moment plantée toute seule sur le quai, petite silhouette désolée environnée par les immenses soldats. Elle agita quelquefois la main, puis elle les regarda partir en redressant bravement son petit menton.

Le capitaine Greldik prit place au gouvernail, Barak à ses côtés, et fit signe à un marin courtaud, râblé, accroupi non loin de là. L'homme eut un hochement de tête en réponse et ôta le bout de toile à voile tout déchiré qui recouvrait un haut tambour. Il commença par un battement lent, et les rameurs prirent immédiatement la cadence, imprimant un mouvement puissant au bateau qui s'élança vers la haute mer.

Une fois qu'ils eurent quitté l'abri du port, la houle devint si forte que, cessant de tanguer, le vaisseau se mit à dévaler le dos de chaque vague pour affronter aussitôt la suivante. Les longs avirons, plongeant au rythme monotone du tambour, laissaient de petits tourbillons à la surface des flots d'un gris de plomb sous le ciel hivernal. La côte basse, couverte de neige, de Sendarie, glissait sur leur droite, lugubre et désolée.

Garion passa la majeure partie de la journée à trembler de froid dans un endroit protégé non loin de la haute proue, à regarder la mer tout en agitant de sinistres pensées. Les éclats du chaos dans lequel sa vie avait sombré la nuit précédente gisaient autour de lui, comme un champ de ruine. L'idée que le Vieux Loup Solitaire puisse être Belgarath et tante Pol, Polgara, n'était qu'une absurdité, évidemment. Mais il était tout de même convaincu qu'il y avait une part de vérité dans tout cela : il se pouvait qu'elle ne soit pas Polgara, mais il était pratiquement certain que ce n'était pas sa tante. Il évitait autant que possible de la regarder, et n'adressait la parole à personne.

Cette nuit-là, ils dormirent dans les quartiers exigus pratiqués sous le pont arrière du vaisseau. Sire Loup avait passé un bon moment à bavarder avec le roi Fulrach et le comte de Seline. Garion regardait par en dessous le vieil homme dont les cheveux d'argent et la barbe rase semblaient presque luire d'une lumière intérieure sous la lampe à huile qui se balançait à l'une des poutres basses. C'était bien toujours le même homme. Garion finit par se retourner et s'endormir.

Le lendemain, ils contournèrent le Nez de Sendarie et mirent le cap au nord-est par vent arrière. Les voiles étaient pleines, et les rameurs purent se reposer. Garion continuait à se débattre avec son problème.

Le troisième jour de mer, le temps devint menaçant et il se mit à faire terriblement froid. Le givre faisait craquer le gréement, et la neige fondue tombait avec un chuintement dans la mer autour d'eux.

— Si ça n'éclate pas, le franchissement de la barre va être difficile, fit Barak en fronçant le sourcil sous les flocons.

— La quoi ? demanda Durnik, non sans appréhension.

Durnik n'était pas à la noce sur le bateau. Il avait eu le mal de mer et commençait seulement à se remettre, mais il était encore un peu irritable.

— La barre de Cherek, expliqua Barak. Il y a un détroit d'une lieue entre la pointe septentrionale de Sendarie et le sud de la péninsule de Cherek ; les flots se contrarient, ce qui provoque des tourbillons. Mais ne t'inquiète pas, Durnik. C'est un bon bateau, et Greldik connaît le secret du franchissement de la barre. On sera peut-être un peu secoués, mais à moins d'un coup dur, on devrait s'en sortir intacts.

— Voilà qui est réconfortant, au moins, laissa sèchement tomber Silk, non loin de là. Ça fait trois jours que j'essaie de ne pas y penser.

— C'est vraiment si terrible ? demanda Durnik, consterné.

— Je veille tout particulièrement à ne jamais la passer sans m'être consciencieusement saoulé la gueule au préalable, répondit Silk.

Barak éclata de rire.

— Tu devrais être reconnaissant à la barre, Silk, dit-il. Si l'Empire évite le golfe de Cherek, c'est bien grâce à elle. Sans cela, toute la Drasnie serait une province tolnedraine.

— Je l'apprécie politiquement, répondit Silk, mais personnellement et en ce qui me concerne, j'aimerais autant en être à tout jamais dispensé.

Le lendemain, ils mouillèrent l'ancre tout près de la côte rocailleuse du nord de la Sendarie pour attendre le changement de marée. Au bout de quelques heures la mer fut étale, mais le reflux ne tarda pas à se faire sentir et les eaux de la mer des Vents remontèrent puis s'engouffrèrent dans la passe, le niveau du golfe du Cherek étant à son plus bas. Alors Greldik ordonna à ses hommes d'appareiller.

— Trouve quelque chose de solide à quoi te cramponner, Garion, lui conseilla Barak, qui avançait à grandes enjambées sur le pont étroit. Par ce vent arrière, le passage risque d'être intéressant.

Et il se dirigea vers la proue, un large sourire découvrant ses dents étincelantes.

C'était stupide et il en était bien conscient, mais Garion se leva et emboîta le pas à l'homme à la barbe rouge. Il avait passé ces quatre jours à ruminer tout seul un problème qui refusait de se plier à toute forme de logique, et il se sentait d'humeur téméraire et presque belliqueuse. Il serra les dents et empoigna un bout de fer rouillé qui dépassait de la proue.

Barak se mit à rire et lui flanqua une claque retentissante sur l'épaule.

— Brave petit, dit-il d'un ton approbateur. Nous allons franchir la barre ensemble, et nous la regarderons droit dans les yeux.

Garion prit le parti ne pas répondre.

Poussé par le vent et la marée, le vaisseau de Greldik vola littéralement dans le détroit en faisant des embardées, toute sa membrure craquant, ébranlée par la violence des courants antagonistes. Un crachin glacial leur cinglait le visage et Garion, à demi aveuglé, ne vit l'énorme tourbillon qui occcupait le centre de la barre qu'au moment où ils furent presque dessus. Il lui sembla entendre un terrible mugissement, et il s'essuya les yeux juste à temps pour voir la gueule béante du gouffre liquide s'ouvrir devant lui.

— Qu'est-ce que c'est que ça? demanda-t-il en hurlant pour couvrir le vacarme.

— C'est le grand maelström, rugit Barak en réponse. Accroche-toi.

On aurait largement pu mettre tout le village de Haut-Gralt dans cet horrible abîme empli d'une brume bouillonnante, et qui s'enfonçait à une profondeur inimaginable. Chose inconcevable, au lieu d'éloigner le vaisseau de ce chaudron en fusion, Greldik mettait le cap droit dessus.

— Mais qu'est-ce qu'il fabrique? brailla Garion.

— C'est le secret du franchissement de la barre, rugit Barak. On fait deux fois le tour du maelström pour gagner de la vitesse. Si le bateau ne se disloque pas, il en jaillit comme une pierre lancée par une fronde, et on se retrouve de l'autre côté des remous avant qu'ils n'aient le temps de nous ralentir et de nous ramener en arrière.

— Si le bateau ne ... quoi?

— Oh, il arrive de temps en temps qu'un bateau se désintègre dans le maelström, dit Barak. Mais ne t'inquiète pas, petit. Ça n'arrive pas si souvent que ça, et la nef de Greldik a l'air assez solide.

La proue du navire plongea horriblement vers les bords du maelström puis le bâtiment fonça deux fois à toute vitesse autour du gigantesque tourbillon, propulsé par les rameurs qui ployaient l'échine sous la cadence frénétique du tambour. Le vent frappa le visage de Garion de plein fouet, et il se cramponna à son anneau de fer, détournant les yeux de la gueule béante qui écumait en dessous de lui.

Puis, semblant s'affranchir de la pesanteur, ils fendirent, telle une pierre lancée dans les airs, les eaux qui bouillonnaient au-delà du maelström. Le vent de leur passage hurla dans le gréement, suffoquant à moitié Garion sous sa violence.

La course du vaisseau fut progressivement freinée par les remous et les courants contraires, mais grâce à la vitesse acquise dans le maelström, ils arrivèrent dans les eaux calmes d'une anse partiellement abritée de la côte de Sendarie.

Barak hurlait de joie en essuyant sa barbe trempée par les embruns.

— Eh bien, mon garçon, dit-il, qu'est-ce que tu penses de la barre ?

Garion s'abstint de répondre, tout à la tâche d'essayer de décrocher ses doigts engourdis de l'anneau de fer dans lequel ils étaient incrustés.

— Garion ! fit une voix familière venant de la poupe.

— Alors voilà, tu t'en vas et tu vois dans quels ennuis je me retrouve, fit Garion, d'un ton vindicatif, oublieux du fait que c'était tout de même lui avait eu l'idée de se camper à la proue.

Tante Pol exprima à Barak, en termes cinglants, ce qu'elle pensait de son inconséquence, avant d'en revenir au cas de Garion.

— Alors ? dit-elle. J'attends. Tu voudrais bien m'expliquer ?

— Ce n'était pas la faute de Barak, dit Garion. C'était mon idée.

A quoi bon être deux à avoir des problèmes, après tout ?

— Je vois', dit-elle. Et qu'est-ce que ça veut dire, tout ça ?

— J'en ai eu envie, dit-il, renonçant à toute méfiance.

Le doute et la confusion qui le tarabustaient le rendaient imprudent, et pour la première fois de sa vie, il se sentait au bord de la rébellion ouverte.

— Tu *quoi?*

— J'en ai eu envie, répéta-t-il. Qu'est-ce que ça peut faire, de toute façon ? N'importe comment, tu vas me punir, alors...

Tante Pol se raidit, et ses yeux se mirent à lancer des éclairs. Sire Loup, qui était assis non loin de là, se mit à ricaner.

— Je ne vois vraiment pas ce qu'il y a de drôle là-dedans, lança-t-elle.

— Tu ne préférerais pas que je m'en occupe, Pol ? suggéra le vieil homme.

— Je m'en sortirai très bien toute seule.

— Oh non, Pol, pas très bien, dit-il. Pas bien du tout, même. Tu as la tête trop chaude et la langue trop acérée. Ce n'est plus un enfant. Ce n'est pas encore un homme pour autant, mais ce n'est déjà plus un enfant. Le problème mérite un traitement particulier. Je vais m'en occuper. Je crois que je suis obligé d'insister, Pol, dit-il en se levant.

— Tu *quoi?*

— J'insiste.

Son regard se durcit.

— Très bien, dit-elle d'une voix glaciale.

Sur ce, elle fit volte-face et s'éloigna.

— Assieds-toi, Garion, dit le vieil homme.

— Pourquoi est-elle si méchante ? balbutia Garion.

— Elle n'est pas méchante, répondit sire Loup. Elle est fâchée parce que tu lui as fait peur. Personne n'aime qu'on lui fasse peur.

— Je suis désolé, marmonna Garion, tout confus.

— Ce n'est pas à moi qu'il faut faire des excuses ; je n'ai pas eu peur, moi, dit sire Loup en braquant sur lui le regard de ses yeux pénétrants. Qu'est-ce qui ne va pas, Garion ?

— Ils t'ont appelé Belgarath, répondit Garion comme si cela expliquait tout. Et elle, ils l'ont appelée Polgara.

— Et alors ?

— Ce n'est pas possible, c'est tout.

— Je crois que nous avons déjà eu cette conversation, il y a un bon bout de temps, non ?

— Tu es vraiment Belgarath ? demanda Garion, de but en blanc.

— Il y a des gens qui m'appellent comme ça. Et qu'est-ce que ça peut bien faire ?

— Je regrette, répondit Garion, mais je n'y crois pas, là.

— Bon, fit sire Loup en haussant les épaules. Tu n'es pas obligé de le croire. Mais qu'est-ce que ça a à voir avec le fait d'être impoli avec ta tante ?

— C'est juste que... Eh bien...

La voix lui manqua. Il avait désespérément envie de poser cette question élémentaire et fondamentale, mais il avait beau être déjà persuadé qu'il n'y avait pas de lien de famille entre tante Pol et lui, il ne pouvait pas supporter l'idée de se l'entendre confirmer définitivement et irrémédiablement.

— Tu n'y comprends plus rien, n'est-ce pas ? dit sire Loup. Les choses n'ont pas l'air d'être ce qu'elles devraient être, et tu en veux à ta tante parce que tu penses que ça doit être sa faute.

— Dit comme ça, ça paraît terriblement enfantin, fit Garion en s'empourprant légèrement.

— Pourquoi ? Ça ne l'est pas ?

Garion devint carrément écarlate.

— C'est ton problème personnel, Garion, dit sire Loup. Crois-tu vraiment qu'il faille rendre les autres malheureux à cause de ça ?

— Non, admit Garion d'une voix à peine audible.

— Nous sommes ce que nous sommes, ta tante et moi, dit calmement sire Loup. Les gens ont inventé toutes sortes de bêtises à notre sujet, mais ça n'a pas vraiment d'importance. Il y a une mission qui doit être menée à bien, et c'est à nous de nous y employer. C'est tout ce qui compte. Ne complique pas les choses à ta tante pour la seule raison que le monde n'est pas exactement comme tu voudrais qu'il soit. Ce n'est pas seulement puéril, c'est mal élevé, et tu vaux mieux que ça. Maintenant, il me semble vraiment que tu lui dois des excuses, tu ne crois pas ?

— Je pense aussi que oui, dit Garion.

— Je suis content que nous ayons pu parler, dit le vieil homme, mais à ta place, je n'attendrais pas trop pour me raccommoder avec elle. Tu ne me croirais jamais si je te disais combien de temps elle peut rester fâchée, fit-il avec un grand sourire. Elle m'en veut d'aussi loin que remontent mes souvenirs, et ça fait tellement longtemps que je n'ai même pas envie d'y penser.

— J'y vais tout de suite, dit Garion.

— Très bien, approuva sire Loup.

Garion se leva et approcha avec détermination de l'endroit où se tenait tante Pol, absorbée dans la contemplation des courants tourbillonnants de la barre de Cherek.

— Tante Pol, dit-il.

— Oui, chéri?

— Je regrette. J'ai eu tort.

Elle se retourna et le regarda d'un air plein de gravité.

— Oui, dit-elle. Tu as eu tort.

— Je ne recommencerai pas.

Elle éclata alors de rire, un rire grave et chaud, et passa ses doigts dans ses cheveux emmêlés.

— Ne fais pas de promesses que tu serais bien en peine de tenir, mon pauvre petit chou, dit-elle en le serrant contre son cœur.

Et tout alla bien de nouveau.

Lorsque la folie furieuse du flux qui s'engouffrait dans la barre de Cherek se fut apaisée, ils mirent le cap vers le nord et longèrent la côte orientale, ensevelie sous la neige, de la péninsule de Cherek, en direction de la vieille ville qui était le foyer ancestral de tous les Aloriens, des Algarois et des Drasniens, comme des Cheresques et des Riviens. Il soufflait un vent glacial et le ciel était menaçant, mais leur voyage se poursuivit sans incident, et au bout de trois jours de mer, leur vaisseau entrait dans le port du Val d'Alorie, et venait s'amarrer à l'un des quais voilés d'un linceul de glace.

Le Val d'Alorie ne ressemblait à aucune ville de Sendarie. Les murs et les bâtiments en étaient si incroyablement anciens que l'on aurait plutôt dit des formations rocheuses naturelles que des constructions humaines, et c'est à peine si l'on pouvait passer dans les rues étroites et tortueuses envahies par la neige, et que dominaient les montagnes, dressées de toute leur imposante masse neigeuse contre le ciel sombre, derrière la ville.

Des cochers à l'air farouche les attendaient au port, assis sur le siège de leurs traîneaux auxquels étaient attelés des chevaux à longs poils qui piaffaient d'impatience dans la neige tassée sous leurs sabots. Il y avait des manteaux de fourrure dans les traîneaux. Garion en prit un et s'enroula dedans pendant que Barak faisait ses adieux à Greldik et à ses matelots.

— Allons-y, fit Barak au cocher en grimpant dans le traîneau. Voyons si vous arriverez à rattraper les autres.

— Si vous n'étiez pas resté aussi longtemps à bavarder, ils ne seraient pas si loin devant, Messire Barak, dit aigrement le cocher.

— Il y a du vrai dans ce que vous dites, acquiesça Barak.

Le conducteur grommela, effleura ses chevaux avec le bout de son fouet, et le traîneau s'engagea dans la rue à l'extrémité de laquelle les autres avaient disparu.

Des guerriers vêtus de peaux de bêtes se pavanaient dans les rues étroites, et bon nombre d'entre eux saluèrent bruyamment Barak sur son passage. A un carrefour, leur cocher fut obligé de s'arrêter devant deux hommes corpulents, nus jusqu'à la ceinture malgré le froid mordant, et qui se battaient comme des enragés dans la neige, au beau milieu de la rue, sous les hurlements d'encouragement d'un attroupement de badauds.

— Un passe-temps courant, fit Barak, à l'attention de Garion. L'hiver est une morne saison, au Val d'Alorie.

— C'est le palais, là-bas, devant nous? demanda Garion.

— Le temple de Belar, répondit Barak, en hochant la tête en signe de dénégation. Il y en a qui disent que c'est là que réside l'esprit du Dieu-Ours, mais comme personnellement je ne l'ai jamais vu, je ne peux rien affirmer.

Puis les lutteurs s'écartèrent et ils reprirent leur chemin.

Une vieille femme en haillons de laine était debout sur les marches du temple, la serre osseuse qui lui tenait lieu de main crispée sur un long bâton, l'étoupe de ses cheveux voltigeant follement autour de son visage.

— Salut à toi, ô Grand Barak, appela-t-elle d'une

voix fêlée comme ils passaient devant elle. Ton Destin est toujours devant toi ; il t'attend.

— Arrêtez, grommela Barak au conducteur.

Il se débarrassa de son manteau de fourrure et mit pied à terre.

— On t'a interdit de rôder par ici, Martje, tonna-t-il. Si je dis à Anheg que tu as désobéi, il demandera aux prêtres du temple de te brûler comme sorcière.

La vieille femme lui répondit par un ricanement, et Garion remarqua avec un frisson qu'elle avait les yeux morts, d'un blanc laiteux.

— Le feu ne toucherait pas la vieille Martje, dit-elle avec un rire strident. Ce n'est pas le Destin qui l'attend.

— Ça suffit avec toutes ces histoires, fit Barak. Fiche le camp d'ici.

— Martje voit ce qu'elle voit, dit la vieille femme. La marque du Destin est toujours sur toi, ô valeureux Barak. Lorsqu'il te rattrapera, tu te souviendras des paroles de la vieille Martje.

Et puis, bien que ses yeux lactescents fussent de toute évidence aveugles, elle sembla regarder le traîneau où Garion était assis et son expression changea subitement, passant de la jubilation malveillante à une terreur incompréhensible.

— Salut, ô Seigneur parmi les Seigneurs, entonna-t-elle avec une profonde révérence. Lorsque tu viendras en possession de ton héritage, rappelle-toi que la vieille Martje fut la première à te saluer.

Barak fonça sur elle avec un rugissement, mais elle détala en frappant les marches de pierre du bout de son bâton.

— Qu'est-ce qu'elle a voulu dire ? demanda Garion, lorsque Barak revint près du traîneau.

— C'est une vieille folle, répondit Barak, le visage blême de colère. Elle rôde toujours autour du temple, à mendier et à faire peur aux femmes crédules avec ses bavardages. Si Anheg avait deux sous de jugeote, il y a des années qu'il l'aurait fait brûler, ou à tout le moins chasser de la ville. Allons-y, grommela-t-il à l'adresse du cocher en remontant dans le traîneau.

Comme le traîneau reprenait de la vitesse, Garion regarda par-dessus son épaule, mais la vieille aveugle était hors de vue.

CHAPITRE 13

Le palais d'Anheg, le roi de Cherek, était une grande bâtisse sombre, située à peu près au centre du Val d'Alorie. De gigantesques ailes, la plupart à l'abandon, partaient dans tous les sens autour du bâtiment principal, braquant vers le ciel le regard aveugle de leurs fenêtres sans vitres et offrant aux intempéries la plaie béante de leurs toits effondrés. Pour autant que Garion puisse en juger, le palais n'avait jamais fait l'objet d'un projet arrêté. C'était plutôt comme s'il avait poussé au petit bonheur depuis trois mille ans, sinon plus, que les rois de Cherek régnaient là.

— Pourquoi tant de parties sont-elles inhabitées et en ruine comme ça? demanda-t-il à Barak alors que leur cocher faisait tourner son attelage dans la cour envahie par la neige.

— Ce que certains rois avaient construit, d'autres l'ont laissé tomber en décrépitude, répondit brièvement Barak. C'est ainsi que font les rois.

L'humeur de Barak s'était considérablement assombrie depuis leur rencontre avec la vieille femme aveugle, au temple.

Les autres avaient mis pied à terre et les attendaient.

— Tu es parti de chez toi depuis trop longtemps, si tu ne sais plus retrouver ton chemin depuis le port, fit plaisamment Silk.

— Nous avons été retardés, grommela Barak.

Un large portail garni de ferrures vers lequel montait un majestueux escalier s'ouvrit sur ces entrefaites, comme si quelqu'un attendait derrière qu'ils soient tous arrivés. Une femme aux longues tresses de lin et vêtue d'une ample cape de velours écarlate bordée d'une somptueuse fourrure sortit sous le portique et resta plantée à les regarder du haut des marches.

— Salut, ô seigneur Barak, comte de Trellheim, mon époux, dit-elle d'un ton cérémonieux.

Le visage de Barak s'assombrit encore.

— Merel, répondit-il avec un bref hochement de tête en guise de salut.

— Le roi Anheg m'a donné l'autorisation de venir accueillir mon seigneur et maître, conformément à mes droits et à mes devoirs, reprit la femme de Barak.

— Tu as toujours été très soucieuse de tes devoirs, Merel, fit Barak. Où sont les filles ?

— A Trellheim, mon seigneur et maître, dit-elle. J'ai pensé qu'il valait mieux ne pas leur imposer un si long voyage par ce froid.

Il y avait quelque chose de vaguement cruel dans ses paroles.

— Je vois, fit Barak avec un soupir.

— Etais-je dans l'erreur, mon seigneur et maître ? demanda Merel.

— Passons, fit Barak.

— Si vous êtes prêts, vos amis et vous-même, mon seigneur et maître, dit-elle, je vais vous escorter à la salle du trône.

Barak monta les marches, embrassa sa femme brièvement et plutôt formellement, et ils franchirent le vaste portail.

— Tragique, murmura le comte de Seline en secouant la tête comme ils gravissaient tous ensemble l'escalier qui menait à l'entrée du palais.

— Pas tant que ça, dit Silk. Après tout, Barak a eu ce qu'il voulait, non ?

— Vous êtes un homme cruel, Prince Kheldar, fit le comte.

— Pas vraiment, dit Silk. Je suis réaliste, c'est tout. Barak a passé des années à languir après Merel, eh bien, maintenant, il l'a. Je suis ravi de voir une telle fidélité récompensée. Pas vous ?

Le comte de Seline poussa un profond soupir.

Un groupe de soldats en cotte de mailles les rejoignit pour les escorter dans un labyrinthe de couloirs, de grandes volées de marches qui montaient et de petits escaliers qui descendaient, les entraînant toujours plus profondément dans le vaste bâtiment.

— J'ai toujours admiré l'architecture cheresque, fit sardoniquement Silk. Elle a quelque chose de si imprévu.

— Agrandir leur palais a toujours fourni une occupation aux rois faibles, observa le roi Fulrach. Ce n'est pas une si mauvaise idée, en fait. En Sendarie, les mauvais rois passent le plus clair de leur temps à faire repaver les rues, mais il y a des milliers d'années que le Val d'Alorie est intégralement pavé.

— C'est l'éternel problème, Votre Majesté, fit Silk en riant. Comment empêcher les mauvais rois de faire des bêtises ?

— Prince Kheldar, dit le roi Fulrach, je ne souhaite pas de mal à votre oncle, mais je crois qu'il serait très intéressant de voir la couronne de Drasnie vous échoir.

— Je conjure Votre Majesté, répondit Silk, avec une feinte horreur, de ne pas dire une chose pareille, de ne pas même y songer.

— Ainsi qu'une femme, renchérit malicieusement le comte de Seline. Il faudrait absolument une épouse au prince.

— De mieux en mieux, fit Silk avec un frisson.

La salle du trône du roi Anheg était une immense pièce voûtée au centre de laquelle était ménagée une fosse où brûlait un grand feu dans lequel sifflaient et crépitaient d'énormes bûches. Contrairement à la salle du trône richement décorée du roi Fulrach, ici, les murs de pierre étaient nus, et des flambeaux vacillaient et fumaient dans des anneaux de fer scellés aux murs. Les hommes qui se prélassaient auprès du feu n'étaient pas les élégants courtisans de la cour du roi Fulrach, mais bien plutôt des guerriers cheresques barbus, qui plastronnaient dans leur cotte de mailles. A un bout de la salle se trouvaient cinq trônes, chacun surmonté par une bannière. Quatre des trônes étaient occupés, et trois femmes à l'air altier bavardaient non loin de là.

— Fulrach, roi de Sendarie! annonça d'une voix de stentor l'un des hommes d'armes qui les avaient escortés, en heurtant du bout de sa lance le sol de pierre jonché de roseaux, lui arrachant un son creux.

— Salut à Toi, Fulrach! s'écria un homme à la barbe noire en se levant du trône où il était assis.

Sa longue robe bleue était pleine de faux plis et de taches, et il avait les cheveux gras, mal peignés. Sa couronne d'or était entaillée en un ou deux endroits, et il y manquait une pointe.

— Salut à toi, Anheg! répondit le roi des Sendariens en s'inclinant légèrement.

— Ton trône T'attend, bien cher Fulrach, fit l'homme aux cheveux hirsutes en indiquant l'étendard de Sendarie fixé au mur, derrière le trône vacant. Les rois d'Alorie sont heureux d'accueillir la sagesse du roi de Sendarie à ce conseil.

Garion fut étrangement impressionné par la forme d'adresse archaïque, emphatique.

— Qui sont ces rois, ami Silk? murmura Durnik comme ils approchaient des trônes.

— Le gros en robe rouge dont la bannière est ornée d'un renne est mon oncle, Rhodar de Drasnie. Celui en noir, avec le visage en lame de couteau est Cho-Hag d'Algarie. Le grand en gris à l'air sinistre, sans couronne, et qui trône sous la bannière à l'épée, est Brand, le Gardien de Riva.

— Brand? l'interrompit Garion, surpris, en pensant aux récits de la bataille de Vo Mimbre.

— Tous les Gardiens de Riva portent le nom de Brand, leur expliqua Silk.

Le roi Fulrach salua chacun des autres rois dans le langage cérémonieux qui semblait être de rigueur avant de prendre place sous la bannière à la gerbe de blé qui était l'emblème de Sendarie.

— Salut à Toi, Belgarath, disciple d'Aldur, dit Anheg, et salut à Toi, dame Polgara, honorée fille de l'immortel Belgarath.

— Le moment se prête peu à toutes ces simagrées, Anheg, fit âprement sire Loup, en rejetant sa cape en arrière et en avançant vers eux. Pourquoi les rois d'Alorie m'ont-ils fait venir?

— Souffre que nous nous livrions à notre petit cérémonial, vénérable Maître, dit malicieusement Rhodar,
le gros roi de Drasnie. Nous n'avons que si rarement
l'occasion de jouer aux rois. Il n'y en a plus pour
longtemps.

Sire Loup hocha la tête, l'air écœuré.

L'une des trois femmes à l'air altier s'avança alors.
C'était une grande et belle femme aux cheveux aile de
corbeau et elle portait une robe de velours noir au drapé
élaboré. Elle s'inclina devant le roi Fulrach et sa joue
effleura rapidement celle du roi.

— Votre Majesté, dit-elle, votre présence honore ma
maison.

— Votre Altesse, répondit Fulrach en inclinant la tête
avec respect.

— La reine Islena, murmura Silk, à l'attention de
Durnik et de Garion. L'épouse d'Anheg. Regardez-la
bien quand elle saluera Polgara, fit le petit homme dont
le nez se tortillait comme s'il réprimait son allégresse.

La reine se tourna vers sire Loup et s'inclina profondément devant lui.

— Divin Belgarath, dit-elle, d'une voix chaude, palpitante de déférence.

— Oh, si peu, répondit sèchement le vieil homme.

— Fils immortel d'Aldur, poursuivit-elle, ignorant
l'interruption, plus puissant sorcier du monde entier. Ma
pauvre maison tremble devant le pouvoir effrayant que
vous apportez en ses murs.

— Beau discours, Islena, fit sire Loup. Quelque peu
entaché d'inexactitude, mais bien joli tout de même.

Mais la reine s'était déjà tournée vers tante Pol.

— Glorieuse sœur, entonna-t-elle.

— C'est sa sœur ? fit Garion, stupéfait.

— C'est une mystique, dit Silk, tout bas, mais là, elle
fabule. Elle flirte un peu avec la magie et elle se prend
pour une sorcière. Regarde.

Avec un geste emphatique, la reine produisit un joyau
vert qu'elle tendit à tante Pol.

— Il était dans sa manche, chuchota Silk, aux anges.

— Quel royal cadeau, Islena, fit tante Pol d'une voix
étrange. Dommage que je n'aie que ceci à vous offrir en
échange.

Elle tendit à la reine une rose d'un rouge profond.

— D'où est-ce qu'elle la sort? demanda Garion, stupéfait.

Silk lui fit un clin d'œil.

La reine regarda la rose d'un air dubitatif et la prit entre ses deux mains en coupe. Elle l'examina attentivement et écarquilla les yeux, puis toute couleur se retira de son visage et ses mains commencèrent à trembler.

La seconde reine avait fait un pas en avant. C'était une petite femme blonde au sourire irrésistible. Sans cérémonie, elle embrassa le roi Fulrach, puis sire Loup, et serra chaleureusement tante Pol contre son cœur. Son affection semblait simple et parfaitement spontanée.

— Porenn, la reine de Drasnie, dit Silk.

Mais il y avait quelque chose d'insolite dans sa voix. Garion lui jeta un coup d'œil, et vit l'ébauche d'un soupçon d'amertume et d'autodérision passer fugitivement sur son visage. A cet instant, aussi clairement que s'il avait été tout à coup illuminé par une lumière vive, Garion comprit la raison du comportement parfois bizarre de Silk. Il fut submergé par une vague de sympathie qui lui coupa presque le souffle.

La troisième reine, Silar d'Algarie, salua le roi Fulrach, sire Loup et tante Pol de quelques paroles rapides, prononcées d'une voix tranquille.

— Le Gardien de Riva n'est pas marié? demanda Durnik en cherchant du regard une autre reine.

— Il avait une épouse, répondit brièvement Silk, qui n'arrivait pas à détacher son regard de la reine Porenn, mais elle est morte il y a quelques années, après lui avoir donné quatre fils.

— Ah, fit Durnik.

Puis Barak, la mine sévère et visiblement furieux, entra dans la salle du trône et s'approcha à grandes enjambées du trône du roi Anheg.

— Bienvenue à la maison, cousin, dit le roi Anheg. Je commençais à me dire que tu avais dû te perdre.

— Des histoires de famille, Anheg, dit Barak. J'avais deux mots à dire à ma femme.

— Je vois, répondit Anheg, qui s'empressa de laisser tomber le sujet.

234

— Vous avez fait la connaissance de nos amis ? demanda Barak à la cantonade.

— Pas encore, Messire Barak, dit le roi Rhodar. Nous étions absorbés par les formalités d'usage.

Il eut un petit rire, qui fit tressauter sa grosse panse.

— Je suis sûr que vous connaissez tous le comte de Seline, dit Barak, et voici Durnik, un forgeron et un homme de bien. Le garçon s'appelle Garion. C'est le protégé de dame Polgara — un brave garçon.

— Vous ne pensez pas que ça a assez duré comme ça ? demanda impatiemment sire Loup.

Cho-Hag, le roi des Algarois, éleva une voix d'une douceur surprenante.

— Es-tu conscient, Belgarath, de l'infortune qui nous frappe ? Nous nous tournons vers toi pour conseil.

— Enfin, Cho-Hag, répondit sire Loup, avec humeur, voilà que vous vous mettez à parler comme une mauvaise épopée arendaise, maintenant ? Tous ces tu et ces toi sont-ils vraiment indispensables ?

Cho-Hag prit l'air un peu penaud et jeta un coup d'œil embarrassé au roi Anheg.

— C'est de ma faute, Belgarath, dit le roi Anheg, d'un ton lugubre. J'ai demandé à des scribes de consigner nos entretiens par écrit. Cho-Hag parlait pour l'histoire tout autant que pour vous.

Sa couronne, qui avait un peu glissé, était perchée de façon fort précaire au-dessus de l'une de ses oreilles.

— L'histoire est très tolérante, Anheg, fit sire Loup. Nul n'est besoin d'essayer de l'impressionner. De toute façon, elle oublie la majeure partie de ce que nous disons, alors... Brand, fit-il en se tournant vers le roi de Riva, pensez-vous être capable de nous expliquer l'affaire sans trop de fioritures ?

— Je crains fort que tout ceci ne soit ma faute, Belgarath, dit le Gardien, d'une voix profonde. Si l'Apostat a réussi à mener son forfait à bien, c'est que j'ai relâché ma vigilance.

— La chose est censée assurer sa propre protection, Brand, répondit sire Loup. Même moi, je ne peux pas la toucher. Je connais le voleur, et je sais qu'il vous était impossible de le tenir à l'écart de Riva. Ce qui m'ennuie, c'est que je ne comprends pas comment il a réussi à mettre la main dessus sans être détruit par son pouvoir.

Brand écarta les bras en signe d'impuissance.

— Nous nous sommes réveillés un matin et elle n'était plus là. Tout ce que les prêtres ont été capables de faire, c'était de deviner le nom du voleur. L'Esprit du Dieu-Ours n'en a pas dit davantage. Depuis, sachant de qui il s'agissait, nous nous sommes bien gardés de prononcer son nom, ou celui de la chose qu'il avait prise.

— Très bien, dit sire Loup. Il est capable d'intercepter des mots à des distances stupéfiantes. C'est d'ailleurs moi qui le lui ai appris.

— Nous le savions, répondit Brand en hochant la tête. Cela n'a pas été pour simplifier la formulation du message que nous vous avons fait parvenir. En voyant que vous ne veniez pas à Riva, et que mon messager ne revenait pas, je me suis dit que quelque chose avait dû aller de travers, et voilà pourquoi nous avons envoyé des hommes à votre recherche.

— J'imagine que je n'ai qu'à m'en prendre à moi-même si je suis ici, alors, fit sire Loup en se grattant la barbe. J'ai emprunté votre messager. Il fallait que je fasse prévenir certaines personnes en Arendie. Je dois dire que j'aurais pu faire preuve de plus de jugement.

— Puis-je dire un mot ? demanda poliment Silk en s'éclaircissant la voix.

— Certainement, Prince Kheldar, répondit le roi Anheg.

— Est-il bien prudent de poursuivre cet entretien en public ? demanda Silk. Les Murgos ont assez d'or pour acheter des oreilles en de nombreux endroits, et les Grolims sont experts dans l'art de soutirer les pensées dans l'esprit des plus fidèles soldats. Ce que l'on ignore, on ne risque pas de le révéler, si vous voyez ce que je veux dire.

— Les guerriers d'Anheg ne sont pas faciles à acheter, Silk, répondit Barak, quelque peu froissé. Et il n'y a pas de Grolims à Cherek.

— Etes-vous donc aussi sûr de tous les hommes qui vous servent, et des femmes de cuisine ? insinua Silk. Par ailleurs, il m'est arrivé de rencontrer des Grolims dans des endroits fort inattendus.

— Il y a tout de même du vrai dans ce que dit mon neveu, commenta le roi Rhodar, d'un ton pensif. La Drasnie a des siècles d'expérience dans le renseignement, et Kheldar est l'un de nos meilleurs agents. S'il pense que nos propos pourraient bien franchir ces murs, nous serions peut-être mieux inspirés de l'écouter.

— Merci, mon oncle, fit Silk en s'inclinant.

— Pensez-vous que vous seriez capable de vous introduire subrepticement dans ce palais, Prince Kheldar ? demanda le roi Anheg, d'un air de défi.

— Je l'ai déjà fait, Votre Majesté, répondit modestement Silk. Une douzaine de fois, sinon plus.

Anheg regarda Rhodar en haussant un sourcil. Rhodar eut une petite toux.

— C'était il y a bien longtemps, Anheg. Rien de grave. Je me demandais simplement quelques petites choses, et voilà tout.

— Tu n'avais qu'à m'en parler, fit Anheg, quelque peu blessé.

— Je ne voulais pas t'embêter, répondit Rhodar avec un haussement d'épaules. Et puis, c'est tellement plus amusant comme ça.

— Mes amis, dit le roi Fulrach, le problème qui se pose à nous est trop grave pour que nous le prenions à la légère. Ne pensez-vous pas qu'il est préférable de se montrer exagérément circonspect que de risquer de tout compromettre par imprudence ?

— Comme tu voudras, fit le roi Anheg en fronçant les sourcils, puis il haussa les épaules. Nous poursuivrons donc cet entretien en privé. Cousin, voudrais-tu faire évacuer la salle du vieux roi Eldrig et poster des gardes dans les couloirs qui y mènent ?

— Certainement, Anheg, répondit Barak.

Barak quitta la salle avec une douzaine de gardes. Les rois descendirent de leurs trônes — tous, sauf Cho-Hag. Un grand guerrier maigre, presque aussi grand que Barak, qui avait la tête rasée et portait la mèche flottante des Algarois, vint vers lui et l'aida à se redresser.

Garion interrogea Silk du regard.

— Une maladie, quand il était enfant, expliqua Silk, tout bas. Il a les jambes si faibles qu'il ne peut se lever ou marcher seul.

— Ça doit être un peu dur pour lui d'être roi, non? demanda Garion.

— Les Algarois sont plus souvent à cheval que les deux pieds par terre, répondit Silk. Et à cheval, Cho-Hag vaut n'importe quel Algarois. Celui qui l'aide est Hettar, son fils adoptif.

— Tu le connais? demanda Garion.

— Je connais tout le monde, Garion, répondit Silk avec un petit rire. J'ai déjà eu affaire à lui quelques fois. Je l'aime bien, même si je préfère qu'il ne le sache pas.

La reine Porenn les rejoignit.

— Islena nous emmène, Silar et moi, dans ses appartements privés, dit-elle à Silk. Les femmes ne sont apparemment pas censées se mêler des affaires d'État, à Cherek.

— Ils semblerait que nos cousins cheresques aient une vision quelque limitée des choses, Votre Majesté, répondit Silk. Ils sont ultraconservateurs, et il ne leur est apparemment pas encore venu à l'idée que les femmes étaient des êtres humains à part entière.

La reine Porenn lui dédia un clin d'œil et un petit sourire entendu.

— J'espérais que nous aurions peut-être la chance de parler un peu tous les deux, Kheldar, mais je crains que ce ne soit pas possible pour l'instant. Avez-vous fait parvenir mon message à Layla?

— Elle a répondu qu'elle vous écrivait immédiatement, répondit Silk en hochant la tête. Si nous avions su que vous seriez là, j'aurais pu vous porter sa lettre moi-même.

— Encore une idée d'Islena, dit-elle. C'est elle qui a imaginé qu'il ne serait peut-être pas mauvais que les reines tiennent conseil pendant que les rois s'entretenaient de leurs affaires. Elle aurait également invité Layla, s'il n'était de notoriété publique qu'elle a horreur des voyages en mer.

— Et votre conseil a-t-il donné le jour à un projet capital, Votre Majesté? demanda Silk, d'un ton anodin.

La reine Porenn fit une grimace.

— Nous passons notre temps assises en rond, à regarder Islena faire des tours — elle fait disparaître des pièces et autres objets dans sa manche, ce genre de chose, quand elle ne nous lit pas l'avenir. Silar est trop bien élevée pour faire valoir sa façon de penser, et je suis la plus jeune, alors je ne suis pas censée dire grand-chose. C'est à périr d'ennui, surtout quand elle entre en transes au-dessus de cette stupide boule de cristal. Layla pense-t-elle pouvoir m'aider ?

— Si quelqu'un en est capable, lui assura Silk, c'est bien elle. Je dois toutefois vous avertir que ses conseils risquent d'être sans équivoque. La reine Layla est une petite créature très terre-à-terre, et il lui arrive parfois d'être plus qu'explicite.

— C'est parfait, répondit la reine Porenn en gloussant avec espièglerie. Je suis une grande fille, après tout.

— Mais certainement, fit Silk. Je voulais juste vous mettre en garde, et voilà tout.

— Vous ne vous moqueriez pas de moi, par hasard, Kheldar ?

— Moi, Majesté ? Comment oserais-je ? demanda Silk, d'un air angélique.

— Je pense que vous en seriez bien capable, dit-elle.

— Vous venez, Porenn ? demanda la reine Islena, non loin de là.

— A l'instant, Votre Grâce, répondit la reine de Drasnie.

Ses doigts s'animèrent rapidement dans la direction de Silk. *Quelle barbe*

Patience, Votre Majesté, répondit Silk, toujours par gestes.

La reine Porenn accompagna docilement l'imposante reine de Cherek et la silencieuse reine d'Algarie dans le couloir. Silk la suivit des yeux, avec la même expression désabusée que Garion lui avait déjà vue.

— Les autres s'en vont, fit délicatement ce dernier en indiquant, à l'autre bout de la salle, la porte par laquelle les rois aloriens étaient juste en train de sortir.

— Très bien, dit Silk, en prenant la même direction.

Ils lui emboîtèrent rapidement le pas, Garion fermant la marche, le long des couloirs envahis par les courants d'air qui menaient à la salle du roi Eldrig. La voix sèche qui lui parlait intérieurement lui disait que si tante Pol le voyait, elle trouverait probablement une bonne raison de l'éloigner.

Comme il s'attardait en queue de file, il perçut un mouvement furtif au loin, dans l'un des corridors transversaux. L'espace d'un instant, il aperçut un homme d'armes cheresque tout ce qu'il y a de plus banal, vêtu d'une cape vert foncé, puis ils se retrouvèrent de l'autre côté du couloir. Garion s'arrêta et fit un pas en arrière pour jeter un coup d'œil dans la galerie qu'ils venaient de couper mais l'homme à la cape verte avait disparu.

Tante Pol l'attendait, les bras croisés, debout devant la porte de la salle du roi Eldrig.

— Où étais-tu passé? lui demanda-t-elle.

— Je regardais quelque chose, c'est tout, répondit-il, d'un ton qu'il espérait aussi innocent que possible.

— Je vois, dit-elle. Le conseil va probablement durer un bon moment, dit-elle en se tournant vers Barak, et il est probable que Garion ne pourra pas tenir en place jusqu'à la fin. Il n'y a pas un endroit où il pourrait s'amuser en attendant le dîner?

— Tante Pol! protesta Garion.

— L'armurerie, peut-être? suggéra Barak.

— Qu'est-ce que vous voulez que je fasse dans l'armurerie? demanda Garion.

— Tu préférerais peut-être l'arrière-cuisine? demanda tante Pol, d'un ton acerbe.

— Réflexion faite, je pense que je préfère encore l'armurerie.

— C'est bien ce que je pensais, aussi.

— C'est tout au bout de ce couloir, Garion, dit Barak. La pièce à la porte rouge.

— Vas-y vite, chéri, dit tante Pol. Et tâche de ne pas te couper avec n'importe quoi.

Garion s'éloigna lentement d'un air morose dans le couloir que Barak venait de lui indiquer, profondément affecté par l'injustice de la situation. Inutile d'espérer pouvoir écouter aux portes, des gardes étaient postés dans le couloir devant la salle du roi Eldrig. Garion poussa un soupir et poursuivit son chemin solitaire vers l'armurerie.

L'autre partie de son cerveau était quand même

240

occupée à ruminer certains problèmes. En dépit de son refus obstiné d'admettre la possibilité que sire Loup et tante Pol soient réellement Belgarath et Polgara, l'attitude des rois d'Alorie prouvait à l'évidence que eux, au moins, en étaient fermement persuadés. Puis il y avait la question de la rose que tante Pol avait donnée à la reine Islena. En dehors du fait que les roses ne poussent pas en hiver, comment tante Pol savait-elle qu'Islena lui offrirait cette pierre verte et avait-elle pu la préparer à l'avance ? Il écarta délibérément l'idée que sa tante avait tout simplement fait surgir la fleur du néant sous son nez.

La galerie qu'il suivait, abîmé dans ses pensées, était plongée dans une demi-obscurité, seulement trouée par de rares torches placées dans des anneaux scellés aux murs. Des couloirs latéraux en partaient çà et là, ouvrant leurs bouches obscures sur les ténèbres des entrailles du palais. Il était presque arrivé à l'armurerie quand il entendit un bruit furtif provenant de l'un de ces passages sombres. Sans trop savoir pourquoi, il recula dans l'une des autres ouvertures et attendit.

L'homme à la cape verte s'engagea dans le couloir éclairé et regarda autour de lui à la dérobée. C'était un homme d'allure ordinaire, à la courte barbe blonde, et il aurait probablement pu se promener n'importe où dans le palais sans attirer l'attention. Mais son comportement et son attitude sournoises criaient plus fort que des mots qu'il faisait quelque chose qu'il n'aurait pas dû faire. Il se précipita dans le couloir, dans la direction d'où venait Garion, et Garion se recroquevilla dans l'obscurité protectrice de sa cachette. Lorqu'il pointa précautionneusement le nez dans le couloir, l'homme avait disparu, et il était impossible de savoir dans laquelle des bouches d'ombre il s'était engouffré.

La voix intérieure de Garion lui disait que même s'il parlait de cela à quelqu'un, personne ne voudrait l'écouter. Il lui fallait quelque chose de plus concret à rapporter qu'un vague soupçon s'il ne voulait pas paraître ridicule. Il n'avait qu'une seule chose à faire pour l'instant : ouvrir l'œil et surveiller les mouvements de l'homme à la cape verte.

CHAPITRE 14

Le lendemain matin, il neigeait. Tante Pol, Silk, Barak et sire Loup s'assemblèrent à nouveau pour délibérer avec les rois, laissant Garion à la garde de Durnik. Ils restèrent tous deux près du feu, dans l'immense salle des trônes, à regarder la bonne vingtaine de guerriers cheresques barbus qui s'y prélassaient ou s'engageaient dans des activités diverses et variées pour passer le temps. Certains d'entre eux aiguisaient leur épée ou astiquaient leur armure ; d'autres mangeaient ou commençaient à boire — il était pourtant encore bien tôt. Quelques-uns étaient absorbés dans une partie de dés acharnée. Le reste, enfin, dormait tranquillement, assis par terre, le dos appuyé au mur.

— Ces Cheresques semblent être des gens bien oisifs, dit tout bas Durnik. Je n'en ai pas vu un seul en train de travailler sérieusement depuis que nous sommes arrivés. Pas toi ?

Garion hocha la tête.

— Je pense que c'est la garde privée du roi, fit-il, tout aussi bas. Il faut croire qu'ils n'ont rien d'autre à faire que de rester assis dans un coin en attendant que le roi leur dise d'aller se battre avec l'ennemi.

— Ça doit être très ennuyeux de vivre comme ça, conclut Durnik, en plissant le front.

— Dis, Durnik, fit Garion au bout d'un moment, tu as vu comment Barak et sa femme se parlent, tous les deux ?

— C'est vraiment triste, dit Durnik. Silk m'en a parlé

hier. Barak est tombé amoureux d'elle quand ils étaient très jeunes, tous les deux, mais elle était de haute naissance et ne l'a pas pris au sérieux.

— Comment se fait-il qu'ils se soient mariés, alors?

— C'était une idée de sa famille à elle, expliqua Durnik. Quand Barak est devenu comte de Trellheim, ses parents se sont dit que ce mariage pourrait leur être utile. Merel a eu beau protester, rien n'y a fait. D'après Silk, Barak se serait rendu compte, après leur mariage, que c'était quelqu'un de très superficiel, mais il était trop tard, évidemment. Elle n'arrête pas de lui faire des méchancetés pour l'embêter, et il passe le plus de temps possible hors de chez lui.

— Ils ont des enfants? demanda Garion.

— Deux, répondit Durnik. Deux filles, de cinq et sept ans. Barak les aime beaucoup, mais il n'a pas souvent l'occasion de les voir.

— Je voudrais bien pouvoir faire quelque chose pour lui, fit Garion, avec un soupir.

— Il ne faut jamais se mêler des affaires des couples. Ça ne se fait pas.

— Tu savais que Silk était amoureux de sa tante? demanda Garion, sans réfléchir.

— Garion! s'exclama Durnik, choqué. Ce ne sont pas des choses à dire!

— C'est pourtant vrai, répondit Garion, sur la défensive. Maintenant, je pense que ce n'est pas vraiment sa tante; ce n'est que la seconde femme de son oncle. Ce n'est pas tout à fait comme si c'était sa vraie tante.

— Elle est mariée avec son oncle, répondit Durnik, d'un ton sans réplique. Qui a inventé cette histoire scandaleuse?

— Personne, répondit Garion. J'ai bien vu comment il lui parlait, hier. Elle ne le laisse pas indifférent, c'est évident.

— Je suis sûr que tu as tout imaginé, répondit Durnik d'un ton désapprobateur, en se levant. Allons faire un tour. Ça vaudra toujours mieux que de rester ici à dire du mal de nos amis. Les gens comme il faut ne font pas ce genre de chose.

— D'accord, s'empressa d'acquiescer Garion, un peu embarrassé.

Il se leva et traversa la salle enfumée à la suite de Durnik, puis ils s'engagèrent dans le couloir.

— Allons jeter un coup d'œil aux cuisines, suggéra Garion.

— Ensuite nous irons à la forge, ajouta Durnik.

Les cuisines royales étaient immenses. Des bœufs entiers rôtissaient sur des broches, et des troupeaux d'oies au grand complet mitonnaient dans des océans de sauce. Des mirotons bouillonnaient dans des chaudrons grands comme des tombereaux, et des bataillons de pains cuisaient dans des fours où ils auraient pu tenir debout. Contrairement à la cuisine bien ordonnée de tante Pol à la ferme de Faldor, tout ici n'était que chaos et confusion. Le chef cuisinier était un homme gigantesque au visage cramoisi qui beuglait des ordres que tout le monde ignorait. Ce n'étaient que cris et menaces, entrecroisés de plaisanteries d'un goût douteux. Une cuillère chauffée au feu et laissée à un endroit où un marmiton peu méfiant la prendrait déclenchait des hurlements de joie, et un homme se fit faucher son chapeau qui fut délibérément projeté dans une marmite où mijotait un ragoût.

— Ne restons pas là, Durnik, dit-il. Ce n'est pas du tout ce à quoi je m'attendais.

Durnik accepta d'un mouvement de tête.

— Dame Pol n'aurait jamais toléré toutes ces bêtises, dit-il d'un ton désapprobateur.

Une servante aux cheveux blonds tirant sur la carotte et vêtue d'une robe vert d'eau pâle au corsage très échancré flânait dans le couloir, à la sortie des cuisines.

— Excusez-moi, lui demanda poliment Durnik, pourriez-vous nous indiquer le chemin de la forge, s'il vous plaît ?

Elle le toisa d'un air effronté.

— Vous êtes nouveau ici, ou quoi ? demanda-t-elle. Je ne vous ai jamais vu.

— Nous sommes juste de passage, répondit Durnik.

— D'où venez-vous ? demanda-t-elle.

— De Sendarie, répondit Durnik.

— Comme c'est intéressant. Et si vous envoyiez le garçon faire cette course à votre place ? Comme ça, nous pourrions bavarder un moment, tous les deux.

Elle braqua sur lui un regard sans équivoque.

Durnik eut un toussotement et ses oreilles se mirent à rougir.

— Euh... la forge ? demanda-t-il à nouveau.

La fille de cuisine eut un petit rire.

— Dans la cour, au bout du couloir, dit-elle. Je suis souvent dans le coin. Vous ne devriez pas avoir de mal à me retrouver quand vous aurez fini ce que vous avez à faire à la forge.

— Oui, répondit Durnik. Je ne devrais pas avoir de mal. Allez, viens, Garion.

Ils prirent le couloir et se retrouvèrent dans une cour intérieure couverte de neige.

— Révoltant ! s'écria Durnik, indigné, les oreilles encore en feu. Cette fille n'a aucun sens des convenances. Je le dirais à qui de droit, si je savais seulement à qui.

— Scandaleux, renchérit Garion, secrètement amusé par l'embarras de Durnik.

Ils traversèrent la cour sous les flocons qui volaient de toutes parts, pareils à du duvet.

L'homme qui présidait aux destinées de la forge était un grand gaillard à la barbe noire et aux avant-bras aussi gros que les cuisses de Garion. Durnik se présenta et ils se mirent bientôt à parler boutique, accompagnés par les coups retentissants du marteau du forgeron. Garion remarqua qu'au lieu des socs de charrue, des pelles et des houlettes qui envahissaient les forges sendariennes, ici, les murs disparaissaient sous les épées, les lances et les haches d'armes. A l'un des feux, un apprenti façonnait des pointes de flèche à coups de marteau, et à un autre, un maigrichon borgne ouvrageait une dague à la lame inquiétante.

Durnik et le forgeron passèrent un bon bout de la matinée à bavarder, pendant que Garion rôdait dans la cour intérieure en regardant les différents corps de métier vaquer à leurs occupations. Il y avait des tonneliers et des charrons, des cordonniers, des menuisiers, des bourreliers et des fabricants de chandelles, dont le travail assurait le fonctionnement de l'immense maisonnée du roi Anheg. Garion les observa tout en restant vigilant, dans l'expectative d'une apparition de l'homme à la barbe blonde et à la cape verte qu'il avait vu la veille au soir. Il savait qu'il n'avait que peu de chances de le retrouver au milieu de ces braves gens qui se livraient à leurs honnêtes tâches, mais il ouvrait l'œil tout de même.

Vers midi, Barak vint les chercher et ils retrouvèrent Silk vautré par terre dans la grande salle, où il regardait avec intérêt une partie de dés.

— Anheg et les autres voudraient se réunir en privé cet après-midi, annonça Barak. J'ai une course à faire, et je me suis dit que ça t'amuserait peut-être de venir avec moi.

— Ce ne serait peut-être pas une mauvaise idée, fit Silk en s'arrachant à la partie. Les hommes de ton cousin ne savent pas jouer, et je ne sais pas ce qui me retient de faire rouler les dés avec eux. Or il vaut mieux que je m'abstienne. Les hommes n'apprécient généralement pas de perdre contre des étrangers.

— Je suis sûr qu'ils seraient très heureux de te laisser jouer, Silk, fit Barak avec un grand sourire. Ils ont tout autant de chances de gagner que toi.

— A peu près autant que le soleil de se lever à l'ouest, tu veux dire, répondit Silk.

— Tu es bien sûr de ton habileté, ami Silk , dit Durnik.

— Je suis sûr de la leur, ricana Silk, en se relevant d'un bond. Allons-y, dit-il. J'ai les doigts qui commencent à me démanger. Eloignons-les de la tentation.

— Tout ce que vous voudrez, Prince Kheldar, fit Barak en riant.

Ils enfilèrent de gros manteaux de fourrrure et quittèrent le palais. La neige avait presque cessé de tomber, mais il soufflait un petit vent frisquet.

— Je m'y perds un peu dans tous ces noms, dit Durnik tandis qu'ils avançaient laborieusement vers le centre du Val d'Alorie dans les rues obstruées par la neige. Je voulais justement vous en parler. Toi, ami Silk, tu es aussi le prince Kheldar, et parfois le marchand Ambar de Kotu ; sire Loup s'appelle Belgarath, et dame Pol, tantôt dame Polgara et tantôt la duchesse d'Erat. Là d'où je viens, les gens n'ont généralement qu'un seul nom.

— Les noms sont comme les vêtements, Durnik, expliqua Silk. Nous portons celui qui est le mieux adapté à l'occasion. Les honnêtes gens n'ont guère besoin de s'affubler de vêtements étrangers ou de noms qui ne sont pas à eux. Mais il arrive aux moins scrupuleux d'entre nous d'avoir besoin d'en changer.

— Je ne trouve pas amusant d'entendre dire que dame Pol n'est pas une honnête femme, répondit Durnik, d'un ton rigoureux.

— Je n'avais pas l'intention de lui manquer de respect, le rassura Silk. Les définitions simples ne s'appliquent pas à dame Polgara. Et quand je dis que nous ne sommes pas des honnêtes gens, je veux tout simplement dire que l'affaire qui nous occupe exige que nous nous cachions d'individus aussi machiavéliques que torturés.

Durnik n'eut pas l'air convaincu, mais il n'insista pas.

— Prenons cette rue, suggéra Barak. J'aimerais autant ne pas passer devant le temple de Belar, aujourd'hui.

— Pourquoi ? demanda Garion.

— Je ne suis pas tout à fait à jour dans mes pratiques religieuses, répondit Barak, avec une expression douloureuse. Et je n'ai pas envie de me faire rappeler à l'ordre par le grand prêtre de Belar. Il a une voix qui porte, et je n'apprécierais guère d'être pris à partie en public. L'homme avisé ne donne pas l'occasion à un prêtre ou à une femme de le réprimander devant témoins.

Les petites rues tortueuses du Val d'Alorie, surplombées par les balcons des vieilles maisons de pierre, hautes et étroites, semblaient, en dépit de la neige intermittente et du vent glacial, grouiller de gens pour la plupart emmitouflés dans des fourrures à cause du froid.

L'on échangeait beaucoup de cris joyeux et d'injures grossières. Deux hommes d'âge mûr et d'allure très digne se battaient à coups de boules de neige au milieu de la rue, encouragés par les cris rauques de la foule.

— Ce sont de vieux amis, expliqua Barak avec un sourire qui lui découvrit les dents. Ils font ça tous les jours, du début à la fin de l'hiver. D'ici peu, ils vont aller dans une taverne à bière et ils se saouleront à mort en chantant de vieilles chansons jusqu'au moment où ils tomberont de leur banc. Il y a des années que ça dure.

— Et qu'est-ce qu'ils font en été? demanda Silk.

— Ils se balancent des pierres, répondit Barak. Pour le reste — la bière, les chansons et la chute du banc — le programme demeure inchangé, bien sûr.

— Salut, Barak! appela du haut d'un balcon une jeune femme aux yeux verts. Quand est-ce que tu reviens me voir?

Barak jeta un coup d'œil en l'air et son visage s'empourpra, mais il ne répondit pas.

— La dame te parle, Barak, dit Garion.

— J'ai entendu, répondit sèchement Barak.

— On dirait qu'elle te connaît, renchérit Silk avec un regard finaud.

— Elle connaît tout le monde, fit Barak, encore plus rouge. Bon, si on avançait un peu, là?

A un autre coin de rue, un groupe d'hommes habillés de peaux de bêtes avançaient en file indienne. Ils avaient une curieuse démarche, comme s'ils étaient animés par un mouvement de roulis qui les faisait se balancer d'un côté sur l'autre, et les gens s'écartaient précipitamment devant eux.

— Salut à toi, Seigneur Barak, entonna leur chef.

— Salut à toi, Seigneur Barak, répétèrent les autres, à l'unisson, sans cesser de se dandiner.

Barak s'inclina avec raideur.

— Puisse le bras de Belar te protéger, dit le chef.

— Loué soit Belar, le Dieu-Ours d'Alorie, dirent les autres.

Barak s'inclina à nouveau et resta planté là à les regarder passer.

— Qui sont ces gens? demanda Durnik.

— Les adeptes du culte de l'Ours, répondit Barak, comme avec répugnance. Des fanatiques religieux.

— Des fauteurs de troubles, expliqua Silk. Ils ont des chapitres dans tous les royaumes aloriens. Ce sont d'excellents guerriers, mais aussi les instruments du grand prêtre de Belar. Ils se consacrent uniquement à leurs rites, à leur entraînement militaire, et à mettre leur nez dans les affaires intérieures du pays.

— Où est cette Alorie dont ils parlent? demanda Garion.

— Tout autour de nous, répondit Barak avec un geste ample. L'Alorie était l'union de tous les royaumes aloriens, qui ne formaient alors qu'une seule nation. Les adeptes du culte voudraient les réunifier.

— Ce qui ne paraît pas complètement absurde, fit Durnik.

— L'Alorie n'a tout de même pas été morcelée pour rien, fit Barak. Il fallait assurer la protection d'une certaine chose, et la partition de l'Alorie était le meilleur moyen d'y parvenir.

— C'était si important que ça? demanda Durnik.

— C'est la chose la plus importante au monde, répondit Silk. Les adeptes du culte de l'Ours ont une fâcheuse tendance à l'oublier.

— Sauf qu'elle a été volée, maintenant, n'est-ce pas? balbutia Garion, comme la voix sèche qui lui parlait intérieurement l'avisait du lien entre ce que Barak et Silk venaient de dire et le soudain bouleversement de sa propre existence. C'est la chose que sire Loup suit à la trace.

Barak lui jeta un rapide coup d'œil.

— Le gamin est plus malin que nous ne pensions, Silk, dit-il sobrement.

— C'est un petit futé, acquiesça Silk. Mais ce n'était pas difficile à deviner. Tu as évidemment raison, Garion, dit-il, d'un ton grave, tout à coup. Nous ne savons pas encore comment, mais quelqu'un a réussi à s'en emparer. Si Belgarath fait passer le mot, les rois Aloriens vont retourner le monde pierre par pierre pour le récupérer.

— Tu veux dire... la guerre? commença Durnik, à qui la voix manqua pour finir.

— Il y a des choses pire que la guerre, fit Barak, avec un froncement de sourcils. Ce serait peut-être l'occasion de se débarrasser des Angaraks une bonne fois pour toutes.

— Espérons que Belgarath n'ira pas fourrer cette idée dans la tête des rois Aloriens, dit Silk.

— Il faut retrouver la chose, insista Barak.

— D'accord, concéda Silk, mais il y a d'autres

moyens d'y arriver, et je ne pense pas que la voie publique soit l'endroit idéal pour parler des alternatives qui s'offrent à nous dans ce but.

Barak jeta un coup d'œil alentour, en plissant les yeux.

A ce moment-là, ils étaient arrivés au port où les mâts des vaisseaux cheresques s'élevaient aussi haut que des arbres dans une forêt. Ils franchirent un pont verglacé qui enjambait un ruisseau gelé et arrivèrent à plusieurs grands docks où d'immenses squelettes de navires reposaient dans la neige.

Un homme vêtu d'un sarrau de cuir sortit en boitant d'un bâtiment de pierre enfoncé dans le sol, au milieu de l'une des cours, et se campa devant sa porte en les regardant approcher.

— Salut, Krendig, fit Barak.

— Salut, Barak, répondit l'homme en blouse de cuir.

— Comment vont les affaires? demanda Barak.

— C'est toujours calme en cette saison, répondit Krendig. Ce n'est pas le meilleur moment pour travailler le bois. Mes artisans s'occupent des gréements et scient les planches, mais nous ne pourrons pas faire grand-chose d'autre avant le printemps.

Barak hocha la tête et alla poser la main sur le bois frais de l'avant d'un navire qui émergeait de la neige.

— Krendig est en train de me construire ça, dit-il en tapotant la proue du bateau. Ce sera le plus beau vaisseau que les mers aient jamais porté.

— Si tes rameurs sont assez costauds pour le faire avancer, fit Krendig. Il sera énorme, Barak, et très lourd.

— Eh bien, je prendrai des hommes énormes, fit Barak, en regardant encore la carcasse de son futur bateau.

Un hurlement de joie s'éleva du flanc de la colline qui dominait le chantier naval, et Garion leva rapidement les yeux. Une petite bande d'adolescents dévalaient la pente enneigée sur des planches. Il était évident que Barak et les autres allaient passer la plus grande partie de l'après-midi à discuter du bateau. Bien que cela pût être très intéressant, Garion se rendit compte qu'il y avait un bon bout de temps qu'il n'avait pas parlé à quelqu'un de son âge. Il s'éloigna lentement des autres et alla voir au pied de la colline ce qui se passait.

Une fille blonde attira particulièrement son regard. Elle n'était pas sans lui rappeler Zubrette, avec quelques différences subtiles. Alors que Zubrette était petite et menue, cette fille-là était aussi grande qu'un garçon — sauf que ce n'était visiblement pas un garçon. Son rire résonnait joyeusement comme elle glissait sur le flanc de la colline, les joues rougies par l'air froid de l'après-midi, ses longues tresses flottant derrière elle.

— Ça a l'air amusant, fit Garion comme la luge improvisée s'immobilisait près de lui.

— Tu veux essayer ? demanda-t-elle en se levant et en faisant tomber la neige de sa robe de laine.

— Je n'ai pas de luge, dit-il.

— Je peux te prêter la mienne, dit-elle en le regardant d'un air espiègle, mais il faudra que tu me donnes quelque chose en échange.

— Qu'est-ce que tu voudrais que je te donne ? demanda-t-il.

— Eh bien, trouve quelque chose, dit-elle en le regardant d'un air effronté. Comment tu t'appelles ?

— Garion, dit-il.

— C'est un drôle de nom. Tu es d'ici ?

— Non. Je viens de Sendarie.

— Tu es sendarien ? Vraiment ? (Ses yeux bleus se mirent à jeter des étincelles.) Je n'avais encore jamais rencontré de Sendariens. Je m'appelle Maidee.

Garion inclina légèrement la tête.

— Tu veux essayer ma luge ? demanda Maidee.

— J'aimerais bien, fit Garion.

— Je te la prête, dit-elle. En échange d'un baiser.

Garion se mit à rougir furieusement et Maidee éclata de rire.

Un grand garçon aux cheveux roux, vêtu d'une longue tunique, stoppa sa luge près d'eux et se releva, l'air mauvais. Il était un peu plus grand que Garion, et sensiblement plus lourd.

— Va-t'en d'ici tout de suite, Maidee, ordonna-t-il.

— Et si je ne veux pas ? demanda-t-elle.

Le garçon aux cheveux poil-de-carotte s'approcha de Garion en roulant les épaules.

— Et toi, qu'est-ce que tu fiches ici ? lui demanda-t-il.

— Je parlais avec Maidee, répondit Garion.

— Qui t'en a donné la permission ? demanda le garçon aux cheveux rouges.

— Je n'ai pas pris la peine de demander, répondit Garion.

Le garçon aux cheveux rouges le lorgna en gonflant les muscles d'un air menaçant.

— Je peux te pulvériser, si je veux, fit-il.

Garion se rendit compte que le rouquin était d'humeur belliqueuse et que le combat était inévitable. Les préliminaires — menaces, insultes et tout ce qui s'ensuit — dureraient probablement quelques minutes encore, mais les hostilités commenceraient dès que le garçon à la longue tunique se serait bien échauffé. Garion décida de ne pas attendre. Il serra le poing et le flanqua dans le nez de la grosse brute.

Le coup avait porté, et sérieusement. Le rouquin s'affala dans la neige, porta une main à son nez et la ramena toute rouge.

— Hé, fit-il d'un ton accusateur. Je saigne ! Tu m'as fait saigner du nez !

— Ça va s'arrêter dans quelques minutes, dit Garion.

— Et si ça ne s'arrête pas ?

— On n'a jamais vu un nez saigner éternellement, l'informa Garion.

— Pourquoi tu m'as frappé ? demanda le rouquin, au bord des larmes, en s'essuyant le nez. Je ne t'ai rien fait.

— Pas encore, mais tu allais le faire. Mets de la neige dessus, et ne pleurniche pas comme un bébé.

— Ça saigne encore, dit le garçon.

— Mets de la neige dessus, je te dis, répéta Garion.

— Et si ça n'arrête pas de saigner ?

— Eh bien, tu mourras probablement saigné comme un cochon, fit Garion, d'un ton factuel.

C'était un truc qu'il avait appris de tante Pol. Et ça marcha aussi bien sur le Cheresque que sur Doroon ou Rundorig. Le rouquin le regarda en clignant des paupières, mais il finit par prendre une bonne poignée de neige qu'il se colla sur le nez.

— Les Sendariens sont-ils tous aussi cruels ? demanda Maidee.

— Je ne connais pas tous les Sendariens, répondit Garion.

L'affaire ne s'était absolument pas déroulée comme prévu, et il tourna les talons à regret pour rejoindre les autres au chantier naval.

— Attends, Garion, appela Maidee, en lui courant après et en le prenant par le coude. Tu as oublié mon baiser.

Elle lui passa les bras autour du cou et lui appliqua un baiser sonore sur les lèvres.

— Là, dit-elle.

Elle fit volte-face et fila en riant aux éclats vers le haut de la colline, ses tresses blondes voletant derrière elle.

Il retrouva Barak, Silk et Durnik en train de rire de bon cœur.

— Tu étais censé lui courir après, dit Barak.

— Pour quoi faire? demanda Garion en s'empourprant sous leurs quolibets.

— Elle espérait que tu allais la rattraper.

— Je ne comprends pas.

— Barak, dit Silk, je crois que l'un de nous devrait informer dame Polgara que notre Garion a besoin d'un petit complément d'éducation.

— Tu es très doué pour le baratin, Silk, dit Barak. Je suis sûr que tu te feras un plaisir de le lui dire.

— Pourquoi ne jouerions-nous pas ce privilège aux dés? suggéra Silk.

— Parce que j'ai déjà vu comment tu jouais aux dés, répondit Barak en riant.

— Evidemment, nous pourrions toujours nous contenter de rester un peu dans le coin, dit finement Silk. J'imagine que la petite camarade de Garion serait très heureuse de parfaire sa culture générale, et que, de la sorte, nous n'aurions pas à ennuyer dame Polgara avec ce problème.

Garion avait les oreilles en feu.

— Je ne suis pas aussi stupide que ça, dit-il avec chaleur. Je sais très bien de quoi vous parlez, et vous n'avez pas besoin de raconter quoi que ce soit à tante Pol.

Furieux, il s'éloigna en frappant le sol du talon et en donnant de grands coups de pieds dans la neige.

Barak s'entretint encore un moment avec le constructeur naval, puis, comme le port s'assombrissait à l'approche du soir, ils reprirent le chemin du palais. Garion les suivait à distance, en boudant, encore mortifié par leurs railleries. Les nuages qui planaient au-dessus de leur tête depuis qu'ils étaient arrivés au Val d'Alorie avaient décidé de s'entrouvrir, faisant apparaître des taches plus claires dans le ciel. Çà et là, une étoile isolée se mettait à scintiller alors que le soir s'installait lentement dans les rues enneigées. La douce lumière des bougies commençait à briller aux fenêtres des maisons, et les rares personnes qui marchaient encore dans les rues se hâtaient de rentrer chez elles avant la nuit.

Garion, qui s'attardait un peu derrière eux, vit deux hommes franchir une large porte surmontée d'une enseigne rudimentaire représentant une grappe de raisin. L'un d'eux était l'homme à la barbe blonde et à la cape verte qu'il avait vu au palais, la veille au soir. L'autre portait un capuchon sombre, et Garion éprouva un pincement au cœur. Il ne pouvait pas voir le visage de l'homme encapuchonné, mais c'était inutile. Ils s'étaient trop souvent observés pour qu'il y ait le moindre doute. Comme chaque fois, Garion eut l'impression d'être frappé de mutisme, un peu comme si un doigt fantôme lui effleurait les lèvres. L'homme à la capuche était Asharak, et bien que la présence du Murgo en ces lieux prît une extrême importance, il lui était, pour une raison ou une autre, impossible d'en parler. Garion ne regarda les deux hommes qu'un instant, puis il se hâta de rattraper ses amis. Il s'efforça un moment de vaincre la force qui lui paralysait la langue, puis il tenta une autre approche.

— Dis, Barak, demanda-t-il, il y a beaucoup de Murgos au Val d'Alorie ?

— Il n'y a pas de Murgos à Cherek, répondit Barak. Les Angaraks n'ont pas le droit de mettre les pieds dans le royaume, sous peine de mort. C'est la plus ancienne de nos lois. Elle a été édictée par le vieux roi Cherek Garrot-d'Ours en personne. Pourquoi me demandes-tu ça ?

— Je me posais la question, c'est tout, répondit lamentablement Garion.

Son esprit hurlait d'envie de leur parler d'Asharak, mais ses lèvres restèrent scellées.

Ce soir-là, alors qu'ils étaient tous assis autour de la longue table de la salle centrale du roi Anheg, sur laquelle un grand festin était dressé, Barak les fit rire en leur racontant avec outrance la rencontre de Garion avec les jeunes gens, sur la colline.

— Ce fut un coup magistral, dit-il avec emphase. Digne du plus valeureux guerrier, et puissamment asséné sur le nez du félon. L'on vit jaillir le sang vermeil, et l'ennemi, ébranlé, fut défait. Tel un héros, notre Garion se pencha sur le vaincu et, en vrai brave, il ne se glorifia pas et n'humilia pas son ennemi à terre, mais lui offrit bien plutôt des conseils sur la façon d'étancher le flot écarlate. Avec une simple dignité, alors, il quitta le théâtre des opérations, mais la fille aux yeux de braise ne voulut pas le laisser partir sans lui accorder le prix de sa bravoure. Elle se lança vivement à sa poursuite et noua chaleureusement ses bras crémeux autour de son cou. Et là, elle lui accorda avec abandon le baiser qui constitue la plus grande récompense du vrai héros. Ses yeux s'embrasèrent d'admiration, et son chaste sein se souleva d'une passion nouvellement éclose. Mais l'humble Garion s'éloigna modestement et ne s'attarda pas pour revendiquer ce complément de reconnaissance que le tendre zèle de la douce fille promettait si ostensiblement. Et c'est ainsi que notre héros mit fin à l'aventure, sur la satisfaction du triomphe, et le probe renoncement à la vraie réparation de la victoire.

Les hommes d'armes et les rois se mirent à rugir de rire et à frapper la table du poing, puis à se flanquer mutuellement de grandes claques sur les cuisses et sur le dos en signe d'allégresse. La reine Islena et la reine Silar eurent un petit sourire indulgent, et la reine Porenn se mit à rire ouvertement. Mais dame Merel conserva son visage de pierre et braqua sur son mari un regard quelque peu méprisant.

Garion resta assis, le visage en feu, les oreilles tintant de tous les conseils et de tous les avis qu'on lui donnait.

— Est-ce vraiment ainsi que les choses se sont passées, mon neveu? demanda le roi Rhodar à Silk, qui s'essuyait les yeux.

— Plus ou moins, répondit Silk. Le récit de Messire Barak est un chef-d'œuvre du genre, quoique sensiblement enjolivé.

— Nous devrions faire venir un ménestrel, suggéra le comte de Seline. Cette épopée devrait être immortalisée et mise en musique.

— Ne le chahutez pas comme ça, dit la reine Porenn avec un regard compatissant à l'adresse de Garion.

Quant à tante Pol, elle n'avait pas l'air de trouver ça drôle du tout. Le regard qu'elle braqua sur Barak était glacial.

— Vous ne trouvez pas extraordinaire tout de même que trois grands gaillards comme cela ne soient pas capables d'empêcher un petit gamin de faire des folies? demanda-t-elle en haussant un sourcil.

— Ce n'était qu'un coup de poing, ma dame, protesta Silk, et un seul petit baiser, après tout.

— Vraiment? demanda-t-elle. Et qu'est-ce que ça sera, la prochaine fois? Un duel à l'épée, peut-être, et pourquoi pas de plus grosses bêtises encore après?

— Il n'y avait pas vraiment de danger, dame Pol, lui assura Durnik.

Tante Pol secoua la tête.

— Je croyais que vous, au moins, Durnik, vous aviez un peu de bon sens, dit-elle, mais je vois maintenant que je me trompais.

Tout d'un coup, Garion s'offusqua de ses remarques. Quoi qu'il fasse, il fallait toujours qu'elle voie les choses sous le plus mauvais éclairage possible. Sa rancune s'attisa, couvant les flammes de la rébellion. Quel droit avait-elle, d'ailleurs, de porter un jugement sur ses actes? Ils n'étaient unis par aucun lien, après tout, et il pouvait faire ce que bon lui semblait sans lui demander la permission, s'il en avait envie. Il lui jeta un regard mauvais, chargé d'une noire colère.

Elle surprit son regard et le lui rendit avec une telle froideur qu'il lui sembla presque qu'elle le mettait au défi.

— Eh bien? demanda-t-elle.

— Oh rien, dit-il brièvement.

CHAPITRE 15

Le lendemain, le jour se leva, radieux, sur un matin tout neuf. Le ciel était d'un bleu fondamental et la cime des montagnes couvertes de neige qui dominaient la ville étincelait d'un éclat éblouissant sous les rayons du soleil. Après le petit déjeuner, sire Loup annonça qu'ils se réuniraient à nouveau en privé ce jour-là, tante Pol, Fulrach, les rois aloriens et lui-même.

— Bonne idée, commenta Barak. Les funèbres méditations sont bonnes pour les rois. Maintenant, pour ceux qui n'ont pas d'obligations royales, c'est une bien trop belle journée pour rester enfermés.

Il dédia un immense sourire moqueur à son cousin.

— Il y a en toi un fond de cruauté que je ne soupçonnais pas, Barak, articula le roi Anheg en jetant un regard concupiscent par une fenêtre voisine.

— Les sangliers sauvages viennent toujours rôder à la lisière de la forêt ? demanda Barak.

— Par troupeaux entiers, répondit Anheg, de plus en plus inconsolable.

— J'étais justement en train de me dire que je pourrais peut-être réunir quelques braves et aller voir s'il ne serait pas possible de restreindre un peu cette multitude, reprit Barak avec un sourire encore plus éclatant peut-être.

— J'étais pratiquement sûr que tu avais une idée de ce genre derrière la tête, conclut Anheg d'un ton lugubre en grattant ses cheveux en désordre.

— C'est juste pour te rendre service, Anheg, répliqua

Barak. Tu ne voudrais pas que ton royaume soit envahi par cette vermine, non?

— Là, je crois qu'il t'a eu, Anheg, fit Rhodar, le gros roi de Drasnie, en éclatant d'un rire énorme.

— Comme toujours, convint aigrement Anheg.

— Je suis heureux de laisser ces activités à des hommes plus minces et plus jeunes, poursuivit Rhodar en se flanquant de grandes claques sur la panse avec les deux mains. Je n'ai jamais refusé un bon dîner, mais j'aime autant ne pas être obligé de me bagarrer préa-lablement avec. Je fais une trop belle cible. Le sanglier le plus myope de la forêt n'aurait aucun mal à me repérer.

— Eh bien, Silk, demanda Barak. Qu'en dis-tu?

— Tu n'es pas sérieux, répondit Silk.

— Vous devriez y aller, Prince Kheldar, insista la reine Porenn. Il faut bien que quelqu'un défende l'hon-neur de la Drasnie dans cette entreprise.

Silk prit une expression chagrine.

— Vous serez mon champion, ajouta-t-elle, les yeux brillants.

— Votre Altesse aurait-elle récemment lu de nou-velles épopées arendaises? insinua Silk d'un ton acide.

— Considérez cela comme un ordre de votre reine, reprit-elle. Un peu d'exercice et d'air frais ne vous feront pas de mal. Vous commencez à avoir l'air dyspeptique.

— Il en sera fait selon votre bon plaisir, Votre Al-tesse, acquiesça Silk avec une révérence ironique. J'ima-gine que si les choses nous échappent, je pourrai tou-jours grimper à un arbre.

— Et toi, Durnik? demanda Barak.

— Je ne connais pas grand-chose à la chasse, ami Barak, répondit le forgeron d'un air dubitatif. Mais je vous accompagnerai si vous y tenez.

— Et vous, Messire? proposa poliment Barak en se tournant vers le comte de Seline.

— Oh non, Messire Barak, déclina Seline en riant. J'ai perdu tout enthousiasme pour ce sport il y a de longues années déjà. Merci tout de même pour votre invitation.

— Hettar? demanda Barak au svelte Algarois.

Hettar jeta un rapide coup d'œil en direction de son père.

— Vas-y, Hettar, fit Cho-Hag de sa voix douce. Je suis sûr que le roi Anheg mettra l'un de ses hommes à ma disposition pour m'aider à marcher.

— Je le ferai moi-même, Cho-Hag, intervint Anheg. J'ai porté de plus lourds fardeaux.

— Je vous accompagnerai donc, Messire Barak, répondit Hettar. Et je vous remercie d'avoir fait appel à moi.

Il avait une voix grave et sonore, mais très harmonieuse, tout à fait comme son père.

— Et toi, gamin ? demanda Barak en regardant Garion.

— Avez-vous complètement perdu l'esprit, Barak ? protesta tante Pol. Vous ne lui avez pas laissé faire suffisamment de bêtises comme ça hier ?

C'était la goutte d'eau qui faisait déborder le vase. La soudaine exaltation que Garion avait éprouvée à l'invitation de Barak se changea en colère. Il serra les dents, oubliant toute prudence.

— Si Barak n'a pas peur de m'avoir dans ses jambes, je serai heureux de l'accompagner, annonça-t-il d'un air de défi.

Tante Pol le regarda, les yeux très durs tout à coup.

— Ton petit protégé commence à se faire les dents, Pol, ricana sire Loup.

— On se calme, père, répondit tante Pol en faisant toujours les gros yeux à Garion.

— Pas cette fois, Mademoiselle, fit le vieil homme d'une voix qui charriait des glaçons. Il a fait un choix, et tu ne vas pas l'humilier en le défaisant pour lui. Garion n'est plus un bébé. Tu ne l'as peut-être pas remarqué, mais il est presque aussi grand que toi, maintenant, et il s'étoffe. Il aura bientôt quinze ans, Pol. Il va falloir que tu lui lâches un peu la bride, et cette occasion de commencer à le traiter en adulte en vaut une autre.

Elle le regarda un instant.

— Comme tu voudras, père, accorda-t-elle enfin avec une feinte soumission. Mais je suis sûre que nous aurons envie de reparler de tout ceci. En privé.

Sire Loup tiqua.

Tante Pol regarda de nouveau Garion.

— Essaie de ne pas commettre d'imprudences, chéri, reprit-elle. Et quand tu reviendras, nous aurons une bonne petite conversation, n'est-ce pas?

— Mon seigneur et maître aura-t-il besoin de mon aide pour se préparer à la chasse? s'enquit dame Merel, du ton hautain et insultant qu'elle prenait toujours pour s'adresser à Barak.

— Ce ne sera pas nécessaire, Merel, répondit celui-ci.

— Je ne négligerai aucun de mes devoirs, poursuivit-elle.

— Ça suffit, Merel, fit Barak. Tu as dit ce que tu avais à dire: le message est passé.

— Ai-je la permission de mon seigneur et maître de me retirer, dans ce cas? reprit-elle.

— Tu l'as, laissa-t-il tomber sèchement.

— Ces dames voudront peut-être se joindre à moi? suggéra la reine Islena. Allons consulter les augures; voyons si nous parvenons à prédire l'issue de la chasse.

La reine Porenn, un peu en retrait derrière la reine de Cherek, leva les yeux au ciel d'un air fataliste. La reine Silar lui sourit.

— Allons-y, décréta alors Barak. Ne faisons pas attendre les sangliers.

— Ils affûtent sûrement déjà leurs défenses, commenta Silk.

Barak les conduisit vers la porte rouge de l'armurerie, où les rejoignit un homme grisonnant, aux épaules énormes, vêtu d'une chemise en peau de taureau sur laquelle étaient cousues des plaques de métal.

— Je vous présente Torvik, annonça Barak. Le grand veneur d'Anheg. Il connaît tous les sangliers de la forêt par leur petit nom.

— Messire Barak est trop bon, répondit Torvik, en s'inclinant.

— Comment chasse-t-on le sanglier, ami Torvik? demanda poliment Durnik. C'est la première fois que je participe à ce genre de chose.

— C'est très simple, expliqua Torvik. Nous allons dans la forêt, mes hommes et moi, et nous rabattons les bêtes en poussant des cris et en faisant du bruit. Et vous et les autres chasseurs, vous les attendez avec ça, fit-il avec un geste en direction d'un râtelier où étaient présentées de solides lances à sanglier à pointe large. Quand le sanglier voit que vous êtes sur son chemin, il vous charge et tente de vous empaler sur ses défenses, sauf que c'est vous qui le tuez avec votre lance.

— Je vois, dit Durnik d'un ton quelque peu dubitatif. Ça n'a pas l'air très compliqué.

— Nous portons des cottes de mailles, Durnik, précisa Barak. Nous chasseurs ne sont presque jamais sérieusement blessés.

— Ce « presque jamais » implique une notion de fréquence des plus inquiétantes, Barak, souligna Silk en titillant une cotte de mailles accrochée à une patère à côté de la porte.

— Aucun sport ne saurait être véritablement amusant sans une certaine part de risque, repartit Barak en haussant les épaules et en s'emparant d'une solide lance à sanglier.

— Tu n'as jamais songé à jouer plutôt la chose aux dés ? suggéra Silk.

— Pas avec les tiens, en tout cas, s'esclaffa Barak.

Ils entreprirent de revêtir leurs cottes de mailles pendant que les hommes de Torvik transportaient des brassées de lances sur les traîneaux qui attendaient dans la cour enneigée du palais.

Garion trouva la cotte de mailles lourde et redoutablement inconfortable. Les mailles d'acier s'enfonçaient dans sa peau au travers même de ses épais vêtements, et chaque fois qu'il tentait de changer de position pour diminuer la pression sur l'une d'elles, c'était une douzaine d'autres qui lui mordaient les chairs. Le froid était vraiment intense lorsqu'ils prirent place dans les traîneaux, et les robes de fourrure qu'ils y trouvèrent comme à l'accoutumée semblaient à peine suffire à les en protéger.

L'haleine des chevaux fumait dans l'air glacial tandis qu'ils suivaient les étroites ruelles tortueuses qui menaient à la grande porte de l'ouest, du côté opposé au port du Val d'Alorie.

Surgissant de l'entrée d'une porte devant laquelle ils passaient, la vieille femme en haillons du temple se dressa dans le soleil éclatant du matin.

— Salut à toi, Messire Barak, croassa-t-elle. Voici venir ton Destin ! Tu le connaîtras avant que le soleil de ce jour ne s'incline sur l'horizon.

Sans un mot, Barak se redressa dans son traîneau, prit une lance à sanglier et l'envoya avec une précision mortelle droit sur la vieille femme.

Avec une promptitude stupéfiante, la sorcière brandit son bâton et détourna la lance en plein vol.

— Il ne te servira de rien de tenter de tuer la vieille Martje, s'écria-t-elle avec un rire méprisant. Ta lance ne la trouvera pas, non plus que ton épée. Va-t'en, Barak. Ne fais pas attendre ton Destin.

Puis elle se tourna vers le traîneau dans lequel Garion était assis à côté de Durnik, interloqué.

— Salut à toi, Seigneur parmi les Seigneurs, entonna-t-elle. Grand sera ton péril, aujourd'hui, mais tu y survivras. Et c'est ton péril qui révélera la marque de la bête qui est le Destin de ton ami Barak.

Sur quoi elle s'inclina et détala avant que Barak ait eu le temps de mettre la main sur une autre lance.

— Qu'est-ce qu'elle a voulu dire, Garion ? demanda Durnik, les yeux encore écarquillés.

— Barak dit que c'est une vieille folle aveugle, répondit Garion. Elle nous a arrêtés quand on est arrivés au Val d'Alorie, alors que vous étiez déjà passés, toi et les autres.

— Qu'est-ce que c'est que toutes ces histoires de Destin ? questionna Durnik avec un frisson.

— Je n'en sais rien. Barak n'a pas voulu m'expliquer.

— C'est un mauvais présage, si tôt dans la journée, reprit Durnik. Ces Cheresques sont décidément des gens bien étranges.

Garion hocha la tête en signe d'assentiment.

Après avoir franchi la porte ouest de la ville, ils se dirigèrent vers la lisière sombre de la forêt qui s'étendait à deux lieues de là, traversant de vastes champs d'un blanc éclatant sous la lumière éblouissante du soleil matinal, en soulevant de grandes gerbes de neige poudreuse derrière leurs traîneaux lancés au grand galop.

Des fermes au toit très pointu étaient ensevelies sous la neige, le long de la piste. Les bâtiments étaient tous faits de rondins de bois.

— Ces gens semblent n'avoir aucun sens du danger, s'étonna Durnik. Pour rien au monde je ne voudrais habiter dans une maison de bois. J'aurais toujours peur qu'elle prenne feu ou je ne sais quoi.

— On n'est pas en Sendarie, ici. Tu ne voudrais pas que le monde entier vive comme nous, tout de même ?

— Non, bien sûr, admit Durnik avec un soupir, mais je ne me sens pas à l'aise ici. Il y a des gens qui ne sont pas faits pour voyager. Je ne peux pas te dire à quel point je regrette, à certains moments, la ferme de Faldor.

— Moi aussi, à certains moments, avoua Garion en regardant les montagnes majestueuses qui semblaient surgir directement au milieu de la forêt, droit devant eux. Mais quand tout ça sera fini, un jour, nous pourrons rentrer chez nous.

Durnik hocha la tête et poussa encore un soupir.

En entrant dans la forêt, Barak avait retrouvé son calme et sa bonne humeur, et il indiqua leur place aux chasseurs comme s'il ne s'était rien passé. Il conduisit Garion, dans la neige qui lui arrivait à mi-mollet, jusqu'à un gros arbre, à une certaine distance de la piste étroite qu'ils avaient empruntée.

— C'est un bon endroit, dit-il. Il y a une piste de gibier, ici, et les sangliers l'utiliseront peut-être pour fuir quand ils entendront le bruit que vont faire Torvik et ses hommes. Quand tu en verras un, cramponne-toi et pointe ta lance sur son poitrail. Ils n'y voient pas très bien, et il viendra s'embrocher dessus avant d'avoir eu le temps de comprendre ce qui lui arrivait. Après, je crois que le mieux à faire sera encore de courir te cacher derrière un arbre. Il arrive que la lance les mette de très mauvaise humeur.

— Et si je le rate ? demanda Garion.

— Je ne ferais pas ça, à ta place, conseilla Barak. Ce n'est pas une très bonne idée.

— Je n'ai pas dit que j'allais le faire exprès, reprit Garion. Il essaiera de s'enfuir, ou quoi ?

— Il arrive qu'ils tentent de prendre la fuite, mais je ne compterais pas dessus. Il est plus vraisemblable qu'il aura envie de t'ouvrir le ventre en deux avec ses défenses. Dans ces cas-là, la meilleure stratégie consiste à grimper dans un arbre.

— Je tâcherai de m'en souvenir.

— Je ne suis pas loin, si tu as un problème, promit Barak, en tendant à Garion une paire de lourdes lances.

Puis il regagna son traîneau en se frayant péniblement un chemin dans la neige, et tout le monde repartit au galop, laissant Garion seul sous son chêne.

On ne voyait pas grand-chose sous les sombres fûtaies, et il y faisait un froid glacial. Garion marcha un peu dans la neige en cherchant le meilleur endroit pour attendre le sanglier. La piste que Barak lui avait indiquée était un sentier battu qui sinuait entre les broussailles sombres, et Garion trouva inquiétante la taille des traces imprimées dans la neige du chemin. Le chêne commença à lui paraître très accueillant, avec ses grandes branches basses, mais il écarta cette idée avec hargne. On s'attendait à ce qu'il reste debout les deux pieds par terre pour affronter la charge du sanglier, et il décida qu'il préférerait mourir plutôt que de se réfugier dans un arbre comme un enfant terrifié.

La voix sèche qui lui parlait intérieurement fit valoir qu'il passait beaucoup trop de temps à s'inquiéter pour des détails aussi futiles. Tant qu'il ne serait pas adulte, personne ne le considérerait comme un homme, alors pourquoi se donner tant de mal pour avoir l'air d'un brave puisque ça ne servirait à rien de toute façon ?

Tout était calme dans la forêt, maintenant. La neige étouffait tous les bruits. On n'entendait rien, pas un oiseau, seulement, de temps à autre, le choc assourdi de la neige qui tombait d'une branche trop chargée. Garion se sentait terriblement seul. Et d'abord, qu'est-ce qu'il faisait là ? Que pouvait bien faire un brave garçon sendarien plein de bon sens planté là, au milieu de cette immense forêt cheresque, à attendre la charge de sangliers sauvages — *vraiment* sauvages — avec une paire de lances pour toute compagnie ? Qu'est-ce qu'il lui avait fait, ce cochon ? Il se rendit compte qu'il ne raffolait même pas spécialement du porc.

Il s'adossa en frissonnant au tronc du chêne situé à une certaine distance de la piste fréquentée qu'avaient empruntée leurs traîneaux, et il attendit.

Il aurait été incapable de dire depuis combien de

temps le bruit avait commencé quand il en prit pleinement conscience. Ce n'était pas le piétinement des sabots, la débandade accompagnée de couinements d'un sanglier affolé fonçant à toute vitesse auxquels il s'attendait, mais plutôt le pas mesuré de plusieurs chevaux avançant lentement sur le tapis de neige de la forêt, et cela venait de derrière lui. Il coula un regard prudent derrière l'arbre.

Trois cavaliers, emmitouflés dans des fourrures, émergèrent des bois, de l'autre côté de la piste tracée par les patins des traîneaux. Deux d'entre eux étaient des guerriers barbus, qui ressemblaient beaucoup à ceux que Garion avait vus au palais du roi Anheg. Mais le troisième homme était imberbe et avait de longs cheveux de lin. Son visage arborait l'expression affectée et boudeuse d'un enfant gâté, bien qu'il fût largement adulte, et il chevauchait d'un air dédaigneux, un peu comme si la compagnie des deux hommes constituait une offense à sa personne.

Au bout d'un moment, le bruit d'un autre cheval se fit entendre à la lisière de la forêt. Garion attendit en retenant son souffle. L'autre cavalier approcha lentement des trois hommes qui avaient arrêté leurs montures dans la neige, en bordure des arbres. C'était l'homme au manteau vert et à la barbe blonde que Garion avait vu se faufiler dans les corridors du palais du roi Anheg, deux jours auparavant.

— Messire, fit respectueusement l'homme à la cape verte en rejoignant les trois autres.

— Qu'est-ce que tu faisais ? demanda l'homme aux cheveux de lin.

— Messire Barak a emmené certaines de ses hôtes à la chasse au sanglier, ce matin. Il a emprunté la même route que moi, et je ne voulais pas le suivre de trop près.

— Nous les avons vus, un peu plus loin, dans les bois, commenta le noble, avec un grognement peu amène. Eh bien, qu'as-tu entendu ?

— Pas grand-chose, Messire. Les rois se réunissent avec le vieillard et la femme dans une pièce gardée. Je n'ai pas réussi à approcher suffisamment pour entendre ce qu'ils se disent.

— Je te donne assez d'or pour que tu t'en rapproches. Il faut que je sache ce qu'ils se racontent. Retourne au palais et trouve un moyen d'écouter de quoi ils parlent.

— Je vais essayer, Messire, assura l'homme à la cape verte en s'inclinant, non sans raideur.

— Je te conseille d'y arriver, lança l'homme aux cheveux de lin.

— Il en sera fait selon votre bon vouloir, Messire, déclara l'autre en s'apprêtant à faire volte-face.

— Attends! reprit le noble. As-tu réussi à rencontrer notre ami?

— *Votre* ami, Messire, corrigea l'autre, d'un air dégoûté. Oui, je l'ai rencontré. Nous sommes allés bavarder un peu dans une taverne.

— Qu'a-t-il dit?

— Rien de très intéressant. Les gens de son espèce disent rarement des choses utiles.

— Il nous retrouvera comme prévu?

— C'est ce qu'il m'a dit. A vous de voir si vous voulez le croire.

Le noble ignora cette réplique.

— Qui est arrivé avec le roi des Sendariens?

— Le vieil homme, la femme, un autre vieillard — un noble sendarien, je crois — messire Barak, un Drasnien à tête de fouine, et un autre Sendarien, un genre d'homme du peuple, banal et ordinaire.

— C'est tout? Il n'y avait pas un garçon avec eux?

— Je ne pensais pas que le garçon avait de l'importance, fit l'espion en haussant les épaules.

— Il est donc là, au palais?

— Oui, Messire. Un gamin sendarien d'une quinzaine d'années, apparemment. Il semblerait qu'il s'agisse du page de la femme.

— Très bien. Retourne au palais et rapproche toi suffisamment de cette pièce pour entendre ce que les rois et le vieil homme se racontent.

— Cela risque d'être fort dangereux, Messire.

— Il pourrait être encore plus dangereux pour toi que tu n'y arrives pas. Vas-y, maintenant, avant que ce gorille de Barak ne revienne et ne te trouve en train de rôder dans les parages.

Il cabra son cheval et le fit tourner sur les pattes arrière et, suivi de ses deux hommes de main, s'enfonça à nouveau dans la forêt, de l'autre côté de la piste enneigée qui s'incurvait entre les arbres obscurs.

L'homme à la cape verte resta un moment assis sur son cheval à les regarder s'éloigner d'un air sinistre, puis fit également faire demi-tour à son cheval et repartit comme il était venu.

Garion, qui était toujours accroupi derrière son arbre, se releva. Il avait tellement serré la hampe de sa lance qu'il en avait mal aux mains. Toute cette affaire allait décidément beaucoup trop loin. Il fallait la porter à l'attention de quelqu'un.

Et puis, à une certaine distance dans les profondeurs neigeuses de la forêt, il entendit le vacarme des cornes de chasse et le choc retentissant des épées frappant rythmiquement des boucliers. Les chasseurs arrivaient, rabattant toutes les bêtes de la forêt devant eux.

Il entendit un craquement dans les fourrés, et un grand cerf aux bois magnifiques bondit hors du couvert, les yeux écarquillés par la peur. En trois immenses bonds, il fut hors de vue. Garion se mit à trembler d'excitation.

Puis il y eut le couinement d'une fuite précipitée, et une truie aux yeux rouges déboula sur la piste, suivie par une demi-douzaine de marcassins qui détalaient de toute la vitesse de leurs pattes. Garion se tapit derrière son arbre et les laissa passer.

Les couinements qu'il entendit ensuite étaient plus rauques et traduisaient moins la peur que la colère. C'était le sanglier, Garion en eut la certitude avant même de voir l'animal sortir des fourrés épais. Lorsque l'animal apparut, Garion sentit le cœur lui manquer. Ce n'était pas un gros cochon gras et endormi, mais une bête sauvage, furieuse. Des fragments de brindilles et de racines étaient accrochés aux horribles défenses jaunes qui sortaient du mufle renâclant, preuve, s'il en était besoin, que l'animal n'hésiterait pas à rentrer dans tout ce qui se trouverait devant lui : les arbres, les buissons, ou un gamin sendarien qui n'aurait pas eu assez de jugeote pour s'écarter de son chemin.

C'est alors qu'une chose curieuse se produisit. Comme au cours du combat d'autrefois avec Rundorig, ou lors de son échauffourée avec les acolytes de Brill dans les ruelles ténébreuses de Muros, Garion sentit son sang se mettre à bouillonner dans ses veines et une clameur assourdissante lui emplit les oreilles. Il eut l'impression d'entendre quelqu'un lui hurler un défi, un véritable cri de guerre, et put à peine accepter l'idée qu'il émanait de sa propre gorge. Il réalisa tout à coup qu'il était au beau milieu de la piste et s'accroupit, brandissant sa lance à la hauteur de l'encolure de l'énorme bête.

Le sanglier chargea, les yeux rouges, la gueule écumante, avec un grognement rageur qui venait du fond de son gosier. Il plongea sur Garion qui l'attendait de pied ferme, faisant maintenant jaillir la neige poudreuse de ses sabots frénétiques, comme l'écume de la proue d'un bateau. Et les cristaux de neige semblaient suspendus dans l'air, étincelant dans un rayon de soleil qui, passant entre les arbres, venait se jeter sur le sol de la forêt.

Le choc, au moment où le sanglier heurta la lance, fut terrifiant, mais Garion avait bien visé. La large pointe de la pique s'enfonça dans le poitrail couvert d'une fourrure rêche et l'écume blanche qui gouttait des défenses du sanglier devint une mousse sanguinolente. Garion fut ébranlé par l'impact ; il sentit ses pieds glisser sous lui, puis le manche de sa lance se brisa comme une brindille sèche, et le sanglier fut sur lui.

Un premier coup meurtrier, dirigé de haut en bas, destiné à l'éventrer, atteignit Garion juste au creux de l'estomac, et il sentit ses poumons se vider d'un seul coup. En hoquetant, il tenta de rouler hors du chemin, et c'est alors qu'un second assaut le heurta à la hanche. Sa cotte de mailles le protégea des défenses tranchantes, lui évitant toute plaie, mais la charge avait de quoi assommer un bœuf. Le troisième coup de boutoir du sanglier l'atteignit dans le dos, le projetant en l'air, et il alla s'écraser contre un arbre. Sa tête heurta violemment l'écorce, et ses yeux s'emplirent d'une lumière tremblotante.

C'est alors que Barak arriva, rugissant et chargeant

dans la neige — sauf que l'on n'aurait pas dit Barak. A moitié aveuglé par le coup qu'il avait pris sur la tête, Garion vit sans y rien comprendre quelque chose qui ne pouvait pas être vrai. C'était Barak, il n'y avait aucun doute à ce sujet, mais c'était aussi autre chose. Etrangement, comme s'il occupait d'une certaine façon le même espace que Barak, il vit venir vers lui un ours énorme, hideux. Les deux silhouettes fonçant dans la neige se superposaient dans la même image, animées de mouvements identiques, comme si, partageant le même espace elles partageaient aussi les mêmes pensées.

Des bras énormes se refermèrent sur le sanglier mortellement blessé mais qui se débattait encore, et le broyèrent. Un sang vermeil jaillit de la gueule de l'animal, et la chose hirsute, mi-homme, mi-bête, qui semblait être Barak et quelque chose d'autre en même temps, souleva le cochon mourant et le projeta brutalement à terre. Levant son horrible mufle, la chose humaine poussa alors un rugissement de triomphe, un hurlement à faire trembler la terre, tandis que la lumière se dérobait aux yeux de Garion, et qu'il se sentait dériver dans le gouffre gris de l'inconscience.

Il aurait été bien en peine de dire combien de temps avait passé lorsqu'il revint à lui, dans le traîneau qui filait à travers les champs immaculés vers le Val d'Alorie. Silk lui appliquait un linge plein de neige sur la nuque.

— Je constate que tu as finalement décidé de regagner le monde des vivants, lui dit Silk avec un grand sourire.

— Où est Barak? marmonna Garion, un peu groggy.

— Juste derrière nous, répondit Silk avec un coup d'œil par-dessus son épaule, en direction du traîneau qui les suivait.

— Il va... il va bien?

— Qu'est-ce qui pourrait arriver à Barak?

— Je veux dire... Il a l'air d'être lui-même?

— Pour moi, c'est bien Barak, fit Silk avec un haussement d'épaules. Allons, petit, reste tranquille. Ce sanglier sauvage t'a peut-être fendu les côtes.

Il posa doucement une main sur la poitrine de Garion pour l'empêcher de bouger.

— Et mon sanglier ? demanda faiblement Garion. Où il est ?

— Les chasseurs le rapportent répondit Silk. Tu auras droit à ton retour triomphal. Si je puis me permettre une suggestion, toutefois, tu devrais réfléchir un peu aux vertus positives de la lâcheté et lutter contre ta propension naturelle à la bravoure. Tu es en proie à des instincts auxquels tu pourrais bien succomber un jour pour de bon, c'est le cas de le dire.

Mais Garion s'était déjà à nouveau englouti dans l'inconscience.

Puis ils furent au palais. Barak le portait dans ses bras, et tante Pol était là, le visage blanc comme un linge à la vue de tout ce sang.

— Ce n'est pas le sien, la rassura rapidement Barak. Il a embroché un sanglier qui s'est vidé de son sang sur lui dans la mêlée. Je crois que le gamin va bien. Il a pris un petit coup sur le crâne, c'est tout.

— Amenez-le par ici, ordonna tante Pol d'un ton péremptoire en lui indiquant l'escalier qui montait vers la chambre de Garion.

Plus tard, lorsqu'il fut allongé dans son lit, le front et la poitrine bandées, et qu'une tasse de l'une de ces immondes décoctions dont tante Pol avait le secret lui eut vidé la tête et donné envie de dormir, Garion entendit sa tante Pol prendre finalement Barak à partie.

— Espèce de grand benêt monté en graine, fit-elle avec fureur, vous avez vu ce que vous avez fait avec toutes vos bêtises ?

— Le garçon est très courageux, répondit Barak, tout bas, comme s'il était plongé dans une sorte de rumination sinistre.

— Je me fiche pas mal qu'il soit brave, riposta tante Pol, avant de s'interrompre. Qu'est-ce qui vous arrive ? demanda-t-elle.

Elle tendit soudain les mains et les plaça de chaque côté du visage de l'énorme individu. Elle le regarda un moment dans les yeux, puis baissa lentement les bras.

— Oh, dit-elle doucement. Je vois. Ça a fini par arriver.

— Je n'ai pas pu me dominer, Polgara, confia Barak, d'un ton désespéré.

— Tout ira bien, Barak, répondit-elle en effleurant délicatement la tête inclinée vers elle.

— Rien n'ira plus jamais bien.

— Allez dormir un peu, conseilla-t-elle. Ça ne vous paraîtra pas si grave demain matin.

L'immense bonhomme se détourna et quitta silencieusement la chambre.

Garion savait qu'ils parlaient de la drôle de chose qu'il avait vue quand Barak l'avait sauvé du sanglier, et il aurait bien voulu en discuter avec tante Pol ; mais le breuvage amer qu'elle lui avait fait boire l'engloutit dans un sommeil profond et sans rêve avant qu'il ait eu le temps de trouver les mots qui lui auraient permis de formuler sa question.

CHAPITRE 16

Le lendemain, Garion était tellement raide et endolori qu'il lui aurait été impossible de se lever, mais un défilé incessant de visiteurs l'occupa beaucoup trop pour lui laisser le temps de réfléchir à ses douleurs et ses ecchymoses. Les visites des rois Aloriens dans leurs splendides robes furent particulièrement flatteuses, d'autant que chacun encensa son courage. Puis ce fut le tour des reines, qui firent grand cas de ses blessures, lui offrant la chaleur de leur sympathie et de douces caresses sur son front. Il était transporté par cet alliage de louanges et de sympathie, et par une certaine conscience du fait qu'il était au cœur de l'attention générale, et il avait le cœur gonflé d'exaltation.

Mais le dernier à venir le voir ce jour-là fut sire Loup. Il arriva alors que le soir s'insinuait dans les rues enneigées du Val d'Alorie, vêtu de sa sempiternelle tunique, et il avait relevé le capuchon de sa cape comme s'il venait de dehors.

— Tu as vu mon sanglier, Sire Loup? demanda fièrement Garion.

— Un magnifique animal, répondit le Vieux Loup Solitaire, sans guère d'enthousiasme toutefois. Mais personne ne t'a dit que la coutume consistait à s'écarter d'un bond après avoir atteint la bête?

— Je n'y ai pas vraiment pensé, admit Garion. Mais est-ce que ça n'aurait pas eu l'air un peu... euh, lâche?

— Tu t'inquiétais donc tellement de l'opinion du cochon?

— Eh bien, fit Garion, pris de cours, j'imagine que non.

— Tu es atteint d'un manque de bon sens réellement stupéfiant chez un sujet aussi jeune, observa sire Loup. Il faut normalement des années et des années pour en arriver au point où tu sembles être parvenu en une nuit. Dis-donc, Polgara, demanda-t-il en se tournant vers tante Pol, assise non loin de là, tu es sûre qu'il n'y a pas une trace de sang arendais dans l'ascendance de notre Garion national? Je lui trouve un comportement typiquement arendais depuis quelque temps. D'abord il s'embarque pour le grand maelström comme s'il montait sur un cheval à bascule, ensuite il tente de casser les défenses d'un sanglier sauvage avec ses côtes. Tu es bien certaine que tu ne l'as pas fait tomber sur la tête quand il était bébé?

Tante Pol sourit mais ne répondit pas.

— J'espère que tu seras vite sur pied, gamin, reprit sire Loup. Et essaye de réfléchir un peu à ce que je t'ai dit.

Garion se renfrogna, mortifié par les paroles de sire Loup, et malgré tous ses efforts, il ne put retenir ses larmes.

— Merci d'être passé, père, dit tante Pol.

— C'est toujours un plaisir de venir te voir, ma fille, répondit sire Loup en quittant tranquillement la chambre.

— Pourquoi fallait-il qu'il me dise tout ça? éclata Garion en s'essuyant le nez. Il n'a pas pu s'empêcher de tout gâcher, hein?

— Il a gâché quoi, chéri? s'informa tante Pol en lissant le devant de sa robe grise.

— Tout, pleurnicha Garion. Les rois ont tous dit que j'étais très courageux.

— Les rois disent toujours ce genre de choses. Je n'y ferais pas trop attention à ta place.

— Mais j'ai été courageux, quand même, non?

— J'en suis sûre, chéri. Et je suis sûre que le cochon a été très impressionné.

— Oh, toi, tu es aussi mauvaise que sire Loup!

— Oui, chéri, sûrement. Mais c'est normal. Et maintenant, que veux-tu manger ce soir?

— Je n'ai pas faim, répondit Garion d'un ton agressif.

— Vraiment? Il va peut-être falloir que je te concocte un remontant, alors. Je vais t'en préparer un tout de suite.

— Je crois que j'ai changé d'avis, fit Garion, très vite.

— C'est bien ce que je pensais.

Puis, sans raison apparente, elle passa tout d'un coup ses bras autour de lui et le serra longtemps contre elle.

— Qu'est-ce que je vais faire de toi? demanda-t-elle enfin.

— Je vais bien, tante Pol, lui assura-t-il.

— Cette fois, peut-être, répondit-elle en lui prenant le visage entre ses deux mains. C'est une chose merveilleuse que d'être brave, mon Garion, mais tu ne pourrais pas réfléchir un petit peu avant, une fois de temps en temps? Promets-moi d'essayer.

— D'accord, tante Pol, dit-il un peu embarrassé par toutes ces démonstrations.

Très bizarrement, elle se comportait encore comme s'il comptait vraiment pour elle. L'idée qu'il pourrait tout de même y avoir entre eux un lien autre que de parenté commença à lui apparaître. Rien ne serait plus jamais comme avant, bien sûr, mais c'était toujours quelque chose. Il commença à voir toute l'affaire sous un jour un peu moins noir.

Le lendemain, il parvint à se lever. Il avait encore les muscles endoloris et les côtes un peu sensibles, mais il était jeune et se remettait vite. Vers le milieu de la matinée, il était assis avec Durnik dans la grande salle du palais d'Anheg lorsque le comte de Seline à la barbe d'argent s'approcha d'eux.

— Le roi Fulrach me prie de vous demander si vous auriez la bonté de nous rejoindre dans la salle du conseil, mon bon Durnik, annonça-t-il poliment.

— Moi, Votre Honneur? demanda Durnik, incrédule.

— Sa Majesté est très impressionnée par votre bon sens, répondit le vieux monsieur. Elle a l'impression que vous êtes l'incarnation de ce qu'il y a de meilleur dans le sens pratique sendarien. Ce à quoi nous sommes confrontés requiert tous les hommes valides, et pas seulement les souverains des royaumes du Ponant. Il n'est que normal que le solide bon sens soit représenté en nos instances.

— J'arrive tout de suite, Votre Honneur, fit Durnik en se levant précipitamment, mais vous ne m'en voudrez point si je n'ai pas grand-chose à dire.

Garion attendit, dans l'expectative.

— Nous avons tous entendu parler de votre aventure, mon garçon, lui dit plaisamment le comte de Seline. Ah, être jeune encore ! soupira-t-il. Vous venez, Durnik ?

— Je vous suis, Votre Honneur.

Les deux hommes sortirent et prirent le couloir qui menait à la salle du conseil.

Garion resta seul, piqué au vif par cet ostracisme. Il était à un âge où l'amour-propre est encore tendre, et le manque de considération induit par le fait de n'être pas convié à la réunion le crucifiait intérieurement. Humilié et meurtri, il quitta la grande salle en boudant pour aller voir son sanglier qui était suspendu dans une chambre froide remplie de glace, juste auprès des cuisines. Le sanglier l'avait pris au sérieux, lui, au moins.

Toutefois, il est un fait dûment établi que l'on ne peut rester longtemps en compagnie d'un sanglier mort sans se sentir déprimé. Le sanglier ne paraissait pas tout à fait aussi grand que lorsqu'il était vivant et occupé à charger, et si ses défenses étaient impressionnantes, elle n'étaient ni tout à fait aussi longues ni tout à fait aussi acérées que dans le souvenir de Garion. Sans compter qu'il faisait très froid dans la glacière, et que cette atmosphère n'était pas à proprement parler propice à l'assouplissement de ses muscles endoloris.

Inutile d'essayer d'aller rendre visite à Barak. Le géant à la barbe rouge s'était enfermé dans sa chambre où il s'abîmait dans la plus noire rumination et refusait de répondre ou d'ouvrir sa porte, même à sa femme. C'est ainsi que Garion, livré complètement à lui-même, se morfondit un moment avant de décider qu'il ferait aussi bien d'explorer ce vaste palais avec ses chambres abandonnées à la poussière des siècles, et ses corridors obscurs et tortueux. Il marcha pendant ce qui lui paraissait des heures, ouvrant des portes et suivant des couloirs qui s'arrêtaient parfois abruptement sur un mur de pierre nue.

La construction du palais d'Anheg s'était étalée, ainsi que Barak le lui avait expliqué, sur trois mille ans sinon davantage. Le toit de l'une des ailes du côté sud, complètement en ruine, s'était effondré des siècles auparavant. Garion se promena pendant un bon moment dans les couloirs du second étage de la partie abandonnée, à ruminer de lugubres considérations sur la gloire fugitive du monde des mortels, tout en jetant un coup d'œil dans des pièces dont les lits et les sièges disparaissaient sous une épaisse couche de neige, seulement déflorée par le réseau enchevêtré des traces des souris et des écureuils. C'est alors qu'en arrivant à un couloir au plafond affaissé, il découvrit d'autres traces, humaines, celles-là. Les empreintes devaient être très fraîches, car il avait beaucoup neigé la nuit dernière, or il n'y avait pas le moindre flocon dedans. Au début, il pensa qu'il s'agissait de ses propres pas, qu'il avait tourné en rond et s'était retrouvé dans un couloir par lequel il était déjà passé, mais les empreintes étaient beaucoup plus grandes que les siennes.

Il y avait bien une douzaine d'explications possibles, évidemment, mais Garion sentit sa respiration s'accélérer. L'homme à la cape verte rôdait encore dans le palais, Asharak, le Murgo, était quelque part au Val d'Alorie, et le noble aux cheveux de lin qui se cachait dans un coin de la forêt était de toute évidence animé d'intentions inamicales.

Garion se rendit compte que la situation pouvait devenir dangereuse et qu'il était seul et sans armes, en dehors de sa petite dague. Il revint rapidement sur ses propres traces pour prendre, dans une chambre au sol couvert de neige qu'il venait d'explorer, une épée rouillée qui avait dû rester abandonnée pendant un nombre incalculable d'années à une patère. Puis, se sentant ainsi un peu plus sûr de lui, il retourna suivre les traces muettes.

Tant que la piste de l'intrus inconnu se limita à ce couloir au toit défoncé et depuis longtemps désaffecté, la suivre fut la simplicité même; la neige immaculée rendait la poursuite aisée. Mais à partir du moment où, passant par-dessus un ammoncellement de débris écroulés, les traces s'enfoncèrent dans l'obscurité béante d'un corridor poussiéreux dont le plafond était encore intact, les choses se compliquèrent. La poussière qui recouvrait le sol lui facilitait un peu la tâche, bien sûr, mais il était souvent obligé de se pencher et de se plier en deux. Garion avait encore mal aux côtes et dans les jambes, et il avait beau serrer les dents, il ne pouvait retenir un grognement chaque fois qu'il lui fallait se baisser pour examiner le sol de pierre. Au bout de très peu de temps, il était en sueur et il commençait à se dire qu'il allait tout laisser tomber.

Puis il entendit un bruit étouffé, tout au bout du couloir, devant lui. Il se recroquevilla contre le mur, en espérant qu'aucune lumière, filtrant dans son dos, ne viendrait révéler sa présence. Face à lui, mais encore assez loin, une silhouette passa furtivement dans la maigre lumière d'une unique petite fenêtre. Garion aperçut un éclair fugitif de vert et sut enfin qui il suivait. Restant collé au mur, il se déplaça avec la prudence du chat sur ses semelles de cuir, la main crispée sur la garde de l'épée rouillée. Mais si la voix du comte de Seline ne s'était pas fait entendre, étonnamment proche, à cet instant précis, il serait probablement rentré droit dans l'homme qu'il suivait.

— Y a t-il le moindre risque, noble Belgarath, que notre ennemi se réveille avant que toutes les conditions prévues par l'ancienne prophétie soit réunies ? demandait le comte.

Garion s'arrêta net. Juste devant lui, dans un petit recoin du mur, il perçut un léger mouvement. L'homme à la cape verte était tapi dans le noir, et il écoutait les paroles qui semblaient provenir d'un endroit situé en dessous de lui. Garion se recroquevilla contre le mur, osant à peine respirer. Il recula prudemment jusqu'à la première embrasure de porte qu'il put trouver et se recroquevilla dans l'obscurité protectrice.

— C'est une bonne question, Belgarath, fit la voix douce de Cho-Hag, l'Algarois. L'Apostat peut-il utiliser l'objet de pouvoir qui est maintenant entre ses mains pour redonner vie au Maudit ?

— Il dispose de la force nécessaire, répondit la voix familière de sire Loup, mais il hésitera peut-être à en faire usage. Si elle n'est pas employée comme il convient, sa puissance le détruira. Il est probable qu'il se gardera bien de hâter les choses, et qu'il réfléchira soigneusement avant de s'y risquer. C'est cette appréhension qui nous donne le peu de temps dont nous disposons.

Puis la voix de Silk se fit entendre.

— N'avez-vous pas dit qu'il aurait peut-être envie de la garder pour lui? Peut-être son intention n'est-elle pas de tirer son maître de son sommeil mais bien plutôt de mettre à profit l'instrument de puissance dont il s'est emparé pour se hisser sur le trône des royaumes Angaraks.

Le roi Rhodar de Drasnie eut un ricanement.

— Je ne sais pas pourquoi, mais je ne vois pas les prêtres Grolim renoncer si facilement à leur emprise sur les territoires angaraks et s'incliner devant un étranger à la tribu. Je me suis laissé dire que le grand prêtre des Grolims n'était pas un piètre sorcier, lui non plus.

— Je te demande pardon, Rhodar, intervint le roi Anheg, mais s'il détient vraiment ce pouvoir, les Grolims n'auront pas le choix; ils s'inclineront devant l'omnipotence du voleur. J'ai étudié le pouvoir de la chose, et même si la moitié de ce que j'ai lu est vrai, il pourrait l'employer à la destruction de Rak Cthol comme d'autres donnent un coup de pied dans une fourmilière. Puis, s'ils lui opposaient encore la moindre résistance, il lui serait facile de dépeupler tout Cthol Murgos, de Rak Goska à la frontière tolnedraine. Peu importe, à partir de ce moment-là, que ce soit l'Apostat ou le Maudit qui finisse par tirer parti de cette force, les Angaraks suivront comme un seul homme et viendront vers l'ouest.

— Ne devrions-nous pas, dans ce cas, informer les Arendais et les Tolnedrains — et pourquoi pas les Ulgos, au fond — de ce qui est arrivé? suggéra Brand, le Gardien de Riva. Ne nous laissons pas prendre par surprise une nouvelle fois.

— Je ne suis pas pressé de soulever nos voisins du

Sud, déclara sire Loup. Lorsque nous partirons, Pol et moi, nous prendrons la route du Sud. Si l'Arendie et la Tolnedrie se mobilisent pour la guerre, la panique générale ne fera que nous retarder. Les légionnaires de l'empereur sont des soldats de métier, ils sauront réagir rapidement si le besoin s'en fait sentir, quant aux Arendais, ils sont toujours prêts à en découdre. Tout le royaume est en permanence sur le pied de guerre.

— Je pense en effet que c'est prématuré, ajouta la voix familière de tante Pol. Non seulement les armées ne feraient que nous mettre des bâtons dans les roues, mais encore, si nous parvenons à tenir en échec l'ancien élève de mon père et à faire retrouver à la chose qu'il a volée la place qu'elle n'aurait jamais dû quitter, à Riva, la crise sera évitée. Ne mettons pas le Sud à feu et à sang pour rien.

— Elle a raison, reprit sire Loup. La mobilisation générale n'est jamais exempte de risque. J'ai remarqué que le fait d'avoir une armée à leur disposition avait souvent tendance à donner de fâcheuses idées aux rois. Je dirai au roi des Arendais, en passant à Vo Mimbre, et à l'empereur, à Tol Honeth, ce qu'ils ont besoin de savoir. Mais il faudrait que l'information parvienne à Ulgo, le Gorim. Cho-Hag, pensez-vous pouvoir faire parvenir un messager à Prolgu à cette époque de l'année ?

— C'est difficile à dire, vénérable Maître, répondit Cho-Hag. Les montagnes ne sont pas faciles à franchir, en hiver. Mais je vais tout de même essayer.

— Bien, fit sire Loup. En dehors de cela, nous ne pouvons pas faire grand-chose pour l'instant. Il serait peut-être préférable que rien de ceci ne sorte de la famille — si je puis dire. Mettons les choses au pire : si les Angaraks reviennent nous envahir, du moins l'Alorie sera-t-elle parée pour le combat. L'Arendie et l'Empire auront toujours le temps de s'armer.

Le roi Fulrach prit la parole d'une voix altérée.

— Les rois Aloriens ont beau jeu de parler de guerre, dit-il. Ce sont des soldats ; mais la Sendarie que je gouverne est un royaume pacifique. Il n'y a plus de châteaux forts ou de forteresses sur notre territoire, et mon peuple est composé de fermiers et de commerçants. Kal-Torak a fait une erreur en choisissant de livrer bataille à Vo Mimbre ; et les Angaraks ne feront sûrement pas la même bêtise. Je pense qu'ils frapperont directement les herbages d'Algarie du Nord et s'abattront sur la Sendarie. Il y a beaucoup de nourriture et très peu de soldats, chez nous. Notre pays fournirait une base idéale pour une campagne dans l'Ouest, et j'ai bien peur que nous ne tombions très facilement.

C'est alors que Durnik intervint, à la grande surprise de Garion.

— Ne sous-estimez pas ainsi le peuple de Sendarie, Messire mon roi, déclara-t-il d'une voix ferme. Je connais mes compatriotes, et ils se battront. Nous ne nous y entendons guère en épées et en lances, mais nous saurons nous défendre. Si les Angaraks viennent en Sendarie, ils ne trouveront pas la victoire aussi aisée qu'ils se l'imaginent peut-être, et si nous mettons le feu aux champs et aux silos, il ne leur restera pas grand-chose à se mettre sous la dent.

Il y eut un long silence, puis le roi Fulrach reprit la parole d'une voix étrangement humble.

— Vos paroles me couvrent d'opprobre, bon Durnik. Peut-être ai-je été si longtemps roi que j'ai oublié ce que cela signifiait d'être tout simplement Sendarien.

— Nous savons tous qu'il n'y a que quelques passes qui permettent de traverser les escarpements rocheux de l'Ouest pour venir en Sendarie, dit calmement Hettar, le fils du roi Cho-Hag. Quelques avalanches aux endroits stratégiques pourraient rendre la Sendarie aussi inaccessible que la lune. Et il suffirait que les éboulements se produisent aux bons moments pour que des armées entières d'Angaraks se retrouvent prisonnières de ces défilés exigus.

— Voilà une pensée distrayante, ricana Silk. Après cela, nous pourrions employer les pulsions incendiaires de Durnik à un usage un peu plus sérieux que l'immolation de quelques planches de navets. Puisque Torak à l'Œil Mort semble tant apprécier la fumée du bûcher sacrificiel, pourquoi ne lui accorderions-nous pas ce petit plaisir ?

Tout au bout du couloir poussiéreux dans lequel il se cachait, Garion surprit le soudain flamboiement d'une torche et entendit un cliquetis distant qui ne pouvait être produit que par des cottes de mailles. Il ne prit conscience du danger qu'au dernier moment. L'homme à la cape verte entendit aussi le bruit et vit la lumière du flambeau. Il quitta sa cachette et partit comme il était venu — en passant juste devant la cachette de Garion, qui se recroquevilla, se cramponnant à son épée rouillée ; mais, par bonheur, l'homme regardait par-dessus son épaule en direction de la torche vacillante tout en s'éloignant sans bruit.

Dès qu'il eut filé, Garion se glissa à son tour hors de sa cachette et s'éclipsa. Les hommes d'armes cheresques étaient là pour débusquer les éventuels intrus, et il aurait peut-être du mal à leur expliquer ce qu'il faisait dans ce couloir obscur. Il envisagea brièvement de continuer à suivre l'espion, puis il décida qu'il en avait assez fait pour aujourd'hui. Le moment était venu de raconter tout ce qu'il avait vu. Il fallait qu'il se confie à quelqu'un — quelqu'un que les rois écouteraient. Une fois qu'il eut regagné les couloirs plus fréquentés du palais, il prit d'un pas assuré la direction de la chambre dans laquelle Barak était toujours plongé dans ses sinistres ruminations.

CHAPITRE 17

— Barak ! appela Garion, à travers la porte à laquelle il frappait en vain depuis plusieurs minutes.

— Allez-vous-en, répondit enfin la voix étouffée de Barak, à l'intérieur.

— Barak, c'est moi, Garion. Il faut que je te parle.

Il y eut un long silence dans la chambre, puis le bruit d'un lent déplacement, et la porte s'ouvrit enfin.

Barak avait une allure effrayante. Sa tunique était complètement chiffonnée et pleine de taches. Sa barbe rouge était tout emmêlée, et ses cheveux, qu'il portait habituellement tressés, pendaient en désordre sur ses épaules. Mais ce qu'il y avait de plus terrible, c'était le regard hanté de ses yeux qui reflétaient un tel mélange d'horreur et de dégoût de lui-même que Garion fut contraint de détourner les siens.

— Tu as vu ça, n'est-ce pas ? demanda Barak. Tu as vu ce qui m'est arrivé là-bas.

— Je n'ai pas vu grand-chose, dit prudemment Garion. Je me suis cogné la tête sur l'arbre, et tout ce que j'ai vu, en fait, c'est des étoiles.

— Tu as bien dû le voir, insista Barak. Tu n'as pas pu faire autrement que de voir la malédiction que mon funeste Destin a placée sur moi.

— Ton funeste Destin ? Mais de quoi parles-tu ? Tu es toujours vivant, que je sache ?

— Ce n'est pas forcément mourir que de rencontrer son Destin, remarqua Barak, d'un ton morose, en se laissant tomber dans un grand fauteuil. J'aurais bien

285

voulu que tel soit le mien. Le Destin m'a condamné à ce qui peut arriver de pire à un homme, et la mort n'est pas ce qu'il y a de pire.

— Ce sont les paroles de cette vieille folle aveugle qui t'ont enflammé l'imagination.

— S'il n'y avait que Martje... Mais elle ne fait que répéter ce que tout le monde sait à Cherek. Un augure a été appelé quand je suis né — c'est la coutume, ici. La plupart du temps, les signes ne présagent rien de particulier, et c'est qu'il ne se produira rien de spécial pendant la vie de l'enfant. Mais il arrive que le poids de l'avenir pèse si lourdement sur l'individu que presque tout le monde peut voir son Destin.

— Tout ça, c'est des superstitions, railla Garion. Je n'ai jamais vu un devin qui soit capable de dire avec certitude s'il allait pleuvoir le lendemain. Il y en a un qui est venu à la ferme de Faldor, une fois, et il a dit à Durnik qu'il allait mourir deux fois. Ce n'est pas stupide, ça ?

— Les dons des augures et des prophètes de Cherek sont bien réels, rétorqua Barak, le visage toujours empreint d'une insondable mélancolie. Ils m'ont tous prédit le même Destin : je dois me changer en animal. J'en ai bien vu une douzaine, et chaque fois, ils m'ont dit la même chose. Eh bien, c'est arrivé. Il y a deux jours que je reste là à m'observer. Mes dents et les poils de mon corps ont commencé à pousser.

— Là, tu te fais des idées. Pour moi, tu es exactement comme d'habitude.

— Tu es un gentil garçon, Garion, reprit Barak. Je sais que tu essaies de me réconforter, seulement j'ai des yeux pour voir. Je sais que mes dents sont plus pointues et que mon corps se couvre de fourrure. D'ici peu, Anheg sera obligé de me faire enchaîner dans les oubliettes pour éviter que je fasse du mal à quelqu'un, ou bien je n'aurai plus qu'à m'enfuir dans les montagnes pour partager la vie des trolls.

— Complètement idiot, répéta Garion.

— Dis-moi ce que tu as vu, l'autre jour, implora Barak. A quoi est-ce que je ressemble quand je me change en animal ?

286

— Tout ce que j'ai vu, c'est les étoiles, au moment où je me suis cogné la tête sur cet arbre, s'obstina Garion en essayant d'avoir l'air sincère.

— Je veux juste savoir quel genre de bête je deviens quand je me métamorphose, poursuivit Barak, d'un ton pitoyable. Est-ce que je vais me changer en ours, en loup, ou en une espèce de monstre pour lequel personne n'a de nom ?

— Tu ne te souviens pas du tout de ce qui est arrivé ? demanda prudemment Garion, en essayant d'effacer de sa mémoire l'étrange image de l'ours venant se superposer à celle de Barak.

— Rien du tout. Je t'ai entendu crier, et la seule chose dont je me souviens après, c'est que le sanglier était mort, par terre, à mes pieds, et que tu étais couché sous l'arbre, couvert de sang. Mais j'étais bien conscient qu'il y avait une bête en moi. Je devinais même son odeur.

— Tout ce que tu as senti, c'était le sanglier, décréta Garion. Et ce qui s'est passé, c'est que tu as perdu la tête dans la panique.

— Tu veux dire que j'aurais eu un moment de folie passagère ? s'exclama Barak en relevant son visage, plein d'espoir tout à coup, avant de hocher la tête en signe de dénégation. Non, Garion. Il m'est déjà arrivé d'être fou de rage. Ce n'est pas du tout la même chose. C'était complètement différent, cette fois.

Il poussa un profond soupir.

— Tu n'es pas en train de te changer en animal, insista Garion.

— Je sais ce que je sais, déclara obstinément Barak.

C'est alors que dame Merel, la femme de Barak, entra dans la chambre par la porte restée entrouverte.

— Je vois que mon seigneur et maître est en train de reprendre ses esprits, annonça-t-elle.

— Fiche-moi la paix, Merel, dit Barak. Je ne suis pas d'humeur à jouer à ça avec toi.

— A jouer, mon seigneur et maître ? releva-t-elle innocemment. Je m'applique simplement à remplir mes devoirs. Si mon seigneur et maître ne se sent pas bien, c'est à moi qu'il incombe de veiller sur lui. Tel est mon devoir d'épouse, n'est-ce pas ?

— Arrête un peu de te préoccuper de tes droits et de tes devoirs, Merel. Fiche le camp et laisse-moi tranquille, c'est tout ce que je te demande.

— Mon seigneur et maître s'est montré suffisamment insistant sur le chapitre de ses droits et de certains de mes devoirs, la nuit de son retour au Val d'Alorie. Même la serrure de ma chambre a coucher n'a pas suffi à tempérer sa détermination.

— Très bien, fit Barak en s'empourprant légèrement. Je suis désolé. J'espérais que les choses auraient pu changer entre nous. Je me trompais. Je ne t'importunerai plus.

— M'importuner, mon seigneur et maître ? Un devoir n'est pas une importunité. Une bonne épouse se doit d'accéder à toutes les exigences de son époux — aussi ivre ou brutal soit-il lorsqu'il vient la rejoindre dans sa couche. Personne ne pourra jamais me reprocher d'avoir fait preuve de négligence en ce domaine.

— Tu es contente, hein ? accusa Barak.

— Contente de quoi, mon seigneur et maître ?

Elle s'exprimait d'un ton léger, mais il y avait des lames de couteau dans sa voix.

— Qu'est-ce que tu veux, Merel ? demanda abruptement Barak.

— Je veux servir mon seigneur et maître dans sa maladie, répondit-elle. Je veux m'occuper de lui et suivre les progrès du mal, de chacun des symptômes, au fur et à mesure qu'il apparaîtra.

— Tu me hais donc à ce point ? fit Barak avec un lourd mépris. Prends garde, Merel. Je pourrais me fourrer dans la tête d'exiger que tu restes à mes côtés. C'est ce que tu voudrais ? Comment apprécierais-tu de te retrouver enfermée dans cette pièce avec une bête enragée ?

— Si vous deveniez intraitable, mon seigneur et maître, je pourrai toujours vous faire enchaîner au mur, suggéra-t-elle en soutenant son regard avec une indifférence glaciale.

— Barak, fit Garion, mal à l'aise, il faut que je te parle.

— Pas maintenant, Garion, rétorqua celui-ci d'un ton sans réplique.

— C'est important. Il y a un espion dans le palais.

— Un espion ?

— Un homme avec une cape verte. Je l'ai vu plusieurs fois.

— Beaucoup d'hommes portent une cape verte, intervint dame Merel.

— Ne te mêle pas de ça, Merel, ordonna Barak, avant de revenir à Garion. Et qu'est-ce qui te fait penser qu'il s'agit d'un espion ?

— Je l'ai encore vu ce matin, alors je l'ai suivi. Il se glissait sournoisement dans un couloir que personne ne prend jamais, apparemment, et qui passe au-dessus de la salle où les rois sont réunis avec sire Loup et tante Pol. Il écoutait tout ce qu'ils se disaient.

— Comment peux-tu savoir ce qu'il entendait ? s'enquit Merel, en plissant les yeux.

— J'étais tout près, caché derrière lui, et je les ai entendus moi aussi — presque comme si j'étais dans la même pièce qu'eux.

— A quoi ressemble-t-il ? demanda Barak.

— Il a les cheveux blonds très clairs, répondit Garion, une barbe, et comme je te disais, il porte une cape verte. Je l'ai vu pour la première fois le jour où nous sommes allés voir ton bateau. Il entrait dans une taverne avec un Murgo.

— Il n'y a pas de Murgos au Val d'Alorie, objecta Merel.

— Il y en a au moins un, insista Garion. D'ailleurs, je le connais. Je l'ai déjà vu.

Il lui était impossible d'aborder le sujet de but en blanc. La contrainte de ne pas parler de son ténébreux ennemi était toujours aussi forte. Le seul fait de laisser échapper cet indice lui avait laissé les lèvres engourdies et la langue toute raide.

— Qui est-ce ? demanda Barak.

Garion ignora la question.

— Ensuite, je l'ai revu dans la forêt, le jour de la chasse au sanglier, poursuivit-il.

— Le Murgo ? s'étonna Barak.

— Non, l'homme à la cape verte. Il a rencontré d'autres hommes, là-bas. Ils ont parlé pendant un moment non loin de l'endroit où j'attendais l'arrivée du sanglier. Ils ne m'ont pas vu.

— Il n'y a rien de suspect dans tout ça, fit Barak. Chacun a le droit de recontrer ses amis où bon lui semble.

— Je ne pense pas que c'étaient précisément des amis, rétorqua Garion. L'homme à la cape verte appelait l'un des autres hommes « monseigneur », et celui-là lui donnait l'ordre de se rapprocher suffisamment pour entendre ce que sire Loup et les rois se disaient.

— Ça, c'est plus grave, commenta Barak, qui semblait sortir de sa mélancolie. Ils ont dit autre chose ?

— L'homme aux cheveux de lin lui a posé des questions sur nous. Toi, Durnik, Silk, moi — nous tous.

— Un homme aux cheveux de lin ? demanda rapidement Merel.

— Celui qu'il appelait « monseigneur », précisa Garion. Il avait l'air de nous connaître. Il a même entendu parler de moi.

— De longs cheveux très clairs ? reprit Merel. Imberbe ? Un peu plus vieux que Barak ?

— Ça ne peut tout de même pas être lui, protesta Barak. Anheg l'a chassé de Cherek, avec interdiction d'y rentrer sous peine de mort.

— Tu es un enfant, Barak, repartit Meral. Tu penses qu'il allait se gêner s'il en avait envie. Il me semble que nous ferions mieux d'en parler à Anheg.

— Vous le connaissez ? demanda Garion. Il a fait, au sujet de Barak, des commentaires plutôt désobligeants.

— Ça, j'imagine, dit ironiquement Merel. Barak était au nombre de ceux qui voulaient lui couper la tête.

Barak tirait déjà sur sa cotte de mailles.

— Arrange-toi les cheveux, fit Merel sur un ton d'où toute rancœur avait curieusement disparu. On dirait une meule de foin.

— Je n'ai pas le temps de m'occuper de ça, répondit impatiemment Barak. Venez, vous deux. Nous allons tout de suite voir Anheg.

Ce n'était pas le moment de poser des questions, car Garion et Merel furent presque obligés de courir pour ne pas se laisser distancer par Barak. Ils traversèrent la grande salle comme une tornade, à la grande surprise des hommes d'armes qui s'écartaient d'un bond après un coup d'œil au visage de Barak.

— Messire Barak, dit l'un des gardes à la porte de la salle du conseil, en saluant l'énorme bonhomme.

— Ecarte-toi, ordonna Barak en ouvrant la porte en grand d'un coup de poing.

Le roi Anheg leva les yeux, surpris par l'interruption brutale.

— Bienvenue, cousin! commença-t-il.

— Trahison, Anheg! rugit Barak. Le comte de Jarvik a rompu le bannissement et te fait espionner dans ton propre palais!

— Jarvik? répéta Anheg. Il n'oserait jamais!

— Oh si, il a osé, s'exclama Barak. On l'a vu non loin du Val d'Alorie, et on l'a surpris en train de comploter quelque chose.

— Qui est ce Jarvik? s'informa le Gardien de Riva.

— Un comte que j'ai condamné au bannissement l'année dernière, répondit Anheg. L'un de ses hommes avait été intercepté avec un message adressé à un Murgo, en Sendarie, qui révélait les détails de l'un de nos conseils les plus restreints. Jarvik a tenté de nier être l'auteur du message, bien qu'il portât son propre sceau et que sa salle forte eût été pleine d'or rouge tout droit sorti des mines de Cthol Murgos. J'aurais fait piquer sa tête au bout d'une lance si nous n'étions apparentés, sa femme et moi, mais elle m'a supplié de l'épargner. Alors au lieu de lui faire ôter la vie, je l'ai banni et l'ai envoyé en exil dans l'un des domaines qu'il possède sur la côte ouest. Comment as-tu découvert tout ça? demanda-t-il après un coup d'œil à Barak. La dernière fois que j'ai entendu parler de toi, tu étais enfermé dans ta chambre et tu ne voulais parler à personne.

— Mon mari dit vrai, Anheg, confirma dame Merel, d'une voix pleine de défi.

— Je n'en doute pas, Merel, répondit Anheg en braquant sur elle un regard légèrement surpris. Je voulais seulement savoir comment il se faisait qu'il en sache aussi long au sujet de Jarvik, voilà tout.

— C'est ce jeune Sendarien qui l'a vu, expliqua

Merel. Il l'a surpris en train de parler à son espion. J'ai moi-même entendu le récit de ce garçon, et je confirme les paroles de mon mari, au cas où quelqu'un oserait douter de lui.

— Garion? s'exclama tante Pol, surprise.

— Puis-je me permettre de suggérer que nous écoutions le petit? dit doucement Cho-Hag, l'Algarois. Je pense qu'une histoire de noble suspect d'amitié envers les Murgos et qui choisit ce moment précis pour rompre son bannissement ne peut que tous nous intéresser.

— Dis-leur ce que tu nous a raconté à Merel et à moi, Garion, ordonna Barak en poussant Garion en avant.

— Majesté, commença Garion, avec une révérence maladroite, j'ai vu à plusieurs reprises depuis que nous sommes arrivés un homme vêtu d'une cape verte qui se cachait ici, dans votre palais. Il se faufile dans les couloirs et il se donne beaucoup de mal pour ne pas être aperçu. Je l'ai vu le soir de notre arrivée, et je l'ai encore revu le lendemain, alors qu'il entrait dans une taverne de la ville avec un Murgo. Barak dit qu'il n'y a pas de Murgos à Cherek, mais je sais que l'homme avec qui il était est un Murgo.

— Comment le sais-tu? demanda finement Anheg.

Garion le regarda d'un air impuissant, incapable de prononcer le nom d'Asharak.

— Eh bien, mon garçon? insista le roi Rhodar.

Garion eut beau se faire violence, aucun son ne voulut sortir de sa bouche.

— Tu connais peut-être ce Murgo? suggéra Silk.

Garion hocha la tête avec soulagement. Au moins, quelqu'un donnait l'impression de le comprendre.

— Tu ne connais pas beaucoup de Murgos, poursuivit Silk en se frottant le nez avec un doigt. C'est celui que nous avons rencontré à Darine, peut-être? Et plus tard à Muros? Celui qui se fait appeler Asharak?

Garion hocha à nouveau la tête.

— Pourquoi ne nous l'as-tu pas dit? demanda Barak.

— Je... je ne pouvais pas, balbutia Garion.

— Tu ne pouvais pas?

— Les mots ne voulaient pas sortir, dit Garion. Je ne sais pas ce qui m'arrive, mais je n'arrive pas à parler de lui.

— Alors, tu l'avais déjà vu ? reprit Silk.

— Oui.

— Et tu n'en as jamais parlé à personne ?

— Non.

Silk jeta un rapide coup d'œil à tante Pol.

— Vous devez en savoir plus long que nous sur ce genre de chose, Polgara, non ?

Elle hocha lentement la tête.

— Il y a bien un moyen, dit-elle. Comme il n'est pas infaillible je n'y ai personnellement jamais recours... Mais c'est possible.

Elle prit une expression tragique.

— Les Grolims pensent que ça impressionne les populations, intervint sire Loup. Il n'en faut pas beaucoup pour les impressionner.

— Viens avec moi, Garion, ordonna tante Pol.

— Pas encore, décréta sire Loup.

— C'est important, assura-t-elle, et son visage se durcit.

— Tu feras ça plus tard. Ecoutons d'abord la suite de son histoire. Les dégâts sont déjà faits. Vas-y, Garion, qu'est-ce que tu as vu d'autre ?

— Très bien, reprit Garion en inspirant profondément, soulagé de parler au vieil homme plutôt qu'aux rois. J'ai revu l'homme à la cape verte le jour où nous sommes allés chasser. Il avait rendez-vous dans la forêt avec un homme aux cheveux jaunes qui n'a pas de barbe. Ils ont parlé un moment, et j'ai entendu tout ce qu'ils se disaient. L'homme aux cheveux jaunes voulait savoir ce que vous vous racontiez dans cette salle.

— Tu aurais dû venir me voir immédiatement, déclara le roi Anheg.

— Ce qu'il y a, poursuivit Garion, c'est qu'en tuant ce sanglier, je me suis cogné la tête contre un arbre et je me suis assommé. Je ne me suis souvenu de tout ce que j'avais vu que ce matin. Quand le roi Fulrach a appelé Durnik ici, je suis allé explorer un peu le palais. Je suis arrivé dans un endroit où le plafond est tout écroulé, et j'ai trouvé des empreintes de pas. Je les ai suivies et au bout d'un moment, j'ai revu une nouvelle fois l'homme à la cape verte. C'est là que je me suis souvenu de tout ça.

Je l'ai filé et il a pris un couloir qui passe quelque part au-dessus de cette salle. Il s'est caché pour écouter ce que vous disiez, et j'ai fait comme lui.

— Qu'est-ce que tu crois qu'il a entendu, Garion ? demanda le roi Cho-Hag.

— Vous parliez de quelqu'un qui s'appelle l'Apostat, répondit Garion. Et vous vous demandiez s'il pourrait utiliser je ne sais quelle force pour réveiller un ennemi endormi depuis longtemps. Certains d'entre vous pensaient qu'il vaudrait mieux prévenir les Arendais et les Tolnedrains, mais sire Loup a dit que non. Et Durnik a expliqué comment le peuple se battrait si les Angaraks envahissaient la Sendarie.

Ils parurent stupéfaits.

— Je me cachais tout près de l'homme à la cape verte, poursuivit Garion. Je suis sûr qu'il a entendu la même chose que moi. Et puis des soldats sont arrivés, alors l'homme s'est enfui. C'est là que je me suis dit qu'il fallait que je raconte tout ça à Barak.

— Là-haut, dit Silk, debout près de l'un des murs, en indiquant un coin du plafond de la salle. Le mortier se détache. Le bruit de nos voix doit monter par les interstices entre les pierres dans le corridor qui passe au-dessus.

— C'est un garçon de valeur que vous nous avez amené là, dame Polgara, déclara gravement le roi Rhodar. S'il cherche une situation, je crois que je pourrais lui en trouver une. Le renseignement est une profession gratifiante, et il semble avoir certains dons innés dans ce domaine.

— Il a toutes sortes de dons, renchérit tante Pol. Il semble notamment très doué pour se trouver dans des endroits où il n'est pas censé être.

— Ne soyez pas trop dure avec ce petit, Polgara, reprit le roi Anheg. Il nous a rendu un tel service que nous ne serons peut-être jamais capable de lui rendre la pareille.

Garion s'inclina à nouveau et battit en retraite sous le regard inflexible de tante Pol.

— Il semblerait, cousin, dit alors Anheg en se tournant vers Barak, qu'un visiteur indésirable se promène quelque part dans le palais. Je crois que j'aimerais dire deux mots à ce petit curieux en cape verte.

— Je vais prendre quelques hommes, décréta Barak d'un ton menaçant. Nous retournerons tout ton palais pierre par pierre, et nous le secouerons comme un prunier jusqu'à ce qu'il en tombe s'il le faut.

— Je préférerais le récupérer plus ou moins intact, l'informa Anheg.

— Bien sûr, acquiesça Barak.

— Enfin, pas trop intact tout de même. Le tout, c'est qu'il soit encore capable de s'exprimer intelligiblement.

— Je veillerai à ce qu'il soit très bavard quand je te le livrerai, cousin, fit Barak en se fendant d'un grand sourire.

Un rictus sinistre effleura en réponse les lèvres d'Anheg, et Barak prit la direction de la porte.

— Je voudrais également vous remercier, dame Merel, dit Anheg en se tournant vers l'épouse de Barak. Je suis sûre que vous avez joué un rôle significatif dans cette affaire.

— Je n'ai nul besoin de vos remerciements, Votre Majesté, répondit-elle. Je n'ai fait que mon devoir.

Anheg poussa un soupir.

— Faut-il toujours que ce soit le devoir, Merel? demanda-t-il avec tristesse.

— Qu'y a-t-il d'autre? rétorqua-t-elle.

— Bien d'autres choses, en fait, répondit le roi. Mais il faudra que vous en preniez conscience toute seule.

— Allez, Garion, ordonna tante Pol, viens par ici.

— Oui, m'dame, fit Garion en la suivant d'un air un peu inquiet.

— N'aie pas peur, grosse bête. Je ne vais pas te manger.

Elle plaça légèrement le bout de ses doigts sur son front.

— Alors? questionna sire Loup.

— C'est bien ça, affirma-t-elle. C'est très léger, car je m'en serais déjà aperçue, autrement. Je suis vraiment désolée, père.

— Voyons ça, marmonna sire Loup.

Il approcha de Garion et lui effleura aussi la tête avec sa main.

— Ce n'est pas très grave, déclara-t-il.

— Ç'aurait pu l'être, dit tante Pol. Et c'était à moi de veiller à ce que ce genre de chose ne se produise pas.

— Ne te fais pas de reproches inutiles, Pol, reprit sire Loup. Ça te va vraiment très mal. Contente-toi de nous en débarrasser.

— De quoi s'agit-il? s'inquiéta Garion.

— Rien de grave, chéri, répondit tante Pol.

Elle lui prit la main droite et la plaça un instant sur la mèche blanche qui striait sa chevelure, juste au-dessus du front.

Garion se sentit envahi par une vague, un raz-de-marée d'impressions confuses, puis il éprouva un picotement suivi d'une violente douleur, comme un arrachement, derrière les oreilles. Un vertige soudain s'empara de lui et il serait tombé si tante Pol ne l'avait pas retenu.

— Qui est le Murgo? demanda-t-elle en le regardant droit dans les yeux.

— Il s'appelle Asharak, répondit Garion, très vite.

— Depuis combien de temps le connais-tu?

— Depuis toujours. Il venait me regarder à la ferme de Faldor, quand j'étais tout petit.

— Ça suffit pour l'instant, Pol, intervint sire Loup. Laisse-le se reposer un peu. Je vais faire en sorte que ça ne puisse plus jamais se reproduire.

— Le petit serait-il malade? demanda le roi Cho-Hag.

— Ce n'est pas exactement une maladie, Cho-Hag, expliqua sire Loup. C'est un peu difficile à expliquer. Mais ça va aller mieux, maintenant.

— Je veux que tu montes dans ta chambre, Garion, dit tante Pol, qui le maintenait toujours par les épaules. Tu tiens assez sur tes jambes pour y aller tout seul?

— Je me sens très bien, répondit-il, la tête encore un peu vide.

— Plus de détours ni d'exploration, commanda-t-elle fermement.

— Non, m'dame.

— Et allonge-toi un moment. Je veux que tu réfléchisses à toutes les fois où tu as vu ce Murgo. Essaye de te souvenir de ce qu'il a fait, de ce qu'il a dit.

— Il ne m'a jamais parlé. Il me regardait, c'est tout.

— J'arrive dans un petit moment, poursuivit-elle, et je veux que tu me racontes tout ce que tu sais à son sujet. C'est important, Garion, alors concentre-toi aussi fort que possible.

— Très bien, tante Pol.

— Vas-y tout de suite, chéri, dit-elle en déposant un léger baiser sur son front.

La tête étrangement légère, comme en proie à un étourdissement, Garion se dirigea vers la porte et sortit.

Il traversa la grande salle où les hommes d'Anheg se préparaient à fouiller le palais, ceignant leurs épées et s'emparant de haches d'armes fort inquiétantes. Comme dans un vertige, il passa sans s'arrêter.

Si une partie de son esprit paraissait à moitié endormie, la voix sèche, secrète, qui lui parlait intérieurement, était parfaitement éveillée et lui fit observer que quelque chose d'important venait d'arriver. La force considérable qui lui interdisait de parler d'Asharak avait de toute évidence cessé d'agir. D'une façon ou d'une autre, tante Pol avait réussi à l'en débarrasser complètement, ce qui lui inspirait des sentiments curieusement ambigus. Cette étrange relation entre le ténébreux et silencieux Asharak et lui avait toujours eu quelque chose de profondément intime, et voilà qu'elle avait disparu. Il se sentait vaguement vidé, comme si on l'avait en quelque sorte violé. Il poussa un profond soupir et monta le large escalier qui menait à sa chambre.

Il y avait une demi-douzaine de guerriers sur le palier, devant sa chambre, probablement une partie du commando de Barak qui cherchait l'homme à la cape verte. Mais Garion s'arrêta net. Cette partie du palais était beaucoup trop peuplée pour qu'il soit très vraisemblable que l'espion ait choisi de s'y cacher. Son cœur se mit à battre plus vite, et il commença à reculer, un pied derrière l'autre, en direction de l'escalier qu'il venait de gravir. Avec leurs barbes, leurs casques, leurs cottes de mailles et leurs fourrures, ces gardes ressemblaient à tous les autres Cheresques du palais — seulement il y avait quelque chose qui ne collait pas tout à fait.

Un homme de haute taille, vêtu d'une cape noire à

capuchon sortit de la porte de la chambre de Garion. C'était Asharak. Le Murgo allait dire quelque chose quand ses yeux tombèrent sur Garion.

— Ah, dit-il doucement. Je te cherchais, Garion.

Ses yeux de braise se mirent à luire dans son visage couturé de cicatrices.

— Viens par ici, mon garçon.

Garion sentit qu'on tentait de pénétrer ses pensées, mais en vain, comme si l'on n'arrivait pas à y assurer sa prise. Il secoua la tête sans un mot et continua à reculer.

— Allons, viens, maintenant, reprit Asharak. Nous nous connaissons depuis beaucoup trop longtemps pour ça. Fais ce que je dis. Tu sais que tu ne peux pas faire autrement.

L'approche devint une emprise puissante qui glissa à nouveau.

— Viens ici, Garion! ordonna rudement Asharak.

— Non! répondit Garion, en continuant à reculer, marche après marche.

Les yeux d'Asharak se mirent à lancer des éclairs et il se redressa dans un mouvement de fureur.

Cette fois, ce n'était plus une approche ou une emprise, c'était un coup. Garion en sentit la force, bien qu'il semblât quelque peu dévié et manquât, sans qu'il sache comment, son but.

Asharak écarquilla légèrement les yeux, puis les étrécit.

— Qui a fait ça? demanda-t-il. Polgara? Belgarath? Cela ne te sera d'aucune utilité, Garion. Je t'ai eu une fois, et je te reprendrai quand je voudrai. Tu n'es pas assez fort pour m'échapper.

Garion regarda son ennemi et ne résista pas à l'envie de le défier.

— Peut-être pas, dit-il, mais je crois qu'il faudra d'abord que vous m'attrapiez.

Asharak se tourna rapidement vers ses hommes.

— C'est le garçon que je cherche, aboya-t-il d'une voix âpre. Rattrapez-le!

Lestement, comme sans réfléchir, l'un des guerriers éleva son arc et pointa une flèche droit sur Garion. Asharak n'eut que le temps de lever le bras et de faire dévier l'arc avant qu'il ne décoche son trait. La pointe d'acier siffla dans l'air et vint heurter à grand fracas les pierres du mur, à quelques pas de Garion, sur la gauche.

— Je le veux vivant, imbéciles ! gronda Asharak en assenant à l'archer un coup sur le côté de la tête. On entendit un craquement sinistre, puis l'homme s'effondra sur le sol où il resta à se tortiller.

Garion fit volte-face et se précipita vers l'escalier dont il dégringola les marches trois par trois. Il n'avait pas besoin de regarder derrière lui. Le bruit des lourdes bottes lui disait suffisamment qu'Asharak et ses hommes étaient à ses trousses. Au bas des marches, il tourna brusquement à gauche et s'engouffra dans un long corridor obscur qui s'enfonçait dans le labyrinthe du palais d'Anheg.

CHAPITRE 18

Il y avait des soldats partout, et le palais tout entier retentissait de bruits de bataille. La première idée de Garion, en prenant la fuite, était simple. Il n'avait qu'à trouver les gardes de Barak, et il était sauvé. Mais les hommes de Barak n'étaient pas seuls dans le palais. Le comte de Jarvik y avait fait entrer une véritable petite armée par les ailes en ruines du sud, et le combat faisait rage dans les couloirs.

Garion se rendit très vite compte qu'il n'avait aucun moyen de distinguer ses amis de ses ennemis. Pour lui, les gardes cheresques se ressemblaient tous comme autant de gouttes d'eau. A moins de tomber sur Barak ou quelqu'un de sa connaissance, il n'oserait jamais se remettre entre les mains de l'un d'entre eux. Il était parfaitement conscient du fait qu'il fuyait aussi bien devant ses alliés que ses adversaires, et cette notion n'était pas seulement frustrante, elle ajoutait encore à sa peur. Car il était tout à fait possible — sinon probable — qu'il ne prenne la fuite devant les hommes de Barak que pour se jeter droit dans les bras de ceux de Jarvik.

La chose la plus logique à faire consistait à retourner directement vers la salle du conseil, mais dans sa hâte à échapper à Asharak, il avait foncé tête baissée dans tant de couloirs obscurs et tourné un si grand nombre de fois qu'il n'avait plus la moindre idée de l'endroit où il se trouvait, ou de la façon de retourner dans les parties du palais qui lui étaient familières. En outre, cette fuite éperdue était dangereuse. Asharak ou ses hommes pouvaient l'attendre en embuscade à n'importe quel détour de couloir pour s'emparer de lui, et il savait que le Murgo ne mettrait pas longtemps à réinstaller entre eux cet étrange lien que tante Pol avait brisé par le contact de ses doigts. Or il fallait éviter cela à tout prix. Si Asharak remettait la main sur lui, il ne relâcherait plus jamais son emprise. La seule solution qui s'offrait à lui consistait donc à trouver une cachette.

Il plongea dans un autre passage étroit et s'arrêta, le dos collé aux pierres du mur, pour reprendre son souffle. Au bout du corridor, il distinguait vaguement une étroite volée de marches de pierre tout usées qui montait en s'incurvant dans la lumière vacillante d'une unique torche. Il se fit rapidement le raisonnement que plus il montait, moins il était vraisemblable qu'il rencontre qui que ce soit. Les combats se concentreraient plus probablement dans les étages inférieurs. Il inspira profondément et s'engagea en courant dans l'escalier.

Arrivé à mi-chemin, il se rendit compte qu'il y avait une faille dans son plan. Il n'y avait pas de passages latéraux à l'escalier, donc aucun moyen de s'échapper, et pas le moindre recoin où se cacher non plus. S'il n'arrivait pas très vite en haut, il risquait fort d'être découvert et capturé... sinon pire.

— Petit ! hurla une voix en dessous de lui.

Garion jeta un rapide coup d'œil par-dessus son épaule. Un Cheresque à l'air menaçant, avec sa cotte de mailles et son casque, montait vers lui en brandissant son épée dégainée.

Garion se mit à grimper les marches quatre à quatre, manquant tomber plusieurs fois.

Il entendit un autre cri au-dessus de sa tête et se figea. Le garde d'en haut avait l'air tout aussi sinistre que celui d'en bas, mais il était armé d'une redoutable hache d'arme.

Pris entre deux feux, Garion se recroquevilla contre les pierres en tentant de dégainer sa dague, bien conscient du fait qu'elle lui serait d'un faible secours.

Puis les deux guerriers se virent. Avec des cris retentissants, ils s'affrontèrent. Celui à l'épée dépassa Garion tandis que celui à la hache se précipitait vers lui.

La hache décrivit un grand arc, manqua son coup et arracha une pluie d'étincelles aux pierres du mur. L'épée eut plus de succès. Garion la vit — et, d'horreur, ses cheveux se dressèrent sur sa tête — rentrer comme dans du beurre dans le milieu du corps de l'homme à la hache qui s'abattait sur lui. La hache heurta les marches dans un vacarme retentissant, et son propriétaire, qui n'en finissait pas de fondre sur son adversaire, tira une large dague d'un fourreau à sa ceinture et la plongea dans la poitrine de l'ennemi abhorré. L'impact, au moment où les deux hommes se heurtèrent, les souleva de terre, et ils s'écroulèrent dans l'escalier sans se lâcher, leurs lames lançant des éclairs comme ils continuaient à échanger des coups.

Paralysé par l'horreur, Garion les regarda dévaler les marches en roulant l'un par-dessus l'autre, leurs dagues s'enfonçant dans leurs chairs avec des bruits écœurants et le sang giclant de leurs blessures comme autant de fontaines écarlates.

Garion eut un haut-le-cœur, serra fermement les dents et s'élança en courant dans l'escalier en s'efforçant de fermer les oreilles aux sons horribles qui venaient d'en dessous, alors que les deux hommes continuaient à s'acharner l'un sur l'autre dans leur agonie.

Il n'envisageait même plus de se faufiler discrètement ; il se contentait de courir — fuyant davantage la hideuse rencontre qui avait eu lieu dans l'escalier qu'Asharak ou le comte de Jarvik. Enfin, après il n'aurait su dire combien de temps, pantelant, à bout de souffle, il se précipita par une porte entrouverte qui donnait dans une chambre poussiéreuse, inutilisée. Il la referma en tremblant et resta un moment debout, le dos collé au chambranle.

Un grand lit défoncé gisait le long de l'un des murs dans lequel s'ouvrait une petite fenêtre, deux chaises brisées étaient appuyées d'un air las dans les coins, un coffre vide, le couvercle ouvert, bâillait dans un troisième, et c'était tout l'ameublement de la chambre. Au moins se trouvait-elle à l'écart des couloirs où ces sauvages s'éventraient mutuellement, mais Garion se rendit très vite compte que le semblant de sécurité qu'il croyait avoir trouvé n'était qu'illusoire. Il suffisait que quelqu'un ouvre la porte, et il était perdu. Affolé, il fit du regard le tour de la chambre poussiéreuse.

Des tentures étaient accrochées au mur de pierre, en face du lit. Songeant qu'elles dissimulaient peut-être un placard ou une autre pièce, Garion alla les écarter. Il y avait bien une ouverture derrière, toutefois elle ne donnait pas sur une autre chambre, mais dans un petit couloir plongé dans l'obscurité. Il jeta un coup d'œil dans le passage, mais il faisait si noir que c'est à peine s'il y voyait à quelques mètres. Il frissonna à l'idée de ramper dans ces ténèbres, des hommes armés piaffant sur ses talons.

Puis son regard tomba sur la petite fenêtre. Il tira le lourd coffre de l'autre côté de la pièce pour monter dessus. Peut-être arriverait-il à voir quelque chose qui lui donnerait une idée de l'endroit où il se trouvait. Il grimpa sur le coffre, se dressa sur la pointe des pieds et jeta un coup d'œil au-dehors.

De hautes tours s'élevaient çà et là, au milieu des immenses toits d'ardoise qui coiffaient les interminables galeries et les innombrables salles du palais du roi Anheg. C'était sans espoir. Il ne reconnaissait rien de ce qu'il voyait. Il se retourna vers la chambre et était sur le point de redescendre du coffre lorsqu'il s'arrêta net. Là, clairement imprimée dans la poussière qui couvrait le sol d'une couche épaisse, s'étalait la marque de ses pas.

Il sauta rapidement à bas du coffre et empoigna le traversin du lit dans lequel personne n'avait dormi depuis des temps immémoriaux. Il le flanqua par terre et le traîna sur le sol. Il savait pertinemment qu'il ne parviendrait jamais à dissimuler le fait que quelqu'un était passé dans la pièce, mais il pouvait effacer ses empreintes dont la taille révélerait immédiatement à Asharak ou à l'un de ses hommes que celui, quel qu'il soit, qui se cachait là, n'avait pas fini sa croissance. Lorsqu'il eut fini, il remit le polochon sur le lit. Ce n'était pas parfait, mais c'était toujours mieux que rien.

Puis il y eut un hurlement dans le couloir, au-dehors, et un cliquetis de lames d'acier s'entrechoquant.

Garion prit une profonde inspiration et plongea derrière les tentures, dans le couloir obscur.

Il avait à peine fait quelques pas dans l'étroit passage que les ténèbres devinrent absolues. Au départ, il marcha assez vite dans la poussière millénaire qui s'élevait, étouffante, du sol inégal, avant tout désireux de mettre la plus grande distance possible entre lui et les combats qui avaient lieu dans le couloir. Mais il trébucha, et l'espace d'un instant, il crut que son cœur allait s'arrêter. Il avait eu l'impression qu'il allait tomber dans le vide. L'image d'un escalier vertigineux béant dans le noir lui traversa l'esprit, et il se rendit compte qu'à l'allure à laquelle il allait, il n'arriverait jamais à se retenir. A partir de ce moment-là, il se déplaça plus lentement, une main sur les pierres du mur, l'autre devant son visage afin de se protéger des toiles d'araignées qui pendaient en rideaux épais du plafond bas et dont le contact lui donnait la chair de poule.

Il n'avait aucun sens de la durée, dans le noir, et il lui semblait qu'il y avait des heures qu'il avançait à tâtons dans ce couloir qui n'avait apparemment pas de fin. Puis, en dépit de ses précautions, il rentra de bon cœur dans un mur de pierre nue. Il eut un moment de panique. Le passage se terminait-il ici? Et si c'était un cul-de-sac?

Puis, du coin de l'œil, il perçut une faible lueur. Le couloir ne se terminait pas; il tournait à angle droit vers la droite, et il semblait y avoir de la lumière au bout. Garion la suivit, le cœur plein de reconnaissance, en s'enhardissant au fur et à mesure qu'elle se précisait.

Il atteignit bientôt la source lumineuse. C'était une fente étroite, vers le bas du mur. Garion s'agenouilla sur les pierres poussiéreuses et regarda par le trou.

Il plongeait le regard dans une énorme salle au centre de laquelle était ménagée une fosse où brûlait un grand feu dont la fumée montait vers les ouvertures pratiquées dans le plafond voûté, encore au-dessus de l'endroit où se trouvait Garion. Bien qu'elle ait l'air très différent de l'endroit élevé où il se trouvait, Garion reconnut immédiatement la salle du trône du roi Anheg. En regardant vers le bas, il vit la lourde silhouette du roi Rhodar, et celle, plus chétive du roi Cho-Hag, flanqué de l'éternel Hettar. A une certaine distance des trônes, le roi Fulrach était absorbé dans une grande conversation avec sire

Loup, tante Pol à côté de lui. L'épouse de Barak bavardait avec la reine Islena, la reine Porenn et la reine Silar debout non loin d'elles. Silk arpentait nerveusement la salle, en jetant de temps à autre un coup d'œil aux portes bien gardées. Garion éprouva un profond soulagement. Il était sauvé.

Il allait les appeler quand la porte s'ouvrit brutalement. Le roi Anheg, vêtu d'une cotte de mailles et l'épée au poing, entra à grandes enjambées dans la salle, Barak et le Gardien de Riva sur ses talons. Ceux-ci tenaient entre eux le corps de l'homme aux cheveux de lin que Garion avait vu dans la forêt le jour de la chasse au sanglier, et qui se tortillait dans le vain espoir de se libérer.

— Ta traîtrise te coûtera cher, Jarvik, déclara Anheg d'un ton sinistre, en regardant par-dessus son épaule tout en avançant vers son trône.

— Alors, tout est fini ? demanda tante Pol.

— Bientôt, Polgara, répondit Anheg. Mes hommes traquent les derniers brigands de Jarvik dans les parties les plus retirées du palais. Si nous n'avions pas été prévenus, les choses ne se seraient peut-être pas passées comme cela.

Garion, qui avait retenu son cri sur ses lèvres, décida au dernier moment de conserver le silence pendant encore un instant.

Le roi Anheg rengaina son épée et prit place sur son trône.

— Nous allons bavarder un peu, Jarvik, avant de faire ce qui doit être fait.

L'homme aux cheveux de lin renonça à lutter contre Barak et le presque aussi puissant Brand.

— Je n'ai rien à te dire, Anheg, lança-t-il d'un ton de défi. Si la chance avait été de mon côté, c'est moi qui serais assis sur ton trône, en ce moment. J'ai joué, j'ai perdu, et c'est la fin du voyage.

— Pas tout à fait, reprit Anheg. Je veux tout savoir. Tu ferais mieux de parler. D'une façon ou d'une autre, tu finiras par dire tout ce que tu sais.

— Tu peux me faire tout ce que tu veux, répliqua Jarvik avec un rictus sarcastique. Je me trancherai la langue avec les dents avant d'avoir eu le temps de révéler quoi que ce soit.

— C'est ce que nous verrons, répondit Anheg, d'un ton menaçant.

— Ce ne sera pas nécessaire, Anheg, intervint tante Pol en approchant lentement du prisonnier. Il y a un moyen plus simple de le convaincre.

— Je ne parlerai pas, répéta Jarvik. Je suis un guerrier, et tu ne me fais pas peur, sorcière !

— Tu es encore plus stupide que je ne pensais, Jarvik, remarqua sire Loup. Préfères-tu que ce soit moi qui le fasse, Pol ?

— Je m'en sortirai toute seule, père, répondit-elle sans quitter Jarvik des yeux.

— Attention, reprit le vieil homme. Il y a des moments où tu vas trop loin. Un léger effleurement suffit.

— Je sais ce que j'ai à faire, Vieux Loup Solitaire, laissa-t-elle tomber d'une voix acerbe.

Elle regarda le prisonnier droit dans les yeux. Garion retint son souffle en se gardant bien de révéler sa présence.

Le comte de Jarvik commença à transpirer et tenta désespérément d'éviter le regard inflexible de tante Pol, mais en vain. La volonté de tante Pol semblait s'être substituée à la sienne, lui verrouillant les paupières. Il commença à trembler et son visage blêmit. Elle ne fit pas un geste, pas un signe, elle se contenta de rester debout devant lui, ses yeux lui embrasant jusqu'au cerveau.

Et puis, au bout d'un moment, il se mit à hurler. Il poussa encore un cri et s'effondra, son corps pesant désormais de tout son poids entre les mains des deux hommes qui le retenaient.

— Arrêtez ça ! gémit-il, en frissonnant d'une façon incontrôlable. Je vais parler, mais je vous en prie, arrêtez ça.

Silk, qui se prélassait maintenant non loin du trône d'Anheg, regarda Hettar.

— Je me demande ce qu'il a vu, s'interrogea-t-il à haute voix.

— Je crois que je préfère ne pas le savoir, répondit Hettar.

La reine Islena, qui observait attentivement tante Pol, comme si elle espérait glaner un indice de la façon dont elle s'y prenait pour faire ce tour, sourcilla quand Jarvik se mit à crier, et détourna les yeux.

— Très bien, Jarvik, commença Anheg, d'un ton étrangement suave. Commence par le commencement. Je veux tout savoir.

— Ce n'était pas grand-chose, au départ, dit Jarvik d'une voix tremblante. Il n'y avait apparemment aucun mal à ça.

— Il n'y en a jamais, nota Brand.

Le comte de Jarvik inspira profondément, jeta un coup d'œil à tante Pol et se remit à trembler. Puis il se raidit.

— Tout a commencé il y a deux ans environ, à Kotu, en Drasnie, où j'étais allé avec mon bateau, reprit-il. Là-bas, j'avais rencontré un marchand nadrak du nom de Grashor, qui m'avait fait une assez bonne impression. Lorsque nous eûmes fait un peu connaissance, il me demanda si je serais intéressé par une affaire lucrative. Je lui répondis que j'étais comte et non pas un vulgaire marchand, mais il insista. Il me dit qu'il n'était pas tranquille à cause des pirates qui infestaient les îles du golfe de Cherek, et qu'un bâtiment comtal manœuvré par des guerriers armés ne risquait pas de se faire attaquer. Il ne transportait qu'un unique coffre, pas très grand. Je pensai qu'il avait réussi à passer des pierres précieuses au nez et à la barbe des douaniers de Boktor et qu'il voulait les faire parvenir à Darine, en Sendarie. Je lui dis que je n'étais pas vraiment intéressé, mais alors il ouvrit sa bourse et fit couler des pièces d'or dans sa main. L'or était d'un rouge vif, je m'en souviens, et je n'arrivais pas à en détourner mes yeux. J'avais besoin d'argent — qui n'en a pas besoin? et je ne voyais pas vraiment ce qu'il y avait de déshonorant à faire ce qu'il me demandait.

« Quoi qu'il en soit, je l'amenai, avec son coffre, jusqu'à Darine, où il me fit rencontrer son associé, un Murgo du nom d'Asharak. »

Garion sursauta en entendant ce nom, et il entendit Silk pousser tout bas un petit sifflement de surprise.

— Comme convenu, poursuivit Jarvik, Asharak me versa une somme égale à celle que Grashor m'avait remise, de sorte que je sortis de l'affaire avec une bourse pleine d'or. Asharak me dit que je leur avais rendu un grand service et que si j'avais encore besoin d'or, il serait heureux de trouver des moyens de m'en faire gagner.

« Je détenais maintenant davantage d'or que je n'en avais jamais eu à la fois jusque-là, mais pour je ne sais quelle raison, j'avais l'impression de ne pas en avoir assez ; il m'en fallait encore plus. »

— C'est la particularité de l'or angarak, expliqua sire Loup. On ne le possède pas, on est possédé par lui, et plus on en a, plus la possession est forte. C'est pour cela que les Murgos en sont si prodigues. Asharak ne rémunérait pas tes services, Jarvik ; il achetait ton âme.

Jarvik hocha la tête, le visage lugubre.

— En tout cas, reprit-il, je ne mis pas longtemps à trouver un prétexte pour remettre le cap sur Darine. Asharak me dit que depuis que l'entrée de Cherek était interdite aux Murgos, il s'interrogeait beaucoup sur notre royaume et sur nous-mêmes. Il me posa de nombreuses questions et me donna de l'or à chaque réponse. Il me semblait que c'était une façon stupide de dépenser son argent, mais je lui fournis les réponses et pris son or. Lorsque je rentrai à Cherek, j'en avais une bourse pleine. J'allai à Jarviksholm mettre le nouvel or avec celui que j'avais déjà. Je vis que j'étais un homme riche, et je n'avais encore rien fait de déshonorant. Mais il me semblait maintenant que les journées n'étaient pas assez longues. Je passais tout mon temps enfermé dans ma salle forte, à compter et recompter mon or, à le faire briller jusqu'à ce qu'il soit plus rouge que du sang et qu'il m'emplisse les oreilles de son tintement.

« Mais au bout d'un moment, j'eus l'impression de ne pas en avoir beaucoup, aussi retournai-je voir Asharak. Il me dit qu'il se posait toujours autant de questions au sujet de Cherek et qu'il aurait aimé connaître les dispositions d'esprit d'Anheg. Il m'annonça qu'il me donnerait autant d'or que j'en avais déjà si je lui faisais parvenir le détail de ce qui se disait dans les grands conseils qui se tenaient ici, au palais, pendant un an. Je commençai par refuser, parce que je savais que ce n'était pas digne d'un homme d'honneur, mais c'est alors qu'il me montra l'or, et je ne fus plus en mesure de refuser. »

De son poste, Garion voyait l'expression de ceux qui se trouvaient dans la salle, en dessous de lui. Leurs visages arboraient un mélange de pitié et de mépris comme Jarvik continuait son histoire.

— C'est alors, Anheg, poursuivit-il, que tes hommes interceptèrent l'un de mes messagers, et que je fus envoyé en exil à Jarviksholm. Au départ, cela ne m'importa pas trop, parce que je pouvais encore jouer avec mon or. Mais une nouvelle fois, je ne tardai pas à avoir l'impression que cela ne me suffisait pas. J'envoyai à Darine, par la barre, un vaisseau rapide chargé d'un message destiné à Asharak le priant de me confier une autre mission afin que je puisse gagner encore plus d'or. Lorsque le vaisseau revint, Asharak était à bord, et nous étudiâmes de concert ce que je pouvais faire pour augmenter mon trésor.

— Tu es donc doublement traître, Jarvik, déclara Anheg d'une voix presque attristée. Tu m'as trahi et tu as rompu la plus ancienne loi de Cherek. Aucun Angarak n'avait posé le pied sur le sol de Cherek depuis le temps de Garrot-d'Ours en personne.

— Je ne m'en souciais guère, à ce moment-là, répondit Jarvik en haussant les épaules. Asharak avait un plan, qui me parut bon sur le coup. Si nous pouvions traverser la ville par petits groupes, nous pourrions dissimuler une armée dans les ruines sud du palais. Avec un peu de chance, en profitant de l'effet de surprise, nous devions parvenir à tuer Anheg et les autres rois aloriens, et j'aurais pu monter sur le trône de Cherek, et — pourquoi pas — de toute l'Alorie par-dessus le marché.

— Et quel prix demandait Asharak ? demanda sire Loup, en plissant les yeux. Qu'exigeait-il de toi pour te mettre sur le trône ?

— Quelque chose de si anodin que j'ai ri quand j'ai su ce qu'il voulait, fit Jarvik. Mais il avait dit qu'il ne se contenterait pas de me donner la couronne, mais aussi une salle pleine d'or si je parvenais à le lui procurer.

— Et de quoi s'agissait-il? répéta sire Loup.

— Il a dit qu'il y avait un gamin d'une quinzaine d'années dans le groupe qui accompagnait le roi Fulrach de Sendarie, et que dès que l'enfant serait entre ses mains, il me donnerait tant d'or que je ne pourrais pas le compter, et le trône de Cherek par la même occasion.

Le roi Fulrach eut l'air surpris.

— Le petit Garion? demanda-t-il. Qu'est-ce qu'Asharak pouvait bien vouloir faire de lui?

Le hoquet de frayeur de tante Pol porta jusqu'à l'endroit où Garion était dissimulé.

— Durnik! fit-elle d'une voix sonore.

Mais Durnik s'était déjà levé d'un bond et fonçait vers la porte, Silk sur ses talons. Tante Pol fit volte-face, les yeux étincelants, et la mèche blanche au-dessus de son front se mit à étinceler dans le minuit de sa chevelure. Le comte de Jarvik défaillit lorsque son regard insoutenable s'abattit sur lui.

— S'il arrive quelque chose à l'enfant, Jarvik, les hommes trembleront pendant mille ans au souvenir de ton sort, lui dit-elle.

Les choses étaient allées assez loin comme cela. Garion avait honte de lui, et un peu peur aussi de la violence de la réaction de tante Pol.

— Je vais bien, tante Pol, appela-t-il par la fente étroite dans le mur. Je suis là, en haut.

— Garion? (Elle leva les yeux dans l'espoir de le voir.) Où es-tu?

— Ici, près du plafond, dit-il. Derrière le mur.

— Comment es-tu arrivé là?

— Je n'en sais rien. J'étais pourchassé par des hommes, alors je me suis enfui. C'est comme ça que je suis arrivé là.

— Viens ici tout de suite.

— Je ne sais pas comment faire, tante Pol. J'ai tellement couru et j'ai tourné tant de fois que je ne sais plus comment rentrer. Je suis perdu.

— Très bien, fit-elle en reprenant son calme. Reste où tu es. Nous allons bien trouver un moyen de te faire redescendre.

— Espérons-le, dit-il.

CHAPITRE 19

— Allons, ce passage débouche bien quelque part ; il n'a qu'à le suivre, suggéra le roi Anheg en jetant un coup d'œil oblique vers l'endroit où Garion attendait fébrilement.

— Pour se jeter droit dans les bras d'Asharak le Murgo ? s'exclama tante Pol. Il vaut mieux qu'il reste où il est.

— Asharak a dû chercher son salut dans la fuite, objecta Anheg. Il n'est plus au palais.

— Pour autant que je me souvienne, il n'était même pas censé se trouver dans le royaume, reprit tante Pol, d'un ton caustique.

— D'accord, Pol, dit sire Loup, avant d'appeler : Garion, de quel côté le couloir part-il ?

— Il semble se diriger vers l'arrière de la salle où se trouvent les trônes, répondit Garion. Je ne peux pas dire avec certitude s'il va tout droit ou pas ; il fait complètement noir, ici.

— Nous allons te faire parvenir des torches. Laisses-en une à l'endroit où tu te trouves pour l'instant, et va au bout du couloir avec l'autre. Tant que tu verras la première, c'est que tu iras tout droit.

— Pas bête, commenta Silk. Je voudrais bien avoir quelques milliers d'années de plus pour pouvoir résoudre aussi facilement mes problèmes.

Sire Loup préféra ne pas relever.

— Je pense malgré tout qu'il serait plus sûr d'aller chercher des échelles et d'agrandir le trou dans le mur, intervint Barak.

— Ne pourrions-nous d'abord tenter de faire ce que suggère Belgarath ? demanda le roi Anheg, d'un ton navré.

— C'est toi le roi, répondit Barak en haussant les épaules.

— Merci, fit sèchement Anheg.

Un garde alla chercher un long bâton et deux torches furent passées à Garion.

— Si le couloir part en ligne droite, dit Anheg, il devrait aboutir quelque part dans les appartements royaux.

— Intéressant, nota le roi Rhodar en haussant un sourcil. Il serait très instructif de savoir si le passage menait aux appartements royaux, ou s'il en partait.

— Il se peut très bien que cette galerie n'ait été conçue que pour permettre un repli stratégique en cas de nécessité, rétorqua Anheg d'un ton offensé. Après tout, notre histoire n'a pas toujours été pacifique. Je ne vois pas pourquoi il faudrait toujours imaginer le pire, n'est-ce pas ?

— Bien sûr que non, répondit d'un ton mielleux le roi Rhodar. On ne voit vraiment pas pourquoi.

Garion plaça l'une des torches à côté de la fente percée dans le mur et suivit le couloir poussiéreux en se retournant fréquemment pour s'assurer que le flambeau était toujours bien en vue. Il finit par arriver à une porte étroite qui s'ouvrait dans le fond d'un placard vide, ménagé dans une chambre à coucher splendide, donnant sur un large couloir bien éclairé.

Plusieurs gardes arrivaient dans le couloir, parmi lesquels Garion reconnut, avec un profond soulagement, Torvik, le grand veneur.

— Me voilà, dit-il en sortant de la chambre.

— Tu ne t'ennuies jamais, toi, hein ? fit Torvik, avec un grand sourire.

— Ce n'était pas mon idée.

— Retournons auprès du roi Anheg. La dame, ta tante, donne l'impression de s'en faire à ton sujet.

— J'imagine qu'elle m'en veut, insinua Garion en emboîtant le pas à l'homme aux larges épaules.

— C'est plus que vraisemblable. De toute façon, quoi

qu'on fasse, les femmes finissent toujours par nous en vouloir. C'est l'une des choses auxquelles il faudra bien que tu t'habitues en grandissant.

Tante Pol attendait à la porte de la salle du trône. Il n'eut pas droit au moindre reproche — pas pour l'instant, du moins. Pendant un bref instant, elle le serra impétueusement contre son cœur, puis elle le regarda avec gravité.

— Nous t'attendions, chéri, fit-elle, d'un ton presque calme, en le ramenant auprès des autres.

— Dans les appartements de ma grand-mère, dites-vous ? demandait Anheg à Torvik. Quelle nouvelle surprenante. J'en garde le souvenir d'une chère vieille petite chose toute tordue qui marchait avec une canne.

— Personne ne naît vieux, Anheg, répondit le roi Rhodar avec un regard entendu.

— Je suis sûre qu'il y a de nombreuses explications, Anheg, déclara la reine Porenn. Mon époux veut seulement vous taquiner.

— L'un des hommes a examiné le passage, Majesté, intervint diplomatiquement Torvik. La poussière est très épaisse. Il est possible que personne ne l'ait utilisé depuis des siècles.

— Quelle idée stupéfiante, répéta Anheg.

On changea alors délicatement de sujet de conversation, bien que le petit sourire futé du roi Rhodar en dît à lui seul plus long qu'un discours entier.

Le comte de Seline eut un toussotement poli.

— Je pensais que le jeune Garion aurait peut-être des choses intéressantes à nous raconter, suggéra-t-il.

— Ça, je l'imagine sans peine, renchérit tante Pol en se tournant vers Garion. Je croyais t'avoir dit d'aller dans ta chambre.

— Oui, mais Asharak y était avant moi, répondit Garion. Avec des tonnes de guerriers. Il a essayé de m'attirer à lui, et comme je ne voulais pas, il a dit qu'il m'avait eu une fois et qu'il pourrait m'avoir à nouveau. Je n'ai pas très bien compris ce qu'il entendait par là, mais je lui ai répondu qu'il faudrait d'abord qu'il m'attrape, et c'est là que je me suis mis à courir.

Brand, le Gardien de Riva, se mit à rire.

— Je ne vois pas comment vous pourriez trouver à redire à cela, Polgara, déclara-t-il. Je pense que si je trouvais un prêtre Grolim dans ma chambre, moi aussi, je prendrais mes jambes à mon cou.

— Tu es sûr que c'était Asharak ? demanda Silk.

— Je le connais depuis longtemps, répondit Garion en hochant la tête. Depuis que je suis né, je crois. Et il me connaît aussi. Il m'a appelé par mon nom.

— Je crois que j'aimerais bien avoir une petite conversation avec cet Asharak, dit Anheg. J'aurais quelques questions à lui poser sur tous les troubles qu'il a fomentés dans mon royaume.

— Je doute fort que vous arriviez à remettre la main sur lui, Anheg, fit sire Loup. On dirait que ce n'est pas un simple prêtre Grolim. J'ai effleuré son esprit, une fois, à Muros. Ce n'est pas un esprit comme les autres.

— Cela m'amusera beaucoup de le faire rechercher, reprit Anheg avec une expression sinistre. Tout Grolim qu'il soit, il n'a quand même pas le pouvoir de marcher sur l'eau ; j'imagine donc qu'il me suffira de faire bloquer les ports de Cherek et d'ordonner à mes hommes de fouiller les montagnes et les forêts. De toute façon, l'hiver, ils engraissent et je ne peux plus les tenir ; au moins, ça les occupera.

— Flanquer de gros guerriers dans la neige en plein cœur de l'hiver ne fera pas de toi un roi très populaire, Anheg, observa Rhodar.

— Offrez une récompense, suggéra Silk. De la sorte, vous leur ferez abattre la besogne tout en restant populaire.

— Ça, c'est une idée, acquiesça Anheg. Et quel genre de récompense proposeriez-vous, Prince Kheldar ?

— Promettez le poids de la tête d'Asharak en or, répondit Silk. Voilà qui devrait suffire à détourner les plus gros guerriers des dés et de la bière.

Anheg fit une grimace.

— N'oubliez pas que c'est un Grolim, poursuivit Silk. Ils n'arriveront probablement pas à mettre la main sur lui, mais ils retourneront tout le royaume à sa recherche. Votre or restera en sûreté, vos guerriers prendront un peu d'exercice, vous vous taillerez une réputation de grande générosité, et tant que tous les hommes valides de Cherek lui courront après en brandissant des hachoirs, Asharak sera trop occupé à se cacher pour faire des bêtises.

— Prince Kheldar, déclara gravement Anheg, vous êtes un homme retors.

— Je fais ce que je peux, Majesté, répondit Silk avec une courbette ironique.

— J'imagine que vous n'accepteriez pas d'entrer à mon service? s'enquit le roi de Cherek.

— Anheg! protesta Rhodar.

Silk poussa un soupir.

— Le sang, Sire Anheg, fit Silk avec un soupir. Je suis lié à mon oncle par les liens du sang. Je serais néanmoins intéressé d'entendre votre proposition. Il se pourrait que cela me soit utile lors de négociations ultérieures concernant la rétribution de mes services.

Le rire de la reine Porenn tinta comme une petite cloche d'argent, et le roi Rhodar arbora une expression tragique.

— Vous voyez, je suis rigoureusement entouré de traîtres. Que peut faire un pauvre vieillard obèse, dans un tel environnement, je vous le demande?

Un soldat à la mine lugubre entra dans la salle et approcha du trône d'Anheg.

— C'est fait, Sire, annonça-t-il. Vous voulez voir sa tête?

— Non, surtout pas, répondit précipitamment le roi Anheg.

— Faut-il la planter au bout d'une pique, dans le port? reprit le garde.

— Non. Jarvik fut jadis un homme de bien, et mon parent par alliance. Faites parvenir son corps à sa femme pour qu'elle lui donne une sépulture décente.

Le guerrier s'inclina et quitta la salle.

— Le problème posé par ce Grolim, Asharak, m'intéresse, déclara la reine Islena, d'un ton quelque peu suffisant. Ne pourrions-nous, dame Polgara, tenter d'imaginer à nous deux un moyen de découvrir où il se cache?

Sire Loup ne laissa pas à tante Pol le temps de répliquer.

— Voilà qui part d'une noble intention, Islena, se hâta-t-il de répondre. Mais nous ne pouvons nous permettre de laisser la reine de Cherek courir un tel risque. Je suis sûr que vous disposez de dons remarquables, mais dans une telle quête, l'esprit s'abandonne complètement. Il suffirait qu'Asharak prenne conscience du fait que vous êtes à sa recherche pour exercer instantanément des représailles, et si, dans ce cas, Polgara ne court aucun danger, on peut redouter que votre conscience ne soit soufflée comme une chandelle. Il serait par trop regrettable que la reine de Cherek passe le restant de ses jours à errer dans les couloirs du palais comme une folle.

Islena devint instantanément livide et ne vit pas le clin d'œil rusé que sire Loup adressa à Anheg.

— Je ne laisserai jamais faire une chose pareille, répondit fermement Anheg. Ma royale épouse m'est infiniment trop précieuse pour que je l'autorise à s'exposer à un aussi terrible danger.

— J'accéderai à la volonté du roi, Monseigneur, fit Islena, grandement soulagée. Sur son ordre, je retire ma proposition.

— La bravoure de ma royale épouse m'honore, dit Anheg, le visage rigoureusement impassible.

Islena s'inclina et s'empressa de battre en retraite. Tante Pol regarda sire Loup en haussant un sourcil, mais n'insista pas.

L'expression de sire Loup avait retrouvé toute sa gravité lorsqu'il quitta le fauteuil dans lequel il était assis.

— Je crois que le moment est venu d'arrêter certaines décisions, déclara-t-il. Les événements commencent à se précipiter, et nous ne pouvons plus nous permettre de perdre de temps. Y a-t-il un endroit où nous pouvons parler sans craindre que nos paroles ne soient surprises par des oreilles indiscrètes ? demanda-t-il à Anheg.

— Il y a une salle, dans l'une des tours, répondit Anheg. J'y pensais avant notre première réunion, mais...

Il s'interrompit et regarda Cho-Hag.

— Vous n'auriez pas dû vous arrêter à ce détail, dit Cho-Hag. J'arrive à monter les marches lorsqu'il le faut, et il aurait mieux valu que j'aie à subir ce petit inconvénient que de nous laisser espionner par les acolytes de Jarvik.

— Je resterai avec Garion, fit Durnik en regardant tante Pol.

— Sûrement pas, rétorqua tante Pol en secouant fermement la tête. Tant qu'Asharak se promènera en liberté à Cherek, je ne le quitterai pas des yeux.

— Si nous y allions, alors ? suggéra sire Loup. Il se fait tard, et je voudrais partir demain, à la première heure. La piste que j'étais en train de suivre est en train de refroidir.

La reine Islena, qui semblait encore sous le choc, resta à l'écart avec Porenn, et Silar ne fit pas mine de les suivre lorsque le Roi Anheg les mena hors de la salle du trône.

Je te tiendrai au courant de tout, dit le roi Rhodar à son épouse, par signes.

J'espère bien, répondit Porenn, toujours en langue secrète. Son visage restait impassible, mais le claquement de ses doigts trahissait sa nervosité.

Du calme, mon petit, firent en retour les doigts de Rhodar. *Nous ne sommes pas chez nous, ici, et il faut bien que je me conforme aux usages locaux.*

Aux ordres de Monseigneur, répondit-elle en inclinant les mains d'une façon incroyablement sarcastique.

Le roi Cho-Hag vint à bout de l'escalier, avec l'aide de Hettar, mais son ascension fut laborieuse.

— Je vous prie de m'excuser, dit-il, hors d'haleine, en s'arrêtant à mi-chemin pour reprendre son souffle. Tout ceci est aussi pénible pour moi que pour vous.

Le roi Anheg posta des gardes au pied de l'escalier avant de les rejoindre et de refermer la lourde porte derrière eux.

— Allume le feu, cousin, ordonna-t-il à Barak. Autant être à notre aise.

Barak acquiesça et approcha une torche du bois préparé dans la cheminée.

C'était une pièce ronde, pas très grande, mais suffisamment quand même pour accueillir tout le monde, et il s'y trouvait assez de sièges pour que chacun trouve sa place.

Sire Loup resta planté devant l'une des fenêtres, à regarder les lumières du Val d'Alorie qui scintillaient en dessous de lui.

— J'ai toujours aimé les tours, dit-il, comme s'il songeait à haute voix. Mon Maître vivait dans une tour pareille à celle-ci, et je garde un excellent souvenir de tout le temps que j'y ai passé.

— Je donnerais ma vie pour avoir connu Aldur, déclara doucement Cho-Hag. Etait-il vraiment environné de lumière, comme on le dit parfois?

— A moi, il me paraissait normal, répondit sire Loup. J'ai vécu cinq ans à ses côtés avant de savoir qui il était.

— Etait-il vraiment aussi sage qu'on le dit? demanda Anheg.

— Sûrement beaucoup plus. Je n'étais qu'un petit garçon sauvage quand il m'a trouvé, mourant, perdu dans une tempête de neige, devant sa tour. Il lui a fallu plusieurs siècles pour y parvenir, mais il a réussi à me former. Allons, au travail, maintenant, dit-il en s'écartant de la fenêtre avec un profond soupir.

— A partir d'où comptez-vous reprendre votre quête? s'enquit le roi Fulrach.

— De Camaar, répondit sire Loup. C'est là que j'ai retrouvé la trace. Je crois qu'elle mène en Arendie.

— Nous enverrons des soldats à votre rencontre. Après ce qui s'est passé ici, il est probable que les Grolims vont essayer de vous mettre des bâtons dans les roues.

— Non, répondit fermement sire Loup. Des hommes de guerre ne pourraient nous être d'aucune utilité face aux Grolims, et je ne tiens vraiment pas à me déplacer en traînant une armée derrière moi; j'aurai autre chose à faire que d'expliquer au roi d'Arendie pourquoi j'entre dans son royaume avec une horde d'hommes en armes sur mes talons. D'autant qu'il est encore plus pénible d'essayer de faire comprendre les choses aux Arendais qu'aux Aloriens, aussi incroyable que cela puisse paraître.

— Ne sois pas discourtois, père, fit tante Pol. C'est aussi leur monde, et ils sont tout de même concernés.

— Vous n'aurez pas nécessairement besoin d'une

armée, Belgarath, approuva le roi Rhodar, mais ne serait-il pas prudent de prendre quelques hommes sûrs ?

— Il y a très peu de problèmes que nous ne soyons en mesure de régler nous-mêmes, répondit sire Loup. Et Silk, Barak et Durnik sont là pour parer aux plus triviaux. Moins nous serons nombreux, moins nous risquerons d'attirer l'attention. Cela dit, Cho-Hag, commença-t-il en se tournant vers ce dernier, puisque nous sommes sur ce sujet, je voudrais emmener votre fils, Hettar, avec nous. Nous aurons probablement besoin de ses talents très spécialisés.

— Impossible, répondit platement Hettar. Je ne peux pas quitter mon père.

— Non, Hettar, déclara Cho-Hag. Je n'ai pas l'intention de te condamner à remplacer toute ta vie les jambes d'un invalide.

— Je n'ai jamais éprouvé la moindre contrainte à vous servir, Père. De nombreux autres individus disposent des mêmes capacités que moi. Que notre vénérable maître choisisse quelqu'un d'autre.

— Combien de Sha-Darim y a-t-il parmi les Algarois ? reprit gravement sire Loup.

Hettar braqua sur lui un regard pénétrant comme s'il tentait de lui faire comprendre quelque chose en silence.

Le roi Cho-Hag retint brusquement son souffle.

— Hettar ? demanda-t-il. C'est vrai ?

Hettar haussa les épaules.

— Il se pourrait que oui, Père, dit-il. Je ne pensais pas que c'était important.

Cho-Hag regarda sire Loup, qui hocha la tête.

— Absolument, confirma-t-il. Je l'ai su à l'instant même où j'ai posé le regard sur lui pour la première fois. C'est un Sha-Dar. Mais il fallait qu'il en prenne conscience par lui-même.

Les yeux de Cho-Hag s'emplirent tout à coup de larmes.

— Mon fils ! s'exclama-t-il fièrement en serrant Hettar contre son cœur en une accolade bourrue.

— Ce n'est pas grand-chose, Père, dit tranquillement Hettar, comme si tout cela l'embarrassait.

— Mais qu'est-ce qu'ils racontent ? demanda tout bas Garion.

— C'est quelque chose que les Algarois prennent très au sérieux, répondit Silk, sur le même ton. Ils pensent qu'il y a des gens qui peuvent parler aux chevaux par leurs seules pensées. Ils les désignent par le nom de Sha-Dar, qui signifie « Chef du Clan des Chevaux ». C'est très rare ; il n'y en a que deux ou trois par génération, peut-être. C'est la noblesse assurée pour l'Algarois qui a ce don. La fierté de Cho-Hag n'aura plus de bornes quand il rentrera en Algarie.

— C'est si important que ça ?

— C'est ce que les Algarois ont l'air de croire, répliqua Silk en haussant les épaules. Quand ils trouvent un nouveau Sha-Dar, l'ensemble des clans se réunissent à la forteresse et c'est la fête pendant six semaines dans tout le pays. On va lui offrir des quantités de cadeaux. Hettar sera un homme riche s'il décide de les accepter. Mais il les refusera peut-être. Il est plutôt bizarre, comme type.

— Il faut y aller, ordonna Cho-Hag à son fils. Tu es porteur de l'orgueil de l'Algarie. Ton devoir est clair.

— Il en sera fait selon la volonté de mon père, répondit Hettar, comme à regret.

— Bien, reprit sire Loup. Combien de temps vous faudra-t-il pour retourner en Algarie, réunir une douzaine de vos meilleurs chevaux et les emmener à Camaar ?

— Deux semaines, répondit Hettar, après un instant de réflexion. Si je ne suis pas bloqué par la neige dans les montagnes de Sendarie.

— Nous partirons tous demain matin, alors, continua sire Loup. Anheg mettra un vaisseau à votre disposition. Vous amènerez les chevaux sur la grand-route du Nord, à quelques lieues à l'est de Camaar, à l'embranchement de la route qui va vers le sud. Elle traverse à gué la Grande Camaar et coupe la grand-route de l'Ouest à l'endroit des ruines de Vo Wacune, en Arendie septentrionale. Nous vous y rejoindrons dans deux semaines.

Hettar hocha la tête.

— Nous retrouverons également à Vo Wacune un Arendais asturien, poursuivit sire Loup, et, un peu plus tard, un mimbraïque. Ils nous seront peut-être utiles dans le Sud.

— ...Tout en accomplissant les prédictions des prophètes, fit mystérieusement Anheg.

Sire Loup haussa les épaules, mais ses yeux bleus se mirent tout d'un coup à étinceler.

— Je n'ai rien contre le fait d'accomplir les prophéties, dans la mesure où cela ne me crée pas trop de complications.

— Y a-t-il quelque chose que nous puissions faire pour vous aider dans votre quête ? demanda Brand.

— Vous aurez assez à faire comme cela, répondit sire Loup. Quelle que soit l'issue de notre mission, il est évident que les Angaraks s'apprêtent à tenter quelque chose. Si nous réussissons, cela les fera peut-être hésiter, mais les Angaraks n'ont pas le même mode de pensée que nous. Même après ce qui s'est passé à Vo Mimbre, il se pourrait qu'ils décident de tenter le tout pour le tout et d'attaquer les royaumes du Ponant. Il est possible qu'ils réagissent en fonction de prophéties à eux dont nous ignorons tout. Quoi qu'il en soit, je pense que vous pouvez vous attendre à quelque chose de sérieux de leur part. Il faudra vous préparer à leur résister.

Anheg eut un sourire qui découvrit des dents de loup.

— Il y a cinq mille ans que nous les attendons, déclara-t-il. Cette fois, nous allons purger le monde des Angaraks qui l'infestent. Lorsque Torak à l'Œil Mort ouvrira celui qui lui reste, il se retrouvera aussi seul que Mara — et tout aussi impuissant.

— Peut-être, répondit sire Loup, mais ne vendez pas la peau de l'ours et ne programmez pas la date de la victoire avant la fin des combats. Faites tranquillement vos préparatifs, et n'ameutez pas les populations de vos royaumes plus que de raison. L'Ouest pullule de Grolims, qui épient chacun de nos mouvements. La trace que je suis pourrait bien me mener à Cthol Murgos, et j'aimerais autant ne pas trouver une armée de Murgos massée à la frontière.

— Je peux également jouer le rôle d'observateur, dit le roi Rhodar, et un sourire inquiétant s'inscrivit sur son visage rebondi. Probablement même mieux que les Grolims. Il est temps d'envoyer quelques caravanes supplémentaires dans l'Est. Les Angaraks ne bougeront pas le petit doigt sans l'aide de l'Est, et les Malloriens seront bien obligés de passer par Gar og Nadrak s'ils veulent se déployer vers le sud. Un pot-de-vin par-ci, par-là, quelques barils de bière forte aux endroits stratégiques, dans les camps de mineurs, par exemple — qui sait ce qu'un peu de corruption active peut obtenir ? Un ou deux mots captés par hasard pourraient nous faire gagner plusieurs mois.

— S'ils projettent quelque chose de significatif, les Thulls édifieront des entrepôts de marchandises le long de l'escarpement oriental, fit remarquer Cho-Hag. Les Thulls ne sont pas très malins, et il ne devrait pas être difficile de les observer sans se faire remarquer. Je vais augmenter la fréquence de mes patrouilles le long de ces montagnes. Avec un peu de chance, nous devrions parvenir à anticiper la route de leur invasion. Y a-t-il autre chose que nous puissions faire pour vous aider, Belgarath ?

Sire Loup réfléchit un moment. Puis, tout d'un coup, il eut un grand sourire.

— Je suis sûr que notre voleur tend l'oreille dans l'espoir que l'un de nous prononcera son nom ou celui de la chose qu'il a dérobée. Tôt ou tard, quelqu'un laissera échapper le mot fatidique. Et une fois qu'il nous aura repérés, il sera en mesure d'entendre tout ce que nous dirons. Au lieu d'essayer de nous retenir, je crois qu'il vaudrait mieux lui en donner pour son argent. Ce que je voudrais, c'est que vous fassiez en sorte que tous les ménestrels et les conteurs du Nord se remettent à raconter certaines vieilles histoires — vous voyez de quoi je veux parler. Quand ces noms commenceront à retentir sur toutes les places de marché de tous les villages au nord de la Camaar, il aura l'impression d'avoir un ouragan dans la tête, et il finira bien par se lasser d'écouter. Et quand cela ne servirait qu'à nous permettre de parler librement entre nous, ce serait déjà une bonne chose.

— Il se fait tard, Père, dit tante Pol.

Sire Loup hocha la tête en signe d'assentiment.

— Nous jouons un jeu meurtrier, conclut-il, mais nos celui auquel s'amusent nos ennemis n'est pas moins dangereux. Ils courent un péril tout aussi mortel que nous, et personne, en cet instant précis, n'est en mesure de prévoir ce qui finira par arriver. Préparez-vous au pire et envoyez des hommes sûrs en mission de reconnaissance. Ne vous impatientez pas, et surtout, ne commettez aucune imprudence. Cela pourrait être plus dangereux que n'importe quoi d'autre, en ce moment. Pour l'instant, nous sommes seuls, Polgara et moi, à pouvoir agir. Il va falloir que vous nous fassiez confiance. Je sais que certaines des choses que nous avons faites ont pu vous paraître parfois étranges, mais nous avions nos raisons. Je vous demande de ne plus nous mettre de bâtons dans les roues. Je vous ferai connaître de temps en temps l'avancement de nos recherches, et si j'ai besoin de quoi que ce soit d'autre, je vous le ferai savoir. Puis-je compter sur vous ?

Les rois hochèrent gravement la tête, et tout le monde se leva.

Anheg s'approcha de sire Loup.

— Pourriez-vous, Polgara et vous, me rejoindre dans mon cabinet d'ici une petite heure ? demanda-t-il à voix basse. J'aimerais vous dire quelques mots avant votre départ, Belgarath.

— Si vous voulez, Anheg, répondit sire Loup.

CHAPITRE 20

Le cabinet du roi Anheg était une vaste pièce, située en haut d'une tour carrée, complètement encombrée de livres reliés en cuir épais et d'étranges dispositifs composés d'engrenages, de poulies et de petites chaînes de cuivre, posés un peu partout sur les tables ou sur divers supports. Des cartes aux dessins compliqués, ornées de belles couleurs, étaient épinglées aux murs, et le sol était jonché de bouts de parchemin couverts d'une fine écriture. Le roi Anheg, ses cheveux noirs hirsutes lui tombant dans les yeux, était assis à une table inclinée dans la douce lumière d'une paire de bougies, en train d'étudier un grand livre composé de fines feuilles de parchemin craquelé.

Le garde en faction à la porte les laissa entrer sans un mot, et sire Loup avança prestement au centre de la pièce.

— Vous vouliez nous voir, Anheg?

Le roi de Cherek se redressa et repoussa son livre.

— Belgarath, dit-il, en l'accueillant d'un petit hochement de tête.

— Polgara, fit-il encore, avant de jeter un coup d'œil à Garion, qui était resté planté près de la porte, l'air un peu indécis.

— Je ne plaisantais pas, tout à l'heure, décréta tante Pol. Je ne le quitterai pas des yeux tant que je n'aurai pas la certitude qu'il ne risque pas de retomber dans les griffes d'Asharak, le Grolim.

— Comme vous voudrez, Polgara, acquiesça Anheg. Entre, Garion.

— Je vois que vous poursuivez vos études, commenta sire Loup d'un ton approbateur, en jetant un coup d'œil au désordre de la pièce.

— Il y a tant à apprendre, répondit Anheg avec un geste impuissant qui englobait toute cette masse de livres, de papiers et de machines étranges. J'ai le sentiment que j'aurais été plus heureux si vous ne m'aviez jamais révélé cette impossible tâche.

— C'est vous qui me l'avez demandé, répondit simplement sire Loup.

— Vous auriez pu refuser, fit Anheg en riant.

Puis son visage taillé à coups de serpe devint grave. Il jeta un coup d'œil à Garion et commença à parler d'une façon de toute évidence détournée.

— Je ne voudrais pas me mêler de ce qui ne me regarde pas, mais le comportement de cet Asharak me préoccupe.

Garion s'éloigna de tante Pol et commença à étudier l'une des étranges petites inventions posées sur une table voisine, en prenant bien garde de ne pas l'effleurer.

— Nous allons nous occuper d'Asharak, déclara tante Pol.

Mais Anheg insista.

— On raconte certaines choses, depuis des siècles. On dit que vous protégeriez... (Il hésita, jeta un coup d'œil en direction de Garion puis continua tout bas.) ... une certaine chose qui doit être préservée à tout prix. C'est ce que disent plusieurs de mes livres.

— Vous lisez trop, Anheg, commenta tante Pol.

— Ça fait passer le temps, Polgara, répondit Anheg en éclatant de rire à nouveau. L'autre solution consiste à boire avec mes pairs, et j'ai l'estomac un peu trop délabré pour ça, maintenant. Tout comme les oreilles, au demeurant. Je suis sûr que vous n'avez pas idée du bruit que peut faire une salle de festin pleine de Cheresques ivres morts. Au moins, mes livres ne poussent pas de hurlements, ils ne se répandent pas en rodomontades, ils ne finissent pas le nez dans leur chope de bière avant de rouler sous la table, et même s'ils s'écroulent par terre, au moins, ils ne ronflent pas. Je suis vraiment en bien meilleure compagnie avec eux.

— C'est stupide, lâcha tante Pol.

— Nous faisons tous preuve de stupidité de temps en temps, repartit Anheg, avec philosophie. Mais revenons-en à notre affaire. S'il y a quelque chose de vrai dans les rumeurs dont je viens de vous parler, ne prenez-vous pas de trop grands risques ? Votre quête sera sans doute pleine de périls.

— Nul n'est jamais véritablement en sécurité où que ce soit, rétorqua sire Loup.

— Pourquoi courir des risques inutiles ? Asharak n'est pas le seul Grolim de la planète, vous savez.

— Je vois pourquoi on vous a surnommé Anheg le futé, répondit sire Loup avec un sourire.

— Ne vaudrait-il pas mieux laisser la chose en question sous ma bonne garde jusqu'à votre retour ? suggéra Anheg.

— Nous avons déjà eu l'occasion de constater que même le Val d'Alorie ne constituait pas un refuge à toute épreuve contre les Grolims, Anheg, rappela tante Pol, inébranlable. Les mines de Cthol Murgos et de Gar og Nadrak sont inépuisables, et les Grolims ont plus d'or à leur disposition que vous ne pourriez imaginer. Combien d'hommes ont-ils achetés, à l'instar de Jarvik ? Le Vieux Loup Solitaire et moi-même sommes maintenant bien habitués à protéger ce dont vous parlez. Il sera en sécurité avec nous.

— Merci quand même de vous en inquiéter, dit sire Loup.

— Cette affaire nous concerne tous, répondit Anehg.

En dépit de sa jeunesse et du fait qu'il agissait parfois de façon irréfléchie, Garion n'était pas stupide. Il était évident que ce dont ils parlaient le concernait d'une façon ou d'une autre, et il était même tout à fait possible que cela ait quelque chose à voir avec son hérédité. Pour dissimuler le fait qu'il écoutait de toutes ses oreilles, il ramassa un petit livre relié dans un cuir à la texture étrange. Il l'ouvrit, mais il n'y avait dedans ni images ni enluminures, seulement des inscriptions dans une écriture étrangement repoussante, qui évoquait des pattes d'araignée.

Tante Pol, qui donnait l'impression de savoir à tout

instant ce qu'il était en train de faire, jeta un coup d'œil dans sa direction.

— Qu'est-ce que tu fais avec ça ? demanda-t-elle sèchement.

— J'étais juste en train de regarder, répondit-il. Je ne sais pas lire.

— Repose ça tout de suite, ordonna-t-elle.

Le roi Anheg eut un sourire.

— Tu ne pourrais pas le lire de toute façon, Garion, expliqua-t-il. C'est écrit en vieil angarak.

— D'ailleurs, qu'est-ce que vous fabriquez avec cette saleté ? lui demanda tante Pol. Vous devriez savoir mieux que personne que c'est interdit.

— Ce n'est qu'un livre, Pol, intervint sire Loup. Il n'a aucun pouvoir, à moins que l'on ne lui en confère.

— D'ailleurs, fit le roi Anheg en se frottant un côté du visage d'un air pensif, le livre donne des indications sur la mentalité de nos ennemis. C'est toujours bon à savoir.

— Vous ne pouvez pas comprendre l'esprit de Torak, objecta tante Pol, et il est dangereux de vous ouvrir à lui. Vous pourriez être contaminé avant d'avoir compris ce qui vous arrivait.

— Je ne pense pas qu'il y ait de danger de ce côté-là, Pol, reprit sire Loup. L'esprit d'Anheg est suffisamment entraîné pour éviter les pièges des livres de Torak, qui sont, d'ailleurs, plutôt évidents.

Anheg regarda en direction de Garion et lui fit signe d'approcher. Garion qui se trouvait de l'autre côté de la pièce vint se placer devant le roi de Cherek.

— Tu es un jeune garçon très observateur, mon petit Garion, dit gravement Anheg. Tu m'as rendu un grand service, aujourd'hui, et tu peux faire appel à moi quand tu voudras à ton tour. Sache qu'Anheg de Cherek est ton ami.

Il tendit sa main droite, et Garion fourra sa petite patte dedans sans réfléchir.

Tout d'un coup, le roi Anheg écarquilla les yeux et se mit à blêmir. Il retourna la main de Garion et regarda la marque argentée dans la paume du petit garçon.

Puis les mains de tante Pol furent aussi sur les leurs et refermèrent avec autorité les doigts de Garion, les soustrayant à la poigne d'Anheg.

— C'est donc vrai, dit-il doucement.

— Ça suffit. Ne perturbez pas cet enfant, fit tante Pol qui tenait toujours fermement la main de Garion. Allez, viens, mon chou. Il est temps de finir nos paquets.

Et ils sortirent de la pièce.

Les idées se bousculaient dans l'esprit de Garion. Pourquoi Anheg avait-il été tellement surpris en voyant la marque dans sa main ? Il savait que c'était une marque héréditaire. Tante Pol lui avait dit une fois que son père avait la même, mais pourquoi Anheg y avait-il attaché tant d'intérêt ? La mesure était comble. Son besoin de savoir était presque insupportable. Il fallait qu'il sache pour ses parents, pour tante Pol, pour tout. Si les réponses devaient faire mal, eh bien, elles feraient mal, mais au moins les choses seraient claires.

Il faisait beau, le lendemain matin, et ils partirent très tôt pour le port. Ils se réunirent tous dans la cour du palais où les traîneaux les attendaient.

— Il ne fallait pas sortir par un froid pareil, Merel, dit Barak à son épouse en robe de fourrure, au moment où elle s'installait à côté de lui dans le traîneau.

— Il est de mon devoir d'assister à l'embarquement de mon seigneur et maître, déclara-t-elle en redressant le menton avec arrogance.

— Comme tu voudras, soupira-t-il.

King Anheg et la reine Islena ouvrirent la marche, et les traîneaux firent demi-tour dans la cour avant de s'engager dans les rues enneigées.

Le soleil brillait de tous ses feux, et l'air était vif. Garion avançait en silence avec Silk et Hettar.

— Tu es bien silencieux, Garion, remarqua Silk.

— Il s'est passé ici des tas de choses auxquelles je ne comprends rien, dit Garion.

— On ne peut pas toujours tout comprendre, fit Hettar, d'un ton sentencieux.

— Les Cheresques sont des gens violents et ombrageux, commenta Silk. Ils ne se comprennent pas eux-mêmes.

— Il n'y a pas que les Cheresques, reprit Garion en cherchant ses mots. C'est tante Pol, sire Loup, Asharak... tout ça. Les choses vont trop vite. Je n'arrive pas à faire le tri.

— Les événements sont comme les chevaux, observa Hettar. Il leur arrive de s'emballer. Mais quand ils ont galopé un moment, ils finissent par se remettre au pas. Le moment viendra où tu arriveras à mettre de l'ordre dans tout ça.

— J'espère bien, dit Garion d'un air dubitatif, puis il retomba dans le silence.

Les traîneaux tournèrent au coin d'une maison et débouchèrent sur la vaste place, non loin du temple de Belar. L'aveugle était toujours debout sur les marches du temple, et Garion se rendit compte qu'il s'attendait à moitié à la voir. Elle leva son bâton. Les chevaux qui tiraient les traîneaux s'immobilisèrent inexplicablement en tremblant, en dépit des ordres des conducteurs.

— Salut à toi, ô Seigneur parmi les Seigneurs, déclama l'aveugle. Je te souhaite mille félicités pour ton voyage.

Le traîneau le plus proche des marches du temple était celui de Garion, et il semblait bien que ce fût à lui que s'adressait la vieille femme.

— Merci, répondit-il, presque sans réfléchir. Mais pourquoi me donnes-tu ce nom?

Elle ignora sa question.

— Souviens-toi de moi, l'exhorta-t-elle en s'inclinant profondément. N'oublie pas Martje quand tu viendras en possession de ton héritage.

C'était la seconde fois qu'elle disait cela, et Garion éprouva un brusque picotement de curiosité.

— Quel héritage?

Mais Barak se mit à rugir de rage, et tenta de tirer son épée tout en essayant de se débarrasser de sa pelisse. Le roi Anheg descendit à son tour de son traîneau, son visage aux traits grossiers livide de rage.

— Non! déclara, d'un ton sans réplique, tante Pol qui se trouvait non loin de là. Je m'en occupe.

Elle se leva et repoussa le capuchon de sa cape.

— Ecoute-moi, sorcière, énonça-t-elle distinctement. Je crois que tu vois décidément trop de choses avec tes yeux morts. Je vais te faire une faveur, de sorte que tu ne sois plus affligée par les ténèbres et les visions dérangeantes qui en sont issues.

— Tu peux toujours me frapper si tu le souhaites, Polgara, dit la vieille femme. Je vois ce que je vois.

— Je ne te frapperai pas, Martje. Je vais te faire un cadeau, au contraire.

Elle leva brièvement la main en mouvement étrange.

Garion vit clairement arriver la chose, de sorte qu'il n'eut aucun moyen de se persuader, par la suite, que ses sens avaient été abusés. Il regardait justement le visage de Martje lorsqu'il vit la pellicule blanche qui lui recouvrait les yeux se mettre à couler comme du lait versé dans un verre.

La vieille femme resta figée sur place tandis que le bleu étincelant de ses yeux émergeait de la taie qui les voilait jusqu'alors, puis elle se mit à hurler. Elle tendit ses mains devant elle, les regarda et poussa un nouveau hurlement poignant qui était l'expression d'une perte irréparable.

— Qu'avez-vous fait? demanda la reine Islena.

— Je lui ai rendu la vue, répondit tante Pol en se rasseyant et en arrangeant les plis de la robe de fourrure autour d'elle.

— Vous pouvez faire ça? reprit Islena d'une voix aussi blanche que son visage.

— Pas vous? Ce n'est pourtant pas compliqué.

— Mais, objecta la reine Porenn, maintenant qu'elle a retrouvé ses yeux, elle va perdre cette autre vision, n'est-ce pas?

— J'imagine, dit tante Pol. Mais ce n'est pas cher payé, après tout.

— Elle ne sera donc plus sorcière? insista Porenn.

— Ce n'était pas une très bonne sorcière, de toute façon. Sa vision était brumeuse et imprécise. Ça vaut bien mieux ainsi. Elle ne sera plus inquiétée par des ombres, et elle ne dérangera plus personne.

Elle jeta un coup d'œil au roi Anheg, figé par la peur à côté de sa royale épouse qui défaillait à moitié.

— Eh bien, si nous y allions? suggéra-t-elle calmement. Notre bateau nous attend.

Comme éperonnés par ses paroles, les chevaux firent un bond en avant, et les traîneaux s'éloignèrent rapidement du temple, leurs attelages projetant des gerbes de neige sous leurs sabots.

Garion jeta un coup d'œil en arrière. Debout sur les marches du temple, agitée par des sanglots irrépressibles, la vieille Martje regardait ses deux mains tendues devant elle.

— Nous avons eu le privilège d'assister à un miracle, mes amis, annonça Hettar.

— Il semblerait toutefois que la bénéficiaire n'en soit pas exagérément satisfaite, déclara sèchement Silk. Rappelez-moi de ne jamais offenser Polgara. Ses miracles semblent être à double tranchant.

CHAPITRE 21

Lorsque leurs traîneaux s'arrêtèrent le long des quais de pierre, les rayons obliques du soleil matinal faisaient étinceler les eaux glacées du port. Le vaisseau de Greldik se balançait en tirant sur ses amarres comme s'il piaffait sur place, non loin d'un bateau de plus petite taille, qui semblait tout aussi impatient.

Hettar mit pied à terre et alla parler à Cho-Hag et à la reine Silar. Tous trois se mirent à bavarder tranquillement et gravement, comme si une sorte de coquille d'intimité s'était formée autour d'eux.

La reine Islena avait en partie retrouvé son quant-à-soi. Elle était assise, toute raide, dans son traîneau, un sourire forcé figé sur la figure. Après qu'Anheg fut parti s'entretenir avec sire Loup, tante Pol traversa le quai verglacé et s'arrêta près du traîneau de la reine de Cherek.

— A votre place, Islena, déclara-t-elle fermement, je chercherais un autre passe-temps. Vos dons pour la sorcellerie sont limités, et c'est un jeu dangereux. Trop de choses peuvent mal tourner quand on ne sait pas ce que l'on fait.

La reine la dévisagea sans un mot.

— Oh, poursuivit tante Pol. Encore une chose. Il serait préférable, je crois que vous rompiez tous liens avec le culte de l'Ours. il n'est guère convenable pour une reine d'entretenir des relations avec les ennemis politiques de son mari.

Les yeux d'Islena s'agrandirent.

— Anheg est au courant? demanda-t-elle d'une voix altérée.

— Je n'en serais pas surprise, répondit tante Pol. Il est beaucoup plus futé qu'il n'en a l'air, vous savez. Vous vous aventurez-là aux limites de la trahison. Vous devriez avoir quelques bébés. Ça vous occuperait utilement tout en vous évitant de faire des bêtises. Ce n'est qu'une suggestion, bien sûr, mais vous devriez y réfléchir. J'ai beaucoup apprécié cette visite, ma chère. Merci pour votre hospitalité.

Et sur ces paroles, elle tourna les talons et s'éloigna.

— Voilà qui explique pas mal de choses, fit Silk, avec un petit sifflement.

— Ça explique quoi ? s'enquit Garion.

— Le grand prêtre de Belar a commencé à fourrer son nez dans la politique, dernièrement. Il est, de toute évidence, allé un peu plus loin que je ne pensais en pénétrant au cœur même du palais.

— La reine ? insinua Garion, stupéfait.

— Islena est obsédée par la magie. Les adeptes du culte de l'Ours s'adonnent à certaines sortes de rituels qui peuvent offrir les apparences du mysticisme à quelqu'un d'aussi crédule.

Il jeta un rapide coup d'œil en direction du roi Rhodar, plongé dans une grande conversation avec sire Loup et les autres rois, puis il inspira profondément.

— Allons dire quelques mots à Porenn, reprit-il en conduisant Garion de l'autre côté du quai, près de la petite reine blonde de Drasnie qui regardait la mer charrier des glaçons.

— Votre Grâce, commença Silk, d'un ton déférent.

— Cher Kheldar, répondit-elle avec un sourire.

— Pourriez-vous faire passer une information à votre oncle, pour moi ? demanda-t-il.

— Mais bien sûr.

— Il semblerait que la reine Islena soit allée un peu trop loin, dit Silk, et qu'elle se soit mise à fricoter avec les adeptes du culte de l'Ours, ici, à Cherek.

— Oh non, dit Porenn. Anheg est au courant ?

— Difficile à dire. Il est fort à craindre qu'il ne l'admettrait pas, s'il le savait. Nous avons, Garion et moi, entendu Polgara lui conseiller d'arrêter.

— J'espère que cela mettra fin à l'expérience, fit Porenn. Si les choses allaient trop loin, Anheg serait obligé de prendre des mesures, qui pourraient avoir des conséquences tragiques.

— Polgara a été très ferme, précisa Silk. Je crois qu'Islena fera ce qu'elle lui a dit, mais informez-en mon oncle. Il aime être tenu au courant de ce genre de chose.

— Je le lui ferai savoir.

— Vous pourriez aussi lui suggérer de tenir à l'œil les chapitres locaux du culte, tant à Boktor qu'à Kotu, ajouta Silk. Ces choses-là ne marchent en général pas toutes seules. Il y a près de cinquante ans que le culte a dû être interdit pour la dernière fois.

La reine Porenn hocha gravement la tête.

— Je veillerai à ce qu'il le sache, dit-elle. Certains de mes agents se sont fourvoyés dans le culte de l'Ours. Je leur parlerai dès que nous serons rentrés à Boktor; je verrai bien ce qu'ils mijotent.

— Vos agents? Vous en êtes déjà là? demanda Silk d'un ton goguenard. Vous allez vite en besogne, ma Reine. Il ne vous faudra pas longtemps pour être aussi corrompue que nous tous.

— Boktor grouille d'intrigues, Kheldar, répondit la reine, d'un ton compassé. Il n'y a pas que les adeptes du culte de l'Ours, vous savez. Des marchands de tous les coins du monde se retrouvent dans notre cité, et la moitié d'entre eux au moins sont des espions. Il faut bien que je me protège moi-même — ainsi que mon époux.

— Rhodar sait ce que vous trafiquez? s'enquit finement Silk.

— Mais bien sûr! C'est lui-même qui m'a donné ma première douzaine d'espions. En cadeau de mariage.

— Comme c'est drasnien.

— C'est réaliste, voilà tout. Mon mari s'occupe de tous les problèmes qui mettent en jeu les autres royaumes. Je veille, quant à moi, aux affaires intérieures afin de lui libérer l'esprit de ces contingences. Mes opérations sont plus modestes que les siennes, bien sûr, mais je m'efforce de me tenir au courant. Si vous décidiez un jour de venir à Boktor et de vous y installer, dit-elle en le regardant d'un air entendu entre ses cils, il se pourrait que j'arrive à vous trouver quelque chose.

— Le monde semble décidément plein d'opportunités, ces temps derniers, répondit Silk en s'esclaffant.

La reine le regarda d'un air grave.

— Quand reviendrez-vous au pays, Kheldar? Quand mettrez-vous fin à cette vie vagabonde pour rentrer chez vous? Vous manquez beaucoup à mon époux, et vous serviriez mieux la Drasnie en devenant son conseiller personnel qu'en parcourant le monde en tous sens comme vous le faites.

Silk détourna le regard en clignant des yeux sous le radieux soleil hivernal.

— Pas pour l'instant, Votre Altesse, répondit-il. Belgarath a besoin de moi, lui aussi, et ce que nous faisons en ce moment est beaucoup trop important. D'ailleurs, je ne suis pas encore prêt à me ranger. Le jeu réserve encore bien des plaisirs. Un jour, quand nous serons vieux et paisibles, peut-être cessera-t-il de nous amuser, qui sait?

Elle poussa un soupir.

— Vous me manquez aussi, Kheldar, dit-elle doucement.

— Pauvre petite reine solitaire et désolée, railla Silk, gentiment moqueur.

— Oh, vous êtes impossible, s'exclama-t-elle en frappant le sol de son pied menu.

— On fait ce qu'on peut, laissa-t-il tomber avec un grand sourire.

Après avoir embrassé son père et sa mère, Hettar bondit sur le pont du bateau que le roi Anheg avait mis à sa disposition.

— A dans deux semaines, Belgarath! lança-t-il alors que les matelots eurent faisaient glisser les grosses cordes qui retenaient le bateau à quai. Rendez-vous aux ruines de Vo Wacune.

— Nous y serons, répondit sire Loup.

L'équipage éloigna le bâtiment du quai et commença à ramer en direction du large. Debout sur le pont, sa longue mèche crânienne flottant au vent, Hettar agita une fois la main puis se détourna pour faire face à la mer.

Une planche étroite allait des pierres couvertes de neige au flanc du bateau du capitaine Greldik.

— Si nous montions à bord, Garion? suggéra Silk.

Ils gravirent la passerelle improvisée et prirent pied sur le pont.

— Dis à mes filles que je les aime, demanda Barak à sa femme.

— Je n'y manquerai pas, mon seigneur et maître, répondit Merel, du même ton guindé qu'elle employait toujours avec lui. Avez-vous d'autres instructions à me communiquer?

— Je ne serai pas de retour de sitôt. Ensemence les terres du Sud en avoine, cette année, et laisse les champs de l'Ouest en jachère. Fais au mieux pour les champs du Nord. Et n'emmène pas le troupeau dans les hauts pâturages avant que le sol n'ait complètement dégelé.

— Je prendrai le plus grand soin des terres et du bétail de mon époux.

— Ce sont aussi les tiens, remarqua Barak.

— Il en sera fait selon les désirs de mon seigneur et maître.

— Tu ne désarmes jamais, n'est-ce pas, Merel, soupira-t-il, attristé.

— Mon seigneur et maître?

— Non, non. Rien.

— Mon seigneur et maître m'embrassera-t-il avant de partir?

— A quoi bon?

Il franchit la rambarde d'un bond et s'enfonça immédiatement dans les profondeurs du navire.

Tante Pol, qui s'apprêtait à monter à bord à son tour, s'arrêta net et jeta un regard grave sur la femme de Barak. Elle la contempla comme si elle allait lui dire quelque chose, puis, sans raison apparente, elle éclata de rire.

— Quelque chose vous amuse, Dame Polgara? demanda Merel.

— Oui, beaucoup, Merel, répondit tante Pol avec un petit sourire énigmatique.

— Puis-je partager votre hilarité?

— Oh, vous la partagerez, Merel, promit tante Pol. Mais je ne veux pas vous gâcher la surprise en vous la révélant trop tôt.

Elle éclata de rire à nouveau et mit le pied sur la planche qui menait au bateau. Durnik lui offrit sa main pour l'aider, et c'est ensemble qu'ils franchirent la passerelle.

Sire Loup étreignit les mains de chacun des rois puis prit pied à son tour sur le bateau avec agilité. Il resta un moment sur le pont à regarder la vieille ville du Val d'Alorie emmitouflée dans la neige, au pied des hautes montagnes de Cherek.

— Adieu, Belgarath! s'écria le roi Anheg.

Sire Loup eut un hochement de tête en retour.

— N'oubliez pas les ménestrels, dit-il.

— Promis, répondit Anheg. Bonne chance!

Sire Loup eut un sourire qui découvrit ses dents puis se dirigea vers l'avant du vaisseau de Greldik. Cédant à une impulsion, Garion le suivit. Certaines de ses questions nécessitaient une réponse, et si quelqu'un devait la connaître, c'était bien le vieil homme.

— Dis, Sire Loup, commença-t-il lorsqu'ils arrivèrent à la haute proue.

— Oui, Garion?

Comme il ne savait pas très bien par où commencer, il attaqua le problème par la bande.

— Comment tante Pol a-t-elle fait ça aux yeux de la vieille Martje?

— Le Vouloir et le Verbe, répondit sire Loup dont la longue cape claquait dans le vent âpre. Ce n'est pas difficile.

— Je ne comprends pas, dit Garion.

— Il suffit de vouloir très fort quelque chose, expliqua le vieil homme, et de prononcer les paroles nécessaires. Si la volonté est assez forte, la chose se produit.

— Ce n'est pas plus difficile que ça? s'étonna Garion, un peu déçu.

— Non, ce n'est pas plus difficile que ça.

— Et ce sont des paroles magiques?

Sire Loup se mit à rire en regardant le soleil qui faisait étinceler la mer hivernale.

— Non, ce ne sont pas des paroles magiques. Il y a des gens qui le croient, mais ils se trompent. Les Grolims utilisent des formules étranges, mais ce n'est pas vraiment nécessaire. Tous les mots peuvent faire l'affaire. C'est le Vouloir qui compte, pas le Verbe. Le Verbe n'est qu'un des vecteurs de la volonté.

— Je pourrais y arriver, moi aussi? demanda Garion, plein d'espoir.

Sire Loup le regarda.

— Je n'en sais rien, Garion. Je n'étais guère plus âgé que toi la première fois que cela m'est arrivé, mais il y avait plusieurs années que je vivais avec Aldur. Ça fait une différence, je suppose.

— Comment est-ce arrivé?

— Mon Maître voulait me faire déplacer un rocher, raconta sire Loup. Il semblait penser qu'il lui barrait le chemin. J'ai essayé de le pousser, mais il était trop lourd. Au bout d'un moment, je me suis fâché, et je lui ai dit de bouger. Et c'est ce qu'il a fait. J'étais un peu surpris, mais mon maître n'a pas eu l'air de trouver ça particulièrement bizarre.

— Tu lui as juste dit « bouge », et c'est tout?

Garion n'en croyait pas ses oreilles.

— Eh oui, déclara sire Loup en haussant les épaules. Ça paraissait tellement simple que j'étais surpris de ne pas y avoir pensé plus tôt. A l'époque, je m'imaginais que tout le monde en était capable, mais les hommes ont bien changé depuis ce temps-là. Ce n'est peut-être plus possible aujourd'hui. C'est difficile à dire, en fait.

— J'ai toujours pensé que, la sorcellerie, cela consistait à réciter de longues incantations et des formules magiques, ou à faire des signes cabalistiques et des choses dans ce goût-là, dit Garion.

— Ça, ce sont les trucs qu'emploient les illusionnistes et les charlatans, répondit sire Loup. Ils font tout un tas de simagrées pour impressionner et effrayer le bon peuple, mais les incantations et les signes cabalistiques n'ont rien à voir avec la chose en elle-même. Tout est dans le Vouloir. Bande ta volonté et énonce le Verbe, et tu verras la chose se produire. Il arrive qu'un geste particulier puisse être d'une certaine utilité, mais ce n'est pas vraiment nécessaire. Ta tante donne toujours l'impression de gesticuler quand elle fait quelque chose. Il y a des centaines d'années que j'essaie de lui faire perdre cette habitude.

Garion accusa le coup.

— Des centaines d'années? releva-t-il avec un hoquet. Mais quel âge a-t-elle?

— Beaucoup plus vieille qu'elle n'en a l'air, répondit sire Loup. Mais ça ne se fait pas de demander l'âge des dames.

Garion éprouva tout d'un coup un vide affreux. La pire de ses craintes venait de se trouver confirmée.

— Alors ce n'est pas vraiment ma tante, n'est-ce pas? demanda-t-il d'une voix blanche.

— Qu'est-ce qui te fait dire ça?

— Eh bien, c'est impossible. Je me suis toujours dit que c'était la sœur de mon père, mais si elle a des centaines et des milliers d'années, alors c'est impossible.

— Tu aimes beaucoup trop ce mot, Garion. Quand on regarde bien, rien — ou du moins très peu de choses — n'est vraiment impossible.

— Comment se pourrait-il qu'elle le soit? Que ce soit ma tante, je veux dire?

— Très bien. Polgara n'est pas la sœur de ton père au sens strict du terme. Son lien de parenté avec lui est sensiblement plus compliqué que cela. C'était la sœur de sa grand-mère — une grand-mère d'origine, si tant est que le terme existe — et donc de la tienne, évidemment.

— Alors ce serait ma grand-tante?

L'espoir renaissait. C'était toujours mieux que rien.

— Je crois que je m'abstiendrais d'employer ce terme en sa présence, insinua sire Loup. Il se pourrait qu'elle en prenne ombrage. Mais pourquoi t'inquiètes-tu tellement de tout cela?

— Je me disais que c'était peut-être simplement une chose qu'elle avait dite comme ça — qu'elle était ma tante, je veux dire — mais qu'en réalité, il n'y avait pas de vrai lien entre nous, expliqua Garion. Ça fait un moment que j'en ai peur.

— Pourquoi cela te faisait-il peur?

— C'est un peu difficile à expliquer. Tu comprends, je ne sais pas vraiment qui je suis, ni même ce que je suis. Silk dit que je ne suis pas sendarien, et Barak dit que j'aurais plutôt l'air d'une sorte de Rivien, mais pas vraiment non plus. J'ai toujours cru que j'étais sendarien, comme Durnik, mais il faut croire que ce n'est pas vrai. Je ne sais rien de mes parents, d'où ils étaient, ou quoi que ce soit d'autre. Si tante Pol et moi nous ne sommes pas de la même famille, alors je n'ai plus personne au monde. Je suis tout seul, et c'est terrible.

— Mais maintenant, tout va bien, n'est-ce pas? Ta

tante est vraiment ta tante, ou du moins, vous êtes du même sang, tous les deux.

— Je suis bien content que tu me dises ça. Il y a un moment que ça me turlupinait.

Les hommes d'équipage de Greldik larguèrent les amarres et commencèrent à pousser le bateau pour l'éloigner du quai.

— Dis, Sire Loup, reprit Garion, comme une étrange pensée venait de lui traverser l'esprit.

— Oui, Garion?

— Alors, tante Pol est vraiment ma tante — ou ma grand-tante?

— Oui.

— Et c'est ta fille?

— Je suis bien obligé de l'admettre, acquiesça sire Loup, avec un sourire tordu. Je m'efforce de ne pas y penser plus souvent que nécessaire, mais je ne peux pas dire le contraire.

Garion prit une profonde inspiration et plongea dans le vif du sujet.

— Alors, si c'est vraiment ma tante, puisque tu es son père, est-ce que tu ne serais pas un peu mon grand-père, en quelque sorte?

Sire Loup le regarda d'un air surpris.

— Eh bien, répondit-il en éclatant de rire, j'imagine que oui, d'une certaine façon. Je n'avais jamais vu la chose sous cet angle, mais c'est un peu vrai.

Les yeux de Garion s'emplirent soudain de larmes et il ne résista pas à l'envie de sauter au cou du vieil homme.

— Grand-père! dit-il, pour voir comment sonnait le mot.

— Allons, allons, fit sire Loup, d'une voix étrangement rauque, tout à coup. Quelle découverte stupéfiante.

Il tapota maladroitement l'épaule de Garion. Un peu embarrassés l'un comme l'autre par la soudaine démonstration d'affection de Garion, ils restèrent un instant plantés là en silence, à regarder les rameurs de Greldik amener le bateau dans le port.

— Dis, grand-père, reprit Garion, au bout d'un moment.

— Oui?

— Qu'est-il vraiment arrivé à mon père et à ma mère ? Je veux dire, comment sont-ils morts ?

Le visage de sire Loup devint d'une pâleur mortelle.

— Il y a eu un incendie, déclara-t-il brièvement.

— Un incendie ? répéta faiblement Garion, dont l'imagination se cabrait devant cette pensée horrible, à l'idée de cette douleur indicible. Comment est-ce arrivé ?

— Ce n'est pas une histoire très agréable, répondit sire Loup d'un ton sinistre. Tu es vraiment sûr de vouloir savoir ?

— Il le faut, grand-père, insista calmement Garion. Il faut que je connaisse tout d'eux, tout ce que je peux apprendre à leur sujet. Je ne sais pas pourquoi, mais c'est très important pour moi.

Sire Loup poussa un profond soupir.

— C'est vrai, Garion. J'imagine en effet que ça l'est. Très bien. Si tu es assez grand pour poser des questions, tu l'es aussi pour écouter les réponses, décida-t-il en s'asseyant sur un banc un peu protégé du vent glacial. Viens donc un peu par ici et assieds-toi.

Il tapota le bout du banc, à côté de lui.

Garion s'assit et referma sa cape autour de lui.

— Voyons, par où allons-nous commencer ? fit sire Loup en se grattant la barbe d'un air songeur et en réfléchissant un moment. Tu descends d'une très vieille famille, Garion, dit-il enfin. Et comme la plupart des vieilles familles, elles ne sont pas exemptes d'ennemis.

— Des ennemis ? s'étonna Garion.

Voilà une idée qui ne lui était jamais venue à l'esprit.

— Cela n'a rien d'exceptionnel. Lorsque des gens font des choses qui ne plaisent pas à tout le monde, on se met à les haïr, et la haine s'accumule pendant des années et des années, au point de se changer en quelque chose qui ressemble à une religion. Et l'on ne se contente pas de les détester, mais tout ce qui les concerne, de près ou de loin. Quoi qu'il en soit, il y a bien longtemps, les ennemis de ta famille sont devenus tellement dangereux que nous avons décidé, ta tante et moi, que la seule façon de protéger la famille était de la cacher.

— Tu ne me dis pas tout, fit Garion.

— Non, répondit abruptement sire Loup. Non, en

effet. Je ne te dis que ce qu'il est prudent que tu saches pour le moment. Si tu savais certaines choses, tu te comporterais différemment, et les gens s'en rendraient compte. Il vaut mieux que tu restes encore un peu comme tu es maintenant. C'est plus sûr.

— Comme maintenant... Tu veux dire « ignare », accusa Garion.

— Très bien, ignare, puisque tu y tiens. Tu veux que je te raconte l'histoire, ou tu préfères discuter ?

— Pardon, dit Garion.

— Allons, ce n'est rien, reprit sire Loup en lui tapotant l'épaule. Etant unis à ta famille par des liens d'un genre un peu particulier, nous étions naturellement intéressés à ta sécurité. C'est pour cela que nous avons caché ta famille.

— Mais comment peut-on cacher une famille entière ? demanda Garion.

— Ça n'a jamais été une très grande famille, répondit sire Loup. Il semblerait plutôt qu'elle se compose d'une branche unique, ininterrompue ; pas de cousins ni d'oncles, ni rien de ce genre. Il n'est pas très difficile de cacher un homme, une femme et leur enfant. C'est ce que nous avons fait pendant des centaines d'années. Nous les avons cachés en Tolnedrie, à Riva, à Cherek, en Drasnie... dans toutes sortes d'endroits. Ils vivaient très simplement, la plupart du temps comme des artisans, parfois des paysans ordinaires, mais passant toujours rigoureusement inaperçus. Enfin, tout s'est bien passé jusqu'à il y a une vingtaine d'années. Nous avions fait déménager ton père, Geran, d'un coin d'Arendie à un petit village de Sendarie orientale, à une soixantaine de lieues de Darine, dans les montagnes. Geran était tailleur de pierre — je ne t'ai jamais raconté cela ?

Garion hocha la tête en signe d'assentiment.

— Il y a longtemps, acquiesça-t-il. Tu m'as dit que tu l'aimais bien et que tu lui rendais visite de temps en temps. Ma mère était sendarienne, alors ?

— Non. En fait, Ildera était algaroise ; c'était la seconde fille d'un chef de clan. C'est ta tante et moi qui l'avions présentée à Geran, quand ils avaient à peu près l'âge voulu. Il est arrivé ce qui devait arriver et ils se sont mariés. Tu es né un an après, environ.

— Et l'incendie, il a eu lieu quand?

— J'y arrive. L'un des ennemis de ta famille vous cherchait depuis longtemps.

— Depuis combien de temps?

— Des centaines d'années, en fait.

— Ça veut dire qu'il était sorcier, lui aussi, n'est-ce pas? Je veux dire, il n'y a que les sorciers qui vivent aussi longtemps, non?

— Il a des dispositions dans ce domaine, admit sire Loup. Mais le terme de « sorcier » n'est pas approprié. Il ne correspond pas exactement à la réalité de ce que nous sommes. C'est le nom que nous donnent les autres, mais ce n'est pas tout à fait ainsi que nous nous voyons. Disons que c'est un terme pratique pour les gens qui ne comprennent pas vraiment de quoi il s'agit en réalité. En tout cas, nous étions au loin, ta tante et moi, quand cet ennemi a fini par retrouver la trace de Geran et Ildera. Il s'est approché de leur maison, un matin, très tôt, alors qu'ils dormaient encore, il a condamné toutes les portes et les fenêtres, et y a mis le feu.

— Je croyais que tu avais dit que la maison était en pierre?

— Oui, mais tu sais, on peut faire brûler des pierres si on le veut vraiment. Il faut simplement que le feu soit plus chaud, c'est tout. Geran et Ildera savaient qu'ils n'avaient aucun moyen de sortir de la maison en flammes, mais Geran a réussi à faire sauter l'une des pierres du mur, et Ildera t'a poussé par le trou. Celui qui avait mis le feu n'attendait que ça. Il t'a emporté et a quitté le village. Nous ne savons pas exactement ce qu'il avait en tête — voulait-il te tuer, ou bien avait-il l'intention de te garder, pour une raison connue de lui seul, nous l'ignorons. Quoi qu'il en soit, c'est à ce moment-là que je suis arrivé. J'ai éteint le feu, mais Geran et Ildera étaient déjà morts. Alors, je suis parti à la recherche de celui qui t'avait enlevé.

— Tu l'as tué? demanda férocement Garion.

— J'essaie de ne tuer que lorsque c'est absolument nécessaire, répondit sire Loup. Ça bouleverse trop le cours normal des événements. J'avais d'autres idées, à ce moment-là; beaucoup plus désagréables que le meurtre, dit-il, les yeux brillant, tout à coup, d'une lueur glaciale. N'importe comment, les choses ont tourné de telle sorte que je n'ai pas eu l'occasion de les mener à bien. Il t'a jeté dans mes bras — tu n'étais qu'un bébé, à l'époque, et j'ai réussi à te rattraper, mais ça lui a laissé le temps de prendre la fuite. Je t'ai confié à la garde de Polgara et je me suis lancé à la poursuite de votre ennemi. Mais je n'ai pas encore réussi à le retrouver.

— J'en suis bien content, déclara Garion.

Sire Loup le dévisagea, un peu surpris de cette déclaration.

— Quand je serai grand, c'est moi qui le retrouverai, expliqua Garion. Je pense que c'est à moi de lui faire payer son crime, tu ne crois pas?

Sire Loup le regarda avec gravité.

— Ça pourrait être dangereux.

— Je m'en fiche pas mal. Comment s'appelle-t-il?

— Je crois qu'il vaut mieux que j'attende un peu pour te le dire, répondit sire Loup. Je ne tiens pas à te voir foncer tête baissée dans une aventure à laquelle tu n'es pas encore prêt.

— Mais tu me le diras?

— Le moment venu, oui.

— C'est très important, grand-père.

— Oui, approuva sire Loup. Je m'en rends compte.

— C'est promis? Dis?

— Si tu insistes. De toute façon, même si je ne le faisais pas, je suis sûr que ta tante s'en chargerait. Elle partage les mêmes sentiments que toi.

— Pas toi?

— Je suis beaucoup plus vieux. Je vois les choses sous un angle un peu différent.

— Mais moi, je ne suis pas assez vieux. Je ne serais pas capable de faire le même genre de choses que toi, alors il faudra que j'attende un peu pour le tuer.

Il se leva et commença à arpenter le pont à grandes enjambées, bouillant de rage.

— Je pense que je n'arriverais jamais à te convaincre de ne pas le faire, reprit sire Loup. Mais je pense sincèrement que tu verras les choses autrement quand tout ça sera terminé.

— C'est peu probable, commenta Garion, sans s'arrêter.

— On verra bien.

— Merci de m'avoir dit tout ça, grand-père.

— Tu l'aurais appris un jour ou l'autre, n'importe comment, répondit le vieil homme. Et il valait mieux que ça soit moi qui te le dise plutôt que de te le laisser apprendre de façon déformée, par quelqu'un d'autre.

— Tu veux parler de tante Pol?

— Oh, Polgara ne te mentirait pas délibérément. Mais sa vision des événements est beaucoup plus personnelle que la mienne. Il arrive que cela altère sa perception, tandis que moi, je m'efforce d'avoir une vue d'ensemble des choses, dit-il avec un petit rire grimaçant. J'imagine que c'est la seule vision dont je sois capable, compte tenu des circonstances.

Garion regarda le vieil homme dont les cheveux et la barbe blanche semblaient briller d'une lumière intérieure sous le soleil du matin.

— Comment ça fait de vivre éternellement, grand-père? demanda-t-il.

— Je ne sais pas, répondit sire Loup. Je n'ai encore jamais vécu éternellement.

— Tu vois ce que je veux dire.

— Cela ne change rien à la qualité de la vie. Nous vivons tous le temps nécessaire. Il se trouve simplement que j'ai une très, très longue mission à mener à bien. Cette conversation prend un tour sinistre, ajouta-t-il avant de s'interrompre abruptement.

— La chose que nous faisons est très importante, n'est-ce pas, grand-père?

— C'est la chose la plus importante du monde en ce moment précis.

— J'ai bien peur de ne pas vous être d'un grand secours.

Sire Loup le regarda un moment d'un air grave et passa un bras autour de ses épaules.

— Je crois que tu pourrais avoir une surprise à ce sujet avant que nous n'en venions à bout, Garion, dit-il.

Puis ils se tournèrent pour regarder par-dessus la proue du bateau la côte enneigée de Cherek qui glissait sur leur droite tandis que les rameurs emmenaient le navire vers Camaar et ce qui les attendait au-delà.

Ainsi s'achève le Chant I de **La Belgariade.**
Le Chant II, **La Reine** des sortilèges, *verra la révélation des terribles pouvoirs de sorcier de Garion et lèvera un coin du voile sur le secret de son héritage, sous-jacent à leur quête.*

collection

fantasy

DÉCOUVREZ DES MONDES DE LÉGENDE

Chevaliers et dragons, magie et sorcellerie, aventures
fantastiques et quêtes initiatiques. Plus qu'un genre,
la fantasy est un univers à elle seule,
une vaste contrée réunissant les auteurs
les plus imaginatifs.

LA REINE DES SORTILÈGES

David Eddings

La Belgariade - tome 2 sur 5

Horreur ! Le dieu Torak va s'éveiller ! L'univers vacille et Belgarath se hâte de retrouver l'Orbe d'Aldur, le joyau qui peut sauver les hommes de la colère des dieux. Belgarath entraîne le jeune Garion sur une route semée d'embûches. Est-ce lui, l'Enfant de Lumière, marqué par les présages, qui devra affronter Torak ?

POCKET N° 5356

LE GAMBIT DU MAGICIEN

David Eddings

La Belgariade - tome 3 sur 5

Belgarath et Garion se rapprochent peu à peu de l'Orbe, mais leur quête est loin d'être finie. D'autant que Garion, qui a commencé à se servir de ses pouvoirs, voudrait bien s'en débarrasser, lui qui a toujours refusé de croire à la magie…

POCKET N° 5419

LA TOUR DES MALÉFICES

David Eddings

La Belgariade - tome 4 sur 5

La prophétie s'est accomplie : Garion a récupéré l'Orbe et est devenu Belgarion, le roi de Riva, attendu depuis si longtemps. Mais lors de son couronnement, un cri de rage retentit, surgissant des ténèbres. Une voix macabre réclame le prix du sang. Torak est de retour, et il tremble, le dieu défiguré !

POCKET N° 5424

LA FIN DE PARTIE DE L'ENCHANTEUR

David Eddings

La Belgariade - tome 5 sur 5

L'immense geste s'achève dans le fracas des armes : l'heure du combat final entre Garion et Torak a sonné. Désormais, le destin est en marche. Garion et ses compagnons progressent en Mallorée, et chaque pas les rapproche de la Cité de la Nuit Éternelle, où doit avoir lieu l'affrontement. Mais sur leur route, d'autres ennemis rôdent...

POCKET N° 5425

LES GARDIENS DU PONANT

David Eddings

La Mallorée - tome 1 sur 5

Torak est mort. Tout est calme en tous lieux dans les royaumes du Ponant. Pourtant la Prophétie des Ténèbres est bien gravée dans les mémoires. Et le vieux Gorim, dans sa grotte, entend gronder la terre : une pierre maléfique s'est réveillée à l'autre bout du monde. Déjà la guerre s'allume dans les États du Sud…

POCKET N° 5482

LE ROI DES MURGOS

David Eddings

La Mallorée - tome 2 sur 5

Les gardiens du Ponant poursuivent leur quête pour retrouver l'enfant de Garion, enlevé par la mystérieuse Zandramas. Elle a l'intention de l'égorger devant la pierre maléfique pour faire renaître le Dieu Noir. Le sort de l'univers va se décider pour des millénaires, mais où ?

POCKET N° 5481

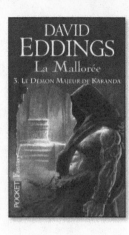

LE DÉMON MAJEUR DE KARANDA

David Eddings

La Mallorée - tome 3 sur 5

La course bat son plein ; tout l'univers retient son souffle. Zandramas, en fuite, tente d'imposer la domination des forces obscures ; encore lui faut-il échapper aux Gardiens du Ponant. Le temps presse. L'Enfant de Lumière doit coûte que coûte accomplir la Prophétie, sinon le chaos triomphera.

POCKET N° 5519

LA SORCIÈRE DE DARSHIVA

David Eddings

La Mallorée - tome 4 sur 5

Torak, le dieu pervers, a été définitivement vaincu. Avant de mourir, il a confié à Garion une horrible mission : se rendre à l'Endroit-qui-n'est-plus pour affronter et tuer son propre fils, Geran. Désespéré, Garion sait qu'il n'a pas le choix : la Prophétie doit s'accomplir. La bataille finale ne tardera plus.

POCKET N° 5522

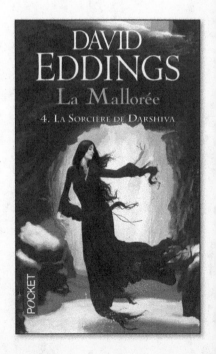

Faites de nouvelles rencontres sur pocket.fr

- Toute l'actualité des auteurs : rencontres, dédicaces, conférences...
- Les dernières parutions
- Des 1ers chapitres à télécharger
- Des jeux-concours sur les différentes collections du catalogue pour gagner des livres et des places de cinéma

Imprimé en France par CPI
en août 2018

POCKET – 12, avenue d'Italie – 75627 Paris Cedex 13

ISSN : 2497-7284
N° d'impression : 2038773
Dépôt légal : octobre 1990
Suite du premier tirage : août 2018
S17465/11